CŒUR DE GLACE

Richard Castle

Traduit de l'anglais (États-Unis)
par Françoise Fauchet

Du même auteur :
- *Vague de chaleur* (2010)
- *Mise à nu* (2011)
- *Froid d'enfer* (2012)

À tous les gens formidables, exaspérants, stimulants,
frustrants qui nous motivent pour réaliser de grandes choses.

© **City Editions 2012 pour la traduction française**
© **2012 by ABC Studios**
Castle © ABC Studios. All rights reserved.
Couverture : © American Broadcasting Companies, Inc.
Publié aux États-Unis par Hyperion Books
sous le titre *Frozen Heat*

ISBN : 978-2-8246-0198-4
Code Hachette : 50 9660 7

Rayon : Thrillers
Collection dirigée par Christian English & Frédéric Thibaud

Catalogue et manuscrits : www.city-editions.com

Dépôt légal : troisième trimestre 2012
Imprimé en France par France Quercy, 46090 Mercuès - n° 21559/

UN

— Oui, voilà, c'est ça, Rook, commenta Nikki Heat. Ne change rien. Là, c'est parfait.

Il poussa un gémissement. La sueur lui coulait dans le cou et sur la poitrine. Haletant, il préféra s'abstenir de répondre.

— Ne t'arrête pas. Continue. Oui.

Elle se pencha sur lui et approcha son visage à quelques centimètres du sien pour lui murmurer à l'oreille.

— Oui. Tiens bon. C'est le bon rythme. Vas-y. Comment tu le sens ?

Jameson Rook la regarda attentivement avant de gémir en plissant les yeux. Puis il relâcha ses muscles et bascula la tête en arrière. Nikki se redressa, les sourcils froncés.

— Comment tu peux me faire ça ? Je n'arrive pas à croire que tu t'arrêtes là, maintenant.

Il laissa tomber les haltères sur le sol en caoutchouc noir, à côté du banc de musculation.

— Je n'arrête pas.

Il inspira profondément et toussa.

— J'ai fini.

— Certainement pas.

— J'en ai fait dix. Dix !

— Ce n'est pas ce que j'ai compté.

— C'est parce que tu es distraite. C'est pour mon bien que je fais cette rééducation. Je ne vois pas pourquoi je tricherais.

— Parce que tu as cru que je ne regardais pas quand j'ai tourné la tête.

— Tu veux dire que tu me... ? demanda-t-il avec dédain.

— Oui, et tu n'en as fait que huit. Je suis là pour t'aider, pas pour t'encourager à ne rien faire.

— Je te jure que j'en ai fait au moins neuf.

Un membre du club de gym très sélect que fréquentait Rook se glissa derrière Nikki pour ramasser une paire d'haltères disponibles. Elle se retourna pour voir s'il avait suivi leur échange puéril. À en croire la musique qui s'échappait de ses écouteurs, l'homme n'avait d'oreilles que pour les Black Eyed Peas, lui assurant qu'il allait passer une bonne soirée, tandis qu'il se contemplait dans le miroir. Heat n'aurait su dire ce que le type admirait le plus : la rangée de ses implants capillaires tout neufs ou ses pectoraux saillant sous son débardeur de marque.

— Il ne manque pas de poumon, le roi de la gonflette, hein ? fit Rook qui s'était relevé à son tour.

— Chut, il pourrait t'entendre.

— J'en doute. Et puis, c'est lui qui s'est surnommé ainsi.

Comme le regard de Nikki croisait le sien dans le miroir, ledit roi lui fit l'honneur d'un clin d'œil. Manifestement surpris de ne pas la voir se pâmer, il rangea ses poids et se dirigea vers les cabines de bronzage. C'était dans ces moments-là que Heat préférait son propre club, un vieux gymnase du centre-ville aux murs en parpaings peints, aux canalisations bruyantes et à la clientèle plus préoccupée par ses résultats que par son look. Elle avait envisagé d'y emmener Rook pour sa séance de rééducation lorsque le kinésithérapeute – qu'il avait surnommé Guantanamo – s'était décommandé le matin et qu'elle avait proposé de le remplacer. Toutefois, elle s'était ravisée en réfléchissant aux inconvénients que cela présentait. Un, en particulier. À savoir son partenaire d'entraînement, Don, un ancien des forces spéciales de la marine, avec lequel elle n'avait pas toujours cantonné ses ébats au tapis de combat. S'ils ne pratiquaient plus le sport en chambre ensemble, Nikki ne voyait tout de même pas l'intérêt d'imposer cette rencontre gênante à Rook, qui ignorait tout de son existence.

— Pff. Je ne sais pas toi, fit Rook en s'essuyant le visage dans sa serviette, mais je ne dirais pas non à une douche et un petit-déjeuner.

— Moi non plus, j'avoue. Mais tu me fais d'abord encore une série, répondit-elle en lui tendant les haltères.

— Encore ?

Il tint la pose, la mine innocente, aussi longtemps qu'il le put, avant de la soulager de son fardeau.

— Tu sais, Guantanamo est peut-être le fruit de l'union diabolique du marquis de Sade et de Dark Vador, mais lui, au moins, il me lâche un peu la bride. Et je ne me suis même pas pris une balle à sa place.

— Un, se contenta-t-elle de répondre.

Il marqua une pause, puis entama sa série.

— Un, grogna-t-il.

Ils avaient beau en plaisanter maintenant, mais elle avait bien cru le perdre deux mois plus tôt, sur le ponton des services d'hygiène de la ville, au bord de l'Hudson. Du reste, le médecin des urgences avait affirmé qu'il en avait réchappé de peu. Ce soir-là, alors qu'elle venait de mettre à terre et de désarmer dans le hangar à ordures un flic véreux, l'équipier embusqué de ce dernier avait tiré. Heat n'avait rien vu venir, mais Rook – ce satané Rook qui n'avait rien à faire là – avait bondi pour la plaquer au sol et avait été touché à sa place. Tout au long de sa carrière au sein de la police de New York, en tant que simple agent, puis comme inspecteur à la criminelle, Nikki Heat avait eu à examiner bien des corps et vu nombre d'hommes mourir sous ses yeux. Or quand, par cette froide nuit d'hiver, elle avait vu Rook blêmir, qu'elle avait senti la chaleur quitter sa poitrine appuyée contre elle, tous les destins fragiles et toutes les issues fatales dont elle avait été témoin lui étaient revenus à l'esprit. Alors que Jameson Rook venait de lui sauver la vie, voilà que la sienne ne tenait plus qu'à un fil.

— Deux, compta-t-elle. Rook, tu es pitoyable.

Une fois dehors, sur le trottoir, il prit une longue inspiration exagérée.

— J'adore l'odeur de Tribeca le matin, déclara-t-il. Ça sent... le pot d'échappement.

Le soleil était devenu assez chaud pour que Nikki enlève son sweat-shirt afin de profiter, bras nus, de la douceur de ce mois d'avril.

— Fais gaffe, tu es à deux implants capillaires de détrôner le roi de la gonflette, dit-elle en surprenant son regard.

Voyant qu'elle poursuivait sa route, il allongea le pas.

— Je n'y peux rien. Tout peut se transformer en un moment romantique, tu sais. J'ai vu ça dans une pub à la télé.

— Dis-le-moi, si je marche trop vite.

— Non, ça va.

Heat lui lança un regard. En effet, il suivait.

— Quand je repense à mes premiers pas dans le couloir de l'hôpital… Un vrai château branlant. Et regarde maintenant. Ton super-héros est de retour.

En guise de démonstration, il fonça jusqu'au carrefour suivant.

— Génial. Je saurai qui appeler en cas de besoin, si jamais Batman ou Lame Solitaire sont déjà pris. Trêve de plaisanterie, ça va ? Je n'y suis pas allée trop fort pendant cette séance ? s'enquit-elle en le rattrapant.

— Non, non, tout va bien. Ça me tire juste un peu ici parfois quand je force, déclara-t-il en lui saisissant l'index pour qu'elle lui tâte les côtes. À propos de « tiraillement »… ajouta-t-il tandis qu'ils attendaient le feu vert pour les piétons.

— Eh bien, quoi ? fit Nikki, l'air consterné. Désolée, je ne te suis pas.

Elle soutint son regard jusqu'à ce qu'il la fasse craquer d'un haussement de sourcils. Rook passa alors son bras sous le sien pour traverser la rue.

— Inspecteur, m'est avis que, même en sautant le petit-déjeuner, vous serez à l'heure au boulot.

— Tu es sûr d'être prêt pour ça ? Je t'assure que je peux attendre. J'excelle dans l'art de faire durer le plaisir.

— On a déjà assez attendu comme ça, crois-moi.

— Tu devrais peut-être d'abord demander l'avis du médecin avant de reprendre une activité sexuelle.

— Ah ! je constate que je ne suis pas le seul à avoir vu la pub, conclut Rook.

Au lieu de s'arrêter au snack pour prendre un café, ils bifurquèrent à l'angle de la rue pour se rendre chez Rook, bras dessus bras dessous, accélérant le pas au fur et à mesure qu'ils se rapprochaient de leur destination.

Dans l'ascenseur, ils s'embrassèrent goulûment jusqu'à l'étage du loft. Pressés l'un contre l'autre, lui se tenait dos appuyé contre la paroi, et puis, subitement, ce fut elle. Ensuite, ils se séparèrent pour résister à la tentation ou peut-être mieux se mettre en appétit, ou peut-être les deux. Ils ne se lâchaient pas des yeux, sauf pour jeter un œil à l'étage affiché.

Une fois la porte d'entrée refermée, il allait l'embrasser de nouveau, mais elle l'esquiva, traversa la cuisine en courant et fonça dans le couloir pour sauter sur le lit. Elle vola et atterrit en rebondissant, puis lui lança un « Dépêche ! » en riant et en se déchaussant à la hâte.

Il apparut nu sur le seuil et, au pied du lit, prit une pose impériale.

— Si je dois mourir, autant que ce soit ainsi.

Alors, elle l'attrapa et le fit basculer sur elle.

Dans l'élan de leur désir, ils oublièrent toute retenue. Plus question de jouer. La volonté de rattraper le temps perdu, l'émotion brute et une insatiable soif de l'autre les emportèrent dans un tourbillon de passion échevelée. En un instant, la pièce entière se mit en mouvement. Les abat-jour vacillèrent, des livres se renversèrent sur les étagères, même le porte-crayon posé sur la table de chevet de Rook bascula, et une dizaine de Blackwing 602 roulèrent par terre.

Puis le calme revint, ils se laissèrent retomber sur le lit, essoufflés, le sourire aux lèvres.

— Aucun doute, tu as la forme, dit Nikki.

— C'était... Oh là là ! parvint tout juste à dire Rook. La terre a bougé, ajouta-t-il, la gorge sèche.

— Ça va, les chevilles ?! se moqua Nikki.

— Non, je t'assure, elle a littéralement bougé.

Appuyé sur un coude, il examina la pièce.

— Je crois bien qu'il vient d'y avoir un tremblement de terre.

Le temps qu'elle se sèche les cheveux, Rook avait remis le loft en ordre.

— D'après Channel 7, il y a eu un séisme de 5,8 de magnitude sur la faille de Ramapo, annonça-t-il, planté devant la télévision. L'épicentre se situait à Sloatsburg, dans l'État de New York. Et, comme de bien entendu, c'est New York qui en tire tout le crédit ! C'est pourtant à une ville du New Jersey que cette faille doit son nom.

Nikki posa sa tasse vide sur le bar et vérifia son téléphone portable.

— J'ai du réseau. Aucun message ni aucune alerte, du moins en ce qui me concerne. Quels sont les dégâts ?

— Ils sont en cours d'évaluation. Pas de victimes, quelques blessés dus à des chutes de briques, mais rien de grave pour l'instant. Les aéroports et certaines lignes de métro ont été fermés par précaution. Oh ! et pas besoin de secouer le jus d'orange, ce matin. Tu en veux ?

Elle déclina et enfila son arme.

— Qui l'eût cru ? Un tremblement de terre à New York !

— On ne se plaindra pas du timing, fit-il en l'enlaçant.

— Difficile de faire mieux.

— Rien ne nous empêche de nous entraîner, rétorqua-t-il.

Puis ils s'embrassèrent. En entendant son téléphone sonner, Heat se dégagea pour répondre. Sans qu'elle le lui demande, il lui tendit un stylo et un bloc-notes, sur lequel elle griffonna une adresse.

— J'arrive, annonça-t-elle dans le combiné.

— Tu sais ce qu'on devrait faire aujourd'hui ?

Nikki glissa son téléphone dans la poche de sa veste.

— Oui, je sais. Et ce n'est pas l'envie qui me manque, tu peux me croire, mais il faut que j'aille travailler.

— On devrait partir à Hawaii.

— Très drôle.

— Je ne plaisante pas. Une petite virée à Maui. Mmm, Maui.

— Tu sais très bien que je ne peux pas.

— Cite-moi une seule bonne raison.

— J'ai un meurtre à résoudre.

— Nikki. S'il y a bien une chose que j'ai apprise depuis qu'on est ensemble, c'est qu'il ne faut jamais laisser un meurtre nous empêcher de prendre du bon temps.

— Ça, j'avais remarqué. Et ton boulot ? Tu n'as pas un article à écrire ? Un dossier sur les pots-de-vin versés dans les sombres couloirs de la Banque mondiale ? La chronique de ta traque de Ben Laden ? Ton week-end aux Seychelles en compagnie de Johnny Depp ou de Sting ?

Rook réfléchit.

— En partant cet après-midi, on pourrait être à Lahaina pour le petit-déjeuner. Et tu n'as pas à te sentir coupable. Tu le mérites après ces deux mois passés à t'occuper de moi.

Sans lui prêter la moindre attention, elle fixa sa plaque à sa ceinture.

— Allez, Nikki, combien d'homicides enregistre-t-on dans cette ville chaque année ? Cinq cents ?

— Plutôt cinq cent trente.

— D'accord, ça fait moins de deux par jour. Écoute, si on revient de Maui dans une semaine, tu auras raté quoi, dix meurtres peut-être ? En plus, ils ne relèveront pas tous de ta juridiction.

— Là, j'avoue que tu marques un point, Rook.

Il la regarda, légèrement surpris.

— Ah bon ?

— Oui. Tu viens de me prouver que, malgré tous tes prix Pulitzer, tu n'as pas plus de jugeote qu'un adolescent.

— Et, donc, ça veut dire « oui » ?

— Qu'un préado, plutôt.

Elle l'embrassa de nouveau en lui caressant l'entrejambe.

— Au fait, tu sais que ça valait la peine d'attendre.

Puis elle partit au travail.

Comme la scène de crime se trouvait sur son chemin, au lieu de se rendre au poste pour prendre une voiture, au 20e commissariat, Heat descendit une station de métro plus tôt, à la 72e Rue, sur la ligne B. Par mesure de précaution, la brigade de déminage avait demandé qu'on interrompe le trafic au niveau de Columbus Avenue.

À sa sortie du métro, à deux pas de l'immeuble du Dakota, Nikki constata qu'un embouteillage monstre bloquait la circulation jusqu'à Central Park. Elle accéléra le pas, car, plus vite elle en aurait terminé avec son enquête, plus vite les malheureux automobilistes seraient soulagés. Néanmoins, elle prit le temps de se recueillir quelques instants.

Comme toujours, l'inspecteur Heat eut une pensée pour la victime avant de se pencher sur son corps. Si elle n'avait pas besoin de Rook pour lui rappeler combien d'homicides avaient lieu chaque année dans cette ville, elle avait fait vœu de ne jamais laisser ce nombre déshumaniser son métier. Ni de s'habituer à l'effet produit sur les proches et l'entourage de ces vies enlevées. Pour Nikki, ce comportement n'était ni une formalité ni une posture vide de sens. C'était un geste sincère qu'elle avait adopté après l'assassinat de sa mère, des années auparavant. Ce deuil l'avait non seulement poussée à changer de voie pour le droit pénal, à la fac, mais il avait aussi forgé le flic qu'elle s'était juré de devenir. Dix ans plus tard, bien que l'affaire de sa mère ne fût toujours pas élucidée, l'inspecteur Heat demeurait inflexible quant à la défense des victimes, qu'elle considérait chacune tour à tour.

Au carrefour de la 72e Rue et de Columbus Avenue, elle se fraya un chemin parmi l'attroupement qui s'était formé. Certains badauds étaient occupés à renseigner leur mur Facebook sur leur téléphone portable, histoire de prouver leur maîtrise de l'actualité. Elle ouvrit sa veste pour montrer sa plaque à l'agent en faction aux barrières, mais, en bon confrère, il lui adressa aussitôt un signe de tête entendu. Les gyrophares des véhicules de secours clignotaient deux rues plus au sud. Nikki aurait pu marcher sur la chaussée, vide, mais elle resta sur le trottoir ; malgré son expérience de flic, cela la déstabilisait de voir une grande artère centrale ainsi fermée le matin, à l'heure de pointe. Les trottoirs aussi étaient déserts, à part les patrouilles d'agents en tenue chargés de les dégager. Elle vit des chevaux bloquer la 71e Rue, aussi, et, légèrement à l'ouest, une ambulance garée, moteur tournant, devant une maison mitoyenne dont la façade en brique avait souffert du séisme. Après avoir dépassé l'un des frênes en pots, elle leva les yeux à travers les frêles branches en bourgeons vers les dizaines de curieux penchés aux fenêtres et dans les escaliers de secours. Même spectacle de l'autre côté de Columbus Avenue. En se rapprochant de la scène, elle entendit l'écho des appels radio résonner en chœur sur les immeubles en pierre.

La brigade de déminage avait apporté son unité de confinement mobile ; l'engin blindé était garé sur la voie centrale de l'avenue, pour le cas où il faudrait faire exploser quelque chose. À vingt mètres, Heat comprit déjà, cependant, à leur comportement, que les membres des secours commençaient à se détendre. Par-delà les toits des camionnettes et des voitures de police, elle aperçut son amie Lauren Parry, en tenue de travail, debout à l'intérieur d'un camion de livraison dont la porte de chargement arrière était ouverte. Au même instant, la légiste se baissa, et Nikki la perdit de vue. L'apercevant, Raley et Ochoa, de sa brigade, qui interrogeaient un homme noir d'âge moyen, vêtu d'un anorak vert et d'un bonnet, à côté du camion de pompiers, vinrent à sa rencontre.

— Inspecteur Heat.

— Les Gars, dit-elle en usant du surnom donné aux deux équipiers.

— Aucun problème pour venir, déclara Raley sans attendre qu'on lui pose la question. Ma ligne fonctionne. Il paraît que la « N » et la « R » font l'objet d'une inspection aux endroits où elles passent sous le fleuve.

— Pareil pour la ligne Q en provenance de Brooklyn, embraya Ochoa. J'avais traversé avant que ça ne tremble. Mais je peux vous dire qu'à Times Square, c'était surréaliste. Là-bas, on se serait cru dans un film de Godzilla tellement ça criait et ça courait dans tous les sens.

— Vous l'avez senti ? demanda Raley.

— Oh ! oui, dit-elle en essayant de prendre un ton détaché compte tenu des circonstances que la question lui rappelait.

— Vous étiez où quand ça a tremblé ?

— À l'entraînement.

Ce qui n'était pas totalement faux.

— Qu'est-ce qui justifie ces gros moyens ? demanda Heat en indiquant de la tête le conteneur blindé.

— C'est un paquet suspect qui a tout déclenché, déclara Ochoa avant d'ouvrir son calepin à la première page.

— Le livreur de produits surgelés, entonna son équipier, selon leur duo habituel. Là-bas, avec la parka verte. Il a ouvert l'arrière de son camion pour décharger des blancs de poulet et des petits pains pour hamburgers destinés au snack, là.

Il marqua une pause pour laisser le temps à Nikki de repérer la devanture où un trio de cuistots en pantalon à carreaux et tablier attendait, avachi à la fenêtre, la fin des événements.

— En poussant un carton, il a trouvé une valise posée derrière.

— Les campagnes de prévention ont l'air de faire effet, reprit Raley. Parce qu'il a tout de suite appelé pour la signaler, sans rien toucher.

— Une fois sur place, les secours ont fait venir Robocop pour y regarder de plus près, enchaîna l'inspecteur Ochoa en lui faisant signe de l'accompagner.

Ils dépassèrent l'engin commandé à distance de la brigade de déminage.

— Le robot a reniflé la valise et l'a passée aux rayons X. Négatif pour les explosifs. L'expert en bombes a quand même enfilé sa tenue – toutes les précautions ont donc bien été prises – pour faire sauter la serrure. Et il a découvert le corps à l'intérieur de la valise.

À quelques mètres derrière elle, elle entendit l'inspecteur Feller.

— Voilà pourquoi je me contente toujours du bagage cabine. Faire enregistrer sa valise, c'est tuant.

Aussitôt, elle se retourna et vit la surprise se peindre sur le visage de l'enquêteur tandis que les deux agents qu'il distrayait éclataient de rire. Il avait beau avoir parlé à voix basse, c'était encore trop fort. Feller rougit en la voyant quitter Raley et Ochoa pour venir le rejoindre. Les agents s'éclipsèrent, le laissant seul avec elle.

— Salut, désolé, fit-il en tentant de s'en sortir par un sourire charmeur et son petit rire, qu'elle trouvait si communicatif. Vous n'étiez pas censée entendre ça.

— Personne ne l'était, rétorqua-t-elle d'un ton si calme, si égal et sans la moindre expression qu'un œil non averti aurait pu croire que ces deux inspecteurs comparaient simplement leurs notes.

— Regardez autour de vous, Randall. C'est très sérieux. Nous sommes sur une scène de crime. Ma scène de crime. Nous ne sommes pas au karaoké.

Il hocha la tête.

— Oui, je sais. J'ai gaffé.

— Une fois de plus, fit-elle remarquer.

Randall Feller, éternel clown de la classe, avait la fâcheuse habitude de faire le malin sur les scènes de crime. C'était une sale manie pour un flic par ailleurs très capable. Comme Rook, il avait reçu une balle en voulant lui sauver la vie sur ce fameux ponton des services d'hygiène. Sans doute l'humour noir de Feller plaisait-il beaucoup à la bande de durs à cuire machos du département des opérations spéciales, où il avait passé de nombreuses années à circuler à bord de taxis jaunes un peu particuliers, mais elle n'en vou-

lait pas dans sa brigade. Du moins, pas à l'intérieur du périmètre de sécurité. Or, ce n'était pas la première fois qu'ils
abordaient le sujet depuis qu'il avait été transféré dans son
unité, au retour de son congé maladie.

— Je sais, je sais, mais c'est plus fort que moi. La prochaine fois, je garde mes réflexions pour moi, promis.

Voyant qu'il était sincère et qu'il était inutile d'insister
lourdement, Heat lui adressa un bref hochement de tête
avant de repartir vers le camion de livraison.

D'où elle se tenait, devant la porte de chargement, Nikki
devait pencher la tête en arrière pour regarder Lauren Parry,
accroupie à l'intérieur du camion. Les cartons empilés au
fond suintaient sous l'effet de la condensation ; certains
étaient encore incrustés de glace sur les côtés. Bien que le
système de réfrigération fût arrêté, Heat sentait l'air froid lui
souffler sur le visage. À côté des genoux de Lauren, une valise rigide bleu-gris était ouverte, mais son couvercle relevé
en masquait le contenu à Nikki.

— Salut, docteur Parry.

Son amie se retourna et lui sourit.

— Salut, inspecteur Heat.

Nikki vit l'haleine de Lauren s'exhaler de sa bouche.

— C'est un peu compliqué, là.

— Parce que ça ne l'est pas d'habitude ?

La légiste balança la tête d'un côté et de l'autre, pesant le
pour et le contre avant de lui donner raison.

— Tu veux un premier topo ?

— Pourquoi pas ? Il faut bien commencer par un bout.

Nikki sortit son calepin, un carnet à spirale tout fin, parfaitement adapté à la taille de sa poche de veste.

— Femme inconnue. Aucun papier d'identité, ni sac, ni
portefeuille, ni bijoux. La petite soixantaine à vue de nez.

— Cause du décès ? demanda Heat.

Lauren Parry leva les yeux de son bloc-notes.

— J'aurais parié que tu allais me demander ça, railla-t-
elle avant de jeter un œil à l'intérieur de la valise. Je ne peux
rien affirmer pour l'instant.

— J'aurais parié que tu allais me répondre ça, riposta Nikki.

La légiste sourit de nouveau, et un peu de fumée sortit de ses narines.

— Pourquoi ne montes-tu pas me rejoindre, que je te montre de quoi il retourne.

Tout en gravissant la tôle ondulée posée entre le bord du camion et la chaussée, l'inspecteur Heat enfila des gants. Une fois à bord, son regard s'arrêta un moment sur la valise. Tout à coup, elle se mit à claquer des dents et à frissonner. Attribuant cette réaction à la différence de température – entre la douceur de ce matin d'avril et le froid hivernal à l'intérieur du caisson frigorifique –, elle n'y prêta pas plus attention. Lauren se redressa pour que Nikki puisse apercevoir le corps.

— Je vois, fit Heat.

Le cadavre était gelé. Comme sur les boîtes de bœuf haché, de poulet et de bâtonnets de poisson, des cristaux brillaient sur son visage. Vêtue d'un tailleur gris pâle, la victime avait été repliée sur le côté, en position fœtale, pour tenir dans la valise. Lauren indiqua avec le capuchon de son stylo la tache de sang givrée dans le dos du tailleur.

— Voilà sans doute la cause du décès. Une importante perforation perpétrée latéralement à l'arrière de la cage thoracique. À en juger par la quantité de sang, le couteau a pénétré de biais entre les côtes et s'est logé dans le cœur.

Heat éprouvait ce désagréable sentiment de déjà-vu qui la saisissait chaque fois qu'elle se trouvait confrontée à ce genre de blessures. Toutefois, sans le moindre commentaire, elle hocha la tête et croisa les bras pour se réchauffer. La chair de poule la gagnait malgré sa veste, mais cela ne tenait sans doute qu'à l'air réfrigéré, songea-t-elle en essayant de se convaincre.

— Dans son état, poursuivit la légiste, il m'est impossible de procéder à l'examen préliminaire. Je ne peux même pas lui déplier les membres pour voir si elle présente d'autres blessures, d'éventuels traumas, des marques de défense, des traces de lividité, etc. J'y viendrai, bien entendu, mais, pour l'instant, je ne peux pas.

— J'imagine que l'heure du décès aussi va poser problème, supputa Nikki sans lâcher des yeux la plaie profonde.

— Oh ! ça, c'est sûr, mais ne t'en fais pas. J'arriverai à une bonne estimation dès qu'on me l'aura ramenée à la morgue, déclara la légiste. À condition que ce ne soit pas le chaos là-bas à cause du tremblement de terre, ajouta-t-elle.

— D'après ce que je sais, il y a surtout des blessés légers.

— Tant mieux.

Lauren la scruta.

— Tu vas bien ?

— Très bien. J'ai juste oublié de prendre un pull ; je ne pensais pas en avoir besoin aujourd'hui.

— Je dois être plus habituée au froid !

Elle déboucha son stylo.

— Je propose de te laisser la place. Je vais en profiter pour prendre quelques notes pendant que tu t'y mets.

Lauren Parry et Nikki Heat collaboraient depuis suffisamment longtemps pour connaître chacune la manière de faire et les besoins de l'autre. Ainsi, Lauren savait que, sur chaque scène de crime, Nikki commençait par tout passer en revue, sous tous les angles possibles, « avec les yeux d'un bleu », comme elle disait. Selon Heat, le problème avec les inspecteurs expérimentés, c'était qu'après des années et des années d'affaires de toutes sortes, même les meilleurs se laissaient engourdir par la force de l'habitude. Curieusement, l'expérience les desservait, car elle émoussait leurs capacités d'observation. Demandez à un ouvrier dans une raffinerie comment il fait pour supporter l'odeur, il vous répondra : « Quelle odeur ? » L'inspecteur Heat, en revanche, se souvenait très bien des réactions qu'elle avait eues lors de ses premiers homicides. Même après avoir tout regardé, elle vérifiait de nouveau. Le moindre élément d'information pouvait avoir son importance. Il ne fallait rien négliger. Tout comme l'assassinat de sa mère avait donné naissance au rituel d'empathie auquel elle ne dérogeait pas avant de pénétrer sur une scène de crime, sa volonté d'étudier les lieux avec un regard neuf l'empêchait de sombrer dans une approche routinière. Il était important, rappelait-elle souvent à sa brigade, de rester attentif et de bien prendre note de tout ce que l'on remarquait.

D'après ce qu'elle voyait, le meurtre n'avait vraisemblablement pas eu lieu dans ce camion. Le tour de l'étroit caisson dont elle éclaira, avec sa lampe torche, d'abord le plancher, entre les boîtes, puis les parois, ne révéla aucune éclaboussure de sang nulle part.

Plus tard, lorsqu'on aurait emmené le corps, l'équipe de la police scientifique déchargerait tous les cartons pour procéder à une inspection minutieuse. Néanmoins, Nikki était déjà convaincue que la valise avait été transportée à bord avec la victime sans doute déjà morte. L'heure du décès ainsi que l'établissement de la chronologie du chargement et du déchargement du camion permettraient de le confirmer. Elle porta son attention sur la victime.

L'estimation de la légiste paraissait correcte quant à son âge. Sa coupe de cheveux, plutôt flatteuse, était relativement courte et convenable. Les racines gris et brun foncé au niveau de la raie tranchaient avec les longueurs blond miel, mêlées de quelques mèches caramel. Ceci indiquait deux choses : d'abord qu'il s'agissait d'une femme relativement aisée, suffisamment soucieuse de son apparence pour s'offrir une coupe onéreuse et les soins d'un coloriste confirmé ; ensuite que, malgré cela, il y avait bien longtemps qu'elle n'avait pas été chez le coiffeur. « *Pour quelle raison ?* » nota Nikki dans son calepin. De même, elle portait des vêtements de goût. Une petite taille. Du prêt-à-porter, certes, mais clairement acheté au rayon chic d'un grand magasin. Le chemisier était de la saison en cours, et le tailleur gris en laine légère semblait fonctionnel. Le tout donnait plus une impression de bonne qualité que de prix. Ce n'était pas la tenue d'une simple femme au foyer, mais d'une femme de tête. Nikki s'accroupit pour examiner la seule main visible, partiellement repliée et glissée sous le menton. Ce qu'elle pouvait en voir lui en disait déjà long. Ce n'était pas une main d'oisive ; elle était tonique sans être trop musclée ni abîmée par le travail. Ses doigts fins paraissaient forts, comme ceux des joueuses de tennis et des accros des salles de gym. Sur le côté du poignet, Nikki remarqua une petite cicatrice semblant dater de nombreuses années, voire de plusieurs décennies. Elle se redressa pour avoir de nouveau une vision d'ensemble. La victime avait le corps de quelqu'un qui pratiquait la course ou le vélo. Nikki prit note de faire circuler sa photo dans les salles de sport, au sein de l'Association des coureurs de New York et chez les marchands de cycles. Elle s'accroupit de nouveau pour examiner une salissure de terre brun foncé sur le genou de son pantalon, peut-être révélatrice des derniers instants de sa vie. Nikki en prit note, puis s'intéressa de plus près au coup de couteau. La confortant dans l'idée que la morte avait été tuée avant d'être déposée dans le camion, le sang gelé formait une large flaque, comme s'il s'était répandu alors qu'elle était face contre terre. La largeur de la tache indiquait qu'il y en avait un important volume. Pourtant, on en trouvait peu de traces sur la doublure de la valise en dehors des traînées, sur le couvercle, qui devaient provenir du frottement du cadavre au moment de sa mise en place. Nikki braqua sa lampe à l'endroit où le dos appuyait contre le bord intérieur de la valise et n'y vit aucune mare de sang non plus, seulement des traces du même ordre. Là encore, on prendrait des mesures précises après l'enlèvement du corps, mais Heat commençait déjà à se faire une idée du déroulement des faits.

L'examen de l'extérieur de la valise permettrait de déceler d'éventuelles traces de sang sur les charnières ou les coutures. En veillant à ne rien déranger, Nikki s'agenouilla, prit appui sur une paume et pencha la tête jusqu'à poser le sourcil par terre. Lentement, méthodiquement, elle balaya le fond de la valise de son faisceau lumineux.

Au moment où elle atteignit le coin gauche, elle se figea. Sa vision se brouilla et elle fut prise de vertige. La torche lui glissa des mains, elle tituba.

— Ça va, Nikki ? s'enquit Lauren.

Au même moment, Nikki se sentit avalée par un trou noir. Il lui sembla que des mains se posaient sur elle. Lauren Parry lui soulevait la tête du sol. Deux ambulanciers se précipitèrent vers elle, mais Heat revenait déjà à elle. Se sentant suffisamment vaillante, elle se leva sur son séant.

— Non, non, ça va aller. Tout va bien, assura-t-elle en leur faisant signe de partir.

Lauren s'accroupit à côté d'elle pour vérifier.

— Vraiment, je vais bien, répéta Nikki.

Toutefois, son visage disait tout le contraire.

— Tu m'as fait une de ces peurs, Nikki. J'ai cru qu'une nouvelle secousse t'avait fait tomber.

Heat s'installa sur le bord du camion, les jambes pendantes. Raley et Ochoa s'approchèrent, suivis par Feller.

— Qu'est-ce qui se passe, inspecteur ? demanda Ochoa. Vous avez l'air d'avoir vu un fantôme.

Nikki frissonna. Cette fois, ce n'était pas à cause de la réfrigération. Elle se contorsionna pour regarder la valise derrière elle avant de se retourner lentement vers ses subordonnés.

— Nikki, qu'est-ce qu'il y a ? demanda Lauren.

— La valise. Il y a mes initiales dessus, annonça-t-elle, la gorge serrée.

Les enquêteurs et la légiste échangèrent des regards interloqués. Finalement, Raley reprit la parole.

— Je ne comprends pas. Comment vos initiales peuvent-elles se trouver sur cette valise ?

— Parce que je les y ai gravées moi-même quand j'étais petite. Cette valise appartenait à ma mère, expliqua-t-elle en leur laissant le temps de digérer l'information. Elle a été volée le soir où ma mère a été assassinée.

DEUX

Au pas où Nikki Heat rejoignit le 20ᵉ commissariat, auquel était rattachée sa brigade, il ne fit plus l'ombre d'un doute dans l'esprit de ses subordonnés, qui s'efforçaient de ne pas se laisser distancer, qu'elle s'était remise du choc de sa découverte.

— Briefing dans dix minutes ! lança-t-elle à la cantonade dès la porte. Inspecteur Ochoa, ajouta-t-elle en rejoignant son bureau, faites parvenir un portrait de l'inconnue au Service des personnes disparues, ainsi qu'aux flics des comtés de Westchester, Long Island, New Jersey et Fairfield, tant qu'on y est. Inspecteur Raley, effacez-moi le tableau blanc et installez le second à côté, qu'on puisse travailler sur les deux en même temps.

Heat balaya la pile de messages accumulés sur son bureau depuis le début de la matinée et chassa la poussière que la secousse sismique avait fait tomber du faux plafond. Puis elle s'installa à son clavier pour rappeler par e-mail à Lauren Parry, à l'institut médicolégal, ce qu'elle lui avait déjà dit un quart d'heure plus tôt sur la scène de crime : qu'elle n'hésite pas à l'interrompre à la moindre information nouvelle, aussi minime fût-elle. À peine Nikki eut-elle appuyé sur le bouton d'envoi, qu'un gobelet de café se posait sur son sous-main. Pivotant sur sa chaise, elle découvrit l'inspecteur Feller debout à côté d'elle.

— Si vous voulez bien accepter ce café en guise de fleurs, pour m'excuser pour ce matin. Un grand crème, trois sucres, parfum noisette, si je me souviens bien. C'est ça ?

En fait, elle prenait son café aromatisé à la vanille, sans sucre et avec un nuage de lait.

— Presque, mais ça ira, se contenta-t-elle toutefois de répondre.

Son enquêteur essayait de se faire pardonner, mais sa priorité n'était pas le café pour le moment.

— Merci. Et oublions ça, d'accord ?

— Ça ne se reproduira plus.

Dès que Feller se fut éloigné, elle poussa la boisson tiède vers les messages qu'elle n'avait pas lus et entreprit d'établir une liste de choses à faire sur son bloc-notes. Arrivée à un tiers du bas de la page, elle inscrivit « *Personnel supplémentaire* », puis s'interrompit. Pour cela, il lui faudrait l'accord du chef du poste, perspective qui était loin de la ravir. Heat lança un regard vers « l'aquarium » du capitaine, qui donnait sur la salle de la brigade. La paroi vitrée du bureau permettait aussi à la brigade de voir ce qui se passait à l'intérieur, comme dans un diorama grandeur nature tout droit sorti du film *La Nuit au musée*. Dans la vitrine, le capitaine Irons était en train de suspendre sa veste sur un cintre en bois. Suivant son rituel habituel, Heat savait qu'il tirerait ensuite sur la chemise blanche de son uniforme – ce qu'il fit, toujours anxieux de lisser les plis causés par son ventre bedonnant au niveau des boutons.

— Excusez-moi, capitaine, dit Heat à sa porte. Je peux vous voir un instant ?

Fidèle à lui-même, Wallace « Wally » Irons marqua une pause avant de l'inviter à entrer, comme s'il cherchait un prétexte pour éviter d'avoir à le faire, mais en vain. Il ne lui proposa pas de s'asseoir, ce qui convenait très bien à Nikki. Chaque fois qu'elle se retrouvait assise face à lui, elle ne pouvait s'empêcher de revoir l'homme merveilleux qui avait

occupé ce bureau avant de se faire tuer, et qu'Irons, pur produit de l'Administration, avait été amené à remplacer par
piston. Le capitaine Irons n'était pas le capitaine Montrose,
et Heat aurait donné sa main à couper qu'il en avait autant
conscience qu'elle.

Pour rendre les choses encore plus gênantes, on avait
justement, en haut lieu, proposé le poste à Nikki. Mais, dé-
goûtée par les manigances politiques que sa brillante réussite au concours de lieutenant avait suscitées dans la maison
et sachant que le terrain lui manquerait si elle s'en éloignait,
elle avait décliné non seulement l'offre mais la promotion.
Néanmoins, le fait d'avoir été à deux doigts de se retrouver
de l'autre côté de ce bureau n'en rendait les tensions entre
eux que plus vives.

Aux yeux de Nikki, il n'était qu'un rescapé du système
plus intéressé par sa carrière que par la justice ; quelqu'un
avec qui elle devait constamment se montrer plus futée ou
meilleure tacticienne pour que le travail soit fait correctement. Du point de vue de son supérieur, Nikki Heat était
un véritable cadeau empoisonné. C'était un inspecteur de
grande valeur dont le taux d'affaires classées donnait fière
allure à ses statistiques, mais cette satanée efficacité le di-
minuait d'autant aux yeux de la hiérarchie.

En un mot, Nikki Heat lui rappelait au quotidien tout ce
qu'il n'était pas. Ochoa avait confié à Nikki avoir surpris
Irons dans la cuisine en train de murmurer à l'inspecteur
Hinesburg : « Avec Heat, j'ai l'impression d'être le deuxième entraîneur de l'équipe. » D'un haussement d'épaules,
elle avait rappelé à Ochoa qu'elle n'était pas du genre à prêter attention aux rumeurs. De plus, elle n'avait pas eu besoin de cela pour pressentir la chose. Inutile d'être un grand
inspecteur pour flairer les paranos, dont Irons semblait un
spécimen de choix.

— Il paraît que vous avez fait une sacrée découverte ce
matin, commença Irons, manifestement plus soucieux de
faire valoir qu'il avait des contacts que de la découverte de
la victime.

S'en tenant aux grandes lignes, Nikki fonda son rapport sur la probabilité d'une affaire d'homicides multiples requérant la plus grande attention, et surtout du monde dès le départ. Aussitôt, le capitaine l'arrêta d'un geste.

— Oh ! oh ! ne nous emballons pas. Je comprends votre ardeur, mais, pour obtenir ces moyens, il va falloir les justifier.

— Capitaine, vous connaissez mes effectifs. Et la parcimonie avec laquelle j'use des heures supplémentaires…

— Quoi, des heures supplémentaires ?

Il secoua la tête.

— Vous ne voulez pas seulement du renfort mais des heures supplémentaires ? Holà !...

— Ce ne sera pas de l'argent jeté par les fenêtres.

— Facile à dire pour vous. Vous n'avez pas idée de ce boulot et...

Se rendant compte de la pente savonneuse sur laquelle il s'engageait, il fit machine arrière.

— Bref, facile à dire pour vous.

— Capitaine, on tient quelque chose. Pour la première fois depuis dix ans, j'ai une piste pour le meurtre de ma mère.

Ayant appris à ne pas se laisser arrêter par le côté obtus de son supérieur, elle mit les points sur les i.

— La valise volée constitue un lien direct entre les deux affaires, et j'ai la certitude que, si je retrouve le tueur de notre inconnue, je mettrai la main sur l'assassin de ma mère.

— Écoutez, s'adoucit-il avec une molle grimace se voulant compatissante, je vois le tour personnel que prend la situation pour vous.

— Monsieur, je vous assure néanmoins que je peux déployer toute l'énergie nécessaire, quelle que soit ma…

— Toc, toc ? fit l'inspecteur Sharon Hinesburg en passant la tête par la porte. Je dérange ?

Le capitaine Irons lui adressa un large sourire avant de revenir à Nikki.

— Inspecteur Heat, nous reprendrons cette discussion plus tard, déclara-t-il, très sérieux.

— Mais un simple oui suffirait.

— Bel effort, gloussa-t-il, mais il faudra encore me convaincre. Pour l'instant, je dois voir l'inspecteur Hinesburg, annonça-t-il pour clore le débat, indiquant d'un geste son agenda.

Apparemment, songea Heat, Hinesburg prenait désormais rendez-vous pour faire sa lèche.

— Réunion dans trois minutes, Sharon, glissa-t-elle en sortant à son enquêtrice, le maillon faible de sa brigade.

La porte vitrée se referma doucement derrière elle, et elle perçut des rires étouffés.

L'inspecteur Heat mit son irritation au fond de sa poche. Elle était trop professionnelle pour se laisser emporter sur ce terrain glissant et trop motivée par l'importance de sa nouvelle piste pour se laisser distraire de sa mission par de mesquines intrigues de bureau. Raley avait fini d'installer les deux grands tableaux blancs vierges dans un angle de la salle de briefing, contre le mur en briques peint. Elle se mit donc immédiatement au travail en commençant par celui concernant l'inconnue.

Dans le coin supérieur gauche, Heat accrocha des photos grand format de la victime prises sous divers angles : un gros plan du visage, un profil de la tête, une vue d'ensemble du corps en chien de fusil dans la valise et un détail du coup de couteau. À côté, elle plaça cinq prises de vue du camion de livraison : l'avant, l'arrière, les deux côtés et une vue de dessus, prise à sa demande par le photographe de la scientifique du haut d'un escalier de secours. À New York, on regarde beaucoup dans la rue du haut des appartements et des bureaux. Ce cliché du toit du camion avec ses graffitis reconnaissables rafraîchirait peut-être la mémoire à d'éventuels témoins, ce qui permettrait à la police de retracer l'itinéraire du véhicule. Toute information, aussi infime fût-elle, pouvait contribuer à déterminer comment et quand la valise avait atterri dans le camion. Ou qui l'y avait placée.

Une salve d'applaudissements la fit se retourner. Jameson Rook venait d'entrer dans la salle de réunion pour la première fois depuis qu'il avait pris cette balle pour lui sauver la vie, et la brigade entière s'était levée pour le saluer. Les applaudissements s'intensifièrent au fur et à mesure que des agents en tenue, des auxiliaires civils et des inspecteurs d'autres brigades s'attroupaient à la porte, derrière Rook, pour participer à l'ovation.

L'air surpris, il croisa le regard de Heat. Il était manifestement ému par cet accueil spontané. Comme si la matinée n'avait pas déjà été assez chargée en émotions pour elle, voilà que ses confrères, peu démonstratifs, c'est bien connu, manifestaient toute leur solidarité de flic à son compagnon.

Quand le calme revint, il essuya une larme et sourit à l'assemblée.

— Bon sang, c'est comme ça que vous accueillez tous ceux qui vous apportent du café ? fit-il, la gorge serrée.

Sous les rires, il traversa la salle pour tendre son gobelet à Nikki.

— Tiens, un grand vanillé, sans sucre, avec un nuage de lait.

— Parfait, dit-elle.

Aussitôt, Randall Feller passa la tête derrière l'inspecteur Ochoa, l'air humilié.

— Je crois que quelques mots s'imposent, déclara Rook au groupe demeuré immobile.

— Est-ce vraiment nécessaire ? fit l'inspecteur Raley, déclenchant de nouveau les rires.

— Rien que pour ça. Mais je serai bref. Il paraît qu'on a du pain sur la planche, reprit-il en indiquant les tableaux blancs derrière Heat, et je ne voudrais retarder personne.

— Trop tard, observa Nikki.

Mais elle souriait, et ils s'esclaffèrent ensemble.

— Je pense qu'un « merci » résumera bien ma pensée. Merci pour le soutien, les cartes, les fleurs... Même si une infirmière sexy n'aurait pas été de refus.

— Ah ! Tu avais pourtant l'air d'apprécier le charme du petit infirmier, rétorqua Ochoa.

— Et merci aux inspecteurs Raley et Ochoa. C'est la dernière fois que je le dis, poursuivit Rook. Merci, les Gars, d'avoir relevé les manches pour ma transfusion. Je crois que cela fait officiellement de nous des...

— ... attention les yeux ! persifla l'inspecteur Rhymer de la brigade des cambriolages.

— Pas du tout, mon vieux, objecta Ochoa. Tu sais ce que tu as maintenant, Rook ? Tu as le pouvoir du sang des Gars.

— Fais-en bon usage, renchérit Raley.

Nikki se racla la gorge.

— Terminé ?

— Terminé, confirma Rook.

— Ceux de ma brigade, fit Heat en reprenant un ton formel. Approchez vos chaises pour le briefing.

Tandis que les visiteurs partaient et que son équipe se réunissait autour des tableaux blancs, Rook s'approcha d'elle pour mieux l'étudier.

— Alors, comment ça va depuis notre coup de fil ? demanda-t-il d'une voix douce.

Elle eut un haussement d'épaules mitigé.

— Ça va aller. Je m'en remettrai. Je voudrais me donner à fond, là. Sauf que j'ai Irons dans les pattes.

Rook suivit son regard en direction du bureau vitré, où le capitaine s'entretenait encore avec Hinesburg.

— Il rechigne à m'octroyer des heures sup et des moyens.

— Rien de nouveau sous le soleil.

— Je ne sais pas comment le convaincre. Au fait, merci pour le café, dit-elle pour changer de sujet. Tu crois que tu pourrais passer chez moi voir si la secousse a fait des dégâts ?

— C'est fait. Rien de grave. J'ai redressé les cadres des photos, remis les fruits dans leur panier, redressé tes bibelots et reniflé d'éventuelles fuites de gaz. Tout va bien. Euh ! Sauf l'ascenseur, il est HS. Trois étages, ce n'est pas rien, mais je ne suis pas une mauviette.

Nikki le remercia, mais, au lieu de répondre « De rien », il approcha sa chaise.

— Qu'est-ce que tu fais ?

— Je m'installe au premier rang pour le briefing. M'enfin ! s'exclama-t-il en lisant l'objection dans ses yeux, tu ne crois quand même pas que j'ai fait tout ce chemin rien que pour t'apporter ton café ?

Heat commença par les détails. Il était inutile d'exposer la situation générale, pas à ce groupe. Elle était parfaitement claire pour tous ceux qui, dans la pièce, connaissaient l'inspecteur et son histoire. Si tel n'était pas le cas, il suffisait de regarder les deux tableaux et l'attitude concentrée de Nikki Heat pour le comprendre. Ce n'était pas une affaire comme les autres. C'était l'affaire de sa vie.

Tout le monde prêtait attention. Personne ne l'interrompit, personne ne fit la moindre plaisanterie. Personne ne voulait risquer de saboter quoi que ce soit. Tous ne pensaient qu'à une chose : réussir ce coup-là pour l'inspecteur Heat.

Rappelant la découverte de la valise par la brigade de déminage, elle présenta la victime en s'appuyant sur les photos de l'inconnue : le corps congelé, l'absence de papiers d'identité et d'effets personnels, ainsi que l'unique coup de couteau porté dans le dos d'une main experte, cause apparente de la mort – ce qui restait à confirmer. Ensuite, elle indiqua la série de photos du camion.

— Le chauffeur est très coopératif et, avec son employeur, nous sommes en train de revoir l'organisation de sa tournée pour voir quand la valise a été déposée à l'intérieur. On est en droit de penser que cela s'est produit sur le trajet, mais je veux plus que des suppositions. Je veux du solide. Ce qui m'amène à la première tâche que je souhaite confier. Inspecteur Hinesburg ?

Nikki prit Hinesburg par surprise au moment où elle rejoignait la réunion, en retard à cause de son entrevue avec le capitaine.

— Oui ? demanda-t-elle, pas encore assise.

— Je veux que vous vérifiiez les antécédents du chauffeur et de tous ceux qui ont eu accès à ce véhicule avant son départ du quai de chargement ce matin. Autrement dit, ceux qui l'ont nettoyé, chargé ou inspecté ou qui auraient pu y glisser la valise avant qu'il ne quitte les lieux.

L'enquêtrice trouva un siège et acquiesça de la tête.

— Sharon, vous voulez peut-être prendre des notes ?

— Non, c'est bon. Si c'est le chauffeur qui a appelé les secours, ajouta-t-elle en digérant les informations, on n'a pas vraiment de raisons de le suspecter, non ? Ce n'est pas un peu se donner du mal pour rien ?

Dans une BD, on aurait pu lire « J'exige ! » dans la bulle de texte exprimant sa pensée au-dessus de la tête de Nikki. À ses dépens, elle avait appris le meilleur moyen de limiter les dégâts que Sharon Hinesburg pouvait causer dans une affaire : lui confier les tâches où sa nonchalance et son laxisme seraient le moins dommageables.

— On ne le saura qu'une fois ce travail effectué, inspecteur.

Son regard parcourut la salle.

— Inspecteur Feller ?

À l'appel de son nom, l'enquêteur, qui écoutait attentivement, penché en avant, les coudes posés sur les cuisses, se redressa sur son séant.

— Yo ! fit-il, le stylo en suspens.

— Vous vous chargez de la tournée, ce qui veut dire aller voir les employés des snacks, des épiceries livrées, s'il s'est arrêté prendre de l'essence, s'il a quitté le camion pour se rendre aux toilettes, s'il a effectué une livraison au black qui l'aurait obligé à se garer vite fait pour s'en acquitter rapidement, s'il détournait de la marchandise, s'il fournissait des calamars à son oncle en laissant la porte non verrouillée… Vous voyez le topo.

— Ça marche.

— Vous rendrez compte à Raley. Notre roi de tous les moyens de surveillance va nous dégoter toutes les caméras de sécurité le long de la tournée. Et, Raley ?

L'inspecteur leva le menton vers elle, indiquant qu'elle avait toute son attention.

— Bien entendu, on espère apercevoir la valise et la personne ou les personnes qui l'ont déposée dans le camion, mais voyez aussi si vous pouvez dénicher des témoins sur ces vidéos. Piétons, vendeurs de journaux, vous savez ce qu'on cherche.

— Quiconque ayant vu le camion ou n'importe quoi qui a pu se passer autour, partout où il est passé, répondit l'inspecteur Raley, donnant l'impression qu'il s'agissait d'une tâche certes ardue, mais tout à fait dans ses cordes.

— Inspecteur Ochoa, vous vous occupez des empreintes dès qu'on nous les envoie. Et voyez aussi dans la base de données centrale s'il n'y a pas eu d'appels signalant une altercation ou des cris de femme, même si cela a été classé en violences conjugales.

— Sur quel laps de temps ? demanda Ochoa.

— Impossible de déterminer l'heure du décès avant qu'elle ait dégelé et que la médicolégale puisse effectuer ses analyses. Alors, pour l'instant, tablons sur une fourchette de quarante-huit heures. On élargira plus tard s'il le faut.

— Vous pensez qu'il peut s'agir d'un tueur en série ? demanda Feller tandis qu'elle notait ce qu'elle venait de dire sur le tableau. Je veux bien me charger de vérifier le mode opératoire dans le fichier. Et voir aussi si les deux meurtres correspondent à des dates de libération de prison et d'autres trucs du genre.

— Bonne idée, Randall, allez-y.

— Et si c'était juste une coïncidence ? demanda Sharon Hinesburg.

Les autres inspecteurs se dandinèrent sur leur chaise. Ochoa se cacha même le visage dans les mains.

— Vous savez ce que je pense des coïncidences, Sharon, dit Nikki.

— Pourtant, ça arrive, non ?

— Enfin ! intervint Feller, incapable de se retenir. Tu crois peut-être que, par le plus grand des hasards, un tueur différent, présentant le même mode opératoire, aurait mis le corps dans la valise que possédait la victime précédente ? Dans ce cas, je cours m'acheter un billet de loterie.

La remarque suscita des rires moqueurs.

— Je vais vous dire, reprit Heat une fois le calme revenu. Par acquit de conscience, on va quand même vérifier sur eBay et dans les dépôts-ventes des environs si on ne trouve pas trace de la valise. Sharon, pourquoi ne pas vous en charger ? ajouta-t-elle pour montrer à quel point elle y croyait.

Nikki baissa ensuite les yeux sur une photo posée sur la table. À sa vue, l'énergie bouillonnante qui l'animait depuis sa découverte sur Columbus Avenue retomba. Toutefois, elle se força à se redresser pour ne pas se relâcher et montra le grand format à la ronde.

— Ceci..., commença-t-elle avant de s'arrêter, de peur que sa voix ne se brise.

Quelque chose remua dans son champ de vision. Rook avait croisé les doigts et tenait ses mains serrées devant lui en signe de force. Ce petit geste discret lui redonna du courage, et elle se félicita de ne pas avoir envoyé promener Sharon, finalement.

— Ceci est un gros plan du fond de la valise, reprit-elle, son calme retrouvé.

Elle l'accrocha dans le coin supérieur droit du tableau dédié à l'inconnue. Le craquement des holsters rompit le silence de la salle tandis que tous se penchaient en avant pour mieux voir. Sous la lumière du flash, la valise paraissait non plus gris-bleu mais bleu azur. Au centre du cliché apparaissaient deux initiales grossièrement gravées : « *N. H.* »

Tandis que la brigade en mesurait en silence la terrible signification – que la fillette dont la main avait marqué la valise se tenait devant eux –, la main adulte de ladite fillette colla une copie de la photo des initiales sur le deuxième tableau.

— Voici le lien, annonça l'inspecteur Heat, puisant des trésors de calme et de maîtrise dans le déni de son émoi. Notre piste la plus chaude nous ramène au meurtre non résolu de Cynthia Trope Heat qui remonte à dix ans.

Elle traça un arc dans les airs entre les photos de ses initiales sur les deux tableaux.

— Cette nouvelle affaire va nous aider à résoudre l'ancienne.

— Et vice versa, enchaînèrent les Gars, en chœur.

— Absolument, confirma Nikki Heat.

Tandis que les autres membres du groupe se dispersaient pour vaquer chacun à sa tâche, l'inspecteur Feller s'approcha.

— Cette fois, on va y arriver, assura-t-il. En ce qui me concerne, c'est la seule affaire en cours.

— Merci, Randall. Ça me touche beaucoup.

Il resta planté là comme s'il avait autre chose à dire. Une fois de plus, Nikki pouvait lire sur son visage qu'il en pinçait pour elle. Elle le savait depuis la première fois que leurs chemins s'étaient croisés, quand, l'automne précédent, il avait été le premier à répondre à son appel au secours alors qu'il circulait à bord de son faux taxi. Depuis, ce cow-boy des rues se transformait en petit gars timide de la boum de l'école chaque fois qu'il se retrouvait seul avec elle.

— Voilà, si vous n'avez encore personne avec qui faire équipe, je me demandais...

Elle réfléchissait à la manière de s'en dépêtrer, quand Rook se précipita à son secours.

— Justement, je me disais que l'inspecteur Heat et moi pourrions collaborer sur cette affaire.

Feller dévisagea Rook comme s'il s'agissait d'un désaxé.

— Vraiment ? Je pensais, dit-il en se retournant vers Nikki, qu'un inspecteur chevronné ferait mieux l'affaire qu'un... journaliste. Mais cela n'engage que moi.

— Un journaliste qui s'est pris une balle à sa place.

— Bon, d'accord, écoutez, intervint Nikki.

— L'inspecteur chevronné s'est aussi pris une balle à sa place, fit remarquer Feller en redressant les épaules avant d'avancer d'un pas en direction de Rook.

— Je sais comment régler ça, lança Rook. Chifoumi.

— À vous.

— Vous n'êtes pas sérieux ? fit Nikki. Non, vous n'allez quand même pas jouer à pierre-feuille-ciseaux !

— Ne t'inquiète pas, murmura Rook à l'oreille de Nikki. Je connais ce genre de gars. Les machos comme lui choisissent toujours la pierre.

Avant qu'elle n'ait eu le temps de protester de nouveau, il se mit à compter :

— Un, deux, trois.

Puis il étendit la main pour opposer sa feuille… aux ciseaux de Feller.

— Ha ! ha ! C'est sympa de jouer avec vous, Rook, ricana l'inspecteur.

— Désolé de jouer les bonnets de nuit, dit Heat, mais j'ai des projets pour vous, Randall. Plutôt que de faire doublon à mes côtés, on va mettre à profit vos talents. Et Rook, ne le prends pas mal, mais je n'ai aucune envie de t'avoir dans les pattes pour cette affaire.

— Et à part ça, je ne dois pas le prendre mal ?

C'est alors que le capitaine Irons arriva par-derrière.

— Monsieur Jameson Rook. Bon retour au Vingtième.

Un sourire de représentant de commerce aux lèvres, le chef bouscula l'inspecteur Feller pour saisir la main de Rook et la secouer tout en lui tapant sur l'épaule.

— Que nous vaut l'honneur de votre présence ? Vous écrivez un nouvel article, peut-être ?

Les efforts éhontés du capitaine pour se faire valoir étaient toujours gênants, sauf pour lui manifestement. Wally Irons, à qui il était arrivé, dans sa précipitation pour passer à la télévision, de renverser accidentellement un bambin que l'on venait de retrouver grâce à l'alerte Amber, perdait toute retenue face à la presse. Néanmoins, Jameson Rook ne sourcilla même pas, car il avait passé sa carrière à se frotter à ce genre de personnes. Au contraire, il saisit l'occasion pour défendre sa cause.

— Hum, dit-il. Ça dépend. Vous pensez qu'il y a matière à quelque chose dans cette affaire, capitaine ?

— Euh, Rook, avertit Heat.

— Du tout cuit pour vous.

Irons sourit de toutes ses dents.

— À mon avis, cela fera une excellente suite à votre précédent article sur l'inspecteur Heat.

D'un regard insistant, Nikki tenta d'attirer l'attention de Rook pour lui faire non de la tête. Rook savait parfaitement qu'elle avait détesté toute l'attention que lui avait value son article pour *First Press*. Toutefois, Rook prétendit ne pas la remarquer.

— Une suite ? releva-t-il comme si l'idée l'interpellait.

— Cela va sans dire, insista Irons.

— Eh bien, c'est vous « l'expert », fit Rook.

Le rapide merci du capitaine l'assura que l'insulte lui était passée au-dessus de la tête.

— Cela se justifierait peut-être, mais ce n'est pas moi qui décide, ne m'en voulez pas. En tout cas, l'idée me plaît. J'imagine que cela dépendra de l'action, poursuivit-il en se caressant le menton. On ne peut pas se contenter de servir du réchauffé, capitaine.

— Je comprends bien.

— Par exemple, je connais l'engagement de l'inspecteur Heat et de sa brigade. Mais il sera d'autant plus facile d'obtenir la publication de mon article que le sujet aura de l'ampleur. J'imagine qu'en tant que chef, vous avez déjà réuni tous les effectifs possibles. Par exemple, continua-t-il en se retenant de faire un clin d'œil à Nikki, en réglant les heures sup et..., je ne sais pas..., en faisant venir des renforts d'autres brigades et d'autres postes ?

Le front d'Irons s'assombrit.

— La question s'est posée.

— Vous voyez, ça, c'est quelque chose de nouveau à exploiter. Un capitaine luttant contre la bureaucratie pour donner à ses inspecteurs tous les moyens dont ils ont besoin. Un chef capable de résoudre du même coup une affaire classée et une affaire fraîchement sortie du congélateur. Qui sait, ça fera peut-être même la une, gloussa-t-il.

Dodelinant de la tête comme un petit chien sur la plage arrière d'une voiture, le capitaine se tourna vers Nikki.

— Heat, vous disposerez des moyens que nous avons évoqués.

— Merci, monsieur.

Elle adressa un petit sourire à Rook.

— Et je me demandais aussi, capitaine Irons…, entreprit ce dernier.

— Oui ?

— Puisque j'ai retrouvé la pleine possession de mes moyens, ce serait peut-être pas mal que je fasse équipe avec l'inspecteur Heat, comme lors de notre arrangement précédent. C'est le meilleur moyen pour moi de suivre l'affaire, et puis cela me permettrait d'illustrer l'application de vos instructions depuis la rue. Comme ça, si on peut vraiment sortir un article de tout ça, je serais déjà sur le terrain.

— Accordé, dit Irons.

Feller s'éloigna en secouant la tête.

— Heat, on dirait que le duo de choc est de nouveau en selle, commenta le capitaine en repartant vers son bureau.

— Autre chose, inspecteur ? demanda Rook.

— Sache que, après cette belle démonstration de manipulation de ta part, fit Heat, je sais désormais à quel point tu es retors et qu'il ne faut pas te faire confiance. Jamais.

— De rien, se contenta de répondre Rook avec un sourire.

TROIS

Rook disparut vers la vieille table qu'on lui laissait occuper dans le coin, traînant avec lui la chaise à la roulette cassée dont personne ne voulait. Heat se mit aussitôt à l'ordinateur pour faire sa demande de renfort avant que le capitaine Irons ne comprenne qu'il venait de se faire berner. L'inspecteur Rhymer, de la brigade des cambriolages, lui convenait parfaitement. Malcolm et Reynolds, également des cambriolages, feraient des équipiers presque aussi formidables que les Gars. Le duo travaillait déjà sous couverture pour la brigade de recherche et d'intervention, mais elle envoya quand même un e-mail à leur capitaine pour lui dire, entre les lignes, qu'elle lui revaudrait ça.

Randall Feller vint rejoindre Heat à son bureau sans paraître le moins du monde chagriné de s'être carrément fait éjecter par Rook quelques instants plus tôt. Comme tous ses collègues, l'inspecteur Feller n'avait plus que sa tâche en tête. Il lui remit la photocopie du programme de tournée du livreur.

— Tant que tout est encore frais dans les esprits, je vais faire le tour avant le changement d'équipe. Pour votre gouverne, j'arrache Raley à son petit chéri pour qu'il vienne avec moi jeter un œil aux caméras de surveillance.

— Pour une journée, Ochoa comprendra. Ils sont unis par des liens plus profonds que ça, dit-elle avec un sourire ironique tandis qu'il partait.

L'une des auxiliaires administratives lança dans le brouhaha de la salle de briefing que Lauren Parry, de l'institut médicolégal, était en attente au bout du fil. Heat décrocha son téléphone avant même qu'elle ait eu le temps de terminer sa phrase.

— Ton e-mail disait de ne pas avoir peur de t'enquiquiner, entama la légiste.

— Toi, Lauren ? Tu ne m'enquiquines jamais. Surtout si tu m'annonces une bonne nouvelle.

— C'en est une.

— Tu as identifié mon inconnue ?

— Pas encore.

— Alors, ce n'est pas une bonne nouvelle pour moi, ma grande.

Malgré les gants qu'elle prenait, Nikki disait vrai.

— Et si je te disais que je commence déjà à récupérer un peu de souplesse dans les articulations ?

Heat prit un stylo et s'assit à son bureau.

— C'est déjà mieux. Presque une bonne nouvelle. Je t'écoute, Lauren.

— D'abord, cela veut dire que notre inconnue n'a pas été totalement congelée.

L'enquêtrice chassa l'image qui lui venait à l'esprit : une dinde de Noël dure comme de la pierre à sa sortie du congélateur.

— Cela a de nombreuses implications, Nikki. Je vais utiliser des ventilateurs pour la ramener progressivement à température ambiante afin de ne pas détruire les tissus, et la mobilité des articulations signifie que nous pourrons procéder aux analyses plus tôt que prévu.

— Dans combien de temps ?

— Cet après-midi. Mais, en dehors de ça, ajouta la légiste, son état signifie qu'elle n'a pas été déposée dans le camion à minuit chez le distributeur de produits surgelés.

Après autant d'heures passées dans un caisson isotherme à moins zéro, elle se serait solidifiée pour de bon, alors, on peut supposer – du moins pour l'instant – qu'elle a été chargée quelque part après le départ du camion ce matin.

Heat envisagea de relever l'inspecteur Hinesburg de sa mission au quai de chargement, puis y renonça. Pendant qu'elle toupinait là-bas, Sharon ne faisait pas de mal ailleurs.

— Cela veut dire aussi qu'il est possible que je puisse établir plus précisément l'heure du décès puisque la glace n'aura peut-être pas fissuré les parois cellulaires. Avec un peu de chance, je pourrai mesurer le taux de mélatonine dans l'épiphyse et l'urine, ce qui nous donnera un créneau horaire précis.

L'inspecteur Heat avait été confrontée à suffisamment d'autopsies pour saisir de quoi il retournait et poser les bonnes questions.

— Des traces d'hypothermie ?

— Négatif.

— Alors, on peut aussi supposer qu'elle était déjà morte quand elle s'est retrouvée exposée au grand froid ?

— Je parie gros là-dessus, confirma le Dr Parry. Encore une chose : les doigts devraient retrouver assez de souplesse pour qu'on puisse obtenir rapidement des empreintes. Je sais que tu en as besoin pour hier, mais je préfère ne pas me précipiter pour ne pas déchirer les chairs.

— Dans combien de temps ?

— Quelle impatience !

— Dans combien de temps ?

— Dans l'heure, sûr et certain.

— Et, Lauren ?

— Oui ?

— C'est une bonne nouvelle, dit Nikki. Merci de m'avoir enquiquinée.

Une fois qu'elle eut raccroché, Rook vint la rejoindre.

— Tu as conscience que, si nous n'étions pas à ton travail, je te poserais la main sur l'épaule ou je te prendrais dans mes bras, voire les deux ?

— Merci de n'en rien faire.

— Je t'admire, tu sais. Comment fais-tu pour tenir ?

— Non, je t'en prie, dit-elle. Pas ici, et pas maintenant, surtout.

— Très bien.

Il leva les mains en geste de reddition. Rook la connaissait assez pour savoir que, malgré toute la passion qui l'animait, Nikki était dotée d'un pare-feu préinstallé lui permettant de ne jamais laisser transparaître ses sentiments.

Elle les gardait enfouis au plus profond et cloisonnait tout dans sa vie. Disposant de certaines clés, Jameson Rook laissa sagement courir et se contenta d'embrasser du regard la salle qui bruissait d'une activité comme il n'en avait encore jamais vu.

— Inspecteur Heat, vous voilà devenue un maître intraitable, ou devrais-je plutôt dire une maîtresse ? Difficile de savoir à notre époque.

— C'est un début, se contenta-t-elle de répondre.

— Et ensuite, comment comptes-tu t'y prendre ?

— Moi ? Mais je vais continuer à diriger mes troupes. Je vais mendier, emprunter ou voler, s'il le faut, un paquet d'agents pour faire circuler la photo de l'inconnue, dès que j'aurai une idée des endroits appropriés pour le faire. Je vais peut-être aussi descendre faire un tour à la morgue, histoire de suivre l'autopsie quand la victime aura dégelé.

— Je crois que toi et moi avons mieux à faire.

Nikki lui jeta un de ses regards méfiants dont elle était coutumière à son égard.

— Pourquoi cela ne me dit rien qui vaille ?

— Comme c'est mignon ! rétorqua-t-il. Tu réagis toujours comme ça et pourtant, chaque fois, la victoire est pour moi.

Il se dirigea vers les tableaux blancs où, après une hésitation, elle finit par le rejoindre.

— C'est moi, ou tout ça paraît un peu déséquilibré ? fit-il en mimant une balance face aux deux panneaux.

— Déjà, chapeau pour l'arithmétique…

— Je ne suis pas qu'un littéraire ! revendiqua Rook.

— Ensuite, oui, je me suis d'abord concentrée sur le nouveau meurtre. Les détails concernant l'affaire de ma mère ne tiendraient pas sur un seul tableau. Mais tout est là, fais-moi confiance, affirma-t-elle en se tapotant la tempe.

— C'est pourquoi, dit-il en tapotant de la même manière le tableau quasi vide, il faut qu'on concentre nos efforts là-dessus.

— Rook, je l'ai déjà fait. Cela fait dix ans que je suis dessus.

— Pas avec moi.

— Mais je ne peux pas lâcher la nouvelle affaire.

— Allez, tu as dit toi-même qu'en en résolvant une, on résoudrait l'autre. Tu vois bien qu'ici, ça tourne tout seul, ajouta-t-il en montrant d'un geste la brigade affairée. Qu'est-ce que tu as à perdre à reprendre cette affaire classée en alliant, cette fois, ton expérience à mon regard neuf ?

— Mais au lieu d'avancer, ça nous fait revenir en arrière. De dix ans !

— N'en déplaise à Prince, persista-t-il en souriant, on va faire équipe comme si on était en 1999.

— Prince en pensera ce qu'il voudra, mais ce sera sans moi.

Rook ne céda pas, appuyant son argument par un silence arrogant et moult haussements de sourcils.

— On n'a pas le temps de reprendre toute l'affaire, finit-elle par soupirer.

— Dans ce cas, pourquoi ne pas consulter l'inspecteur qui a dirigé l'enquête ?

— Il a pris sa retraite, s'empressa-t-elle de répliquer, d'une part pour lui montrer qu'elle se tenait au courant, mais aussi pour souligner que ce ne serait pas une mince affaire. Qui sait où il est maintenant ?

— Je ne sais pas ce qu'il en est à cette minute, mais, à midi, Carter Damon, retraité des forces de police de New York, sera au P. J. Clarke's sur la 63e Rue Ouest, où nous déjeunerons ensemble.

— Rook, tu es incorrigible.

— Je sais. J'ai pourtant essayé de me corriger, plus jeune. Ça a duré un été, juste avant la puberté, mais qu'est-ce que c'était ennuyeux. Non seulement c'était plus rigolo d'être incorrigible, mais ça me permettait de coucher plus facilement. Ce qui était d'autant plus rigolo. Oh là là ! s'exclama-t-il tout à coup en regardant l'heure. Midi moins le quart. On prend le métro ou la voiture pour nous rendre à ce rendez-vous ?

Rook n'ouvrit guère la bouche le temps du court trajet qui les séparait de la station de la 79ᵉ Rue. Il marchait vite, cherchant à éviter que Nikki ne change d'avis et ne préfère rester au poste pour suivre la nouvelle piste au lieu de remonter le temps avec lui.

— Tu savais vraiment comment s'appelait le responsable de l'enquête et où le trouver ? demanda-t-elle dans la rame de métro qui les menait deux arrêts plus au sud.

— Disons simplement que j'avais besoin de m'occuper pendant ma convalescence. On ne peut quand même pas passer tout son temps à regarder des séries à la télé.

Les portes s'ouvrirent, et elle le suivit sur le quai. La station de métro de la 66ᵉ Rue Ouest était toujours bondée à l'heure du déjeuner, mais les dégâts dus au séisme rendaient sa fréquentation encore plus intense. Les voies et les passages souterrains avaient reçu l'aval des ingénieurs du réseau new-yorkais, mais les gravats en surface n'avaient pas été nettoyés, et les quais étaient réduits de moitié par des rubalises destinées à protéger les usagers des dalles qui risquaient de tomber des murs. Nombre de stations de la ville étaient carrelées sur un thème illustrant leur quartier. En l'occurrence, une impressionnante mosaïque couvrait toute la longueur de l'arrêt du Lincoln Centre. Des pans entiers de l'œuvre avaient cédé à la secousse du matin, et des morceaux de guerriers en costume, de chanteurs lyriques et de gymnastes voltigeurs gisaient par terre. Il était également indiqué que l'ascenseur de la sortie donnant sur le trottoir était hors service, de sorte que Heat et Rook se retrouvèrent bloqués par une vieille dame peinant à gravir l'escalier avec son déambulateur. Ils se présentèrent à elle par leurs prénoms, puis lui offrirent chacun un bras pour les cinq dernières marches. Derrière eux, un inconnu au cou et aux bras couverts de tatouages dignes d'un malfrat tapota l'épaule de Heat et proposa de porter l'appareil de Sylvia. La solidarité new-yorkaise dans toute sa splendeur.

En haut, avant de les quitter pour se rendre à la librairie Barnes & Noble, la vieille dame remercia d'une voix chantante Heat, Rook et le caïd, qui partit sans mot dire dans la direction opposée, vers l'école de musique Juilliard. Nikki remarqua qu'il portait un étui à clarinette sur l'épaule.

Dans Dante Park, au croisement entre Broadway et Columbus Avenue, un petit groupe de manifestants rassemblés au pied de l'horloge de Phillip Johnson prédisait l'apocalypse suite au tremblement de terre. Au passage, Nikki lut « *La fin est proche !* » sur un panneau que l'un d'eux brandissait dans sa direction. Avant de traverser la rue pour rejoindre le restaurant, elle prit le temps de se retourner et se dit qu'elle l'espérait bien. Puis Jameson Rook la prit par le coude et la tira en avant.

Le P. J. Clarke's de Lincoln Square n'était ouvert que depuis deux ans, mais il y régnait déjà l'ambiance des vieilles brasseries new-yorkaises, le genre d'endroit où on pouvait se faire servir un excellent hamburger ou des fruits de mer tout frais accompagnés d'une bière.

Le premier établissement de la chaîne, ouvert il y a plus d'un siècle dans l'East Side, accueille Don Draper et ses acolytes dans la série *Mad Men*. Dans la réalité, il a également vu défiler Frank Sinatra, Jackie Kennedy et Buddy Holly, qui y a demandé sa femme en mariage lors de leur premier rendez-vous. Quand Nikki Heat traversa le plancher en bois vieilli à la suite de Rook pour rejoindre leur table, elle ne repéra qu'un seul visage familier. Bien que ce ne fût pas une célébrité, elle sentit ses jambes flageoler.

Carter Damon avait beau avoir pris sa retraite, ses habitudes de flic avaient la vie dure. Il était assis dos au mur afin de pouvoir surveiller la salle tout en sirotant son bloody mary. Il se leva pour leur serrer la main, mais ne lâcha pas Nikki du regard, même quand il saisit celle de Rook. Il y avait quelque chose de brisé dans ce regard ; quelque chose qui, selon elle, trahissait la tristesse, l'embarras ou, peut-être, la vodka. Peut-être tout cela du reste.

— Vous avez grandi, fit Damon tandis qu'ils s'asseyaient tous. Moi, j'ai juste vieilli.

En effet, il y avait plus de sel que de poivre dans ses cheveux en brosse et sa moustache, et il commençait à avoir des poches sous les yeux, mais, pour cinquante ans, Damon avait encore la minceur d'un gars qui prend soin de sa forme. Il correspondait parfaitement à l'image qu'elle avait gardée de lui depuis leur première rencontre, le pire soir de sa vie.

« Toutes mes condoléances », avaient été ses premiers mots. Assise dans le salon, à côté du piano, Nikki, dix-neuf ans à l'époque, avait levé les yeux vers ce visage flou qu'elle n'avait même pas vu approcher. Perdue dans le brouillard, elle était pétrifiée par le sang de sa mère qui n'avait pas encore séché sur les jambes de son jeans. Nikki avait en effet tenu le corps de sa mère sur ses cuisses, par terre dans la cuisine, jusqu'à ce que les brancardiers et la policière réussissent enfin à la convaincre de la laisser partir. Tandis que l'inspecteur Damon se présentait, les flashes des appareils photo dans la cuisine derrière lui la faisaient tressaillir. Quand il lui avait dit qu'il allait diriger l'enquête sur ce crime, le mot « crime » avait été ponctué par les éclairs d'un double flash qui l'avait secouée, arrachée à son brouillard et propulsée dans un état de vigilance d'une extrême clarté. Et elle avait mémorisé le moindre détail comme une vidéo numérique. Après la plaque dorée accrochée à la poche de poitrine de sa veste de sport, elle avait remarqué que, dessous, au lieu d'une chemise, il portait un vieux t-shirt taché des Jets au col usé jusqu'à la trame, comme s'il venait d'accourir de chez lui, sa soirée de Thanksgiving interrompue par un appel téléphonique du central du Treizième. Le poste avait reçu un appel au secours en provenance d'un appartement de Gramercy Park. Des agents s'étaient rendus sur place. Ils avaient signalé un homicide probable. Le ou les suspects s'étaient enfuis avant la découverte du corps.

Au moment des faits, Nikki se trouvait au rayon des épices de la supérette, à deux rues de là. Avec le recul, il lui paraissait toujours terriblement trivial, banal, de s'être trouvée en train de parcourir des yeux les flacons rangés par ordre alphabétique, son plus gros souci au monde étant de trouver la cannelle – en bâton, pas en poudre – alors que sa mère rendait son dernier souffle. Tout à sa joie de s'être acquittée de sa mission, elle avait voulu l'appeler pour crier victoire et lui demander s'il lui fallait autre chose. Au bout de six sonneries, le répondeur s'était déclenché : « *Bonjour, vous êtes bien chez Cynthia Heat. Je ne peux pas vous répondre...* » Il s'était alors produit un effet Larsen, car sa mère avait décroché. Comme elle pétrissait de la pâte pour les tourtes qu'elles préparaient, elle avait voulu s'essuyer les mains pleines de beurre avant de prendre le combiné. Et, comme d'habitude, elle n'avait pas su arrêter le répondeur sans le débrancher. Il avait tout enregistré, permettant à Nikki par la suite de tout réentendre : « *Il me faudrait peut-être du lait concentré non sucré. J'en ai encore une boîte ouverte au frigo, je vais regarder combien il m'en reste.* »

Ensuite, il y avait eu un bruit de verre cassé, puis les cris de sa mère. Nikki avait hurlé, si fort que les têtes s'étaient retournées dans le magasin. Sans lui répondre, sa mère avait de nouveau crié et lâché le téléphone, qui était tombé par terre avec un bruit sec. Aussitôt, Nikki avait foncé, elle avait ouvert la porte d'un geste violent pour quitter la supérette au plus vite, couru en esquivant les voitures pour traverser Park Avenue Sud, appelant toujours sa mère, la suppliant de lui parler. Dans le fond, elle avait perçu la voix étouffée d'un homme, puis une brève bagarre. Ensuite, sa mère avait gémi, et son corps s'était affalé lourdement à côté du téléphone, suivi par le choc métallique d'un couteau sur le sol. Puis un bruit de ventouse lui avait indiqué qu'on ouvrait le réfrigérateur. Les bouteilles de vin mises à rafraîchir dans la porte pour le repas de Thanksgiving avaient tinté à leur tour. Elle avait entendu le craquement de la capsule d'un soda dont le gaz avait sifflé à l'ouverture. Après une pause, des pas s'étaient éloignés, cédant la place au silence. Il lui restait moins de cent mètres à parcourir quand elle avait entendu sa mère prononcer son dernier mot dans une faible plainte : *« Nikki... »*

— Merci d'avoir répondu aussi promptement, entama Rook.

— Vous plaisantez ? Je ferais tout ce que je peux.

Il lança de nouveau un coup d'œil à Nikki.

— J'avoue, cependant, que c'est dur pour moi.

Il avala une autre gorgée de son cocktail en l'observant toujours. Nikki se demandait si Carter Damon avait encore en bouche le goût de l'échec.

— Pour moi aussi, dit-elle.

Damon reposa son verre.

— C'est sûr, je parie que c'est dix fois pire pour vous. Mais puisque vous êtes devenue flic à votre tour, vous devez savoir que ça vous ronge, ces affaires jamais résolues. Ça vous coupe le sommeil.

Nikki lui adressa son plus beau sourire.

— C'est vrai, dit-elle, laissant comprendre par la neutralité de sa réponse qu'elle reconnaissait poliment la frustration que pouvait éprouver un collègue quand justice n'était pas faite, mais qu'elle lui reprochait quand même cet état de fait.

Sa réponse fit son effet. Le visage cendreux, il tourna son attention vers Rook.

— C'est pour un article que vous vouliez me voir ? Vous allez publier quelque chose sur cette affaire ? Parce qu'il me semble que vous en avez déjà pas mal parlé il y a quelques mois.

Et c'était reparti sur *Vague de chaleur et vague de criminalité*. Ce que Nikki détestait cet article ! Malgré le portrait tout à son honneur que Rook avait dressé d'elle pour un grand magazine national, la « plus grande enquêtrice de la criminelle » se serait bien passée de ces quinze minutes de gloire. Damon dut saisir le dédain dans l'expression de Nikki.

— Ce n'est pas comme s'il y avait du nouveau, tenta-t-il pour lui manifester son soutien.

— Eh bien, en fait, si, rétorqua Rook.

Trop expérimenté, trop méfiant pour prendre pour argent comptant les propos d'un vulgaire journaliste, l'ancien flic redressa les épaules et leva un peu la tête pour le jauger.

— Merde alors. Sérieux ? fit-il toutefois en voyant l'inspecteur Heat opiner du chef.

Il sourit pour lui-même.

— Vous savez, on dit qu'il ne faut jamais lâcher la partie, jamais abandonner l'espoir...

Ces propos, de la part de celui qui avait justement lâché l'affaire, sonnaient creux aux oreilles de Nikki. Mais elle n'était pas venue pour lui faire des reproches. La stratégie de Rook de revoir toute l'histoire avec un regard neuf méritait qu'elle joue le jeu. Alors, elle lui rapporta les événements du matin et le briefa sur l'inconnue retrouvée poignardée dans la valise de sa mère. À chaque détail, l'ancien enquêteur reprenait du poil de la bête, acquiesçant de tout son corps.

— Vous savez, je me souviens d'avoir noté cette valise volée, déclara-t-il quand elle eut fini.

Il marqua une pause tandis que le serveur leur apportait leur commande, une Pellegrino pour Nikki, un Coca light pour Rook.

— Un café, noir, fit Damon en poussant son bloody mary encore à moitié plein plus loin sur la nappe à carreaux rouges et blancs.

Dès que le serveur se fut éloigné, l'ex-policier inclina la tête en arrière pour réciter de mémoire en regardant le plafond :

— Une grande American Tourister, fin années soixante-dix. Rigide, bleu-gris, avec une poignée chromée en « T » et deux roulettes.

En se redressant, il s'adressa à Rook, car il savait que Nikki connaissait la suite.

— On a pensé qu'elle avait servi à transporter le fruit du cambriolage.

— Et c'est tout ? Vous en avez déduit qu'il s'agissait d'un homicide lié à un cambriolage ? demanda Rook.

— C'était la seule chose qui paraissait sensée, reconnut Damon avec un haussement d'épaules.

Mais, voyant alors Rook défaire l'élastique de son Moleskine noir pour prendre des notes, l'ancien inspecteur se hérissa.

— Ce n'est donc pas pour un article.

Comme ses interlocuteurs opinaient du chef, il se racla la gorge, sans doute soulagé, finalement, à l'idée de ne pas se voir présenté dans la presse comme un flic incapable de résoudre une affaire.

— Il y avait aussi eu un cambriolage, déclara-t-il.

— Quand ? demanda Rook. Nikki est revenue à l'appartement quelques minutes seulement après le meurtre.

— Avant. Le cambrioleur s'était servi au fond de l'appartement, dans la chambre principale et dans le bureau. Il est même possible qu'il ait agi pendant que ces deux dames étaient dans la cuisine. Le mixeur était en marche, la télé, allumée, et elles bavardaient en s'affairant. Mais, à mon avis, c'est arrivé après son départ pour la supérette, durant son absence relativement longue.

Découvrant cette dernière information, Rook se tourna vers Nikki.

— J'étais partie me promener, c'est tout.

Les muscles de son cou se raidirent.

— Il faisait bon. Comme c'était une belle soirée pour la saison, je me suis promenée une demi-heure environ.

Voulant clairement clore le sujet, elle croisa les bras et lui tendit son profil.

— Qu'est-ce qu'ils ont pris ? demanda Rook.

— Tout est dans le rapport, dit Damon. Elle en a une copie.

— En gros ?

— Des bijoux et des bibelots…, de ces antiquités en or et en argent, vous savez. Du liquide. Et aussi les dossiers dans le bureau. Plutôt bien nettoyé.

— C'est courant, ça ? Des bijoux, de l'or et des papiers ? demanda Rook.

— C'est rare, mais ça arrive. C'était peut-être un usurpateur d'identité à la recherche de documents d'organismes sociaux, de passeports, etc. Ou bien juste un amateur qui a tout pris dans l'idée de faire le tri après… Eh ! On a éliminé tout le reste, ajouta-t-il après avoir surpris le regard sceptique que Rook lançait à Nikki.

— Racontez-moi, dit Rook.

— Mais vous avez déjà tout ça, dit Carter Damon à Nikki.

L'ancien inspecteur avait raison. Néanmoins, rien n'aurait de valeur que si Rook l'entendait de la voix de l'enquêteur officiel, pas de celle de sa petite amie, la victime.

— Il n'est au courant de rien, dit-elle. Faites-lui plaisir.

Quand leurs boissons arrivèrent, ils indiquèrent au serveur qu'ils ne voulaient rien d'autre. Damon souffla sur son café, en but une gorgée, puis se mit à compter sur ses doigts.

— Un : Nikki n'était manifestement pas sur les lieux, on a son alibi sur le répondeur et le time code correspondant sur la vidéo de la caméra de surveillance de la supérette. Fin de l'histoire. Deux : pas d'agression sexuelle.

— Mais ce n'est pas parce que ça ne s'est pas produit que ça ne pouvait pas être le mobile, non ? demanda Rook.

L'ancien flic balança la tête d'un côté et de l'autre avec une grimace.

— Je n'y crois pas. Ce n'est pas qu'on ne peut pas avoir à la fois un cambriolage et une agression sexuelle, parce que ça s'est déjà vu. Mais, dans un laps de temps aussi court – à supposer que cela se soit produit dans la demi-heure où elle est partie se promener –, l'expérience prouve que c'est plutôt l'un ou l'autre. Madame Heat a dû surprendre le voleur, voilà tout.

— Trois ? s'impatienta Rook.

— Trois : on a éliminé le père. Sujet délicat… Les maris, surtout les ex-maris, sont toujours les premiers sur la liste. Les Heat avaient divorcé depuis peu, mais à l'amiable. De toute façon, Jeffrey Heat avait un alibi solide. Il était parti jouer au golf aux Bermudes, où il a fallu demander aux autorités locales de l'informer du meurtre.

Rook regarda Nikki, demeurée stoïque à côté de lui. Elle continuait de regarder droit devant elle. Du moins jusqu'à ce que Damon s'adresse à elle.

— Et comment va votre père aujourd'hui ?

Le visage de Nikki se raidit.

— Vous l'avez vu récemment ?

— On peut avancer, s'il vous plaît ? fit-elle en consultant sa montre. Il faut que je retourne au poste.

— Désolé. Sujet douloureux ?

Comme elle ne répondait pas, il reprit son décompte pour Rook.

— Quatre : sa mère ne s'étant pas encore remise sur le marché, il n'y avait aucun prétendant à l'horizon.

Nikki émit un soupir d'impatience et but une longue rasade de son eau minérale.

— Aucun conflit au travail, continua-t-il en comptant sur son petit doigt. Cynthia Heat donnait des cours de piano, et tout le monde était content d'elle. Sauf peut-être un ou deux jeunes élèves qui détestaient les gammes.

Il reprit son décompte.

— Des ennemis ? Aucun en apparence : ni dispute avec les voisins de l'immeuble, ni différend d'ordre juridique en cours.

— Vous avez retrouvé la trace de cette Cherokee bleue qui a eu un accrochage au bout de notre rue, ce soir-là ? intervint Nikki pour la première fois.

— Hum. Non, j'ai essayé de me renseigner, mais vous savez comment c'est. Ça n'a rien donné. Ç'aurait été un coup de chance, sans immatriculation et vu la taille de cette ville.

— Je peux vous demander quand vous avez vérifié pour

la dernière fois si l'un des bijoux ou des bibelots volés avait été fourgué ou mis en gage ?

— Allô ! J'ai pris ma retraite il y a trois ans.

Une famille à la table d'à côté se retourna pour les regarder. Il baissa la voix et se pencha vers elle.

— Écoutez, on a fait du mieux qu'on pouvait. J'ai fait mon possible. Et votre ancien capitaine aussi.

— Montrose ?

La famille les regarda de nouveau, et ce fut au tour de Nikki de baisser le ton.

— Vous parlez du capitaine Montrose ?

— Vous l'ignoriez ? Votre chef m'a contacté juste après votre arrivée à la brigade. Il m'a demandé de lui raconter l'enquête, mais il n'a rien trouvé non plus. En tout cas, il devait vous tenir en sacrée estime pour faire ça.

— Le capitaine Montrose était quelqu'un de spécial, dit-elle simplement en digérant l'info.

— Mais vous avez su lui rendre la pareille.

Il but une gorgée de café.

— Je sais ce que vous avez fait pour laver son nom.

— C'était normal.

— Et j'ai vu aux infos que vous aviez pris une neuf millimètres dans la poitrine en lui sauvant la vie, fit Damon à Rook en indiquant Nikki d'un signe de tête.

— C'est normal, dit Rook.

— J'ai pris une balle, moi aussi, lors de ma première année, quand j'étais encore un bleu en uniforme.

Il se tapota l'épaule droite du bout des doigts.

— Une partie de plaisir, la balle, comparée à la rééducation, hein ?

— Une vraie torture, confirma Rook.

— L'enfer au quotidien ! s'esclaffa Damon.

— Avec de brefs moments de purgatoire. Je suis suivi par un sadique nommé Guantanamo.

— Votre kiné s'appelle Guantanamo ?

— Non, c'est moi qui l'appelle comme ça. En fait, il s'appelle Joe Gittman.

— J'adore, dit Damon. « Guantanamo. » Et il pratique la simulation de noyade ?

— C'est tout comme. Il vient tous les jours et j'aimerais bien pouvoir faire intervenir quelques terroristes, comme dans la série *Sleeper Cell*, pour qu'il arrête.

Damon s'esclaffa de nouveau, mais s'arrêta net en croisant le regard de Nikki.

— 2003, dit-elle. La dernière fois que vous avez vérifié pour la fourgue, c'était en 2003. Il y a sept ans.

— Comment le savez-vous ?

— Quatre ans avant votre retraite.

— Si vous le dites.

— Le 13 février 2003, c'est la date de votre dernière recherche.

Le silence qui s'ensuivit chassa le serveur revenu à leur table. En sentant la tension, il repartit sans un mot.

Carter Damon finit par se pencher en avant, quelque chose de l'ordre de la supplique au fond de ses yeux bordés de rouge.

— Nikki... Inspecteur... Parfois, la piste s'arrête, vous le savez. C'est la faute à personne. On tourne la page.

Voyant qu'elle ne répondait pas, il poursuivit, baissant la voix jusqu'à ne plus émettre qu'un filet rauque :

— J'ai bossé sur votre affaire. J'ai vraiment bossé dur.

— Jusqu'au jour où vous avez cessé.

— Ai-je besoin de vous rappeler combien de personnes se font assassiner dans cette ville ?

— Et combien de mères j'avais, moi ?

Il secoua la tête et se retrancha. Ce moment de faiblesse passé, il se mit sur la défensive.

— Non, non, pas de ça. C'est trop facile. Regardez, vous, vous pouvez vous concentrer sur cette seule affaire, alors que moi j'ai fini par en avoir toute une liste. Je n'y peux rien. C'est ce boulot qui vous ensevelit.

— Monsieur Damon, dit-elle, dédaignant le recours respectueux à son ancien rang. À vous entendre, on croirait que vous avez fait votre boulot. Or, il me semble que vous

vous êtes arrêté au moins quatre ans avant de prendre votre retraite.

— Ce n'est pas juste.

— C'est drôle, dit-elle, c'est exactement ce que j'ai pensé.

— Oh ! et puis merde, si vous croyez pouvoir faire mieux, à vous de jouer !

Heat se leva.

— C'est bien ce que je compte faire.

Rook jeta quelques billets sur la table et partit avec elle.

Afin que Nikki puisse utiliser son téléphone portable sans perdre le réseau sous terre, ils s'offrirent le taxi pour remonter au poste, à vingt rues de là.

— Tu sais que le médecin dit que je dois reprendre un peu de poids, déclara Rook après avoir donné l'adresse au chauffeur. Je te signale que tu ne m'aides pas du tout, là !

— Qu'est-ce que tu racontes, Rook ?

Elle faisait défiler ses messages.

— Certes, on a sauté le petit-déjeuner ce matin, mais je te rappelle que c'était pour une séance de sexe débridé.

Rook surprit un haussement de sourcils dans le rétroviseur et se pencha en avant pour s'adresser au chauffeur.

— Tout va bien, c'est ma cousine. Ma cousine au second degré.

Nikki se poussa au fond du siège en se retenant de pouffer. Rook avait le chic – surtout quand ses vieux démons la rattrapaient – pour l'aider à tenir bon en la faisant rire.

— Et ensuite ? poursuivit-il en se retournant vers elle. On déjeune avec « monsieur », pas « l'inspecteur » Carter Damon – ne crois pas que la nuance m'ait échappé –, et ces agapes se résument pour moi à un soda light !

— Qui a parlé d'agapes ? demanda-t-elle en appuyant sur « *Rappel* » à la fin de l'annonce de sa messagerie.

— Un génie des mots en plein délire pour cause d'hypo-glycémie.

— J'appelle Lauren Parry, indiqua Nikki en levant la main.

— Parfait, la légiste. Si je ne mange pas, je ne vais pas tarder à lui rendre visite.

Rook déposa Nikki au poste, puis demanda au taxi de le ramener à son loft, à Tribeca, où il comptait faire quelques recherches et lire le dossier de l'affaire qu'elle avait promis de lui envoyer par e-mail. Après s'être acquittée de cette tâche, Heat réunit sa brigade pour faire le point sur les tableaux blancs en commençant par les informations fournies par Lauren.

— La légiste vient de m'apprendre que nous avons désormais une heure de décès préliminaire pour notre inconnue, soit avant-hier soir, entre vingt-deux heures et deux heures du matin.

Avant de poursuivre, elle marqua une pause pour permettre à chacun de prendre ses notes.

— On a aussi pu relever quelques bonnes empreintes que l'inspecteur Ochoa a déjà entrées dans le fichier. Aucune correspondance pour l'instant, mais gardons espoir. Quant aux gars du labo, ils ont trouvé sur sa peau des résidus d'un solvant de nettoyage généralement utilisé en laboratoire.

À l'aide d'un marqueur fermé par son bouchon, Nikki pointa la salissure sur le pantalon de la victime, au niveau du genou.

— Par ailleurs, les premiers résultats indiquent que cette poussière, ainsi que les traces similaires sur ses chaussures, serait d'origine ferroviaire.

Elle prit un instant pour parcourir son groupe du regard.

— Ravie de revoir l'inspecteur Rhymer dans la cour des grands.

L'inspecteur Ochoa amorça le traditionnel chœur des « Bienvenue à la crim', Opossum » en appuyant sur le surnom donné dans la maison à leur collègue originaire du Sud.

— Rhymer, vous ferez équipe avec Feller dès qu'il aura terminé de visionner les vidéos des caméras de surveillance avec Raley. En attendant, pourriez-vous commencer par vérifier si des pharmaciens, des laborantins ou autres membres d'un personnel médical ont été portés disparus ? N'hésitez pas à vérifier non plus toute autre profession où on utilise des solvants industriels puissants. Tout ce qui pourrait vous venir à l'esprit.

— Comme le pressing d'Ochoa, fit l'inspecteur Reynolds, prêt à en découdre verbalement.

— Ah ! les irrésistibles inspecteurs Malcolm et Reynolds, reprit Heat. Vous deux, vous allez tout de suite me vérifier si elle travaillait pour le réseau ferroviaire ou le métro. Donc, faites circuler sa photo aux régies correspondantes. Comme vous voyez, expliqua Nikki en montrant le cliché de la victime dans la valise, elle est vêtue comme un cadre supérieur. Alors, commencez par les ressources humaines, mais n'éliminez pas pour autant les chefs de train ni les ouvriers de dépôt.

— Ce sera fait, dit l'inspecteur Malcolm.

— Et demandez à la sécurité de visionner leurs vidéos. Notre inconnue n'est peut-être pas une employée, mais un usager qui a emprunté les voies pour essayer d'échapper à son meurtrier.

Au fond de la salle de réunion, Raley et Feller firent irruption, mais s'arrêtèrent net en constatant que le briefing n'était pas terminé.

— Fin de la réunion, annonça-t-elle en lisant l'excitation sur leur visage.

— Vous aviez raison de nous faire vérifier les caméras proches des points de livraison, annonça Feller quand Heat eut refermé la porte du célèbre placard, dans le couloir, où Raley visionnait inlassablement les vidéos de sécurité.

Il ramassa le programme de la tournée du livreur, sur lequel toutes les adresses avaient été cochées, pour montrer à Nikki, au bas de la page, celle d'un snack qu'il avait entourée au marqueur.

— Ces images viennent d'un kebab dans le Queens, à deux pas du dernier arrêt du livreur, avant qu'il n'arrive à Manhattan.

— Northern Boulevard, au niveau du carrefour entre Francis Lewis et la 44ᵉ Avenue, précisa Raley tout en pianotant sur son clavier. On a eu de la veine. J'ai trouvé ça dans une bijouterie qui avait subi tant de cambriolages qu'ils venaient de passer à la vidéo HD. Ça va vous plaire.

Après s'être assuré qu'elle était prête, il appuya sur « *Entrée* ». La vidéo montrait l'étalage en velours bleu marine de la vitrine, vide, car tout avait été rentré par mesure de sécurité à la fermeture. L'horloge indiquait tout juste cinq heures trente du matin, et la circulation se résumait au passage, de temps à autre, de phares arrière dans le noir. Le trottoir resta vide jusqu'à l'apparition d'une silhouette arrivant du parking, derrière le magasin d'électronique situé de l'autre côté de la rue. L'homme baissait la tête, et ses cheveux lui masquaient le visage. Mais l'attention de Heat fut aussitôt attirée par l'American Tourister bleu-gris qu'il tirait derrière lui par une poignée en « T ». Après avoir traversé le passage pour piétons en direction de la bijouterie, le dos tourné à la caméra, il fit franchir le caniveau à la lourde valise en la hissant sur le trottoir à deux mains. Elle bascula. Comme elle allait se renverser, il la retint du bras, faisant saillir ses muscles sous la manche de son t-shirt. Une fois la valise de nouveau stable sur ses deux roulettes, il poursuivit son chemin, passant directement devant la vitrine, où la forte lumière qui en éclairait l'intérieur dut attirer son attention, car il se tourna pour regarder dans cette direction. Raley fit un arrêt sur image et saisit un cliché de face, parfaitement net et en haute définition. De ses yeux renfoncés, l'homme regardait presque droit dans l'objectif. Ce regard figé laissa Nikki un instant sans voix, car elle se rendit compte qu'elle se trouvait face au tueur de sa mère.

— Ça va ? demanda Feller.

— Que nous apprend ce cliché ? se contenta-t-elle de demander.

— Je lui donne dans les quarante-cinq ans, dit Raley en consultant les notes qu'il avait déjà prises. Je dirais entre un mètre soixante-quinze et un mètre quatre-vingts. Cent, voire cent dix kilos, vu ces biscoteaux. On aperçoit une sorte de tatouage au niveau du col de son t-shirt. Nez cassé depuis des années, et plutôt l'air d'un dur.

— Je parie qu'il a fait de la tôle, commenta Feller. Je sais reconnaître ce genre de visages.

— Je me demande si ce n'est pas là qu'il a passé les dix dernières années, ajouta l'inspecteur Raley.

— Ne nous précipitons pas, fit Heat, prudente, tant pour elle que pour les deux autres. Ajoutez son signalement à l'avis de recherche. Faites un gros plan du tatouage et envoyez-le pour comparaison à la base de données centrale. Bien qu'il soit partiel, je sais qu'ils sont capables de miracles, même avec moins. Et, en effet, assurons-nous de comparer cette photo aux fichiers de détenus. Bien entendu, tout cela pour hier, voire avant-hier.

— Le JPEG est déjà créé, dit Raley. Autre chose ?

— Oui. Vous êtes vraiment le roi de tous les moyens de surveillance.

Quand elle ouvrit la porte de chez Rook, Heat fut accueillie par un parfum d'herbes. L'entrée et la cuisine étaient plongées dans le noir, et elle apercevait les ombres de bougies danser sur les murs et sur les surfaces métalliques des appareils électroménagers.

Leur lumière vacillante provenait de la vaste pièce s'étendant de l'autre côté du bar d'où émanait également une douce musique new age. Nikki glissa délicatement ses clés sur le crochet en espérant qu'il ne soit pas déçu qu'elle demande de reporter le dîner aux chandelles.

Après la rude journée qu'elle venait de passer, elle ne demandait rien de plus qu'un bain et une pizza devant la télé avant d'aller se coucher. D'ailleurs, elle se passerait même volontiers de la pizza et des infos.

— Je suis là, lui parvint la voix de Rook, un peu rauque et distante, comme s'il avait déjà bien entamé le sancerre.

Nikki pénétra dans la cuisine et jeta un œil de l'autre côté du bar, où elle découvrit Rook allongé sur une table de massage dans la pénombre. Il avait une serviette sur les fesses, et une splendide femme en blouse d'infirmière lui pétrissait la cuisse de ses longs doigts, un peu trop près de ses fessiers aux rondeurs si parfaites. Rook fit les présentations sans lever la tête du coussin percé.

— Nikki, voici Salena. Salena, Nikki.

Salena lui lança un bref coup d'œil, juste assez long pour afficher un sourire aux dents parfaites. Elle murmura « Bonjour », puis s'intéressa de nouveau à l'endroit où le haut de la cuisse disparaissait sous la serviette.

— Mmm, gémit Rook.

— C'est très tendu, affirma Salena.

— Mm-hum, répondit-il.

— Excusez-moi, dit Nikki.

Elle les laissa pour se diriger vers la chambre au fond du couloir éteint et ferma la porte.

Quand il vint la rejoindre plus tard en peignoir, il trouva Nikki jambes croisées sur le lit, en train de travailler sur son ordinateur portable.

— Tu n'avais pas besoin de venir te cacher ici.

— Mais je n'allais quand même pas rester plantée là pendant que tu prenais du bon temps avec ta masseuse.

— En fait, c'est une kiné diplômée. L'agence a envoyé Salena pour remplacer Guantanamo. C'est cool, non ?

— Il est toujours malade ? demanda-t-elle en refermant son MacBook.

— Non, il a démissionné. Alors, ce sera Salena jusqu'à la fin de ma rééducation. Il ne reste que quelques séances, mais je m'y ferai.

Il fit quelques torsions et flexions du torse.

— Je me sens déjà mieux.

— Il a démissionné ?

— Il a dû sentir que je ne l'aimais pas. Le sadique. Ce type n'appréciait sans doute pas que je réponde. Il devait trouver que j'offrais trop de résistance.

— Ce n'est pas le cas avec Salena. Pour ce que j'en ai vu, en tout cas.

— Tu es jalouse ? Sérieux ? C'était une séance thérapeu-
tique pratiquée par une professionnelle agréée.

— Avec huiles essentielles et Enya en musique de fond.
Attention, Rook, j'ai cru que j'allais tomber sur le tournage
d'un porno, s'esclaffa-t-elle.

— Il n'y a pas d'Enya dans le porno.

La sonnerie de la porte retentit.

— J'y vais, dit-elle. Je nous ai commandé une pizza.

— Oh ! un livreur de pizza, siffla-t-il en lui emboîtant le
pas. Ça, ça sent le porno.

Ils mangèrent sur le pouce, à même le carton, pendant
qu'elle le mettait au courant pour la vidéo de la bijouterie
ainsi que pour le solvant et la poussière de ballast sur l'inconnue. Quand ils eurent fini de manger, il annonça qu'il se
chargeait de la vaisselle et jeta la boîte dans la poubelle du
recyclage.

— Bonne pioche pour la pizza, déclara-t-il. Même si j'ai
du mal à décider si je préfère celles de chez *Original Ray*,
Famous Original Ray ou *Swear to God, Folks, This Really,
Really Is Ray*[1].

Ils passèrent du bar à la table de la salle à manger sur laquelle, l'après-midi, il avait étalé le dossier de l'affaire qu'il
avait imprimé à partir du PDF qu'elle lui avait envoyé ainsi
que les notes qu'il avait prises suite à leur entrevue avec
Carter Damon.

— Au cas où vous vous poseriez des questions, inspecteur Heat, cette conversation avec ce type fut un exercice
très utile pour moi.

— Ravie que quelqu'un en ait tiré quelque chose. Moi,
en tout cas, ça m'a plutôt énervée.

— Je n'avais pas remarqué !

Elle parcourut ses notes.

— Mais je ne vois rien de nouveau là-dedans. Damon
avait raison : tout ça figurait déjà dans le dossier.

---

1. Référence à Ray's Pizza, mythique chaîne de pizzerias que l'on ne trouve qu'à New York.
(NDT)

— Je perçois un certain laxisme de sa part. Peut-être pas au départ, quand il a commencé l'enquête, mais il a quitté le navire quand ça s'est corsé, au moment où il aurait justement fallu un peu de persévérance. Pour moi, ce Carter Damon, c'est Sharon Hinesburg sans les faux ongles et le Wonderbra. Je crois qu'il faut qu'on s'y mette nous-mêmes et qu'on creuse davantage.

— Je ne suis pas d'accord. Autant je n'aime pas la mentalité de tire-au-flanc de Damon…

— … il est plus flaque que flic…

— … ce sont des impasses. Le capitaine Montrose nous a toujours appris à nous appuyer sur du solide. Ce qui veut dire qu'il faut se concentrer sur la nouvelle piste que nous offre cette valise.

— On peut faire les deux.

— Et quand on aura identifié notre inconnue, on aura déjà avancé, s'obstina Nikki.

— Pourquoi tant d'obstruction ?

— Une bière ? demanda-t-elle avant de le quitter pour aller se servir dans le réfrigérateur.

Nikki achevait de leur verser chacun une Hefeweizen au trouble parfait quand son téléphone portable sonna.

— Parfait, dit-elle après avoir écouté brièvement. On se retrouve dans cinq minutes en bas de chez Rook.

Elle raccrocha.

— C'étaient les Gars. Si tu veux m'accompagner, tu ferais mieux de quitter ce peignoir pour enfiler autre chose.

— Où va-t-on ?

— Dans le Queens. Ils ont trouvé notre type à la valise.

QUATRE

C'était le tatouage qui l'avait trahi. Comme l'espérait Heat, il y avait une correspondance dans le fichier. Une semaine auparavant, un épicier du quartier de Bayside, dans le Queens, avait appelé pour signaler un vol à l'étalage. La caméra de surveillance avait enregistré la scène et, même si ce délit mineur n'était pas de taille à faire la une des journaux ou à déclencher un avis de recherche, le tatouage figurait dans la base de données, et la réponse avait surgi quelques minutes après l'envoi du JPEG de l'inspecteur Raley au serveur. Des patrouilles avaient montré la photo dans les rues de Bayside, et le gardien de nuit d'un parking de voitures d'occasion l'avait reconnu pour l'avoir vu traîner dans le coin dernièrement. Or, quelques heures après avoir été interrogé, ce même vigile l'avait de nouveau repéré ; il l'avait suivi jusqu'à une maison du quartier et signalé.

Ballottés dans la voiture des Gars, Heat, Rook, Raley et Ochoa se cognaient les genoux contre les portières dans un silence tendu. Tous gyrophares dehors, l'inspecteur Raley se frayait un chemin à travers la circulation du soir pour gagner le tunnel de Midtown et ainsi traverser l'East River par la voie express de Long Island. Le seul instant durant lequel il relâcha sa concentration fut dans la ligne droite de

Flushing Meadows, le long du globe en acier inoxydable de l'Unisphere. Il lança un coup d'œil à Ochoa, assis côté passager, et fronça le nez. Son équipier réprima un sourire à cause des effluves d'huile de massage émanant de Rook, assis à l'arrière.

— Ne nous laissons pas distraire, se contenta de déclarer Heat, qui avait aussi remarqué l'odeur.

Six minutes plus tard, la Crown Victoria se rangeait dans la zone tactique aménagée par les forces d'intervention dans Marie Curie Park, à Bayside, et Raley se garait nez à nez avec les autres véhicules de police. À côté se tenaient des membres de l'unité d'élite, tout de noir vêtus, casqués et harnachés de gilets pare-balles. Leur commandant accueillit Nikki à sa descente de voiture.

— Vous n'avez pas perdu de temps, inspecteur Heat.

— Merci d'avoir attendu.

— Écoutez, on vous laisse le champ libre, annonça-t-il.

Le respect tacitement impliqué dans ce geste lui fit monter les larmes aux yeux, mais elle parvint à se maîtriser.

— Merci, j'apprécie, commandant, fit-elle avec brusquerie.

— C'est du cousu main, affirma-t-il. Le suspect est à l'intérieur d'une maison individuelle dans Oceania, la rue suivante. D'après les registres du fournisseur d'électricité local, le propriétaire est un certain J. S. Palmer, néanmoins les factures n'ont pas été payées depuis six mois, et le courant a été coupé.

Il alluma la lumière rouge de sa torche pour ne pas l'aveugler et étala sur le toit de la voiture un plan couvert de marques proprement dessinées indiquant le déploiement des unités.

— C'est à l'angle, là. J'ai resserré le périmètre pour couvrir toutes les issues possibles, et j'ai placé des unités cynophiles, ici et là. Des véhicules bloquent Northern Boulevard, et la 47e Avenue a été fermée derrière vous. La rue est donc à nous. J'ai aussi une équipe dans la maison voisine, dont on a évacué la famille par la porte latérale.

— Tout semble couvert, donc.

— Pas encore.

Il appuya sur la touche de son talkie-walkie.

— Brigade d'intervention à hélico.

— Je vous écoute, brigade d'intervention, répondit une voix calme sur fond de ronronnement de rotor.

— Dans cinq minutes.

— Confirmé, prêt dans cinq minutes, à votre signal. On fera le grand jour.

Raley ouvrit le coffre. Heat fit le tour de la voiture pour le rejoindre à l'arrière avec Ochoa et Rook.

— Rook, tu attends là, dit-elle tandis que les trois enquêteurs enfilaient leur gilet.

— Allez ! Je promets de ne pas me faire tirer dessus. Je peux mettre un gilet.

— Regarde ça, mon vieux, fit Ochoa en indiquant le mot « police » écrit en majuscules blanches sur la poitrine et dans le dos.

Rook jeta un œil dans le coffre.

— Vous n'en avez pas un marqué « reporter », de préférence en taille « L » ? Vous allez adorer mon look. Je vous le garantis.

— Laisse tomber, s'interposa Nikki.

— Pourquoi m'emmener dans ce cas ?

Nikki faillit craquer et lui dire la vérité : pour le soutien moral.

— Parce que, si je ne t'emmenais pas, on n'aurait pas fini d'en entendre, se contenta-t-elle toutefois de répondre.

— C'est pour ça ? fit Ochoa, tandis que les trois inspecteurs rejoignaient l'unité d'élite. Je croyais que c'était parce qu'il faisait un excellent désodorisant. Avec lui, pas besoin de petit sapin en carton dans la voiture, en tout cas.

Les forces d'assaut fondirent sur la maison avec une précision que n'aurait jamais laissé deviner l'attitude détendue du commandant et de son équipe. Heat et les Gars suivirent l'unité d'élite au pas de gymnastique, couverts par le véhicule blindé qui remontait l'allée en faisant rugir son moteur. Quand le camion noir s'arrêta, l'hélicoptère vrombit au-dessus de la rue, et le pilote alluma son projecteur, aveuglant tous les curieux à leur fenêtre tandis que l'équipe se déployait. D'un pas énergique, ils avancèrent dans les règles en s'abritant derrière la balustrade de la véranda, les poubelles et les arbustes. Arrivés à la porte d'entrée avec l'équipe chargée du bélier, Heat frappa et cria pour couvrir le vacarme de l'hélicoptère.

— Police ! Ouvrez !

Après une courte pause, elle donna le signal. Le bruit sourd de la porte qui claqua contre le mur fit écho à ses battements de cœur, puis elle entra dans la maison non éclairée, guidant l'équipe d'intervention dans le ballet surréaliste des faisceaux lumineux.

— Police ! Veuillez vous identifier ! cria-t-elle, mais seul l'écho de sa voix résonna dans la maison quasi vide.

Après cette rapide intrusion, ils se séparèrent. Un tiers des hommes suivit Heat à droite de l'escalier, un tiers partit à gauche pour faire le tour par la salle à manger et la cuisine, tandis que les autres montaient à l'étage et au grenier avec les Gars. La lumière projetée par l'hélicoptère à travers les fenêtres rampait sur les murs, donnant l'impression que la maison tournait sur elle-même. À chaque état des lieux murmuré d'une voix laconique dans son oreillette, elle se sentait un peu plus perdue et découragée : « Salle à manger : RAS », « Cuisine : RAS », « Chambre : RAS », « Placard du couloir : RAS », « Grenier : RAS », « Sous-sol : RAS ». Les deux groupes du rez-de-chaussée se rejoignirent dans la cuisine, où s'entassaient assez de détritus pour figurer au programme de *Hoarders*, une série de documentaires télévisés sur la syllogomanie ou l'accumulation compulsive.

En revanche, pas de suspect.

— Le garage ? demanda-t-elle dans son micro.

— RAS.

Le commandant redescendit avec les Gars et la rejoignit dans le salon.

— C'est bizarre, dit-il. Il n'y a nulle part où se cacher.

Les placards sont vides. Et il n'y a qu'un matelas miteux par terre dans la chambre.

— C'est plutôt vide ici aussi, fit remarquer l'inspecteur Ochoa.

Il passa sa lampe sur les crochets aux murs, éclairant les endroits où des photos étaient autrefois accrochées au-dessus d'un rectangle de lambris non blanchi, correspondant aux dimensions et à la forme d'un canapé. Ne subsistait désormais qu'une paire de fauteuils en osier dépareillés, posés au bord d'un tapis d'occasion crasseux.

— Il n'y a pas de fausse cloison ? demanda Rook en franchissant la porte d'entrée. Je sais que ces vieilles maisons cachent parfois des passages secrets derrière les bibliothèques.

— Rook, je t'avais dit d'attendre dehors ! s'exclama Heat en reprenant un refrain familier.

— Mais j'ai vu la jolie poursuite de l'hélicoptère et j'ai été attiré à l'insu de mon plein gré. C'était comme *Rencontres du troisième type*. Ou la cérémonie de la rose dans *La Belle et ses princes*.

— Dehors. Maintenant.

— Très bien.

Alors qu'il reculait pour partir, il trébucha et tomba assis par terre. Ochoa secoua la tête.

— Tu vois ? fit Raley en l'aidant à se relever. Voilà pourquoi on ne peut pas t'emmener partout.

— Ce n'est pas ma faute. J'ai buté sur quelque chose sous le tapis.

— Eh bien, lève les pieds en sortant, rétorqua Nikki.

— Inspecteur ? intervint Ochoa qui, un genou à terre, palpait une bosse sur le tapis taché. Une poignée de trappe, lui murmura-t-il en se relevant.

En rabattant le tapis, ils mirent au jour un carré de contreplaqué, encastré dans le sol, doté d'un anneau et de charnières.

— J'y vais, dit Heat.

— On va d'abord gazer, prévint le commandant.

— Il prendra la fuite. Et s'il y a un tunnel ?

— On enverra un chien.

Mais l'adrénaline prit le dessus. Nikki glissa l'index dans l'anneau et tira pour soulever la trappe.

— Police ! Montrez-vous ! cria-t-elle en braquant le faisceau de sa torche dans le vide.

Un gémissement étonné leur parvint d'en bas.

— Vous voyez quelque chose ? demanda Raley.

Heat fit non de la tête et passa une jambe dans l'ouverture.

— Il y a une échelle.

— Inspecteur..., commença le commandant.

Mais il était déjà trop tard. Submergée par l'envie d'agrafer le suspect, Heat enfreignit la procédure. Sans se servir des barreaux, elle se laissa glisser le long des montants extérieurs comme si l'échelle était une barre de pompier et, le Sig Sauer dans la main droite, atterrit en position accroupie. Se saisissant de la torche qu'elle serrait entre ses dents, elle balaya l'intérieur de la cave.

Nu comme un ver, au centre du sous-sol, il la fixait sans la voir.

— Police ! On ne bouge plus.

Le suspect ne répondit pas. Du moins, il ne bougeait pas. Immobile, mais pas menaçant, il regarda le reste des forces d'intervention descendre la rejoindre, tous armés jusqu'aux dents, les lampes braquées sur lui.

— Ne tirez pas, les enjoignit Heat.

Elle l'aurait bien voulu mort, mais elle avait besoin de lui vivant.

La lumière des torches révéla des montagnes de chaussures autour de lui. Des centaines et des centaines de chaussures : d'homme et de femme, vieilles et neuves, par paires et dépareillées – toutes soigneusement rangées en cercles concentriques, le bout pointé vers lui.

— Alors, ça y est, fit-il. Vous êtes venus me prendre mes chaussures.

— Comment tu t'appelles ? William ou Bill ?

Nikki était décidée à attendre qu'il parle, le temps qu'il faudrait.

Le suspect n'avait pas dit un mot depuis qu'ils s'étaient assis face à face dans la salle d'interrogatoire dix minutes plus tôt. Il se contentait de se regarder dans le miroir sans tain. De temps à autre, il détournait la tête, puis y revenait, comme pour se prendre par surprise. Il roulait les épaules, et ses muscles saillaient sous le tissu orange de sa combinaison.

— Je peux la garder ? demanda-t-il enfin, manifestement sincère.

— William, trancha-t-elle. Je vais t'appeler par le nom qui figure dans ton casier.

Il détourna les yeux pour regarder de nouveau dans le miroir. Bien qu'elle en ait déjà mémorisé les faits essentiels, l'inspecteur Heat se replongea dans le dossier. William Wade Scott, homme blanc, trente-huit ans. Un pauvre diable dont le parcours était semé d'arrestations à travers le nord-est du pays depuis son renvoi de l'armée, pour usage et trafic de drogues, après Tempête du désert en 1991. Pour l'essentiel, on lui reprochait de petits larcins, des vols à l'étalage et des perturbations de l'ordre public, plus quelques arrestations plus graves, notamment le cambriolage d'un magasin d'électronique à Providence, en 1998, qui lui avait valu un séjour à l'ombre de trois ans. Nikki avait chargé Ochoa de vérifier la date de sa libération auprès de la maison d'arrêt de Rhode Island, car cette incarcération lui fournissait un alibi pour le meurtre de sa mère.

Posté derrière le miroir sans tain, l'inspecteur Ochoa lui adressa un texto confirmant que William Wade Scott avait été libéré en 2001, soit un an et demi après. Elle lut le message sans broncher, mais lorsqu'elle eut rangé son portable dans sa poche, Rook la vit serrer les poings sous la table.

Certes, les revers essuyés au cours de cette affaire avaient endurci Nikki au fil des ans, mais celui-ci faisait mal. Néanmoins, comme toujours, la déception renforça sa détermination. Et elle revint à la réalité. Croyait-elle sincèrement que le tueur lui tomberait du ciel le jour même de la découverte d'une nouvelle piste ? Bien sûr que non.

De l'autre côté du miroir, Rook se tourna vers Raley et Ochoa.

— Ne reste-t-il pas un suspect possible pour le meurtre de l'inconnue, néanmoins ?

— Possible ? dit Raley. Oui, possible...

Les mots « peu probable » restèrent en suspens. Après le raid à Bayside, les voisins interrogés avaient signalé que l'homme nu du sous-sol n'était pas le propriétaire de la maison d'Oceania mais un squatter, un de ces nombreux sans-abris qui avaient emménagé dans les beaux quartiers de Long Island désertés par les propriétaires saignés par les emprunts.

Les riverains avaient déposé de nombreuses plaintes contre lui, mais en vain, avaient-ils râlé. Cependant, les vérifications auxquelles Raley avait procédé laissaient penser que l'absence du propriétaire n'avait rien à voir avec d'éventuels problèmes de remboursement d'emprunt.

En 1995, il avait été arrêté dans le New Jersey pour culture hydroponique dans son sous-sol, ce qui expliquait non seulement la trappe de sa nouvelle résidence à Bayside, mais son abandon des lieux avant l'arrivée des stups.

— Bon, il y a encore la valise, fit Rook pour se raccrocher à une bonne nouvelle. Il avait en sa possession la valise qui fait le lien avec la mère de Heat. Si ce n'est pas le tueur, peut-être qu'il le connaît.

— Elle va y venir, tu vas voir, dit Ochoa. Elle sait y faire.

— Pourquoi te cachais-tu dans ce sous-sol ? demanda Heat.

Aucune réponse.

— On s'est annoncés. Pourquoi as-tu besoin de te cacher ?

— Je n'ai pas besoin de me cacher.

Scott détacha son regard du miroir et sourit.

— Je pourrais partir d'ici maintenant, si je voulais.

Il leva les poignets d'un coup sec, tira sur ses menottes, puis les laissa retomber.

— Ça, c'est rien pour moi.

Telle une funambule sur son fil, Nikki essayait de tirer des réponses directes de cet homme en plein délire, sans doute schizophrène. N'empêche que William Wade Scott restait son meilleur espoir. S'il ne faisait pas un bon suspect, peut-être ferait-il un bon témoin. Imperturbable, elle déplaça un pion sur son échiquier mental.

— C'est à cause des cigarettes que tu as volées l'autre soir ?

— Tout ça, c'est des conneries. De toute façon, je suis pris. Vous devriez le savoir.

— Peut-être que je ne suis pas aussi bien informée que toi. « Pris ? »

— Au vaisseau, dit-il. J'ai reçu le communiqué spécial.

— Bien sûr. Félicitations, William.

Surpris par sa réaction, il plissa les yeux et, d'un regard pénétrant, lui signifia qu'il était tout ouïe.

— C'est pour ça que tu avais besoin de la valise ? Pour ton voyage ?

— Non, pour les chaussures ! Je l'ai trouvée et j'ai pensé qu'il y aurait des chaussures à l'intérieur.

Il se pencha en avant et cligna des yeux.

— Ils sont tellement contents quand je leur apporte des chaussures.

Elle se pencha en avant à son tour.

— Mais il n'y avait pas de chaussures dans la valise ? Tu n'as pas vu de chaussures ?

— Si, mais...

Il commença à se trémousser, mais resta concentré.

— Elles étaient... Elles étaient sur elle.

— Sur qui ?

— Elle ! s'exclama-t-il, puis il se voûta et se frotta les yeux du talon de la main. Je ne pouvais pas les lui enlever.

Il s'agita de plus en plus.

— Je ne pouvais pas la garder.

— Tu l'as tuée ?

— Non. Je l'ai trouvée.

— Où ?

— Dans la valise. Suivez un peu.

— Où as-tu trouvé la valise ?

— Derrière la maison de retraite d'à côté.

Il se calma et, avec un clin d'œil théâtral, confia son grand secret :

— Ils jettent des tas de chaussures là-bas.

Heat fit un signe de la main en direction du miroir, mais Raley et Ochoa repartaient déjà pour Bayside.

— Mais alors, pourquoi ne pas l'avoir ramenée où tu l'avais trouvée, quand tu l'as vue dans la valise ?

— À la maison de retraite ? Pourquoi ? Elle était morte, dit-il comme si c'était évident. Mais je ne savais pas quoi faire d'elle. Les cadavres, ça complique le Plan.

Nikki choisit de ne pas le presser. Il se trémoussa encore, puis poursuivit.

— Je l'ai traînée partout toute la nuit. Jusqu'à ce que je le voie. Le vaisseau réfrigéré. C'était parfait. C'était tout froid à l'intérieur. Et y avait même une rampe pour monter.

— Tu es sûre de ne pas vouloir simplement aller te coucher ? demanda Rook à Nikki à leur retour au loft. Il va bientôt être deux heures du matin. Personne ne t'en voudra de déclarer forfait.

— Je suis trop remontée pour dormir. Et puis, tu m'as promis une de tes caïpirinhas de la mort et je l'attends de pied ferme, mon grand reporter.

— Je te prends au mot. Cette recette vaut largement la peine d'avoir été tenu en joue à bout portant par le trafiquant d'armes international pour lequel travaillait le barman qui me l'a donnée.

Il ouvrit le réfrigérateur en quête de citrons verts. Elle s'installa sur le tabouret du bar pour observer la magie s'opérer.

Aussi longue que la journée ait été pour Heat, sa fatigue n'avait d'égal que son sentiment de frustration. Du bureau de la sécurité à la maison de retraite, les Gars lui avaient annoncé des nouvelles mitigées. Compte tenu de l'heure tardive, ils avaient eu de la chance de pouvoir interroger le gardien qui était de service, la veille au soir, quand William Wade Scott avait dit avoir trouvé la valise. Malheureusement, l'établissement ne disposait d'aucune caméra de surveillance au niveau des bennes à ordures, ce qui signifiait qu'il n'y avait d'images ni de la découverte de la valise par le sans-abri ni, ce qui était pire, de celui ou celle qui l'avait jetée là. Le vigile avait bien reconnu Scott faisant rouler la valise et confirmé qu'il avait quitté les lieux avec le bagage environ deux heures avant la photo tirée par Raley. Il déclarait aussi avoir vu Scott arriver les mains vides, ce qui confirmait qu'il avait bien récupéré la valise dans les poubelles. En revanche, il ne reconnaissait pas l'inconnue. Les Gars avaient fait venir les experts de la scientifique pour qu'ils passent les poubelles au peigne fin – on ne savait jamais –, puis ils étaient rentrés chez eux après avoir assuré Heat qu'ils seraient de retour à la première heure, le lendemain, pour interroger le personnel et les résidents. Un nonagénaire insomniaque avait peut-être vu quelque chose en regardant par la fenêtre, au long de « la nuit noire de l'âme ».

— Que va-t-il se passer pour notre violeur de chaussures ? demanda Rook en trinquant avec Nikki.

— Quelle délicatesse, Rook ! Mais je te pardonne parce que cette caïpirinha est géniale, dit-elle en sirotant son cocktail. Pour répondre à ta question, j'ai sollicité une ordonnance d'examen psy. D'une part, ça me permettra de garder William Scott quelques jours sous la main, et puis il sera mieux en observation à Bellevue. Non que je m'attende à en tirer davantage. Je crains qu'il ne soit pas un maillon, mais un trou dans la chaîne.

— Eh ! On ne sait jamais.

— Oh ! Inutile de m'expliquer la vie ! Je sais, un point, c'est tout.

Voyant son pare-feu se dresser, Rook préféra s'affairer ; il prépara un nouveau verre dans un silence tendu.

— Tout ce que je voulais dire, c'est que ce n'est peut-être pas totalement une impasse, se lança-t-il après un intervalle décent.

— C'est reparti. Tu reviens à 1999 ?

— Non. Avant ça. Je veux qu'on fouille dans la vie de ta mère.

— Laisse tomber, Rook.

— Carter Damon a dit que ta mère était prof de piano, c'est bien ça ?

— Elle donnait des cours particuliers.

— Et quelles qualifications avait-elle pour ça ?

— Des qualifications ? s'esclaffa Nikki. Mon pauvre, si tu savais !

— Qu'elle avait un diplôme supérieur du Conservatoire de musique de Nouvelle-Angleterre et qu'elle avait suivi une formation de soliste ! C'est de ce genre de qualification dont je parlais, répondit-il du tac au tac, à sa grande surprise. Hé ! il faut savoir faire quelques recherches pour obtenir deux Pulitzer, fit-il en trinquant avec son verre.

Elle le regarda bouche bée.

— D'accord, petit génie, tu as quelque talent. Mais ça nous mène où ?

— Dis-moi un peu, quelle est la première règle de l'inspecteur Heat dans une enquête ? « Chercher la chaussette dépareillée », répondit-il avant qu'elle n'ait pu ouvrir la bouche. La chaussette dépareillée étant, de toute évidence, ce qui ne colle pas.

— Et ?

— Et qu'est-ce qui cloche dans la vie de ta mère ? C'est simple. Pourquoi toute cette passion, ce talent et cette formation classique, si c'était pour finir par donner des leçons particulières à des gamins de riches ?

Il patienta, tout comme il l'avait vue faire avec le sans-abri.

— Je..., euh...

N'ayant aucune réponse à donner, elle baissa les yeux vers le bar.

— Eh bien, cherchons. Comment ? Il n'y a qu'à suivre la chaussette dépareillée.

— Maintenant ?

— Bien sûr que non. Demain. Demain, c'est samedi. On va à Boston, à l'école de musique de ta mère.

— J'ai mon mot à dire ?

— Bien sûr, si c'est oui.

Manifestement, Jameson Rook était connu à l'hôtel Lenox. Après un court trajet à pied de la gare de Back Bay, où les avait déposés le train à grande vitesse, ils avaient prévu de déposer leurs sacs à la réception pour s'atteler à leur tâche. Le rayonnant vieil homme nommé Cory, d'après son badge, qui les accueillit, proposa toutefois au célèbre journaliste de prendre la chambre aussitôt pour bénéficier d'un surclassement et profiter ainsi du « Paradis avant midi ».

— Je suis beaucoup descendu dans cet hôtel parce qu'il est à côté de la bibliothèque, expliqua Rook à Nikki en admirant la vue de leur chambre au dernier étage.

D'un signe de tête, il indiqua le bâtiment municipal de Boston en bas.

— J'en ai passé des heures là-bas à travailler sur cette histoire d'amour.

— De quel livre s'agissait-il ?

— Ce n'était pas un livre. C'était Sandra, de la section « microfiches ».

— Voilà qui en dit long sur ton âge.

— Déjà, à l'époque. Sandra est restée indifférente à mon charme.

Son téléphone sonna. C'était le professeur de musique de Cynthia Heat, au Conservatoire de la Nouvelle-Angleterre, qui le rappelait pour s'excuser de ne pas être disponible avant le lendemain matin. Rook fixa un rendez-vous, la remercia, puis raccrocha.

— Je nous déclare officiellement en ERPA.

— C'est quoi ça encore ?

— Une « escapade romantique pendant l'affaire ». Et ça se dit flic !

Ils avaient décidé d'aller jusqu'à Newbury pour se trouver une terrasse où déjeuner, mais, arrivés dans Boylston Street, les effluves d'un traiteur vietnamien proposant des nouilles sautées au porc et des bols de riz à bord de son camion ne laissèrent plus aucune chance aux quiches de Newbury Street. Ils déballèrent leur butin sur un banc, dans le parc de Copley Square, et entamèrent un pique-nique improvisé.

— Jolie vue, fit remarquer Rook en montrant du doigt la statue en bronze devant eux. Le cul de Thomas Copley et une pharmacie ouverte vingt-quatre heures sur vingt-quatre !

Il lui posa la main sur le genou.

— Mais je n'échangerais ça pour rien au monde, ajouta-t-il, ce qu'il répéta, car elle ne répondait pas.

— Je n'aurais jamais dû quitter New York, lâcha-t-elle.

Rook posa ses nouilles pour lui consacrer toute son attention.

— Écoute, je sais que ce n'est pas dans ton tempérament de faire ce qui pourrait paraître un pas en arrière au beau milieu d'une affaire. Surtout celle-ci. Crois-moi, je sais que tu ne souhaites pas ménager tes efforts. Alors, tu n'as qu'à considérer qu'on est là pour le travail. Même si tu n'en as pas l'impression, mon petit doigt me dit que tu enquêtes sur quelque chose d'important. Et n'oublie pas que tes sous-fifres de la brigade se démènent tant qu'ils peuvent. C'est de la pure stratégie à l'œuvre : diviser pour mieux régner.

— On ne dirait pas, je t'assure.

Pendant qu'il mangeait, Heat posa son bol de riz et passa plusieurs coups de fil afin de savoir où en était l'enquête. Quand elle eut terminé, elle ne put masquer sa déception.

— Ils sont rentrés bredouilles de la maison de retraite.

— Dommage. Je me demandais presque si le résidu de

solvant ne venait pas de là. Ils doivent bien utiliser des solvants dans ce genre d'endroit.

Elle fit non de la tête.

— Les Gars ont déjà vérifié.

— Tu sais, on devrait se trouver un surnom, nous aussi. Sauf qu'il nous faut un truc plus romantique que « les Gars ». Du genre Bennifer ou Brangelina, non ? On pourrait...

— Arrêter de sortir ensemble ? s'esclaffa-t-elle.

Mais il poursuivit.

— Rooki ?... Non.

— Tu n'arrêtes jamais ?

— Ou alors... Nooki ? Hum, j'aime bien Nooki.

— Ce ne serait pas à cause de ce genre de bêtises que Miss Microfiche t'aurait laissé tomber, par hasard ?

Honteux, il baissa la tête.

— Si.

Comme une averse s'annonçait, ils décidèrent de se mettre à l'abri au Musée des beaux-arts. En descendant de taxi, ils passèrent devant un groupe d'artistes de rue qui présentaient leurs œuvres sous la pluie, sur le trottoir. Parmi elles, une peinture politique sans grande imagination figurait un cochon avide, vêtu d'une queue-de-pie et fumant le cigare. Elle attira l'attention de Rook qui, dans sa course, faillit heurter une sculpture dorée à l'or fin d'un mètre de haut représentant un poing fermé sur une liasse de billets.

— Tu parles d'une fin, si j'avais été mis K-O par le « poing du capitalisme » ! dit-il à Nikki une fois dans le hall.

En pénétrant dans le musée, il sentit que Nikki se libérait l'esprit. Elle s'anima, lui raconta qu'elle venait une fois par semaine dans ce musée à l'époque où elle était étudiante à la Northeastern. Bras dessus bras dessous, ils retournèrent contempler toutes ses toiles préférées, notamment les portraits à l'huile de Washington et d'Adams par Gilbert Stuart, sans oublier *The Dory* de Winslow Homer.

— Tu sais, fit Rook avec révérence, jamais un peintre n'a autant dilué ses aquarelles dans un tableau.

Les œuvres de John Singer Sargent rappelaient à Nikki de riches souvenirs de *Carnation, Lily, Lily, Rose*, une gravure que Rook lui avait offerte au début de leur histoire. Ils s'embrassèrent devant *Portraits d'enfants*, chef-d'œuvre de la période où le peintre gagnait sa vie à Paris grâce aux expatriés américains dont il réalisait le portrait. Les quatre filles du tableau ne parurent pas s'offusquer de tant de démonstration d'affection.

Un autre Sargent, prêté par un collectionneur privé, était accroché seul sur le côté. Il s'agissait du portrait d'une certaine Mme Ramón Subercaseaux, également peint à Paris.

— Je ne l'avais jamais vu, celui-là, déclara Rook. Il est incroyable, non ?

Mais Nikki s'assombrissait de nouveau. Elle se contenta de grogner en jetant un rapide coup d'œil avant de passer à la galerie suivante.

Il s'attarda pour contempler le portrait de l'élégante jeune femme brune, assise à un piano droit. Madame Subercaseaux tournait le dos à son instrument. Une main posée sur le clavier derrière elle, les yeux perdus dans le vague, elle croisait le regard du public d'un air mélancolique. On avait le sentiment qu'on venait d'interrompre la pianiste.

Comprenant que le tableau pût la mettre mal à l'aise, Rook rejoignit Nikki.

Comme le ciel s'était dégagé, elle lui demanda s'il était prêt pour un pèlerinage dans son ancienne université, de l'autre côté de la rue.

— Un samedi d'ERPA ? s'étonna-t-il. A priori, je suis partant.

— Mais ?

— Si je dis non, je sens que je vais devoir dire adieu à mes espoirs de galipettes à l'hôtel.

— C'est clair.

— Alors, qu'est-ce qu'on attend ? conclut-il.

Pour être franc, l'idée ne l'enthousiasmait pas du tout, mais il n'eut pas à le regretter, car cette visite redonna la pêche à Nikki. À chaque étape du parcours, elle se vidait un peu plus la tête de ses soucis. Parmi ses lieux de prédilection, elle le fit entrer furtivement dans les coulisses de l'auditorium où, en première année, elle avait interprété Ophélie, dans *Hamlet*, et Cathleen, la servante, dans *Le Long Voyage vers la nuit*. Puis, à Churchill Hall, où était enseigné le droit pénal, ils trouvèrent portes closes, mais elle tint à lui indiquer la fenêtre de la salle de criminologie, au cinquième étage.

— Fascinant, commenta-t-il en levant les yeux. Ces galipettes ont intérêt à décoiffer ! ajouta-t-il en se tournant vers elle.

Pour lui faire payer ce fin mot, elle lui fit endurer une petite conversation avec son professeur de littérature médiévale de première année, sur qui ils tombèrent au café du campus, où il corrigeait des copies sur le *Beowulf*. En traversant la cour, ils croisèrent la statue de Cy Young. Tout à son rôle de guide, Nikki l'informa fièrement que le bronze avait été érigé à l'endroit exact où le célèbre joueur de base-ball avait réussi son premier match parfait[1], à l'époque où le site abritait l'ancien stade Huntington.

— Une petite photo, dit-il en lui tendant son iPhone.

— Tu n'es qu'un gamin ! s'esclaffa Nikki.

— Si seulement. C'est juste pour que je puisse prétendre que je m'y connais en base-ball. Quand on a été élevé sans père par une star de Broadway, on a des lacunes. Te rends-tu compte que, jusqu'à cet instant, je croyais que Cy Young était un auteur de comédies musicales !

Elle le prit en photo imitant le lanceur légendaire en train de déchiffrer les signes envoyés par son partenaire.

— Attends, je vais faire un gros plan.

Tandis qu'elle réglait le zoom, Nikki le vit passer dans l'objectif, les sourcils froncés.

Elle se retourna pour voir ce qui se passait.

— Bon sang..., Petar ? s'exclama-t-elle.

---

1. C'est-à-dire que, du début à la fin d'un match, aucun batteur ne parvient à se rendre sur l'une ou l'autre des bases. Il est extrêmement rare qu'un lanceur – ce qu'était Cy Young – réussisse cet exploit. (NDT)

Le gringalet en bonnet péruvien et jean déchiré qui passait s'arrêta.

— Nikki ? Il retira ses lunettes de soleil et afficha un grand sourire. Oh là là ! C'est dingue !

Le coude appuyé sur le bras levé de Cy Young, Rook regarda Nikki et son petit copain de la fac se tomber dans les bras. Avec juste un peu trop d'exubérance à son goût. Maintenant, il regrettait vraiment le tour du campus. Ce Petar l'exaspérait depuis le jour où il l'avait rencontré à l'automne précédent.

Rook s'était convaincu qu'il n'éprouvait aucune sorte de jalousie maladive à l'égard de cet ancien amoureux, pourtant, Nikki maintenait le contraire.

Rook n'arrivait pas à croire qu'elle ne se rende pas compte à quel point ce Croate puait l'Européen prétentieux branché. À ses yeux, le producteur de talk-shows de dernière partie de soirée n'était qu'un petit branleur qu'il se refusait à imaginer dans ses œuvres.

— Oh ! James est là aussi ! fit Petar Matic en lâchant enfin Nikki.

— Jameson, corrigea Rook, mais Petar était trop occupé à son accolade virile pour enregistrer.

— Voyez-moi ça : tu te laisses repousser la barbe, remarqua Nikki en lui effleurant la joue.

— C'est juste une barbe de trois jours, rectifia Petar. C'est la nouvelle mode.

— En Macédoine sans doute, persifla Rook.

Sans accorder la moindre attention à la pique, Petar demanda ce qu'ils faisaient là.

— Juste une petite virée, expliqua Rook en passant le bras sur l'épaule de Nikki. On prend un peu de temps pour nous, Nikki, et moi.

— Je voulais lui montrer nos anciens repaires, dit-elle. Et toi ?

— Je prends aussi un peu de temps pour moi. Mais tout seul, gloussa-t-il, riant à sa propre blague avant de poursuivre. Je suis venu de New York pour la journée parce que je donne une conférence sur l'avenir des talk-shows pour un cours de communication.

— Celui du professeur Mulkerin ? demanda Nikki.

— Ouais. Dire que j'arrivais à peine à avoir la moyenne avec lui et que maintenant je suis l'ancien élève-vedette.

— Bon, ravi de t'avoir vu, intervint Rook avec autant de tact que s'il avait consulté sa montre.

— Pareillement, Jim. Si j'avais su, on aurait pu dîner ensemble.

— Pourquoi pas ! s'exclama Nikki en adressant à Rook un large sourire.

On aurait dit qu'elle serrait entre ses dents la carte de la partie de jambes en l'air.

— Super idée, fit Rook avec un rictus.

Dans le lourd silence du taxi qui les ramenait à l'hôtel, Nikki décida de percer l'abcès.

— Tu sais quel est ton problème, Rook ? Tu envies Petar.

— Arrête ton char.

— Tu as une dent contre lui et ça se voit.

— Je suis désolé, mais dîner avec ton ancien petit ami n'était pas tout à fait ce que j'avais prévu pour mon ERPA. C'est pour te venger à cause de cette kiné qui n'est pas trop vilaine à regarder ?

— Rook, on la croirait tout droit sortie d'une pub pour une marque de lingerie.

— Tu trouves aussi ?

— Ta jalousie ne trompe personne, mais c'est totalement hors de propos. Oui, Petar a essayé de renouer avec moi quand on est tombés sur lui l'automne dernier, mais j'y ai mis le holà.

— Il a voulu remettre ça ? Et tu ne m'avais rien dit ?

— Maintenant, c'est juste un vieil ami.

Elle marqua une pause pour jeter un coup d'œil à la Prudential Tower.

— Ça n'empêche que ceci reste une « ER... » je ne sais quoi. Je te rappelle quand même – parce que tu étais sans doute trop traumatisé ou en plein déni pour t'en souvenir après t'être fait tirer dessus – que Petar nous a énormément aidés dans cette affaire. C'est l'occasion pour moi de le remercier.

— En m'obligeant à l'inviter à dîner ?

Elle regarda par la fenêtre en souriant.

— J'y gagne sur les deux tableaux.

Il réserva une table au Grill 23 pour la simple raison que Spenser[1] aimait y dîner. Après une excellente entrée de grosses palourdes agrémentées d'un fabuleux chardonnay de Californie, le dîner ne s'avéra pas l'enfer que redoutait Rook. Peut-être juste le purgatoire. Il passa l'essentiel de son temps à sourire et à écouter Petar se gargariser de ses exploits en coulisse pour obtenir des célébrités qu'elles viennent assister à son émission.

— Je suis à deux doigts de décrocher le pompon. Brad et Angelina, confia-t-il à voix basse.

— Ouah ! Brangelina ! s'exclama Nikki.

— Je déteste ces surnoms ridicules, fit Rook.

Petar haussa les épaules.

— Nikki, tu te souviens du nôtre ? Petnik ?

— Petnik ! s'esclaffa-t-elle. Oh là là ! Oui.

Rook tendit le bras pour attraper la bouteille dans le seau à glace et se resservir. Il se demandait bien ce que les femmes pouvaient trouver à ces pauvres hères au regard triste et mélancolique. Quel pouvoir de séduction magique la médiocrité associée à une allure débraillée exerçait-elle sur elles ?

Après s'être penché sur ses souvenirs tout au long du plat principal, Petar laissa enfin de côté son égocentrisme et se rendit compte que Nikki avait l'air préoccupée. Cela faisait cinq fois qu'elle vérifiait si elle avait des messages du poste. Elle posa sa fourchette, sur laquelle était empalée une malheureuse pomme de terre sautée à la graisse de canard,

---

1. Détective privé de Boston, héros d'une série télévisée et de plusieurs téléfilms inspirés des romans policiers éponymes de Robert B. Parker. (NDT)

et s'essuya la bouche. Le souci lui ombrageait de nouveau le front. Elle exposa à Petar les nouveaux développements concernant l'affaire de sa mère, s'interrompant uniquement pour laisser le serveur débarrasser les assiettes avant de reprendre.

À son crédit – pour une fois –, Petar lui prêta une oreille attentive, sans l'interrompre, la mine grave et les yeux voilés par la tristesse. Quand elle eut terminé, il secoua la tête.

— Pas moyen pour toi de tourner la page, pas vrai ?

— Peut-être arriverai-je un jour à clore l'affaire. Mais tourner la page ?

Elle chassa l'idée d'un geste de la main.

— Je ne sais pas comment tu fais, Nikki.

Il lui posa la main sur le poignet.

— Déjà, à l'époque, tu t'es montrée très forte.

Rook fit signe qu'on leur apporte l'addition.

— C'est peut-être ce qui nous a fait rompre.

— Et pas le fait que je t'avais trompée ? fit-il avec un léger sourire.

— Oui, bon, ça aussi. C'est vrai.

En sortant, Nikki s'excusa pour se rendre aux toilettes, et Petar remercia Rook pour cet agréable repas.

— Vous avez une sacrée chance, Jameson Rook, dit-il en appuyant sur le « R », vestige de son accent. Saisissez-la ! J'espère vraiment que vous en aurez plus que moi. Je n'ai jamais réussi à franchir ce mur de protection derrière lequel elle se retranche. Peut-être que vous ne renoncerez pas, vous.

Malgré lui, Rook dut admettre qu'il avait peut-être quelque chose en commun avec cet ancien petit ami, finalement.

L'air avait fraîchi du jour au lendemain en ce matin d'avril où ils attendaient l'ancien professeur de la mère de Nikki sur le trottoir, désert pour cause de dimanche, devant le conservatoire. Elle voyait le souffle de Rook lui sortir par le nez. Comme cela lui rappelait l'haleine de Lauren

Parry à l'intérieur du camion frigorifique, elle se détourna pour regarder passer un bus dans Huntington Avenue. Puis ils entendirent une joyeuse mélodie jouée au synthétiseur suivie d'une voix masculine amplifiée chantant *Maniac*, le thème de *Flashdance*. Tous deux se retournèrent alors pour en chercher la provenance.

— Là-haut, indiqua la femme grisonnante qui arrivait de l'arrêt de bus en pointant du doigt la fenêtre ouverte d'un appartement au huitième étage, dans un immeuble derrière le conservatoire, où un Noir en chemise à manches longues rouge, veste en cuir noire et Borsalino chantait dans le micro de son karaoké. C'est Luther.

Elle lui fit signe de la main, et il la salua en retour, sans cesser de chanter en se balançant, faisant résonner sa voix de basse sur la façade de l'immeuble.

— Tous les matins, quand il me voit, il auditionne comme cela pour le conservatoire. Je lui ai pourtant expliqué, une fois, qu'on ne faisait pas la pop, mais cela n'a pas eu l'air de le dissuader.

Le professeur Yuki Shimizu se présenta, puis tendit la main.

Tous trois gravirent les marches en marbre usées et franchirent les augustes portes en bois du hall.

— Je suppose que vous savez que le Conservatoire de Nouvelle-Angleterre est un monument historique, commenta le professeur. La plus ancienne institution privée de musique d'Amérique. Mais, contrairement à ce qu'on pourrait croire, non, je n'ai pas assisté à son inauguration. Veuillez m'excuser de vous dévisager ainsi, mais c'est plus fort que moi, ajouta-t-elle pendant qu'ils signaient le registre de la sécurité. Vous ressemblez tellement à votre mère. Notez que c'est un compliment, trésor.

— C'est comme cela que je le prends. Merci, professeur, fit Nikki, réchauffée par le large et lumineux sourire de la vieille dame.

— Et puisque c'est mon jour de congé, appelez-moi plutôt Yuki.

— Moi, c'est Nikki.

— En général, on m'appelle Rook, mais Jameson me va aussi, enchaîna le reporter.

— J'ai lu vos articles.

— Merci, dit-il.

— Je n'ai pas dit qu'ils m'avaient plu, rétorqua-t-elle, l'œil pétillant.

Elle lança un clin d'œil à Nikki, puis les guida le long d'un couloir sur la droite. Malgré ses cheveux gris, elle marchait d'un pas vif et déterminé, comme si, à soixante-seize ans, elle n'avait toujours pas idée de ce qu'était un jour de repos.

Devant une salle de répétition, une poignée d'étudiants éparpillés attendaient leur tour assis en tailleur sur la moquette fauve et brun, l'iPod sur les oreilles, leur sac et leur instrument rangé dans son étui posés à côté d'eux. De l'intérieur de la salle leur parvinrent les percussions suggestives du *Boléro* résonnant lourdement contre la porte fermée. Rook se pencha vers Nikki.

— Mmm, le *Boléro*, murmura-t-il d'une voix pleine de sous-entendus.

Le professeur Shimizu, qui marchait à grands pas devant eux, s'arrêta et se retourna.

— Vous aimez Ravel, monsieur Rook ? demanda-t-elle, l'ouïe manifestement pas du tout diminuée. Presque aussi sexy que *Flashdance*, n'est-ce pas ?

Elle les conduisit à l'audiothèque Firestone, en bas, où elle avait réservé une cabine pour qu'ils puissent se réunir au calme et en privé. Une fois qu'ils furent assis, elle regarda de nouveau Heat.

— Nikki, vous êtes devenue policier, n'est-ce pas ? Quand on dit que les chiens ne font pas des chats...

— En fait, j'avais bien l'intention de monter sur les planches, répondit-elle. J'allais à la fac à côté, à la Northeastern, et j'allais passer mon diplôme de théâtre quand ma mère a été tuée.

À sa grande surprise, le professeur Shimizu se leva et se dirigea vers Nikki pour lui prendre les mains.

— Les mots me manquent, dit-elle. Nous savons toutes les deux qu'elle a laissé un vide que personne ne pourra jamais combler.

Voyant Nikki ravaler ses larmes, Rook prit la parole à sa place tandis que la vieille dame retournait s'asseoir.

— Professeur, pourrais-je revenir un instant sur cette métaphore des chiens et des chats ?

Elle se tourna vers Nikki.

— Les hommes de lettres !

— Avez-vous le sentiment que sa mère avait un avenir prometteur en tant qu'interprète ?

— Il faut considérer l'étudiante dans son ensemble, Jameson. Cette institution n'a pas pour unique but de produire des interprètes à la chaîne. Certes, c'est une école, mais aussi une communauté. Nous soulignons l'importance de la collaboration et de l'épanouissement. Sur le plan artistique, bien entendu, et technique, mais surtout personnel. Tous ces aspects sont liés pour atteindre la maîtrise.

Le vieux professeur se tourna vers Nikki.

— Pour faire simple, en près de soixante ans passés ici, à la fois comme étudiante et comme enseignante, rarement j'ai vu toutes ces valeurs réunies en une seule personne, comme c'était le cas chez votre mère.

Elle marqua une pause pour accentuer son effet avant de reprendre.

— Et ai-je l'air de quelqu'un qui chercherait à vous enfumer ?

Heat et Rook s'esclaffèrent, mais le professeur ne se départit pas de son sérieux.

— Votre mère m'a aussi totalement déconcertée, Nikki. Elle étudiait, elle s'exerçait, elle s'informait, elle expérimentait et puis elle étudiait et s'exerçait encore – tout ça pour pouvoir réaliser sa passion, son rêve de devenir une grande concertiste. Je savais qu'elle y arriverait. Tous ses professeurs pariaient sur le moment où elle décrocherait son

premier contrat d'enregistrement avec la Deutsche Gram-
mophon.

— Que s'est-il donc passé ? demanda Rook.

— « Nom d'une pipe, qu'a-t-il bien pu se passer ! » vous
voulez dire.

Elle regarda Nikki.

— Vous non plus, vous ne savez pas ?

— C'est pour cela que nous sommes là.

— J'ai déjà assisté à ce genre de revirement, bien sûr.
Mais en général, à cause de l'alcool ou de la drogue, d'un
homme ou d'une femme, voire d'un burn out, du trac ou
d'une maladie mentale. Mais votre mère, elle est simplement partie en vacances en Europe après le diplôme et...

Le professeur souleva les mains de ses genoux et les
laissa retomber.

— Sans raison… Quel gâchis !

Rook rompit le bref silence.

— Elle était si douée que ça ?

— À vous de me dire…, fit le vieux professeur en souriant.

Elle fit pivoter sa chaise vers la console derrière elle pour
allumer le téléviseur.

— Lumières, s'il vous plaît.

Rook se leva pour éteindre les plafonniers, puis, d'un
roulement de chaise, rejoignit Nikki devant l'écran. L'image
tournée en seize millimètres, puis adaptée, il y avait bien
longtemps, au format VHS, tremblota avant de se stabiliser.
Ils entendirent des applaudissements, puis Yuki Shimizu,
jeune professeur à la chevelure de jais, monta sur un po-
dium en tailleur-pantalon. Le sous-titre indiquait : « *Salle
de récital Keller, 22 février 1971.* »

— Beethoven est à la portée de tout le monde, cela n'aurait rien révélé, murmura Yuki à côté d'eux. J'avais choisi
ce morceau à cause de sa simplicité, pour qu'on puisse voir
toutes les nuances dont elle était capable.

*« Bonsoir, dit le professeur à l'écran. Ce soir, nous
avons le rare plaisir de vous offrir la Pavane du compo-*

siteur français Gabriel Fauré, interprété par deux de nos étudiants, les exceptionnels Leonard Frick, au violoncelle, et Cynthia Trope, au piano. »

Au nom de jeune fille de sa mère, Nikki se rapprocha tandis qu'un plan panoramique permettait de découvrir un étudiant d'une maigreur maladive, avec des rouflaquettes et une chevelure crépue, derrière son violoncelle. Puis Cynthia apparut à l'écran dans une robe habillée noire sans manches, ses cheveux bruns détachés sur les épaules. En la voyant, Heat se racla la gorge. Rook eut la sensation de voir double.

Cynthia entama le morceau sur le Steinway, lentement, doucement, plaintivement, ses bras élégants et ses longs doigts courant sur le clavier comme de douces vagues, puis le violoncelle vint la rejoindre tout en harmonie et contrepoint.

— Encore un mot et je me tais, indiqua Yuki. Dans cet arrangement, la partie chorale est jouée par le piano. C'est fabuleux, ce qu'elle en fait.

Six minutes durant, ils restèrent assis à regarder et à écouter, fascinés, la mère de Nikki – vingt ans à peine – tisser les notes de son piano dans la trame plaintive du violoncelle, avec grâce, fluidité et assurance, balançant le corps au rythme de la musique, témoignant d'une aisance naturelle au piano. Puis à l'ouverture feutrée succéda brusquement une ligne dramatique, synonyme de désarroi, de tragédie et de discorde.

Le jeu tranquille de Cynthia céda la place à un frapper tonitruant, athlétique sur l'ivoire. Chaque frappe sculptait les muscles de son cou et de ses bras, et faisait résonner la salle de notes violentes, nettes et précises.

Puis, sans rupture, elle revint à sa majestueuse danse mélodieuse, élevant son interprétation au-dessus du mélodramatique pour servir pleinement l'intention du compositeur par l'évocation d'un sentiment cousin plus sophistiqué : la mélancolie. Enfin, les notes retrouvèrent toute leur douceur sous ses doigts légers ; non contente de les faire entendre, elle cherchait à les faire ressentir.

Pour terminer son solo, son jeu sensible fit surgir une vision de gros flocons de neige tombant avec légèreté sur des branches givrées.

Durant les applaudissements, sa mère et le violoncelliste saluèrent en s'inclinant humblement. Rook se tourna vers Nikki, s'attendant à voir les larmes lui couler sur les joues. Mais non, cela aurait été mélodramatique. Sa réaction ne déparait pas celle de sa mère pendant le morceau : sur son visage se lisait la mélancolie. Et la nostalgie.

— Vous voulez poursuivre ? demanda le professeur.

— S'il vous plaît, dit Nikki.

Dans la suite de la vidéo, le duo accueillit sur scène une camarade de classe avec son violon. À la vue du trio, Heat et Rook réagirent en même temps.

— Arrêtez la bande, fit Rook.

— Non, faites un arrêt sur image ! cria Nikki. C'est possible ?

Le professeur Shimizu appuya sur le bouton de pause, et l'image de la violoniste se figea au moment où elle levait son instrument et son archet, révélant ainsi une petite cicatrice à l'extérieur de son poignet.

— C'est elle, déclara Rook, formulant tout haut ce que Heat pensait tout bas. Cette violoniste, c'est notre inconnue dans la valise.

CINQ

Tandis que l'Acela Express les ramenait à grande vitesse vers Pennsylvania Station à New York, Rook observait par la fenêtre une aigrette neigeuse qui pêchait sur le banc de sable d'un marais salant au large du Connecticut.

— Bon sang ce que j'aimerais que tu dises quelque chose, fit Heat.

— Comment ça ?

Il leva les yeux de l'archipel qui s'égrenait à l'horizon et d'où surgissaient plusieurs grosses maisons. Chacune de ces imposantes demeures était pratiquement sertie sur l'un des minuscules cailloux éparpillés au large.

Plus d'un siècle plus tôt, des millionnaires de New York et de Philadelphie en mal de solitude et d'intimité avaient fait construire ce qu'ils qualifiaient étrangement de chalets d'été sur ces monticules de granit, s'appropriant le détroit de Long Island dont ils avaient fait une douve.

Leur isolement lui rappelait le commentaire de Petar, la veille au soir, au sujet de Nikki, assise en face de lui, de l'autre côté de la table, et du mur de protection qu'elle érigeait autour d'elle. Il se tourna vers elle.

— J'ai pourtant l'impression de ne pas avoir arrêté de parler depuis Providence. Tu veux vraiment que je développe ma théorie sur le lancinant pouvoir sensuel du *Boléro* de Ravel ?

— Rook.

— Galipettes garanties ! C'est de loin le morceau de musique à l'érotisme le plus envoûtant de tous les temps. Exception faite, peut-être de *Don't Mess with My Toot Toot.*

— Tu me rends folle, alors, vas-y. Si tu ne m'avais pas poussée à aller à Boston, on n'aurait jamais dégoté cette piste.

Son portable vibra, et elle prit l'appel de l'inspecteur Ochoa.

— Super, fit-elle en prenant quelques notes. Tiens, en voilà l'illustration, annonça-t-elle quand elle eut raccroché. Depuis qu'on sait que notre inconnue s'appelle Nicole Bernardin, les Gars ont localisé son appartement. Dans Payson Avenue, près d'Inwood Park. Ils s'y rendent en ce moment même.

— Les Gars ne prennent donc jamais de dimanche ?

— Ni Malcolm et Reynolds. Ils se sont portés volontaires pour venir nous chercher à la gare et nous conduire là-bas d'urgence.

Elle consulta sa montre pour la dixième fois en autant de minutes.

— On y sera encore plus vite qu'en avion.

Rook sourit.

— Je ne saurais pas vraiment dire pourquoi, mais j'aime bien Malcolm et Reynolds.

Heat se replongea dans le dossier de Nicole Aimée Bernardin et plus particulièrement l'album de la promo 1971, dont le professeur Shimizu lui avait remis des photocopies. Tandis qu'elle étudiait le visage de la jeune violoniste française sur l'une des photos, prise dans un joyeux moment de rigolade avec sa mère et Seiji Ozawa à Tanglewood, Nikki sentit le regard de Rook posé sur elle.

— Tu sais ce qui me turlupine ? fit-il. C'est que ta mère ne t'ait jamais parlé d'elle. Passons la surprise évidente de découvrir que la dame dans la valise de ta mère était une de ses camarades de classe. Plus que ça même. Le professeur a dit qu'elles étaient inséparables à l'époque. Elles étaient amies, colocataires… Elles avaient même formé un orchestre de chambre, mince ! À ton avis, pourquoi ne t'a-t-elle donc jamais parlé d'elle ?

En tournant la page de l'album, Nikki tomba sur une nouvelle photo de sa mère avec Nicole. Cette fois, le cliché avait été pris au théâtre de verdure du Hatch Shell, lors du Festival culturel français de 1970, au bord de la Charles River. Elles se lançaient un coup d'œil en jouant. « *Trope et Bernardin, cherchant à rester en mesure* », disait la légende, mais, aux yeux de Nikki, ce regard disait plutôt : « *Les meilleures amies du monde.* »

— Tu crois qu'elles ont eu une grosse brouille ? demanda Rook.

— Comment le saurais-je alors que j'ignorais jusqu'à son existence ?

— Alors, voilà ma théorie.

— Je l'attendais. Aux abris !

— C'est Nicole Bernardin qui a tué ta mère.

— Et ? se contenta-t-elle de répondre en le regardant fixement.

— Attends, j'ordonne un peu mes pensées... Et c'est comme ça que Nicole a eu la valise.

— Et, dix ans plus tard, elle se fait tuer à son tour de la même façon, par quelqu'un qui la jette dans cette valise justement ?

— Oh ! dit-il en se tortillant dans son siège. Et si... Et si le mari de Nicole était le tueur de ta mère ? Ça expliquerait comment elle s'est retrouvée dans cette valise.

— Tu sais que c'est tout à fait possible, ça.

— Vraiment ?

— Oui. Alors, arrête tant qu'il est encore temps.

Elle referma le dossier et se mit à contempler les marais et les bois par la fenêtre, sans vraiment les voir. Il s'écoula moins d'une minute avant que Rook ne revienne à la charge.

— Il doit bien y avoir une raison pour que ta mère n'ait jamais évoqué une aussi bonne amie.

— Rook ? Ne m'oblige pas à te tuer.

— Je me tais ?

— Oui, merci.

De nouveau concentré sur la vue, il aperçut les derniers îlots solitaires avant que le train n'entre dans un tunnel et que le mur de béton ne les masque.

Malgré un détour parce qu'une partie de Dyckman Street était bloquée suite à une fuite de gaz due au séisme, ils arrivèrent en un temps record chez Nicole Bernardin, tout au nord de Manhattan. Toute agence immobilière aurait qualifié de « charmante Tudor » cette étroite maison mitoyenne d'un étage donnant sur Inwood Hill Park, de l'autre côté de l'avenue. Le quartier avait l'air sûr et bien entretenu, le genre de rue tranquille où les gens bâchaient leur voiture et où les vérandas et les murets étaient peints de frais. En entrant dans l'appartement, Heat et Rook découvrirent l'envers du décor.

Depuis l'entrée, au rez-de-chaussée, leur regard n'embrassait que désordre et chaos. Toutes les portes des vitrines et des placards béaient. Des tableaux et des photos arrachés de leur crochet étaient posés de travers à côté de cadres cassés appuyés contre les cloisons et les chambranles de porte. Dans la salle à manger, une vitrine d'antiquités chinoises gisait sur le flanc, cassée en deux, entourée de débris de cristal formant autant de petits glaçons. Des objets décoratifs jonchaient le sol partout, comme si la secousse avait tout ébranlé.

— Rassure-moi : ce n'est pas le séisme qui a causé tout ça, fit Rook.

L'inspecteur Heat enfila une paire de gants bleus.

— Non, à moins qu'il soit passé partout pour tout écraser sous ses bottes de sept lieues, dit Raley en lui tendant une autre paire de gants.

En faisant le tour des pièces, Nikki se sentit suffoquer sous l'emprise d'un sentiment de déjà-vu. Son appartement – où avait eu lieu le meurtre de sa mère – avait lui aussi été mis sens dessus dessous, à l'époque, mais peut-être pas de manière aussi systématique. L'inspecteur Damon avait évoqué une fouille interrompue. Cette fois, rien n'avait arrêté l'auteur des faits, qui avait tout remué jusqu'à trouver ce qu'il cherchait ou se convaincre qu'il ne le trouverait pas.

Ochoa l'accueillit à son arrivée dans la chambre à l'étage. Tandis qu'ils contournaient le technicien relevant les empreintes sur le bouton de porte en verre taillé, elle interrogea son enquêteur.

— Des traces de sang quelque part ?

Il fit non de la tête.

— Aucun signe de lutte non plus. Mais je ne vois pas comment on pourrait en être sûrs à cent pour cent, compte tenu de tout ce fatras.

— Je peux vous l'assurer à quatre-vingt-dix-neuf virgule neuf pour cent, si ça peut vous aider, affirma Benigno DeJesus en se relevant du tapis sur lequel il s'était agenouillé derrière un matelas renversé.

En voyant le responsable de la police scientifique, Nikki relâcha aussitôt les épaules. La scène de crime était en d'excellentes mains.

— Inspecteur DeJesus, dit-elle. Que ne nous vaut cet honneur, un dimanche ?

Il baissa son masque de protection et sourit.

— Je ne sais pas. Je n'avais pas grand-chose de prévu quand l'inspecteur Ochoa m'a appelé, et cette affaire... présentait un certain intérêt, conclut-il avec son sens de la litote.

Elle scruta brièvement Ochoa, se demandant quelle faveur Miguel lui avait accordée pour que le meilleur homme de la scientifique se déplace un jour de congé, mais le visage stoïque de son subordonné ne trahit pas le moindre indice.

DeJesus donna à Heat et Rook un aperçu préliminaire de la situation : fouille en règle sans autre forme d'agression. Il indiqua que la deuxième chambre, aménagée en bureau, avait été la plus remuée. À l'aide d'une lampe stylo, il pointa quatre petites marques circulaires témoignant de l'endroit où l'ordinateur portable de Nicole Bernardin était posé avant qu'on ne l'emporte. Le fil du chargeur ainsi que le câble USB du disque dur externe disparu avaient été abandonnés sur place. Dans les tiroirs du bureau, seul restait un bric-à-brac de petites fournitures, et les dossiers étaient tous ouverts et vides.

— Vu la minutie déployée, c'est cette pièce qui a retenu le plus d'attention, dit-il.

De retour dans la chambre, l'expert déclara que la maîtresse des lieux ne partageait sa vie avec personne. Tout, les articles de toilette, les vêtements, les aliments dans la cuisine, etc., laissait penser qu'il s'agissait d'une célibataire d'âge mur, qui gardait cependant une réserve de préservatifs dans sa table de chevet ainsi qu'une brosse à dents neuve, de la mousse à raser et un paquet de rasoirs jetables dans un placard de la salle de bain. À ces mots, Nikki et Rook se lancèrent un regard, rayant chacun tacitement une ligne sur la liste qu'ils avaient en tête concernant Cynthia Trope Heat et Nicole Aimée Bernardin. Dans la pharmacie, tous les médicaments étaient au nom de Nicole, et, sur les quelques photos encadrées gisant par terre, on voyait la victime en Europe à diverses époques avec ce qui semblait être ses proches. Curieuse de voir si sa mère figurait sur l'une d'elles, Nikki s'accroupit, mais ce n'était pas le cas. Elle se releva et observa Rook faire de même dans la pièce d'à côté.

Les Gars avaient déjà informé l'inspecteur DeJesus des traces de solvant et de poussière de ballast retrouvées sur le corps. Il promit donc de rester vigilant et de se mettre en rapport avec Lauren Parry, à la morgue, afin de voir si l'examen toxicologique ou toute autre analyse effectuée post mortem sur Nicole Bernardin correspondait aux médicaments trouvés chez elle. Ravie de pouvoir s'en remettre à l'efficacité légendaire de l'expert, Heat n'en prit pas moins le soin de refaire le tour de la maison avant de rentrer au poste. Sa curiosité fut largement satisfaite par l'une des choses dont elle voulait s'assurer. Dans le placard du rez-de-chaussée, elle découvrit un ensemble complet de bagages, dont un aux dimensions exactes de la valise volée de sa mère.

Tous étaient vides, et il ne restait aucune place dans le placard pour la valise dans laquelle le corps de la victime avait été découvert. Ce n'était pas une information décisive, mais cela réduisait les chances que Nicole Bernardin ait été en possession de l'American Tourister et, par conséquent, rétrogradait sa position sur la liste des tueurs potentiels de sa mère. Une réflexion douce-amère pour Heat étant donné que, dix ans plus tard, cette liste était toujours vide.

Il se fit un tel silence pendant que l'inspecteur Heat mettait à jour les deux tableaux de la salle de briefing que seul résonna le grincement de son marqueur sur la surface blanche où elle inscrivait en lettres majuscules rouges : « *1. Pourquoi tuer Nicole Bernardin ? 2. Pourquoi maintenant ?* »

— Puisque les liens entre ces deux affaires se multiplient, dit-elle en écrivant, il nous faut réfléchir non seulement au pourquoi de ces meurtres, mais aussi à cet intervalle de dix ans.

Elle se tourna vers la salle où Rook et sa brigade avaient formé un demi-cercle autour d'elle. Bien qu'elle les eût fait venir un dimanche après-midi, les inspecteurs ne s'étaient aucunement plaints. En fait, plus que motivés par le sens de leur mission, ils semblaient prêts à se surpasser pour elle. Certains s'étaient même arrêtés en route pour acheter des en-cas pour tout le monde.

Les sachets remplis de bagels, de cookies et de salades à emporter étaient posés derrière eux sur le bureau de la seule qui ne s'était pas montrée, Sharon Hinesburg, parce qu'elle avait, à l'encontre des règles de la maison, coupé son téléphone. Heat tapotait le tableau avec le bouchon de son marqueur.

— On y revient sans arrêt. Donc, tout prendra son sens quand on aura la réponse à ces deux questions.

Nikki avait toute l'attention du groupe dont les regards étaient rivés sur les nouvelles photos qu'elle avait affichées.

Sur le tableau blanc de gauche se trouvait l'image désormais connue de l'inconnue, autrement dit Nicole Bernardin. Quelques centimètres plus loin, sur le tableau de droite, il y avait la valise de la mère de Nikki avec les initiales de la petite fille que jouxtait l'agrandissement de la photo du concert de Nicole et Cynthia, quarante ans plus tôt, sur l'Esplanade de Boston. Outre la mise en évidence du lien entre les deux victimes, la ressemblance frappante de la jeune Cynthia Trope Heat avec leur supérieure soulignait l'enjeu que chacun pressentait déjà.

— Vous voilà tous au courant de la piste que nous avons levée à Boston, commença-t-elle. Vous savez que son appartement a été retourné et, sans doute, nettoyé. Ont notamment disparu ses papiers, son ordinateur portable et même son courrier. Alors, ces deux fouilles – chez ma mère, et maintenant chez Nicole Bernardin – nous indiquent que là, dit-elle en pointant vers le tableau de sa mère, ce n'était sans doute pas une simple affaire de cambriolage ayant mal tourné. Aux deux endroits, on cherchait quelque chose.

Feller leva la main.

— On suppose qu'il s'agit de la même personne ?

— On ne suppose rien du tout. On n'en sait rien. Pour l'instant. On ignore aussi si ces recherches portaient sur le même objet. Tout ce qu'on a en commun, c'est un mode opératoire. Comme pour les meurtres.

— J'ai une idée, intervint Rook. Nicole était française. Pourquoi pas des voleurs de bijoux de stature internationale à la recherche des deux moitiés d'une carte au trésor ?

— Oh ! comme dans *La Panthère rose* ! fit Malcolm, pince-sans-rire.

Rook allait confirmer quand il sentit leurs regards insistants.

— Eh bien, c'est une possibilité.

— À noter, reprit Nikki, que toutes les valises de Nicole sont apparemment là, de même que les couteaux, rangés dans le porte-couteau en bois. J'ai demandé à un groupe d'agents d'interroger les voisins et la police des parcs pour savoir s'ils avaient remarqué une activité inhabituelle ou des véhicules étranges dans les parages. Nous avons à faire de notre côté.

Sur le tableau de Nicole, elle commença à dresser la liste des nouvelles attributions de chacun en inscrivant les initiales à côté du nom des inspecteurs concernés.

— Inspecteur Ochoa, j'aimerais que vous fouilliez sa vie privée. La routine : petits amis passés et présents, plaintes de harceleurs, ordonnances restrictives, querelles de famille. Si vous avez du mal à trouver de l'officiel, voyez son coiffeur. Vous serez surpris de l'utilité de ce genre de démarche.

— Découvrir, par exemple, ce qu'on pourrait faire pour ce front dégarni, se moqua Reynolds. Tu m'éblouis, mec !

— Inspecteur Reynolds, maintenant que nous avons un nom à mettre sur ce visage, recontactez les gymnases et les clubs de course à pied. Et vérifiez aussi les sites de rencontre sur Internet. Voyez si elle s'était inscrite quelque part et si une de ses rencontres n'a pas mal tourné. N'oubliez pas les agences matrimoniales, non plus. C'est une solution à laquelle elle a pu avoir recours puisqu'elle travaillait.

— Et qu'est-ce qu'on sait sur sa profession ? demanda l'inspecteur Malcolm.

— Le papier à en-tête et les cartes de visite chez la victime indiquent qu'elle travaillait à son compte comme chasseuse de têtes. *« Groupe NAB. Recherche discrète et confidentielle de cadres pour le privé et le public, dans le monde entier »*, lut Heat sur une des cartes. NAB étant ses initiales.

— Une adresse ? demanda Rhymer.

— Une boîte postale. Aucun bureau notoire. Le téléphone est un numéro gratuit. J'ai demandé qu'on vérifie ce numéro et tout autre compte téléphonique qu'elle pouvait avoir. Le fixe, si elle en avait un. Comme vous vous en souvenez, elle n'avait pas de téléphone portable sur elle.

— Pas de portable ? fit remarquer Rook. C'est le retour à la préhistoire !

Heat afficha la carte de visite.

— Elle avait un site Internet, mais juste une page avec ce qui figure déjà là, plus une ligne indiquant « *Références et recommandations à la demande* ».

— On dirait qu'elle travaillait chez elle, ou peut-être s'agissait-il d'une couverture, suggéra Raley.

— Raley, creusez-moi ça. Coiffez votre couronne et surfez pour me trouver tout ce que vous pouvez sur les placements qu'elle a effectués, les recommandations, vous voyez le topo.

Il hocha la tête en griffonnant sur son calepin.

— Inspecteur Feller, je vous charge de ses déclarations de revenus. Cela nous indiquera aussi si elle faisait appel à un comptable.

— Et si c'est le cas, je suis la trace de l'argent, dit Feller.

— Tel le fin limier que vous êtes. Cela inclut tous ses comptes en banque, coffres, cartes de crédit, solvabilité, la totale. Inspecteur Malcolm, vous pouvez enfiler un costume ?

— D'Adam, railla son équipier.

— Bref, reprit Heat, Nicole Bernardin était une ressortissante française. Allez donc faire un tour à son consulat, de l'autre côté de Central Park, quand il sera ouvert. Voyez si elle était connue de leurs services. Et appelez aussi celui de Boston. Ça a été pris lors d'une manifestation culturelle organisée sous son égide, dit-elle en montrant la photo du concert. Peut-être avait-elle gardé le contact. Voyez ce qu'il en est.

Rook levait la main.

— Vous voulez une piste ?

— On t'écoute, dit Nikki.

— Son ordinateur portable a disparu, non ?

— Comme son disque dur externe et ses clés USB.

— Bien, reprit-il, moi, quand je suis en déplacement avec mon portable, je fais toujours une sauvegarde, que je m'envoie par mail ou que je synchronise en ligne sur Dropbox, ou autre service de stockage du genre. C'est la nouvelle mesure de sécurité.

— Ce n'est pas une mauvaise idée, dit Heat.

— Et c'est la deuxième du jour, ajouta Rook.

— Je vous l'avais dit, il a le pouvoir. C'est le sang des Gars, commenta Ochoa.

— Inspecteur Rhymer, dit-elle. Dès qu'on en a terminé, descendez donc voir les geeks du service informatique pour voir s'ils n'auraient pas un petit génie parmi eux qui pourrait retrouver la trace d'une éventuelle sauvegarde en ligne de sa part.

C'est à sa voix douce que l'inspecteur originaire du Sud valait son surnom d'Opossum.

— Et je peux en profiter pour leur botter les fesses, même si c'est dimanche ? demanda-t-il poliment.

— Raison de plus, confirma l'inspecteur Heat. Qu'ils comprennent que c'est important.

Après le dîner, ils se rendirent chez Heat, mais découvrirent à leur arrivée dans l'immeuble que l'ascenseur n'avait pas encore été réparé. Au second palier, Rook marqua une pause et changea de main le sac qu'il avait pris pour passer la nuit à Boston.

— Maintenant, je comprends pourquoi on limite le poids des bagages cabine.

— Tu veux que je te le porte ?

— Mais non, dit-il en la chassant d'un geste de la main. On dira que c'était ma séance de rééducation du jour.

— Voyons si je saurais remporter un Pulitzer, moi aussi : rééducation aujourd'hui, massage avec l'infirmière sexy demain ?

— Ah ! Enfin, une histoire qui finit bien, conclut-il en reprenant l'escalier.

Au fond du réfrigérateur, Rook dénicha un Hautes Côtes de Nuits 2007, qu'il accusa Nikki de lui avoir caché, puis s'installa à côté d'elle sur le canapé pour parcourir les albums photo en sa compagnie.

— C'est tout ce qui me reste, soupira-t-elle en indiquant

le coffre de famille par terre, près de ses pieds. Je ne pourrais même pas dire ce qui manque. Le cambrioleur a tout emporté, le soir du meurtre. Il n'a pas dû pouvoir prendre ça avant de devoir filer.

— Nikki, si c'est trop dur pour toi...

— Bien sûr que c'est dur pour moi. Comment pourrait-il en être autrement ?

Elle lui posa alors la main sur la cuisse.

— C'est pour ça que je suis contente que tu sois là.

Ils s'embrassèrent, savourant chacun le goût du bourgogne dans la bouche de l'autre. Puis il contempla la pièce et lui adressa un regard pensif.

— Je n'ai jamais su comment aborder le sujet...

— De savoir comment j'ai pu rester ici après le meurtre ? Oh ! Rook, ta façon de regarder autour de toi t'a trahi, expliqua-t-elle devant son étonnement. Je n'ai jamais aussi facilement lu en toi. Enfin, depuis la dernière pâtée que je t'ai mise au poker.

Il se contenta de la regarder sans répondre.

Elle pivota les genoux vers la table basse et effleura le bord d'un album.

— C'est difficile à expliquer. On m'a encouragée à déménager, à l'époque. Mais partir d'ici, c'était un peu l'abandonner. Peut-être que je finirai par déménager un jour. Mais ça m'a toujours paru normal d'habiter ici. Ça a toujours été chez moi ; c'est ce qui nous lie.

Elle se redressa et frappa deux fois dans les mains pour changer de sujet.

— Prêt pour un tas de photos ennuyeuses ?

Ils commencèrent lentement à tourner les pages. L'album débutait par des portraits individuels de ses parents à l'école primaire, puis au lycée, côtoyant des portraits de famille aux poses ridicules, avec des personnes âgées à la mine très sérieuse. Parmi les photos de son père à l'université George-Washington se trouvaient quelques clichés de matchs de basket, de l'époque où il jouait pour les Colonials, ainsi qu'un portrait de lui berçant son diplôme d'école de commerce devant l'entrée du National Mall, à Washington. Il y avait de nombreuses photos de sa mère au Conservatoire de la Nouvelle-Angleterre, souvent assise ou debout devant un piano à queue. Sur l'une d'elles, on retrouvait le professeur Shimizu lui tendant un bouquet de fleurs et un trophée ; en revanche, rien concernant l'orchestre de chambre, hormis une prise de vue avec Leonard Frick. Aucune de Nicole Bernardin.

— On se croirait dans un biopic mâtiné de science-fiction, dans lequel toute trace de la meilleure amie aurait été aspirée par un trou dans l'espace-temps, déclara Rook quand Nikki referma le premier album.

Elle le regarda fixement.

— C'est vrai. C'est exactement ça, confirma-t-elle sur un ton catégorique, accompagné toutefois d'un sourire.

— Tu sais quoi ? On n'a qu'à simplement demander à ton père.

— Non.

— Pourtant, s'il y a bien quelqu'un…

— Il n'en est pas question, vu ? Alors, laisse tomber.

— On passe à la suite ? proposa-t-il devant ce ton si tranchant.

Le second album illustrait la période pendant laquelle le jeune et joli couple formé par Jeffrey et Cynthia Heat s'étaient promenés en Europe, y compris à Paris, mais toujours sans Nicole. Quand Rook demanda si cette dernière n'avait pas assisté au mariage, Nikki lui expliqua qu'il n'y en avait pas eu. Purs produits des années 1970, ses parents avaient suivi la mode post-hippie et fait l'impasse sur l'officialisation de leur union.

La série de photos suivante montrait la petite Nikki bébé à New York ; il y avait notamment un portrait très drôle sur lequel, marchant encore à peine, elle se tenait à la grille en fer forgé de Gramercy Park et lançait un regard plein de colère à l'objectif à travers les barreaux.

— Ceux que tu places en garde à vue ont souvent la même expression.

Malgré le rire que cela déclencha, elle referma l'album.

— C'est tout ? Allez, ça commençait à devenir sérieux.

— On a terminé. Le reste, c'est essentiellement des photos de moi à l'époque de ma vie où j'étais très maladroite, mais on n'est pas là pour te divertir ni pour m'humilier. J'en ai déjà assez entendu comme ça dans les cours de récré. Je suis absolument certaine qu'il n'y a aucune trace de Nicole là-dedans.

— Il me vient une autre idée insensée.

— Ça m'étonne de toi, Rook ! dit-elle en remplissant de nouveau leurs verres.

— Ce n'est pas si farfelu, en fait. T'est-il venu à l'esprit depuis qu'on a découvert son nom ce matin que c'est peut-être à Nicole que tu dois le tien ?

Il surveilla son front pour voir l'effet de sa suggestion.

— Ah ! tu vois : ce n'est pas si inimaginable que ça.

Elle réfléchit.

— Sauf que je ne m'appelle pas Nicole.

— Euh, Nikki, Nicole ? On n'est pas si loin. Et puis ça paraît logique, surtout si elles étaient si proches... Bien qu'à en croire ceci, dit-il en indiquant les albums photo, Nicole ressemble de plus en plus à une amie imaginaire.

Nikki se rendit dans la deuxième chambre, transformée en bureau, pour faire le point sur les progrès de l'enquête et vérifier ses e-mails sur son téléphone portable. À son retour, elle trouva Rook assis en tailleur par terre, au milieu du salon.

— Qu'est-ce qui te prend ?

— À ton avis ? Je fais l'incorrigible, c'est mon boulot.

Il appuya sur le bouton de mise en marche du vieux magnétoscope, et sur l'écran du téléviseur apparut un enregistrement vidéo de Nikki, assise à côté de sa mère au piano. La date indiquait « *16 juillet 1985* ».

— Allez, Rook, c'est bon, tu peux éteindre.

— Quel âge tu avais ?

— Cinq ans. On en a assez vu. Ça suffit.

Une voix grave, masculine, demandait hors champ : « *Que vas-tu nous jouer, Nikki ?* »

— Ton père ? s'enquit Rook.

Elle haussa les épaules comme si elle n'en savait rien et continua simplement de regarder.

Sur la vidéo tournée vingt-cinq ans plus tôt, la petite Nikki Heat en pull-over jaune balançait les pieds sous le banc en souriant. *« Je vais jouer Wolfgang Amadeus Mozart »* ! cria-t-elle à la caméra.

S'attendant à l'entendre entamer *Ah ! vous dirais-je, maman*, Rook fut surpris de voir la fillette se tourner vers la personne qui tenait la caméra.

« J'aimerais jouer la Sonate n° 15 *»*, déclarait-elle avec assurance. Suivant l'accord de sa mère, la petite posait les mains sur le clavier, comptait en silence pour elle-même, puis entamait le morceau, que Rook reconnut aussitôt. Pour le moins impressionné, il se rapprocha du téléviseur.

Il s'agissait d'une pièce difficile mais faisable pour des petites mains, et l'enfant jouait sans une fausse note. Même si le rythme semblait appris par cœur, c'était pardonnable pour une enfant de cinq ans. Tandis que la fillette continuait de jouer, sa mère se penchait vers elle. *« C'est très bien, Nikki, mais ne te presse pas. Pour Mozart, la vraie musique était entre les notes. »*

Heat accorda ce petit plaisir à Rook, mais appuya sur le bouton d'arrêt dès que le morceau fut terminé. Rook applaudit avec sincérité. Il se tourna ensuite vers le piano à l'autre bout de la pièce : le même, situé exactement là où il se trouvait sur la vidéo.

— Tu saurais encore ?

— Laisse tomber.

— Allez, juste pour moi.

— Non, le spectacle est terminé.

— S'il te plaît ?

Nikki s'assit sur le canapé, dos au piano. Sa pose rappela à Rook le sentiment que lui avait évoqué le tableau de Sargent qu'elle n'avait pas voulu regarder à Boston.

— Comprends-moi. Je n'en ai pas soulevé le couvercle depuis qu'elle est morte.

Ses traits se crispèrent, et son teint pâlit.

— Je n'arrive pas à en jouer. C'est plus fort que moi.

Au milieu de la nuit, deux sirènes passèrent en hurlant sous ses fenêtres, et Nikki se réveilla. On emmenait quelqu'un d'urgence à l'hôpital ou en prison, comme chantent si bien les Eagles dans *New York Minute*. Le réveil sur la table de chevet indiquait trois heures vingt-six. Elle tâta le lit du côté de Rook, mais les draps étaient froids.

— Je t'en prie, dis-moi que tu n'es pas en train de surfer sur des sites pornos, dit-elle en nouant la ceinture de sa robe de chambre.

Il était assis dans le noir, en caleçon, à la table de la salle à manger, le visage éclairé par la lumière blafarde de l'écran de son ordinateur portable.

— À ma façon, si. Du porno d'écrivain.

Il leva les yeux vers elle. Avec ses cheveux ébouriffés, il avait l'air d'un fou.

— Pourquoi une recherche sur Google est-elle aussi jouissive ? Parce que c'est un peu comme le sexe défendu. On se tâte avant de céder à l'impulsion, mais comme on n'arrive pas à se la sortir de la tête, on se dit tant pis et, la minute suivante, on se retrouve en sueur et essoufflé par l'excitation d'avoir trouvé exactement ce qu'on cherchait.

— Écoute, si tu préfères que je te laisse seul...

Il fit pivoter son MacBook afin qu'elle puisse voir les résultats de sa recherche.

— Leonard Frick. Tu te souviens du type au violoncelle sur la vidéo de ta mère ?

— Autrement dit le violoncelliste.

— Qui jouait aussi de la clarinette dans son trio de musique de chambre avec Nicole. Un homme-orchestre !

Rook montra l'écran d'un geste du pouce.

— Leonard Frick, lauréat du Conservatoire de Nouvelle-Angleterre, est actuellement employé comme clarinettiste principal par l'orchestre symphonique du Queens.

— Autrement dit, il en est la clarinette principale.

— Voilà pourquoi j'ai laissé tomber le basson. Trop de règles.

Il se leva.

— Ce type devait connaître ta mère et Nicole, comme tout le monde. Il faut qu'on aille le voir.

— Maintenant ?

— Bien sûr que non. Il faut que je m'habille d'abord.

Elle se pressa contre lui et lui caressa les fesses, puis les saisit à pleines mains et l'attira à elle.

— Maintenant ?

Il dénoua sa robe de chambre et sentit la chaleur de sa peau contre sa poitrine.

— Je suppose qu'on pourrait retourner au lit. Juste un petit moment. On aurait tout le temps de passer le voir en allant au poste.

À sept heures trente, Heat et Rook attendaient au passage pour piétons devant le Starbucks du quartier, trois cafés à la main : un pour chacun d'eux, l'autre pour le chauffeur qui attendait appuyé sur l'aile de la Lincoln noire que Rook avait louée. Le feu passa au vert, et ils entreprirent de traverser la 23e Rue Est, mais à mi-chemin le chauffeur leur cria : « Attention ! »

Au rugissement d'un moteur, ils se retournèrent et se trouvèrent nez à nez avec la calandre d'une camionnette bordeaux prête à les renverser. Ils reculèrent juste à temps, elle traversa le carrefour à fond et poursuivit sa route à toute allure.

Secoués, ils se dépêchèrent de finir de traverser la rue tant que le feu le leur permettait.

— Putain, il m'a fichu une de ces frousses ! Ça va ? s'enquit le chauffeur.

Constatant qu'elle s'était renversé son gobelet sur la jambe, une habitude chez elle, Nikki essuya la tache de café avec une serviette en papier.

— Que faisait ce type, il envoyait des textos ? demanda-t-elle.

— Non, il devait avoir bu ou alors il avait pris des trucs, conjectura leur chauffeur. En tout cas, il vous regardait.

Nikki arrêta de s'inquiéter de la tache et se hissa sur la pointe des pieds pour voir si elle pouvait noter l'immatriculation de la camionnette. Cela faisait belle lurette qu'elle n'était plus là.

— Je suis suspect ? demanda Leonard Frick.

Le gamin gringalet en smoking à la chevelure de mouton s'était empâté au fil des décennies. Assis en face d'elle, dans la salle de répétition de l'école de musique du Queens College, Heat lui donnait maintenant cent trente kilos, et les seuls poils qu'il lui restait formaient une barbichette argentée encadrée de fossettes creusant des parenthèses quand il souriait.

— Non, monsieur, dit Nikki, on se renseigne juste pour l'enquête.

— Vous ne les avez pas tuées, n'est-ce pas ? demanda Rook.

— Bien sûr que non.

Puis il s'adressa à Nikki.

— Il n'est pas flic, lui ?

— Comment avez-vous deviné ?

Les fossettes se creusèrent. Monsieur Frick semblait apprécier la compagnie. Il leur raconta les hauts et les bas de sa carrière depuis les années 1970. D'abord, il avait joué comme remplaçant dans un petit orchestre symphonique du Nord-Est. Puis une période de chômage avait mis à l'épreuve sa motivation avant qu'il n'atterrisse dans les fosses de plusieurs théâtres de Broadway, où il avait régulièrement travaillé pour *Le Fantôme de l'Opéra*, *Cats* et la reprise de *Millie*, notamment, avant de s'incruster à l'orchestre du Queens.

— Oh ! bien sûr, ce n'est pas le philharmonique de New York, mais l'ambiance est sympa, on a droit aux prestations syndicales et, en plus, une fois par an, je peux jouer le solo d'ouverture de *Rhapsody in Blue* de Gershwin. Ça vaut le coup rien que pour ce superbe glissando qui allume un sourire sur tous les visages de l'orchestre. Même chez les bassons, et pourtant ce sont tous des fêlés.

Rook acquiesça de la tête en souriant.

Leonard présenta alors ses condoléances à Nikki.

— J'aimais beaucoup votre mère. Je les aimais toutes les deux, mais, croyez-moi, votre mère nous éclipsait tous. Et je ne dis pas ça uniquement parce que j'avais le béguin pour elle. On l'avait tous. Elle était aussi jolie que vous. Et puis elle avait ce don, cette... force, cet esprit de compétition qui lui donnait l'envie d'exceller, mais elle était aussi très gentille avec les autres. Maternante, même. Pourtant, il est connu que la concurrence est féroce au sein des conservatoires de musique.

— Permettez-moi de vous interroger à ce propos, intervint Rook. Y avait-il de basses rivalités qui auraient pu perdurer au fil des ans ?

— Non, pas à ma connaissance. En plus, Cindy était trop à fond dans la musique pour se faire des ennemis ou s'occuper de mesquineries. Cette fille bossait comme une dingue. Elle étudiait tous les grands enregistrements au piano : Horowitz, Gould et tutti quanti. Elle était toujours la première arrivée au studio de répétition le matin et la dernière à partir le soir. Un dimanche, je l'ai aperçue à la pizzeria, gloussa-t-il. J'allais pour la rejoindre à sa table pour me moquer d'elle et lui demander pourquoi elle n'était pas en train de répéter pour le récital Chopin du lendemain. Et là, j'ai vu qu'elle faisait courir ses doigts sur le set de table comme si c'était un clavier !

— Monsieur Frick, dit Nikki, savez-vous si quelqu'un de l'époque aurait eu une raison de les tuer ? Ma mère ou Nicole, ou les deux ?

Sa réponse fut de nouveau négative.

— Avez-vous été contacté par quelqu'un cherchant l'une ou l'autre ?

Là encore, ce fut non.

Rook eut alors l'idée de revenir à la chaussette dépareillée.

— Vous êtes nombreux à parler de motivation et de détermination au sujet de Cynthia.

— Et de talent, ajouta Leonard.

— Qu'est-il arrivé ?

— Aucune idée. Ça s'est produit comme ça.

Il claqua des doigts.

— Tout a changé quand Nicole a invité Cindy à venir dans sa famille à Paris après le diplôme. Les Bernardin, c'étaient des gens riches, expliqua-t-il en se tournant vers Nikki. Les parents de Nicole ont proposé de prendre tout le séjour à leurs frais, et l'idée, c'était que votre mère revienne à temps pour ses auditions dans tous les orchestres symphoniques qui l'avaient démarchée. Elle devait partir deux ou trois semaines. Ça devait être en juin 1971. Elle n'est revenue qu'en 1979.

— Peut-être a-t-elle reçu des propositions là-bas, en Europe ? suggéra Nikki.

— Non, fit-il en secouant la tête. Cindy n'a jamais auditionné pour un orchestre ni ici ni là-bas. Jamais décroché un contrat d'enregistrement. Elle a juste tout largué.

— À cause de quoi, à votre avis ? demanda Rook. Nicole ?

— Peut-être. Mais pas pour une histoire de cœur. Elles étaient portées sur les garçons.

Il marqua une pause.

— Sauf un et vous l'avez devant vous.

Il sourit, puis les fossettes s'estompèrent.

— Il s'est passé quelque chose là-bas, cet été-là. Cindy était une vraie boule de feu quand elle est partie et elle s'est calcinée.

Les autres membres de l'orchestre commencèrent à s'installer pour la répétition.

Leonard se leva et ramassa son blouson sur le dossier de sa chaise.

— Ce que je ne donnerais pas pour avoir une once du talent de votre mère.

Rook composa le numéro du service de voitures pour signaler qu'ils en avaient terminé au chauffeur qu'il avait engagé pour la matinée. La limousine noire se rangeait devant la porte Trois du campus juste au moment où ils arrivaient de l'école de musique.

— Je vais te dire ce que ça m'a appris, dit-il lorsqu'ils furent sur le Long Island Expressway qui allait les ramener au poste. La manière dont il décrivait ta mère... Motivée par l'esprit de compétition mais maternante ? Le professeur Shimizu avait tort. Finalement, les chiens ne font pas des chats.

— Rook, si tu voulais bien éviter !

Nikki baissa la fenêtre et, les yeux fermés, se laissa aller à ses pensées le nez au vent. Au bout d'un long moment, le chauffeur rompit le silence.

— Monsieur Rook ? Pendant que vous alliez si gentiment me chercher un café, j'ai pris le journal ; si vous voulez le lire.

— Merci, pourquoi pas ?

Le chauffeur lui passa le *Ledger*. Rook aurait préféré le *New York Times*, mais un peu de sensationnel ne lui ferait pas de mal. Du moins, c'est ce qu'il croyait, jusqu'à ce qu'il aperçoive la une en première page du tabloïde.

— Nom d'un...

Heat détourna à moitié les yeux de la fenêtre.

— Quoi ?

C'est alors qu'elle vit le gros titre ; elle lui arracha le journal des mains et se mit à lire, muette de colère.

SIX

*Un reportage exclusif de Tam Svejda,
chargée des actualités locales*

Comme si la découverte macabre, la semaine dernière, du corps gelé d'une femme à l'intérieur d'un camion frigorifique dans l'Upper West Side ne suffisait pas à faire claquer des dents les New-Yorkais, la sinistre affaire prend maintenant un tour encore plus glaçant. Selon des sources bien informées, l'inconnue poignardée a non seulement été identifiée en la personne de Nicole Aimée Bernardin, une ressortissante française domiciliée à Inwood, mais la valise dans laquelle la police l'a découverte aurait appartenu à la victime d'un meurtre similaire, objet d'une affaire non classée remontant à 1999. Plus bizarre encore, les enquêteurs ont appris hier que Mlle Bernardin connaissait la victime précédente, Cynthia Trope Heat, poignardée chez elle, dans un apparte-

ment de Gramercy Park, à la veille de Thanksgiving il y a dix ans. La fille de Mme Heat, Nikki Heat, la fameuse enquêtrice top modèle de la police criminelle que la presse nous a récemment fait connaître, a été chargée de l'enquête. Un choix judicieux de son supérieur, Wallace « Wally » Irons, qui a déjà porté ses fruits. Ces deux morts relèveraient-elles d'une coïncidence défiant toutes les lois de probabilité ou d'une série encore non identifiée ? Puisque le capitaine Irons n'a pas souhaité s'exprimer, nous suggérons ce commentaire : en matière d'affaires non élucidées, réchauffement mondial égale dégel local.

Heat replia le tabloïde et s'en servit pour frapper la banquette. Rook n'avait pas souvent entendu Nikki jurer, mais l'occasion risquait de se présenter.

— Fait chier ! s'indigna-t-elle entre ses dents.

— Au moins, elle s'en tient aux faits, fit Rook au lieu de se taire.

— Oh ! je t'en prie !

Puis quelque chose lui traversa l'esprit, et elle le regarda. Il comprit : ils avaient déjà eu une histoire avec cette journaliste.

— Non, ce n'est pas moi qui ai informé Tam Svejda.

Le regard insistant de Nikki le mit tout autant mal à l'aise que lorsqu'elle se raidissait pour faire plier les suspects en salle d'interrogatoire.

— Et d'ailleurs, quand en aurais-je eu le temps ?

— Et ta séance sur Google, ce matin aux aurores ?

— Ha !

Il lui prit le *Ledger* des mains pour examiner la une.

— C'était déjà trop tard pour cette édition.

— Il lui rendit le journal. Et puis, pourquoi aurais-je fait ça ?

La remarque la freina, mais ne l'arrêta pas.

— Eh bien, toi et cette Tam Svejda, ta Tchèque en bois...

— ... on se connaît, je sais. Mais ce n'est pas parce que

j'ai couché avec elle une ou deux fois que je suis obligé de l'alimenter en scoops.

— Tu m'avais parlé d'une seule fois.

— C'est vrai.

Il sourit.

— C'était pour dire il était une fois, dans une galaxie fort, fort lointaine... Tu veux que je l'appelle ? demanda-t-il quand elle parut un peu radoucie.

— Non. Si, dit-elle après réflexion, mais son regard restait hésitant.

À cause du séisme, c'était toujours la bousculade en ville. La fermeture du tunnel de Midtown par les autorités contraignit leur voiture à faire le détour par le pont de Queensboro pour traverser l'East River. Le chauffeur alluma la radio, qui annonça la raison de cette fermeture : la formation d'une mare au milieu du tunnel par suite d'une mystérieuse fuite d'eau.

— Une fuite. On dirait bien que c'est le thème du jour, plaisanta Rook.

Nikki n'en parut pas amusée.

Après avoir déposé Rook devant les bureaux du *New York Ledger*, à Midtown, Heat continua jusqu'au 20e commissariat où elle trouva sa brigade affairée à ses tâches. Elle repéra Sharon Hinesburg qui refermait hâtivement une fenêtre de shopping sur son ordinateur pour repasser sur l'écran d'accueil du fichier des empreintes.

— Vous nous avez manqué hier, inspecteur Hinesburg.

— Il paraît. Voilà ce que c'est que de ne pas avoir mis mon téléphone à charger samedi soir.

— Non, voilà ce que c'est que de me retrouver avec un inspecteur injoignable, et ce n'est pas admissible. C'est clair ?

Hinesburg répondit par un salut militaire exagéré, ce qui, comme à peu près tout ce qu'elle faisait, irrita Nikki. Sans relever davantage, elle chargea sa subordonnée de voir si elle pouvait trouver quelque chose dans les relevés téléphoniques de Nicole Bernardin, puis se rendit à son bureau.

À sa déception, malgré toute son effervescence, la brigade ne brassait que du vent. Toutes les nouvelles informations qu'elle attendait sur les empreintes relevées dans l'appartement d'Inwood, le numéro d'identification fiscale lié à l'activité de chasseur de têtes de Nicole, les clubs de sport, les relevés de cartes de crédit ne donnaient rien. Soit il fallait encore attendre, soit elles ne représentaient aucune piste utile. Dans n'importe quelle autre affaire, la sagesse et l'expérience acquises au fil des ans lui auraient rappelé qu'il est impossible de voir une piste avant qu'elle ne se révèle. Elle se serait souvenue que les crimes se résolvent à force de labeur et de patience. Mais il ne s'agissait pas de n'importe quelle affaire. Même si elle avait réussi à identifier la victime et à trouver un lien solide avec celle de sa mère, Nikki aurait aimé pouvoir continuer sur la lancée. Dix ans… De quoi mettre la patience de n'importe qui à l'épreuve !

Rook arriva avec le sourire et un café.

— Tam t'a dit d'où venait la fuite ? demanda-t-elle à voix basse après l'avoir attiré dans le coin cuisine.

— Absolument. Et sans même coucher avec elle. Je l'ai eue en prétendant que je savais déjà. Je ne sais pas si tu avais remarqué, mais Tam Svejda est loin d'être la première de la classe, même s'il n'y a personne d'autre dans la classe.

— Quel esprit, Rook ! Garde ça pour ton prochain article. Tout ce qui m'intéresse, c'est de savoir qui. C'est Irons, non ? fit-elle après s'être assurée qu'ils étaient seuls. Ça me paraît évident.

— Et voilà, c'est reparti avec tes ridicules histoires de conspiration.

— Bon, allez, fais-toi plaisir, vas-y.

Il se caressa le menton d'un geste théâtral, savourant l'occasion de rappeler au grand inspecteur certaines de ses propres paroles.

— Je préfère m'en tenir aux faits plutôt que de me laisser aller à de simples intuitions.

— Ça te plairait une chemise couleur café ?

— C'était Sharon Hinesburg.

Heat réfléchissait encore à ce qu'elle allait faire de cette information quand le capitaine Irons l'appela dans son bureau pour qu'elle lui fasse son rapport.

— Depuis mon appel de Boston hier pour vous informer de ce que Rook et moi avions découvert sur notre inconnue et son lien avec ma mère, nous nous concentrons sur tout ce que nous pouvons apprendre sur Nicole Bernardin.

Elle eut beau s'en tenir aux grandes lignes pour simplifier, sachant qu'il avait du mal à maintenir longtemps son attention, il ne tarda pas à digresser.

— Vous avez mangé de bons fruits de mer, là-haut ?

— Pardon, capitaine ?

Irons se cala au fond de son fauteuil en cuir, dont les ressorts gémirent sous son poids.

— Moi, j'adore la soupe de palourdes à Boston. Legal Sea Food est un must là-bas.

— Oui, ils sont réputés, dit-elle pour le tenir en haleine tandis qu'elle poursuivait sur l'enquête du double homicide. Donc, maintenant que nous avons identifié Nicole Bernardin, nous devons suivre un ensemble de nouvelles pistes. Peu d'éléments scientifiques ont été retrouvés chez elle, mais nous pouvons enquêter sur d'autres aspects de sa vie, ses relevés bancaires, son activité professionnelle et sa vie privée. Rien n'a porté ses fruits pour l'instant, mais…

— Rook a-t-il écrit pendant votre petite virée ?

— Monsieur ?

— Il nous concocte un nouvel article ?

Irons se redressa sous les protestations métalliques de son fauteuil.

— C'est juste qu'il a évoqué l'autre jour la possibilité d'écrire une suite au précédent article, et je me demandais s'il avait commencé.

Peut-être Irons ne souffrait-il pas de déficit d'attention. Peut-être son attention se fixait-elle juste sur d'autres choses.

— Vous avez vu mon nom mentionné dans cette feuille de chou ce matin ?

— Oui, monsieur. En fait…

— Vous devriez montrer ça à Rook. Qu'il voie que d'autres journalistes empiètent sur son terrain.

Il n'échappa pas à Heat qu'Irons n'avait retenu de sa lecture que la mention de son propre nom.

— Rook est non seulement au courant de cet article, mais il sait qu'il est le résultat d'une fuite, monsieur. Qui provient de notre brigade.

— Quelqu'un d'ici a informé le *Ledger* ?

Irons inclina la tête et jeta un œil par-dessus l'épaule de Nikki à la salle de briefing.

— Vous savez qui ?

Pour n'importe qui d'autre, Heat aurait feint l'ignorance.

— L'inspecteur Hinesburg, dit-elle.

— Sharon ? Vous en êtes sûre ?

— Oui, monsieur.

— Mouais. Enfin, il fallait bien que cela vienne de quelque part.

Il but une gorgée de café, manifestement peu perturbé par la fuite, ce qu'un rot confirma dès qu'il eut avalé.

— C'est sans doute mieux que ça sorte.

— Je ne suis pas d'accord, capitaine. Bien que n'appréciant pas la mine amusée que cette réaction suscita, Heat continua. Au stade où en est cette affaire, il vaudrait mieux ne pas trop l'ébruiter, pour éviter tout le cirque que cela risque d'entraîner. En tout cas, avant que nous ayons une chance de dérouler tous les fils qui s'offrent à nous.

— Ah oui ? Et comment cela avance-t-il justement, inspecteur ?

Avec le sourire qu'il affichait, le sous-entendu n'en devenait que pire aux yeux de Nikki. Il n'était pas seulement méprisant, il était révélateur d'un état d'esprit fermé.

— Comme je vous le disais, pour l'instant, ça avance tout doucement. Mais pour être réaliste...

Elle marqua alors une pause pour souligner qu'elle savait très bien que son supérieur était issu de l'Administration. Son expérience de la police s'était forgée dans le calme des bureaux à l'étage et non pas dans la rue. Elle lui servit donc le discours qu'elle s'était fait à elle-même quelques minutes plus tôt.

— Si on veut faire les choses correctement, il nous faut être patients, rester tenace et comprendre qu'on n'en est encore qu'au début de cette affaire.

— Ha ! Cette affaire est dans l'impasse depuis dix ans.

Il donna une chiquenaude à son *Ledger* pour le faire glisser vers elle sur son large bureau vide.

— Le journal a raison : tout ça n'est pas du réchauffé, c'est du surgelé.

Il se leva, indiquant que la réunion était terminée.

— Rendons la chose publique et voyons ce que cela nous rapporte.

Eh bien, voyons, songea Nikki, ses quinze minutes de gloire, par exemple.

Sharon Hinesburg sonna au moment où Heat passait à côté de sa table. Elle entendit l'enquêtrice répondre qu'elle arrivait, puis la vit se précipiter dans le cube de verre du capitaine, dont elle referma la porte. Nikki s'assit à son bureau pour lire un dossier, mais elle ne put s'empêcher de faire pivoter sa chaise pour voir ce qui se passait dans « l'aquarium ». Les Gars vinrent la trouver.

— Juste pour info, je n'ai rien trouvé sur une éventuelle plainte pour harcèlement déposée par Nicole Bernardin, annonça Ochoa. Même chose pour les ordonnances de protection. Que dalle. Son coiffeur est de congé le lundi, mais il sera ravi de nous recevoir ; alors, je vais maintenant chez lui dans le West Village pour voir ce qu'il aurait d'utile.

— Bien, tenez-moi au courant, dit-elle.

Mais, voyant que les deux équipiers s'attardaient, elle attendit. Raley se racla la gorge.

— Je sais que vous n'aimez pas les commérages...

— En effet.

— Mais là, il faut que vous sachiez, dit Ochoa. Dis-lui, vieux.

— Ils couchent ensemble, annonça Raley le plus bas possible.

Sans se retourner, il indiqua des yeux Irons et Hinesburg. Heat porta le regard sur le couple dans le bureau et vit Irons agiter le doigt devant l'inspecteur Hinesburg, mais tous deux semblaient s'amuser de quelque chose.

— Ce matin, j'ai vu Wally la déposer à l'angle d'Amsterdam pour qu'on ne les voie pas arriver ensemble.

Heat se rappela les feintes dont elle usait avec Rook avant qu'on ne sache qu'ils sortaient ensemble.

— Cela ne veut rien dire, rétorqua-t-elle néanmoins.

— Ils se sont embrassés avant qu'elle ne parte. Avec la langue et tout et tout.

L'absence de Sharon Hinesburg le dimanche et maintenant les fuites aux médias faisant d'Irons le héros, tout cela prenait enfin son sens. Cela rendit Heat furieuse. Furieuse de se retrouver avec Hinesburg dans les pattes, pour commencer. Furieuse ensuite de voir Irons dépasser les bornes en se lançant dans une liaison avec un membre de la brigade. Furieuse de voir en résulter une ambiance malsaine au sein de son unité qui mettait son enquête en péril. Et surtout furieuse contre elle-même de n'avoir rien vu venir. Elle n'en prit pas moins le temps de respirer avant de répondre.

— Vous connaissez tous les deux mon sentiment à cet égard. Alors, on arrête les commérages. Néanmoins, tenez-moi au courant, ajouta-t-elle.

Tandis que les Gars s'éloignaient, Rook s'avança vers elle.

— Tu lui as dit que c'était Hinesburg ?

Elle acquiesça de la tête.

— Tu crois qu'il va lui sauter dessus ?

— Et comment !

— Au fait, Nikki, encore une chose à propos de cette fuite.

Il lui fit part du souci qui le rongeait depuis qu'elle avait lu l'article dans la voiture.

— J'imagine que ton père lit les journaux et regarde les informations télévisées, non ?

Elle hocha la tête gravement, sortit son téléphone portable de sa poche, puis jeta un regard à la salle de briefing.

— Je sors un instant, dit Nikki. Un appel personnel à passer.

Dix minutes plus tard, Heat, fraîche comme un gardon, revint demander à Rook s'il voulait l'accompagner à Scarsdale. Il se contenta de répondre oui, de peur qu'elle ne change d'avis à l'idée de lui faire rencontrer son père. Mais, le temps que leur Crown Victoria banalisée ait traversé Broadway pour prendre le West Side Highway, il avait retrouvé sa fière assurance.

— Tu sais que ça me surprend que tu m'emmènes ?

— Inutile de te rengorger. Je me sers de toi, commenta Nikki en veillant à bien garder son attention sur la route au lieu de le regarder. Tu feras le guignol pour le distraire si les choses tournent mal.

— Quel honneur, je suis touché ! Merci. Tournent mal comment ?

— Avec un peu de chance, tu n'auras pas à le savoir.

— Ça va si mal entre vous ?

Son haussement d'épaules ne lui suffit pas.

— Ça fait combien de temps que tu ne l'as pas vu ? insista-t-il.

— Noël. On se voit aux anniversaires et aux fêtes importantes.

Pour une fois, Rook laissa le silence s'installer, sachant que, par gêne, elle ne tarderait pas à le briser.

— En gros, on s'envoie des cartes et on s'appelle. On se fait des cadeaux virtuels par Internet, tu vois le genre. Ça nous va bien, je crois.

Elle se passa une langue sèche sur les lèvres et se concentra de nouveau sur la route. Ou en tout cas, fit mine de.

— Tu ne voulais pas sortir, là ? demanda-t-il.

Avec un gros soupir, Heat fit demi-tour au rond-point de la 79e Rue pour reprendre la sortie qu'elle avait ratée, car elle était déconcentrée. Rook attendit qu'elle ait avancé un peu. Par la vitre du conducteur, à l'ouest, il contempla les gratte-ciel, dont les hauteurs se perdaient dans les énormes choux-fleurs en formation au-dessus de l'Hudson.

— Vous avez toujours gardé vos distances ?

— Pas tant que ça, mais ça n'a certainement pas aidé que mes parents divorcent pendant mon semestre à l'étranger, quand j'étais à la fac. Ils ne m'ont appris la nouvelle qu'à mon retour, et il avait déjà quitté la maison.

— C'était l'été avant le... ?

Il préféra ne pas prononcer le mot.

— Oui. Il s'est trouvé un de ces appartements meublés que louent les entreprises pour les longs séjours de leurs employés. The Oak, dans Park Avenue. Ensuite, il n'a pas pu gérer après l'assassinat de ma mère. Il a démissionné, il est parti s'installer en banlieue, où il a monté une petite agence immobilière.

— Il me tarde de le rencontrer enfin. C'est un sacré pas pour moi.

— Comment ça ?

— Je ne sais pas... Peut-être pour nos relations futures.

Cette fois, elle le regarda.

— Oh ! on se calme, là, mon grand. Cette visite est uniquement destinée à lui apprendre nous-mêmes les récents progrès de l'affaire. Il ne s'agit pas de... Je ne sais pas.

— Du *Père de la mariée* ?

— Arrête, tu veux ?

— Épisode quatre : Diane Keaton incite Steve Martin à se faire un nettoyage du côlon juste avant le mariage. Tout peut arriver. Et c'est justement ce qui arrive.

— Je pourrais te déposer là et te laisser repartir à pied.

— Je croyais que tu voulais un guignol, objecta-t-il.

Vingt minutes plus tard, ils s'engageaient dans l'allée d'une résidence fermée, située à environ un kilomètre du Hutchinson Parkway. Nikki saisit le code, puis patienta en se passant les mains dans les cheveux. Une sonnerie aiguë retentit, et, sous les grondements du tonnerre au loin, la grille s'ouvrit latéralement.

— « *Gargouille à pleine panse ! Crache, feu ! Vomis, pluie !* »

— Sans blague, Rook ! Tu vas rencontrer mon père et tu cites *Le Roi Lear* ?

— Tu sais qu'il n'y a pas plus casse-pieds qu'un flic cultivé ?

Rook ne trouva qu'une vague ressemblance entre le Jeffrey Heat qui les attendait sur le pas de la porte et celui des photos de l'album de famille. Évidemment, les années avaient passé depuis l'époque où ce solide gaillard à l'avenir prometteur maîtrisait sa vie, pourtant, ce n'était pas le temps, mais la vie qui l'avait vieilli.

À soixante et un ans, les coups du sort avaient imprimé à son doux visage jovial une grande réserve, liée à une perte totale de confiance. La tête à jamais baissée en avant, il semblait prêt à essuyer le prochain coup. Quand il tendit la main à Rook, il s'efforça tant bien que mal de sourire ; non pas qu'il feignait, il était juste incapable de trouver quoi que ce soit en lui pour exprimer le plus simple des plaisirs. De même, quand il prit sa fille dans ses bras, il s'employa à le faire du mieux possible.

Son appartement transpirait l'ennui. Très propre, mais surtout ordonné et masculin. Tout le mobilier datait de la même époque – les années 2000 –, y compris le gigantesque écran plat, péché mignon du célibataire de fraîche date. Il leur proposa à boire, mais ils déclinèrent. Rook fut frappé de constater que Nikki ne semblait guère plus qu'une invitée, au même titre que lui. Son père prit place dans le fauteuil en cuir, à son poste de commande entre les dessertes sur lesquelles étaient posés son téléphone, ses télécommandes, une lampe torche, un scanner portable, des journaux, ainsi que les livres d'un journaliste économique et d'un spécialiste du développement personnel connus.

— Tu rentres déjeuner chez toi, papa ?

— Je ne suis pas encore sorti ce matin. La situation est pire que tout ce qu'on entend sur le marché immobilier. J'ai dû me séparer de l'un de mes agents hier, expliqua-t-il en se baissant pour remonter ses chaussettes. L'une était noire, l'autre, bleu marine.

Si son père avait perçu comme un affront le fait d'apprendre la récente évolution de l'enquête sur le meurtre de son ex-femme dans le tabloïde qu'il tenait sous le coude, il n'en laissa rien paraître.

Au lieu de cela, il écouta attentivement Nikki lui fournir les détails. En revanche, quand elle évoqua leur déjeuner avec l'ancien inspecteur chargé de l'affaire, Carter Damon, il ne put se retenir.

— Un connard, celui-là ! s'exclama-t-il. Doublé d'un incapable. Ce pitre n'aurait même pas retrouvé un grain de sable sur la plage.

— Dis-moi, papa. À ce que tout le monde dit, maman et cette Nicole Bernardin étaient très bonnes amies. Pourtant, je n'ai jamais entendu parler d'elle. C'est plutôt bizarre, non ? insista-t-elle devant son absence de réaction.

— Pas vraiment. Je ne l'aimais pas, et ta mère le savait. Mauvaise influence, voilà tout. Après notre retour aux États-Unis en soixante-dix-huit, environ un an avant ta naissance, Nicole Bernardin est sortie de notre vie. Bon débarras.

Nikki lui raconta sa visite au Conservatoire de Nouvelle-Angleterre et la vidéo du récital de sa mère.

— Je savais que maman était une bonne pianiste, mais quand même, papa, je n'avais jamais vu ça.

— Du pur gâchis... C'est pour ça que je la harcelais tout le temps quand on était en Europe. Elle gaspillait son talent.

— Vous vous êtes donc connus longtemps là-bas ? s'enquit Rook. Quand vous êtes-vous rencontrés Cynthia et vous ?

— En 1974. Au festival de Cannes.

— Vous étiez dans le cinéma ? Nikki ne m'en avait jamais rien dit.

— Non, non. Après mon école de commerce, j'ai été embauché par un grand groupe d'investissement pour m'occuper du secteur Europe. Mon boulot consistait à dénicher de petits hôtels à racheter pour les transformer en établissements de charme, et tenter d'imiter les Relais et Châteaux. Un boulot en or, je ne vous dis que ça. J'avais vingt ans, une belle assurance et je voyageais entre l'Italie, la France, la Suisse et l'Allemagne de l'Ouest – comme on l'appelait à l'époque –, tous frais payés. Vous êtes sûrs de ne pas vouloir un soda ? Ou une bière, peut-être ? demanda-t-il avec espoir.

— Non, merci, dit Rook en remarquant le rond humide sur le sous-verre posé à côté du fauteuil.

Il fut attristé de voir à quel point il tardait à Jeffrey d'y poser un nouveau verre.

— Bref, l'un de nos investisseurs finançait aussi des films et il m'a emmené à un incroyable cocktail organisé par le célèbre Fellini. Outre le grand metteur en scène, il y avait d'énormes stars comme Robert Redford et Sophia Loren. Je crois que Faye Dunaway était là aussi, mais je n'avais d'yeux que pour l'Américaine sexy qui jouait du Gershwin à côté du bar, sans que personne ne lui prête attention. Tout le monde était occupé à se gaver de champagne gratuit. On est tombés amoureux, mais Cindy voyageait autant que moi. Quand c'est devenu plus sérieux entre nous, j'ai commencé à organiser mes trajets en fonction de ses obligations à elle.

— Elle jouait dans les cocktails ? demanda Rook.

— Pas seulement. La plupart du temps, elle passait une semaine par-ci, un mois par-là, comme professeur de musique attitré chez les riches qui l'emmenaient dans leurs luxueuses résidences secondaires. Comme je le disais : du gâchis. Tout aurait pu être si différent.

Un silence grave s'installa, ponctué par des roulements de tonnerre et les premières gouttes de pluie qui vinrent s'écraser sur le bord des fenêtres.

— On ferait peut-être mieux d'y aller, suggéra Nikki sur le point de se lever, mais Rook avait une autre idée en tête.

— Peut-être était-elle effrayée par les projecteurs ?

— Pas du tout. C'était à cause de Nicole. La fêtarde. Chaque fois que j'avais l'impression d'avoir enfin réussi à la convaincre de se reprendre en mains, Nicole se faisait l'avocat du diable, et Cindy repartait pour Saint-Tropez, Monaco ou Chamonix gagner sa vie en bradant son talent.

Il se tourna vers sa fille.

— Les choses se sont améliorées quand tu es arrivée. On a pris l'appartement de Gramercy Park, et ta mère s'est posée pour t'élever, pour son plus grand plaisir. Elle t'aimait tant.

En disant cela, l'ancien Jeffrey Heat refit surface, et Rook se rendit compte qu'il avait la même ligne de mâchoire que Nikki quand elle souriait.

— C'était le bonheur à l'époque, pour nous tous, dit-elle, puis elle chercha ses clés.

— Mais ça ne dure jamais, ces choses-là… Quand tu as eu cinq ans, elle a repris ses vieilles habitudes. Elle donnait des leçons particulières aux gosses de riches new-yorkais et partait parfois en week-end avec leur famille ou rentrait à pas d'heure, voire pas du tout. Et jamais elle ne me prévenait. Selon elle, elle avait besoin de son indépendance. Alors, elle faisait ses trucs de son côté, sans moi.

Il marqua une pause comme pour prendre une décision.

— Je ne l'ai jamais dit, mais j'ai même fini par croire que ta mère avait une liaison.

Nikki passa les clés dans sa main droite.

— Bon, écoute, ce n'est peut-être ni le moment ni l'endroit pour ça.

— Avez-vous jamais évoqué ce genre de soupçons à la police ? demanda Rook, ce qui lui valut un léger coup de coude de Nikki. Il n'en tint pas compte. Je suis sûr que ça les intéresserait maintenant.

— Non, je n'ai jamais rien dit.

— Parce que vous aviez déjà divorcé ?

Cette fois, le coude se fit plus pointu.

— Parce que je savais déjà que ce n'était pas le cas.

Il ferma la bouche et aspira ses joues. Puis il poursuivit, la lèvre inférieure tremblotante :

— C'est un peu gênant pour moi, surtout après ce qui est arrivé.

Nikki, qui était assise dans le canapé, s'avança pour lui prendre la main et la poser sur son genou.

— J'en ai honte maintenant…, continua-t-il, mais j'avais engagé un détective privé pour, euh, la suivre.

Il se ressaisit.

— Et il n'a rien trouvé, Dieu merci.

Un éclair apparut dans les bois derrière la résidence, accompagné d'un bruit de détonation, ce qui leur fit accélérer le pas. Une fois à l'abri dans la voiture, Heat vérifia les messages sur son téléphone portable et découvrit un texto de Don, son partenaire d'entraînement.

« Je te mets la pâtée ce soir ? O/N. »

— Du nouveau sur l'affaire ? demanda Rook.

Elle fit non de la tête, répondit par « N » à l'invitation et démarra. Rook dut pressentir son humeur parce que, pour une fois, il respecta son silence tout au long du trajet de retour à Manhattan.

La brigade avait beau s'activer avec zèle, l'enquête ne décollait pas. Les deux consulats français de New York et de Boston n'avaient eu aucun contact récent avec Nicole Bernardin, elle n'avait pas de ligne fixe, et les appels sur son téléphone portable se résumaient à de simples commandes de plats à emporter et des rendez-vous chez la manucure ou la pédicure. Ochoa revint de chez le coiffeur avec la confirmation de deux demandes inhabituelles : une couleur de dernière minute et une annulation de coupe. Le coiffeur, qui pleurait la perte de l'une de ses meilleures clientes, disait d'elle que c'était une dame très gentille, bien qu'un peu secrète, qui semblait dispersée dernièrement. Rien de bien utile pour traquer son meurtrier. Rook prit un taxi pour rentrer chez lui, laissant Heat mettre à jour les tableaux blancs. À défaut de nouvelles informations, elle dut malheureusement se contenter de cocher chaque tâche effectuée.

Le soir, en rentrant chez Rook, quelle ne fut pas la surprise de Nikki, quand les portes de l'ascenseur s'ouvrirent, de tomber sur une table de massage poussée par Salena, la bimbo de la rééducation.

— Salut ! lança-t-elle en agitant l'unique doigt libre de sa main, ce qui fit saillir son triceps. Il est tout à vous.

— Merci, c'est trop gentil !

Heat eut à peine le temps d'apercevoir ses parfaites rangées de dents blanches que la porte se refermait, et l'ascenseur remontait. Du coup, elle se mit à songer au chat du Cheshire. Certes, elle avait « souvent vu des blondes sourire, mais jamais un sourire sans blonde ».

Le temps que Rook sorte de la douche, elle avait disposé dans des assiettes les antipasti qu'elle avait achetés chez Citarella en rentrant et leur avait servi un verre de vin au bar.

— Je me suis dit qu'on pourrait rester ici faire des câlins ce soir, annonça-t-elle.

— Ça me va très bien.

Il jeta un coup d'œil à l'étiquette du vin.

— Oh ! oh ! un pinot grigio.

— Oui, l'accompagnement parfait pour les huiles essentielles et les phéromones.

Ils trinquèrent.

— J'ai croisé ton infirmière sexy en arrivant. Comment s'est passée ta « rééducation » ?

— Hélas, c'était ma dernière séance. Mais j'en avais besoin après tous ces coups de coude que tu m'as donnés cet après-midi.

— Ah oui ?

Elle piqua sa fourchette dans une tranche de prosciutto et l'enroula autour d'une boule de mozzarella au lait de bufflonne.

— Ça n'a pas eu l'air de te déranger, pourtant. Tu te souviens, je t'avais demandé de faire le guignol, d'empêcher mon père de s'embourber ?

— Oui, drôle d'inversement des rôles, tu ne trouves pas ?

Elle reposa sa fourchette et s'essuya les doigts sur sa serviette en papier.

— Ça veut dire quoi, ça ?

— Eh bien, que j'étais prêt à faire le tampon, mais que, comme tu ne posais aucune question, j'ai dû le faire à ta place.

— Rook, on n'est pas allés là-bas pour poser des questions. J'y allais par courtoisie, pour mettre mon père au courant parce que ça avait fait la une du tabloïde pour lequel bosse ton ex.

— Passons sur ce commentaire empreint de jalousie, ça en fait deux en moins d'une minute, et concentrons-nous sur la visite chez ton père.

Il grignota la chair d'une olive et posa le noyau sur le bord de son assiette.

— C'est vrai, on y allait dans un but précis, mais, comme il n'arrêtait pas de nous confier des trucs, ça me donnait envie d'en savoir plus. Je n'allais quand même pas laisser passer ses soupçons au sujet d'une liaison, c'était trop gros. Comme tu ne disais rien, j'ai cru que tu avais un peu de mal à digérer l'info, alors, j'ai pris le relais. Il ne t'en avait jamais parlé ?

— Tu l'as entendu. Il a dit que non.

— Et tu ne te doutais de rien ?

Elle but une nouvelle gorgée de vin, puis contempla les ondulations qu'elle provoquait à la surface de son verre en le faisant tourner.

— Je peux te dire quelque chose ?

— Tout ce que tu veux, tu le sais bien.

Elle marqua une pause pour réfléchir, reprenant l'expression torturée qu'avait eue son père, quelques heures plus tôt.

— Oui. Moi aussi, j'ai soupçonné ma mère d'avoir une liaison.

Elle but de nouveau.

— À l'adolescence, je me suis rendu compte qu'elle partait beaucoup, comme l'évoquait mon père. Parfois le week-end, ou la nuit entière, et elle rentrait tard. Déjà, quand tu es au lycée, tu ne t'intéresses qu'à toi-même, tu es souvent en colère et tu te sens seule. Alors, j'ai commencé à me demander si ces absences cachaient quelque chose. Et puis il y avait toute cette tension entre mes parents ; c'était carrément électrique dans cet appartement. J'ai même essayé de récupérer le courrier avant elle, pour voir si elle recevait des lettres d'autres hommes. C'était n'importe quoi, mais, bon…

— Elle voyait quelqu'un ?

— Je n'ai jamais su.

— Et tu ne lui en as jamais parlé directement ?

— C'est bien mon genre.

— Et elle ne s'est jamais confiée à toi ? Pas la moindre allusion ?

Nikki lui adressa une grimace moqueuse.

— Eh ! Je demandais juste. Je croyais que vous étiez proches, toi et ta mère.

— À notre manière, oui. Mais ma mère pouvait aussi être très secrète. C'était une pomme de discorde entre nous. Encore le soir où elle a été tuée. Tu veux savoir pourquoi je ne suis pas allée tout de suite à l'épicerie ? J'avais besoin de m'aérer parce que c'était très tendu entre nous à cause de – comment dire ? – sa volonté de me tenir à l'écart. Ne te méprends pas : ma mère était affectueuse et tendre avec moi. Ce n'est pas ce que je lui reprochais. Mais... il y avait quelque chose qu'elle gardait pour elle. On avait beau être proches, c'était comme s'il y avait eu un mur entre elle et moi.

Rook comprenait maintenant pourquoi Nikki rechignait tant à fouiller dans son passé.

— Il n'y a pas de honte à avoir, assura-t-il. On a tous nos petits secrets, non ? Certains abritent les leurs derrière une plus haute défense que d'autres. Comment disait mon vieil ami Sting déjà ? Ils érigent « une forteresse autour du cœur ».

Il mangea un petit artichaut poivrade avec les doigts.

— Tu es quand même la mieux placée pour le savoir, ajouta-t-il.

Nikki le scruta en fronçant les sourcils.

— C'est-à-dire ?

Se rendant compte de son erreur, il faillit s'étrangler avec le vinaigre.

— Rien. Laisse tomber, dit-il en voulant limiter les dégâts. Mais c'était déjà sorti.

— Trop tard. Qu'est-ce que je devrais savoir exactement, puisque tu sembles être devenu un expert en la matière grâce au classic rock ?

— Euh... Bon, d'accord, on hérite tous certaines choses de nos parents. Moi, je tiens mon sens de la mise en scène et mon adorable impétuosité de ma mère. Quant à mon père, je n'en ai pas la moindre idée. Je ne sais même pas qui c'est.

Ses espoirs d'orienter la discussion vers un autre sujet se révélèrent vains.

— Crache le morceau, Rook. Tu veux dire que je suis inaccessible ?

— Pas du tout.

Il se sentit piégé malgré lui dans une joute où tout ce qu'il dirait serait mal pris.

— Pas tout le temps, eut-il la bêtise d'ajouter.

— Et quand suis-je donc inaccessible ?

— La plupart du temps, tu es tout à fait accessible, tenta-t-il pour esquiver.

— Quand, Rook ?

Coincé, il suivit les conseils du poète Robert Frost, selon qui la meilleure façon de s'en sortir, c'est plonger.

— Très bien. Parfois, quand j'ai voulu aborder certains sujets, dernièrement, tu m'as bien refroidi.

— Tu me trouves froide ?

— Non. Mais tu sais très bien devenir glaciale.

— Je deviens glaciale, c'est tout ? C'est proprement ridicule. Tu es le premier à me dire un truc pareil.

— À dire vrai...

Elle allait boire une nouvelle gorgée de vin, mais, blêmissant, elle reposa bruyamment son verre sur le plan de travail en pierre.

— Vas-y, termine ta phrase.

Déjà embourbé jusqu'au cou, Rook se creusa la cervelle

pour trouver une sortie, mais toutes celles qu'il envisageait s'annonçaient sans issue.

— J'y tiens, Rook. Tu ne peux pas avancer des trucs pareils et puis battre en retraite. Va au bout de ta pensée.

Elle le fixa avec ce regard impassible et perçant grâce auquel il l'avait vue faire céder les pires sociopathes en interrogatoire.

— D'accord. L'autre soir à Boston, je discutais avec Petar et…

— Petar ? Tu as parlé de moi avec Petar, dans mon dos ?

— Brièvement. Tu étais partie aux toilettes et je lui faisais vaguement la conversation… Enfin, qu'est-ce que j'aurais à dire à Petar ? Mais, bon, c'est lui qui a mis le sujet sur le tapis. C'est Petar qui a dit, et je le cite, que tu te retranchais derrière un mur.

— Premièrement, je trouve ça vraiment mesquin de ta part de faire porter le chapeau à Petar.

— C'est lui qui a abordé le sujet !

Ignorant cette remarque, elle se laissa aller à sa colère et au soulagement que cela lui procurait.

— Deuxièmement, je préfère, et de loin, avoir une certaine retenue et savoir me contrôler pour respecter l'intimité et rester discrète plutôt qu'être une tête brûlée égoïste et immature comme toi.

— Écoute, tu m'as mal compris.

— Non, je crois au contraire que ça a fini par sortir, justement, dit-elle en attrapant sa veste sur le dossier du tabouret.

— Où tu vas ?

— Je ne sais pas. J'ai juste envie d'ériger un mur entre nous, subitement.

Et elle s'en alla.

Don fit les frais de la dispute. Cherchant un défouloir à la fureur qui lui échauffait le sang, Heat avait renvoyé un texto à son partenaire et, trente minutes plus tard, l'ancien commando de la marine atterrissait face contre terre sur le tapis du gymnase, la respiration coupée. Il se releva à quatre pattes pour reprendre son souffle, mais Nikki pressentit la feinte. Il lui saisit l'épaule et l'enveloppa du bras pour la soumettre par une clé de jambe. Elle se laissa tomber à genou avant qu'il n'y parvienne et lui coinça le coude à l'intérieur de l'aisselle, puis se releva d'un bond en le soulevant du tapis pour le retourner dans les airs. Don s'écrasa sur le dos, et elle lui sauta dessus pour le point final. Ensuite Nikki bondit sur ses pieds, essoufflée, et se mit à danser à pas chassés, la sueur lui dégouttant du nez, prête, non, mourant d'envie de remettre le couvert.

À la fin de l'heure, tous deux trempés de sueur, ils se saluèrent et se serrèrent la main au centre du tapis.

— Qu'est-ce qui t'arrive, ce soir ? demanda-t-il. C'était violent. J'ai fait quelque chose pour te mettre en rogne ou quoi ?

— Non, ça n'a rien à voir avec toi. J'avais des trucs à évacuer. Désolée de t'avoir pris pour punching-ball.

— Mais quand tu veux. Ça me maintient en forme.

Il s'essuya le visage avec son t-shirt.

— Il te reste de l'énergie pour une bière, ou autre chose ?

Nikki hésita. Les deux savaient que « ou autre chose » signifiait coucher ensemble. Il en parlait avec d'autant plus de désinvolture que leur relation était très libre. Ou l'avait été. Pendant deux ans. Avant qu'elle ne rencontre Rook, Nikki et Don avaient l'habitude de coucher ensemble de manière assez régulière, sans que cela ne les engage en rien. Ils retiraient tous les deux la même chose de cette relation purement physique, sans attachement ni jalousie suscitée par la décision de l'un ou l'autre de faire l'impasse. Quand ils en avaient tous les deux envie, c'était parfait. Sinon, c'était pareil. Jamais cela n'avait interféré sur leurs séances de jiu-jitsu, et Don ne l'avait jamais pressée ni n'avait fait la tête une seule fois depuis qu'elle avait décidé de rester fidèle à Rook, qui ne savait rien de ces arrangements.

— Une bière, oui, pourquoi pas, dit-elle spontanément, sentant néanmoins son cœur battre plus fort, sans doute sous l'effet d'un léger sentiment de culpabilité. Mais, bon, juste une bière, décida-t-elle.

— Je prendrais bien une douche avant, dit-il en ventilant son t-shirt trempé. Mais il n'y a pas d'eau chaude ici. Ils l'ont coupée après le séisme, décision que la ville a dû entériner après inspection.

Le cœur de Nikki battit de plus belle, mais elle n'en tint pas compte.

— Tu n'as qu'à venir te doucher chez moi.

Heat resta en tenue de sport, mais changea de t-shirt pendant que Don partait sous la douche. Elle consulta de nouveau son téléphone portable pour voir si elle avait des nouvelles de la brigade concernant l'affaire, mais il n'y avait rien à part trois messages de Rook qu'elle n'écouta pas. Dans le réfrigérateur, elle dénicha un pack de six et se demanda s'il était bien raisonnable de boire à proximité de la chambre ou s'il ne valait pas mieux sortir lorsqu'il serait de nouveau présentable.

Elle se passa de l'eau sur le visage à l'évier de la cuisine pour rincer le sel de la sueur qui lui piquait les yeux. Tout en s'essuyant avec une serviette en papier, elle chercha à comprendre ce qui lui prenait de recevoir de nouveau Don. Recherchait-elle une échappatoire ? La simple compagnie d'un ami ? Ou bien voulait-elle retrouver le goût de l'indépendance pour voir ? S'il devait se passer autre chose ce soir, songea-t-elle, ce ne serait pas pour contrarier Rook.

Dans ce cas, pourquoi aller jusqu'à inviter Don chez elle ? Était-ce parce que leur relation était si légère qu'il ne lui poserait pas trop de questions ou n'essaierait pas de la pousser dans ses retranchements ? Cherchait-elle à s'oublier dans une partie de jambes en l'air ?

Ce qui l'ennuyait chez Rook n'était pas tant qu'il avait appuyé là où cela faisait mal en lui reprochant de dresser ce mur – en se cachant derrière son ancien petit ami –, c'était son insistance à vouloir fourrer son nez partout. À l'obliger à revenir sur des secrets de famille dont elle ne voulait plus entendre parler. Interroger son père comme s'il avait été convoqué au poste... Et, ce soir, la pousser à lui parler de sa relation avec sa mère. Comment Nikki aurait-elle pu lui expliquer ce genre de choses, sans compter tout ce que cela impliquait ? Et pourquoi la contraindre à le faire ? Était-elle tenue par une quelconque obligation de raconter à Jameson Rook les sentiments qu'elle éprouvait quand sa mère lui pansait ses genoux éraflés ? Ou qu'elle avait tout lâché pour l'emmener voir un spectacle à Broadway, quand son cavalier lui avait posé un lapin, le soir de la fête de fin d'année, au lycée ? Qu'elle avait fait découvrir à Nikki le plaisir de lire Jane Austen et Victor Hugo ? Que l'exercice, que ce soit au piano ou n'importe quoi dans la vie, devait être un voyage d'exploration ? Une découverte, pas uniquement de la musique, mais de soi-même ?

Impossible de lui raconter tout cela. Elle n'en avait pas envie. Ça et les centaines de milliers de souvenirs incohérents qui peuplaient sa mémoire, c'étaient des endroits où Nikki s'aventurait rarement elle-même. Comme le couvercle du piano à l'autre bout de la pièce, qu'il était si douloureux de soulever. Peut-être Rook avait-il raison. Peut-être ces défenses constituaient-elle une forteresse.

Était-elle semblable à celle de sa mère ?

Dans ce cas, était-ce vraiment un défaut de caractère ou simplement une autre précieuse leçon de vie que Cynthia Heat avait donnée à sa fille par l'exemple ? Comme elle lui avait enseigné à laisser respirer les intervalles entre les notes, parce qu'ils font aussi partie de la musique.

L'arrêt de la douche força Nikki à se demander ce qui se jouait en cet instant, car elle ne pouvait nier s'être mise dans une situation où un choix décisif s'imposait. Pourquoi ? Mais la porte de la salle de bain s'ouvrait déjà, ce n'était plus la question la plus pressante. Dans l'immédiat, le plus important était de savoir ce qu'elle allait faire au cours de cette soirée jalonnée de coups de tête dangereux.

Il arriva du couloir la peau luisante, une simple serviette nouée autour des reins.

— Il me semble qu'on avait parlé d'une bière ! lança-t-il.

Avant de recommencer à tout retourner dans sa tête, elle tira sur la poignée du réfrigérateur, ouvrit deux bouteilles sur les six et les posa entre eux sur le bar. Ils trinquèrent et burent chacun une gorgée.

— Je sens que je vais avoir des sacrées courbatures demain, dit-il.

On frappa doucement à la porte.

— Tu attendais quelqu'un ? s'enquit-il en s'avançant dans l'entrée.

Rook avait la clé, mais peut-être avait-il décidé de faire preuve de discrétion pour une fois, c'est pourquoi elle chuchota.

— Regarde qui c'est, mais pas un mot.

Elle faisait le tour du bar en se demandant comment gérer les présentations quand Don perdit sa serviette qui glissa par terre avant qu'il ne puisse la rattraper. Il se retourna vers elle avec un clin d'œil et un sourire espiègle, puis se pencha en avant pour regarder par le judas.

Le coup de feu perça un trou net dans la porte et projeta Don en arrière, avec un tel impact qu'il atterrit la tête la première aux pieds de Nikki. Un flot de sang qui lui parut interminable s'écoula de l'endroit où se trouvait auparavant le visage de son partenaire, et des morceaux de cervelle se collèrent sur ses jambes et son t-shirt.

SEPT

Céder à la peur, c'était la paralysie assurée. Si elle songeait à l'horreur qui l'attendait, c'en était fini pour elle. Alors, avant d'être submergée par des torrents d'émotions, Nikki passa en mode flic. Elle se déconnecta de ses émotions et coiffa sa casquette de femme d'action.

D'abord, elle se baissa et roula en arrière sur le tapis pour éteindre les lumières vers le coin de l'entrée où se dressait l'extrémité du bar. Il restait une lampe de table allumée dans le salon, mais la pénombre était déjà d'un grand secours. À l'abri du mur, Nikki se redressa, jambes tremblantes, pour attraper son Sig Sauer et son téléphone portable sur le plan de travail en granit. Son bras heurta l'une des bières qui vola à travers la cuisine avant d'aller cogner contre la porte du four. La bouteille tournoyait encore quand elle s'agenouilla à côté de Don pour appeler les secours, deux doigts appuyés sur sa carotide.

— Services de secours, quelle est la nature de votre appel ?

— Ici l'inspecteur Heat, Un-Lincoln-Quarante, code dix-treize, policier en difficulté, coups de feu tirés.

Les yeux rivés sur la porte, Nikki indiqua son adresse et la rue transversale à voix basse, avec le plus grand calme possible.

— Un homme à terre, mort.

Elle retira les doigts du cou de Don, essuya le sang sur son short et agrippa son Sig.

— Le tireur a un fusil. Il est en fuite.

— Les renforts arrivent, inspecteur. Pouvez-vous décrire le tireur ?

— Non, je n'ai pas vu…

Le bruit glaçant d'une pompe de réarmement se fit entendre de l'autre côté de la porte. Nikki laissa tomber le téléphone sur le tapis. La lumière du couloir extérieur qui entrait par le trou béant fut masquée, éclipsée par un mouvement. Par terre, la petite voix dans son portable qui continuait de demander « Inspecteur Heat ? Inspecteur, vous êtes là ? » se fit plus lointaine, car Heat repartit à croupetons derrière le bar pour aller s'abriter sous le plan de travail de la cuisine. Toujours accroupie, elle jeta un œil dans le couloir, juste au moment où le large canon du fusil pointait à travers le trou qu'il venait de déchiqueter dans le bois. Elle s'agenouilla de nouveau dos au mur, brandissant cette fois son arme des deux mains.

— Police, lâchez votre arme ! cria-t-elle.

Le canon ajusta sa visée dans sa direction. Nikki se remit à l'abri derrière le mur. Une détonation assourdissante déferla dans la pièce et arracha des fragments de mur à côté d'elle. Avant que le tireur ne puisse réarmer, Heat sortit de sa cachette le dos contre le mur, prit appui pour tirer et vida le magasin de son Sig en dix coups rapides, qui formèrent un losange sous le fusil.

Elle entendit un homme gémir, le canon noir bascula en avant et se retira du trou de la porte. Parmi les voix alarmées des voisins étouffées par les murs et les fenêtres, elle entendit néanmoins la pompe de réarmement. Elle plongea alors dans le noir de l'entrée pour rejoindre le salon, éjecta son chargeur et le remplaça par le supplémentaire qu'elle sortit de son sac de gym posé sur une chaise.

Heat traversa l'entrée sur la pointe des pieds, le dos collé au mur, écrasant sous ses chaussures de sport des bris de verre qui provenaient des lampes et du miroir fracassés par la rafale. Plaquée contre le chambranle froid de la porte d'entrée à côté d'elle, elle tendit l'oreille.

Au bout de trente secondes, elle entendit des pas sourds battre en retraite sur la moquette. Puis un bref silence avant le grincement des charnières et le claquement d'une porte métallique se refermant en douceur. Heat visualisa l'escalier de service au bout du couloir à gauche. L'ascenseur était toujours hors-service, et le tireur voulait éviter l'escalier principal. Ou voulait le lui faire croire.

Heat entendit une poignée tourner, une porte buter contre sa chaîne de sécurité et une voix de femme, qu'elle reconnut comme celle de Mme Dunne, sa voisine.

— Je ne vois rien, Phil, mais ça sent mauvais. Viens voir, on dirait une odeur de poudre.

Nikki en déduisit que le tireur était parti. Néanmoins, elle sortit prudemment dans le couloir, prête à tirer. D'abord, elle partit à droite pour s'assurer qu'il ne s'agissait pas d'une feinte et qu'il ne se cachait pas dans l'escalier principal. Une fois tranquillisée, elle revint, le Sig brandi des deux mains, vers la porte de service aux charnières grinçantes. Elle marcha sur deux cartouches vides, puis vit le visage aux traits tirés de Mme Dunne se glisser par l'entrebâillement de sa porte. D'un doigt sur ses lèvres, la policière lui fit signe de ne pas faire de bruit, mais la vieille dame se mit à chuchoter aussi fort que si elle parlait normalement.

— Tout va bien, Nikki ? Vous voulez que j'appelle les secours ? insista-t-elle en voyant que sa voisine ne répondait pas.

Heat opina du chef, juste pour s'en débarrasser.

— D'accord, fit Mme Dunne, qui s'en alla enfin.

La perspective d'avoir à utiliser cette porte grinçante ne l'enchantait pas, mais Heat n'avait guère d'alternative pour poursuivre l'assaillant. En moins de quelques secondes, une multitude de questions tourbillonna dans sa tête. Et s'il l'attendait pour la massacrer dès que la porte s'ouvrirait ? Et s'il n'était pas seul ? Valait-il mieux prendre l'escalier principal et espérer lui bloquer la route sur le trottoir ? Toutes ces questions débouchaient sur de mauvaises options et l'incitaient à la prudence. Elle appuya l'oreille contre la porte en métal. Le fait de ne rien entendre ne la renseignait pas sur ce qui l'attendait de l'autre côté. Le temps passait. Les appels à la prudence eurent beau redoubler, Nikki n'en tint pas compte.

Elle recula d'un pas, ouvrit grand la porte d'un coup de hanche sur la barre et roula sur le palier où elle demeura accroupie, l'arme au poing, les reins en appui contre le mur en parpaings.

Il faisait sombre. À part l'éclairage du premier étage, toutes les ampoules des plafonniers étaient mortes. Dévissées, se dit-elle. L'attaque était donc préméditée.

Nikki tendit l'oreille, à l'écoute du moindre bruit : une respiration, un mouvement, des pas dans l'escalier métallique, un gargouillis d'estomac... Mais rien. Rien que le plic ploc de l'eau sur le palier à côté d'elle. De l'eau ? Même s'il y avait une fuite dans le toit, cela faisait des jours qu'il n'avait pas plu, et aucun tuyau ne passait dans la cage d'escalier. Heat tâtonna du bout des doigts le métal rouillé du palier jusqu'à ce qu'elle trouve l'endroit où cela gouttait. Ensuite elle se frotta les doigts. Ils étaient collants. Ce n'est pas de l'eau, songea-t-elle. Du sang. Du sang gouttait d'au-dessus.

Soit elle attendait qu'il sorte, soit elle le faisait sortir.

Comme il attendait, terré, qu'elle descende l'escalier, Heat décida de l'amener à lui tirer dessus afin d'essayer de le toucher avant qu'il n'ait eu le temps de réarmer. Excellente stratégie, à condition d'être rapide, d'avoir une fenêtre de tir et qu'il n'ait pas d'autre arme.

Pour ruser, elle allait tirer parti de l'obscurité qu'il avait créée. Elle tâta le long du seuil à côté d'elle pour retrouver le lourd coin en bois dont le concierge se servait pour caler la porte. Puis elle se redressa à moitié afin de rester protégée par l'escalier métallique, avança jusqu'au bord des marches comme si elle allait descendre. Mais, au lieu de cela, elle lança le coin en bas.

Aussitôt, il fit feu sur le leurre. Heat vira de l'autre côté de la rambarde et tira deux coups vers le haut de l'escalier, mais dut le manquer, car elle l'entendit décamper vers le toit, deux étages au-dessus. Tandis qu'elle le poursuivait, Nikki entendit la porte métallique s'ouvrir et claquer au-dessus d'elle. Arrivée en haut devant la fichue porte, elle se retrouva de nouveau confrontée à une situation délicate.

Il pouvait avoir eu le temps de se cacher derrière une bouche d'aération ou une cheminée et il risquait de lui trouer la peau. En tendant l'oreille, elle entendit toutefois ses pas s'éloigner de l'autre côté du toit-terrasse. Elle ouvrit la porte d'un geste brusque et se lança à ses trousses, priant pour qu'il n'ait pas de complice.

L'inspecteur Heat aperçut pour la première fois le tireur au moment où il atteignait l'extrémité du toit et tournait pour descendre par l'escalier de secours de devant. C'était un homme d'environ un mètre quatre-vingts, costaud, peut-être blanc, mais impossible à identifier, car elle ne voyait pas son visage. Il portait un sweat à capuche gris, une casquette de base-ball noire et un masque sombre ou une écharpe lui couvrant le nez et la bouche. Nikki aperçut également le fusil, un canon court doté d'une crosse qu'il tenait avec des gants. Il posa la crosse sur le rebord du toit et visa depuis l'échelle. Elle plongea derrière une cheminée. La rafale fit voler des éclats de brique.

Au risque de perdre sa trace, Heat se précipita pour prendre l'autre escalier de secours, derrière l'immeuble. Inutile de gâcher la chance dont elle venait de bénéficier en s'exposant au-dessus d'un homme armé. Ce serait stupide. Et mortellement dangereux.

Arrivée au bas de l'échelle, elle sauta pour parcourir le dernier mètre la séparant de la ruelle et s'aplatit contre le pignon de l'immeuble. Heat jeta un rapide coup d'œil à l'angle, puis se rabattit. Il ne l'attendait pas ; l'étroite ruelle entre les deux immeubles était déserte. C'est alors qu'elle entendit courir. Nikki regarda de nouveau et l'aperçut qui fonçait sur le trottoir. Aussitôt, elle le prit en chasse.

Une fois la grille passée, au sommet de la pente, Heat constata que le trottoir était vide. Le type ne pouvait pas déjà avoir tourné à l'angle pour rejoindre Irving Place. Elle courut dans cette direction, en passant par le chantier de l'immeuble en rénovation. Après avoir ralenti au bout du trottoir, elle s'agenouilla au niveau de l'angle de la palissade provisoire en contreplaqué et vérifia consciencieusement cette portion de trottoir. Personne. Où était-il donc passé ? Elle se rappela alors les toilettes installées près de la baraque de chantier. Heat revint donc sur ses pas et s'en approcha tout doucement. Cependant, la porte était fermée par un cadenas. Tout comme celle de la baraque.

Elle retourna à l'angle pour prendre au sud vers la 19e Rue Est, avançant prudemment dans le couloir d'échafaudage qui entourait l'immeuble. Des sirènes approchèrent, mais Nikki ne pouvait pas risquer de perdre son homme en interrompant sa poursuite pour se retourner et aller à leur rencontre. Quand elle arriva à l'angle de la 19e Rue, elle s'arrêta de nouveau. Mais, de nouveau, aucune trace du tireur.

Un homme promenant un chihuahua et un golden retriever arrivait de l'ouest ; cependant, il déclara n'avoir croisé personne correspondant au signalement. Elle lui demanda de se rendre jusqu'à son immeuble pour signaler sa position à la police. Après son départ, elle attendit. Juste au moment où elle allait abandonner et rentrer chez elle à son tour, elle l'entendit.

Au-dessus d'elle, l'une des planches de l'échafaudage craqua, et un peu de poussière tomba en pluie par terre à côté d'elle. À moins que New York ne soit de nouveau victime d'une réplique, son meurtrier caché au-dessus d'elle comptait prendre la fuite par l'échafaudage.

Heat se baissa pour regagner la rue en se faufilant entre les tubes métalliques. Impossible de le repérer ; la vue était bloquée par une protection en contreplaqué arrivant à hauteur de la taille. Cette palissade qui courait tout le long du second étage de l'échafaudage, jusqu'à la moitié de Park Avenue Sud, lui offrait un abri parfait tout le long du pâté de maisons. À pas feutrés, elle rebroussa chemin vers Irving Place. À mi-chemin de la rue, Nikki entreprit d'escalader une gouttière.

Au niveau du deuxième étage, Heat se fraya un chemin à travers le filet en nylon, passa discrètement par-dessus la palissade en contreplaqué et s'accroupit derrière une armoire à outils enchaînée à un étai. L'arme au poing, elle jeta ensuite un œil derrière le coffre métallique. Là, sur l'échafaudage, à l'autre bout de l'immeuble, la sombre silhouette au fusil attendait, agenouillée.

— Lâchez v…

Il tira. La rafale abattit une pluie de balles sur la malle à outils. Quand Heat regarda de nouveau, il était parti. Malgré le bourdonnement dans ses oreilles, Nikki perçut le martèlement de sa course sur les lattes en bois. Elle se lança à sa poursuite. S'arrêtant avant de tourner à l'angle, Heat l'aperçut au bout d'une passerelle, au moment où il sautait dans la gaine d'évacuation des gravats pour rejoindre le trottoir. Elle arriva à son tour à la descente et, alors qu'elle évaluait les risques de sauter dans sa ligne de mire, une détonation déchira un trou dans les planches à un mètre d'elle.

De nouveau, elle reconnut le bruit métallique de la pompe de réarmement. Nikki bondit de l'autre côté du tuyau. La détonation suivante traversa l'endroit exact où elle se tenait l'instant d'avant. Il arma encore. Alors qu'elle ne savait plus où se mettre, ni s'il fallait battre en retraite ou courir le risque de se laisser glisser dans la descente en brandissant son arme, elle entendit un hélicoptère se rapprocher. Il dut l'entendre également, car quelqu'un cria d'une fenêtre en face.

— Là-bas. Vous le voyez ? Il s'échappe.

Heat croisa les bras sur la poitrine et sauta les pieds en avant dans la gaine. Elle en ressortit l'arme au poing, bondit sur ses pieds, puis s'approcha du bord de la benne pour le repérer. Il se trouvait à mi-chemin de Park Avenue Sud, le fusil dans les bras.

Elle sauta de la benne et le prit en chasse. Comme il était blessé, Nikki n'eut aucun mal à le rattraper.

— Police, on ne bouge plus ! cria-t-elle quand il atteignit le carrefour.

Il faisait une excellente cible, mais comme un groupe d'étudiants sortait d'un bar en riant, Nikki renonça à tirer. Reprenant la poursuite, elle courut à l'angle de la rue et le repéra qui se dirigeait vers le nord, à contresens de la circulation. Le feu était en faveur de Nikki. Elle traversa facilement la rue et le suivit. Flic et tueur filaient maintenant sur le terre-plein central. Au niveau de la 20e Rue, elle vit que des véhicules de secours et des gyrophares barraient le passage un peu plus loin. Une voiture de police faisait demi-tour pour se joindre à la fête.

— Police, ici ! hurla-t-elle, mais ses collègues poursuivirent leur route sans la remarquer.

Le tireur, en revanche, l'entendit. Il se retourna pour jeter un œil par-dessus son épaule. Constatant que Heat gagnait du terrain, il se transforma en cible mouvante et se mit à zigzaguer entre les pots espacés le long du terre-plein, passant d'une voie de circulation à l'autre.

Au carrefour de la 21e Rue Est, une immense limousine comme il s'en loue pour les grandes occasions coupa la route à Nikki, le chauffeur se rendant compte trop tard qu'il manquait de place pour tourner. Comme elle esquivait le véhicule en posant les mains sur le capot, il lui fit un doigt d'honneur. Pendant ce temps, le tireur, lui, avait pris plus de cinquante mètres d'avance.

Il commençait néanmoins à ralentir. Lorsqu'il regarda encore une fois par-dessus son épaule, Heat aperçut une tache rouge sur la poitrine de son sweat-shirt gris. À la 22e Rue, il abandonna la course, mais pas la fuite. Il braqua son fusil sur un chauffeur de taxi qui attendait au feu et qui sortit aussitôt, les mains en l'air. Installé au volant, le suspect brûla le feu, heurta l'arrière d'un autre taxi qui traversait, mais se rétablit après un écart et fonça sur Nikki.

Elle remonta alors sur le terre-plein central, ce qui n'empêcha pas son adversaire de continuer dans la même direction, pied au plancher, manifestement déterminé à venir la cueillir sur son perchoir. Comme elle se mettait en position pour tirer, il donna un violent coup de volant pour gêner sa visée, puis glissa le canon de son fusil par la fenêtre, prêt à tirer une rafale au passage. Au lieu de courir se mettre à l'abri, Nikki tint bon, effrontément. S'étant assurée que le champ était libre derrière lui, elle tira trois fois lorsqu'il passa en trombe devant elle. Les deux balles dans le pare-brise le manquèrent, car il fit une embardée pour y échapper, mais la troisième, qui fila par la fenêtre ouverte au moment où il passait, rencontra sa cible. Nikki vit le tissu de son sweat-shirt se déchirer entre le bas de la capuche et l'épaule, et sa tête tourner brusquement. Après quelques zigzags sur la chaussée, il parvint à rectifier sa trajectoire et poursuivit sa route comme un fou. Nikki mémorisa le numéro du taxi, puis repartit vers son appartement.

Pour le rapport, elle prit également note de sa position : juste en face de la supérette, à l'endroit exact où son cauche-mar avait commencé dix ans plus tôt.

Quand Heat eut terminé sa déposition à l'inspecteur du 13e commissariat, Lauren Parry interrompit un instant son examen du corps de Don pour tendre un verre de jus d'orange à son amie.

— J'ai trouvé ça dans ton frigo. Bois. Ça remontera ta glycémie.

Nikki but une petite gorgée et reposa le verre sur la table à côté du canapé.

— Tu n'as rien bu. Qu'est-ce qui ne va pas, tu as la nau-sée ? Mal à la poitrine ? La tête qui tourne ?

La légiste lui tâta le pouls. Soulagée de voir que Nikki n'était pas en état de choc, elle lui tendit un paquet de lingettes.

— Il faut que j'y retourne. Toi, tu nettoies tout ça, fit-elle en indiquant d'un geste le sang séché et les mouchoirs collés sur les bras et les jambes de Heat. N'oublie pas le visage, ajouta-t-elle en s'éloignant.

Nikki n'en fit rien ; elle posa les lingettes à côté du jus d'orange et fixa le corps de son ami d'un regard vitreux.

Des voix attirèrent son attention vers la porte restée ouverte sur le couloir. En tête, l'inspecteur Ochoa, le visage sombre, adressait un petit signe discret de la main à sa petite amie, Lauren. Derrière lui, son équipier prit un air aussi maussade en découvrant la scène. Tandis que Heat se levait pour aller à leur rencontre, Raley se retourna.

— Tu es sûr ? demanda-t-il à voix basse à quelqu'un derrière lui dans l'entrée.

Rook apparut sur le seuil en hochant la tête.

Quand Nikki s'approcha, il la prit dans ses bras et l'attira à lui. Elle se blottit tout contre lui. Ils restèrent ainsi un long moment. Quand ils se séparèrent enfin, il maintint le contact en posant les paumes sur ses bras.

— Dieu merci, tu vas bien, dit Rook.

Puis son regard se porta, par-dessus l'épaule de Nikki, sur le corps par terre, nu hormis la serviette en papier que Lauren venait, par pudeur, de lui poser sur le bas-ventre.

— C'est qui ? demanda-t-il.

Nikki inspira fort, se demandant par où commencer. Avant qu'elle n'ait eu le temps de le faire, l'inspecteur chargé de l'enquête s'avança.

— Je me pose la même question à votre sujet. Inspecteur Caparella, criminelle.

— Oh ! inspecteur, fit Nikki. Je vous présente mon ami, Jameson Rook.

Remarquant qu'ils se tenaient encore par la main, Caparella les regarda l'un après l'autre, puis baissa les yeux vers le corps.

— Je crois que j'aurais besoin d'une déclaration de votre part, si vous êtes d'accord, monsieur Rook.

— Moi ? À propos de quoi ?

— Il n'a vraiment rien à voir là-dedans, assura Nikki.

— Vous savez bien qu'on ne doit rien négliger, inspecteur, insista l'autre flic. Deux petits amis, l'un en vie, l'autre mort...

Faisant barrière de son bras entre eux, il indiqua que cela devait se faire sans Nikki.

— Maintenant, si vous le voulez bien, monsieur.

Heat profita de l'interrogatoire de Rook dans la seconde chambre pour tirer quelques lingettes de la boîte et se nettoyer. Tout en se tamponnant le front, elle comprit que Lauren avait dû savoir par son petit ami Miguel que lui et Sean étaient passés prendre Rook. Elle avait donc laissé les lingettes à portée de main afin que son amie puisse s'arranger un peu avant qu'il n'arrive. Tout en frottant une sorte de croûte sur son menton, Nikki se retourna vers le fond du couloir, songeant que la conversation serait brève puisque Rook ignorait tout de Don, jusqu'à son existence.

Cela corroborerait sa réponse à Caparella quand il lui avait demandé si elle fréquentait quelqu'un d'autre en dehors de la victime. L'enquêteur avait aussitôt pris note du nom de Rook, mais elle avait ajouté :

— Il ne le connaît même pas. À ma connaissance, il ignorait jusqu'à son existence.

À la place de l'autre inspecteur, Heat se serait posé les mêmes questions – pour ne rien négliger, comme il disait –, mais elle était sincèrement convaincue que c'était elle qui était visée, en réalité. Don, c'était tragique, s'était simplement trouvé au mauvais endroit au mauvais moment.

Dans cet interrogatoire, le plus délicat pour elle avait été de faire part à son collègue de ce qu'elle savait du mort. Or cela se résumait à si peu de choses que cela pouvait passer pour de l'esquive.

C'était un ancien commando de la marine, célibataire – à ce qu'il disait. Ils s'étaient rencontrés à son gymnase deux ans auparavant, quand elle s'était inscrite à un entraînement au combat rapproché. Il était son instructeur et ils avaient commencé à se voir en dehors des heures de cours pour des séances individuelles et une bière après. Ensuite, leur relation avait pris un tour plus... sensuel. L'autre inspecteur avait marqué une pause, regardé son calepin en fronçant les sourcils, soit parce qu'il digérait l'info, soit parce qu'il la jugeait ou qu'il fantasmait, elle n'aurait su dire. Ce n'était déjà pas le genre de choses faciles à expliquer à une personne extérieure à sa vie, alors, la réaction de Rook, qui était loin d'être extérieur à sa vie, l'inquiétait.

Pour changer de sujet, Nikki avait informé l'inspecteur Caparella du double meurtre sur lequel elle enquêtait et lui avait faire part de sa conviction d'être la personne visée dans cette dernière affaire.

— Vous avez idée de qui aurait voulu faire ça ? demanda-t-il.

— Inspecteur, cela fait dix ans que je m'efforce de répondre à cette question. Croyez-moi, il me tarde de l'alpaguer pour lui régler son compte.

Manifestement satisfait, il avait pris encore quelques notes et lui avait demandé de lui faire parvenir par e-mail une copie des dossiers en question. Et c'était tout.

Lauren Parry, qui avait terminé son examen en un temps record, parvint à faire enlever le corps de Don avant que Rook ne revienne de la chambre du fond et ne se retrouve de nouveau face à ce mystérieux homme allongé par terre en tenue d'Adam.

— Comment ça a été ? s'enquit Nikki quand il finit par ressortir.

Il la dévisagea d'un regard perçant.

— Juste l'enfer, déclara-t-il sur un ton cinglant.

Après le soulagement, Rook avait été envahi par un sentiment de colère qui ne demandait qu'à exploser.

— Si tu savais à quel point c'est dur de trouver cinquante manières différentes de dire « Je ne sais pas ». Et pourtant, les mots, ça me connaît !

Un technicien de la balistique arriva pour marquer un trou percé par une balle dans la bibliothèque en chêne à côté d'eux. Heat tira Rook près du piano pour trouver un peu d'intimité dans cette pièce remplie d'inspecteurs et d'experts de la scientifique. Rook eut beau se laisser faire, Nikki sentit son bras se raidir.

— Je sais que c'est dur à avaler.

— Dur ? Pour une fois, Nikki, les mots me manquent.

— Je comprends, mais...

— Mais quoi ?

Ces deux petits mots renfermaient tout le mal, l'incompréhension, l'appréhension et, il faut bien le dire, la colère qu'il éprouvait.

— Ce n'est pas ce que tu crois.

— C'est moi qui dis ça, normalement.

Mais il n'était pas d'humeur à plaisanter.

— C'est quoi, alors ?

— C'est compliqué, dit-elle.

— Alors, explique.

Il attendit, mais elle ne répondit pas. Inquiète de savoir où tout cela mènerait, Nikki ne savait nullement par où commencer. Elle préféra donc regarder sans mot dire la tache rouge sur le tapis de l'entrée où avait atterri la tête de Don et où il s'était vidé de son sang. Rook perdit patience.

— Bon, ben, tu as les clés de chez moi, non ? Le mieux, c'est que Raley et Ochoa te conduisent là-bas pour que tu prennes une douche et que tu te reposes un peu.

— Tu ne viens pas ? s'étonna-t-elle.

Ne maîtrisant pas le mode flic, il se réfugiait dans la logistique.

— Je vais rester un peu ici pour m'assurer que la porte soit bien fermée quand tout ça sera terminé.

— Tu ne viens pas ? répéta-t-elle.

— Je vais appeler le concierge. Jerzy devrait pouvoir s'occuper de reboucher ce trou dans la porte.

— Merci, c'est réconfortant, dit-elle, la voix légèrement tendue et sarcastique.

— Qu'est-ce que tu veux, Nikki ? Continuer de naviguer en eaux troubles ? Je ne sais vraiment plus quoi faire, avoua-t-il. Tu ne veux rien me dire et, franchement, tout ça finit par me courir sur le haricot.

— Ah ! parce qu'il s'agit de toi, là ? Après la soirée que je viens de passer ?

— Non, dit-il, s'il y a bien une chose dont je suis sûr, c'est qu'il n'y en a que pour toi, ma chère Ève.

— Oh ! c'est facile, Rook ! Elle est excellente. Tu devrais

la noter dans ton cher petit Moleskine. Pour plus tard. Tu pourras y faire référence le jour où tu voudras te souvenir des mots exacts qui auront fait brûler le torchon entre nous.

Elle plongea la main dans son sac de gym et en sortit les clés du loft.

— Tiens, attrape.

Il les récupéra d'une main et elles s'enfoncèrent dans sa paume quand il referma le poing.

— Tu me mets à la porte ?

— Ce sont mes histoires. À moi de faire le ménage.

Rook prit conscience de toute la gravité de cette déclaration. Et du rejet qu'elle exprimait. Il eut beau scruter son visage, il se heurta à un masque froid. Alors, il empocha ses clés et s'en alla.

Nikki mit un point d'honneur à ne pas le regarder partir. Ni à faire attention à Raley et Ochoa, qui avaient suivi, l'air de rien, leur échange depuis l'autre bout de la pièce comme une scène de film muet ne requérant aucun sous-titre.

Se laissant tomber dans le fauteuil à côté du piano, Nikki eut la sensation de revivre la même nuit que dix ans plus tôt, au détail près. Tout comme à l'époque, hébétée, vidée et terriblement seule, elle observa l'équipe de la scientifique œuvrer dans le même appartement, dans le même contexte. Entourée de bris de verre et de meubles renversés, Nikki se sentait secouée comme aucun séisme n'aurait pu le faire. Le sol sous ses pieds lui paraissait de moins en moins solide.

Les deux tableaux ne lui apportèrent guère plus de soutien. Assise seule dans la salle de briefing à étudier les affichages de la double affaire depuis sa chaise installée au beau milieu de la pièce, Nikki en était à sa seconde tasse de café alors que le jour n'était pas encore levé. Cela faisait près de trois heures qu'elle était là. Incapable de dormir après le départ des équipes de secours et de la scientifique, puis de Jerzy venu visser une plaque de contreplaqué sur le trou de la porte, Heat s'était douchée, puis s'était fait déposer au Vingtième par la voiture de police que le commandant du Treizième avait postée, à toutes fins utiles, devant son immeuble.

Les tableaux n'avaient absolument pas bougé depuis que Heat avait quitté la brigade la veille au soir, sauf qu'elle avait dû y ajouter une colonne pour le troisième homicide : celui de Don. Il lui avait fallu faire un énorme effort pour mettre de côté – pour le moment – le chagrin que lui causait sa mort et pouvoir ainsi se concentrer sur l'enquête.

Pour délimiter la zone consacrée à Don, elle avait tracé un encadré séparé au marqueur vert. Sous son nom et l'heure du décès étaient listés les points suivants : *« Fusil »*, *« Tireur inconnu »* avec la description succincte de la taille et du poids de l'homme, *« Fuite en taxi »* et les mots qu'elle détestait le plus : *« Court toujours. »*

Rien ne reliait le meurtre de Don aux autres. Si ce n'est le bon sens. Voilà pourquoi il avait rejoint sa mère et Nicole Bernardin. Par expérience, l'enquêtrice savait se méfier des coïncidences. Elle savait qu'elle était la cible et que l'agression était survenue après qu'elle eut commencé à creuser sur les deux autres meurtres. Cela répondait à l'une des questions figurant encore là : *« Pourquoi maintenant ? »* La plus importante restait cependant celle qui la précédait : *« Pourquoi ? »*

Cela mènerait à *« Qui ? »*, du moins l'espérait-elle.

Nikki entendit le grondement d'un métro ; or il n'en circulait pas dans les environs. Les stores vénitiens claquèrent contre les huisseries métalliques des fenêtres, et les néons se mirent à se balancer doucement au plafond. Elle entendit une secrétaire crier « Attention ! » dans le couloir et quelqu'un d'autre lancer « Réplique ! » Quand les stores eurent repris leur place, Nikki tourna de nouveau son attention vers les tableaux, espérant d'une certaine manière que la minisecousse avait fait apparaître quelque chose.

Cet exercice consistant à attendre patiemment que le tableau blanc révèle une solution ou, du moins, un lien, était généralement payant. Cela n'avait rien de métaphysique ; nul besoin d'encens ni d'incantations. Rien à voir non plus avec une séance de spiritisme. Cette pratique était seulement un moyen de s'apaiser l'esprit en étudiant les pièces du puzzle pour laisser son subconscient établir les correspondances. Il y avait forcément quelque chose sur ces panneaux. Qu'est-ce qui lui échappait ? Heat commençait à s'en vouloir de ne pas avoir la tête plus reposée.

— Inutile de culpabiliser, se murmura-t-elle.

Pour rester positive, la meilleure alliée de Nikki Heat était encore elle-même. Il fallait qu'elle se concentre, même au milieu de la tempête.

Rook tournait son mur en ridicule. Il lui reprochait sa capacité à compartimenter alors que c'était justement ce qui lui permettait de si bien réussir dans son métier. Elle essaya de chasser Rook de son esprit. Ce n'était sûrement pas le moment de se laisser distraire. Vous voulez vraiment savoir ce qu'est un mur, monsieur Rook ? Vous allez voir...

Sa fidèle brigade vint rompre sa solitude. L'inspecteur Feller arriva avec une heure et demie d'avance, juste après, Raley et Ochoa, pourtant partis de chez elle à deux heures du matin. Randall Feller avait déjà passé des appels et des messages personnels à ses copains de son ancienne brigade pour leur demander de repérer le taxi à l'avant cabossé et aux deux trous dans le pare-brise. Jusqu'à présent, personne ne l'avait vu. Les Gars vérifièrent auprès des services d'urgence, des cliniques et des pharmacies si un blessé par balle s'était présenté pour se faire prodiguer des soins ou se procurer de grosses quantités d'antalgiques suite à l'alerte passée dans la nuit.

Peu de temps après, toute la brigade était sur le pont ; tout le monde sauf Sharon Hinesburg, en retard une fois de plus. Tandis que ses inspecteurs se rassemblaient autour des tableaux pour faire le point, Heat jeta un œil du côté du bureau vitré, mais constata que le capitaine Irons examinait des statistiques, seul avec son crayon rouge. Peut-être, songea-t-elle, Iron Man avait-il déposé sa dulcinée un peu plus loin ce matin. Nikki commença sans elle.

Elle s'attaqua d'abord au meurtre de Don, mais, comme ils étaient tous au courant, elle résuma brièvement la situation. Personne ne posa de questions. Tous savaient le sujet délicat et, comme Nikki, préféraient passer rapidement à autre chose.

Des agents ayant interrogé les voisins de Nicole annoncèrent que la camionnette d'une entreprise de nettoyage de moquette avait récemment été vue dans la rue.

— Les témoins ne se souviennent pas du nom de la société, mais, comme cela coïncide avec la fouille de l'appartement et l'heure du décès, j'aimerais que Feller et Rhymer se rendent là-bas pour poursuivre les interrogatoires. Voyez ce que vous pouvez obtenir. La couleur de la camionnette, l'inscription, n'importe quoi. On attend encore le rapport toxicologique, poursuivit-elle en ajoutant un point d'interrogation sur le tableau à côté de cet élément.

Dessous, elle effaça le point « *Empreintes* » (toujours vide, mais inutile désormais puisqu'ils avaient identifié la victime) et inscrivit « *Entreprise de nettoyage de moquette d'Inwood* ».

Raley annonça n'avoir rien déniché dans l'activité professionnelle de Nicole Bernardin.

— Le Groupe NAB figure dans les registres officiels et certains organismes commerciaux, mais, en dehors de cotisations en règle, pas grand-chose. Aucune plainte concernant ses recherches et placements de cadres. Il semble qu'il n'y en ait pas la trace d'un seul. Cette femme donne une toute nouvelle dimension à la notion de discrétion.

Malcolm et Reynolds déclarèrent n'avoir trouvé aucun rapport de recel ou de vol pour l'ordinateur portable de Nicole Bernardin. Nikki les chargea de contacter les prêteurs sur gages par e-mail et de regarder sur les sites de vente aux enchères.

L'inspecteur Rhymer déclara toujours travailler avec les geeks de la section informatique sur ses données stockées en ligne.

— Rien pour l'instant, mais ils insistent sur « pour l'instant ». Le défi les titille. Et puis ils aimeraient savoir si vous leur signerez la photo de vous parue, pour l'article de Rook, en couverture du *First Press* ; ils veulent l'accrocher au mur.

— Avec plaisir, dit-elle. Tant que ce n'est pas sur celui des toilettes.

Rhymer sourit.

— Non, je suis à peu près sûr qu'ils la ramèneront chez eux à tour de rôle.

Rien de nouveau du côté des consulats français, selon l'inspecteur Reynolds, qui avait également fait une recherche de Nicole Bernardin dans les fichiers d'Interpol. Mais son nom n'avait provoqué aucun remous. Cependant, Nikki avait raison : il avait bien dégoté quelque chose à l'Association des coureurs de New York. Elle y était membre à vie.

— Belle ironie ! ne put retenir Feller.

— Nicole a participé à leurs entraînements des soirs d'été à Central Park, au Fifth Avenue Mile et à pas mal d'autres courses, mais ils n'avaient aucun dossier sur elle, expliqua Reynolds. En gros, c'était juste un numéro.

Les rapports se succédèrent. Des informations, mais rien qui ne menât quelque part. Même Rhymer, qui, de son propre chef, avait fait le tour des orchestres amateurs et des syndicats de musiciens pour voir si Nicole, ancienne violoniste prodige du Conservatoire de Nouvelle-Angleterre, était affiliée quelque part, était revenu les mains vides. Malgré tous leurs efforts, ils n'avaient abouti à rien ; comme Nicole lors de ses tours de parc, l'été, ils étaient simplement revenus à leur point de départ.

Alors que le groupe se dispersait, elle se surprit à se tourner, par réflexe, vers la chaise vide de Rook pour entendre son avis farfelu. Avant de fondre en pensant à lui, Nikki se replongea dans le travail à son bureau. Finalement, elle s'estimait heureuse de ne pas avoir eu droit à des messes basses ni besoin d'aborder sa vie privée en salle de réunion. Mais c'était sans compter l'arrivée de l'inspecteur Hinesburg.

— J'ai su pour hier soir. Ça va ? demanda Sharon en se tenant un peu trop près de la table, le respect de l'espace personnel n'étant pas son fort. Ça a dû être horrible. Chez vous, en plus !

Elle se pencha un peu plus.

— Et puis toutes mes condoléances pour votre petit ami, Nikki, ajouta-t-elle en baissant à peine la voix.

— Ce n'était pas mon petit ami, répondit Heat, regrettant aussitôt d'avoir engagé la conversation.

— Si vous le dites. Ça doit faire un sacré choc. Honnêtement, je ne pensais pas que vous seriez déjà là.

— Manifestement, c'est évident, fit Nikki en retroussant la manche de sa montre. Où étiez-vous ?

— En mission pour le capitaine Irons.

Sur le moment, Nikki crut qu'elle mentait, mais cela aurait été trop facile à vérifier ; alors, elle passa outre l'agacement d'avoir été contournée par son chef, qui débauchait les membres de sa brigade sans la consulter. La matinée n'avait-elle pas été plus agréable sans la présence de Sharon ? songea-t-elle en considérant la chose sous un autre angle.

Hinesburg rejoignit son bureau pour poser son énorme sac à main.

— Je serais bien arrivée plus tôt, dit-elle, mais vous savez comme il est pointilleux sur les heures sup. Alors, comme j'ai dû aller hier soir à Scarsdale, il m'a suggéré d'arriver plus tard aujourd'hui pour compenser.

Nikki en eut le souffle coupé. Elle se rendit à son tour jusqu'à la table de Hinesburg et, pour une fois, empiéta sur son espace personnel à elle.

— Qu'êtes-vous donc allée faire à Scarsdale ?

— Oh ! mince ! lâcha l'enquêtrice. Parole, je croyais qu'il vous en avait parlé.

Frappée par le retour de flammes, Nikki chancela.

— Vous êtes allée voir mon père ? Officiellement ?

Avant que Sharon ne puisse répondre, Heat se dirigeait déjà vers le bureau du capitaine.

— Oui, mais il n'est pas suspect, lança faiblement Hinesburg. Juste impliqué.

Heat claqua la porte avec tant de force que la moitié de l'immeuble dut croire à une grosse réplique du tremblement de terre. C'est d'ailleurs bien ce qui se produisit dans « l'aquarium ».

— Nom d'un chien, qu'est-ce qui vous prend, Heat ?

Wally Irons avait non seulement sursauté dans son fauteuil, il reculait sur ses roulettes, claquant les talons sur le sol en plastique, les yeux écarquillés, bouche bée. Instinct justifié, car l'inspecteur Heat fondit sur son bureau comme si elle allait s'en prendre physiquement à lui.

— Qu'est-ce qui me prend ? Et vous, qu'est-ce qui vous prend d'envoyer cette putain de conne de Sharon Hinesburg chez mon père ?

Heat jurait rarement et, son entrée avait beau être suffisamment claire, ce seul fait était l'équivalent d'une bombe.

— Chez mon père, capitaine !

— Reprenez-vous immédiatement.

— Allez vous faire foutre ! Répondez à ma question.

— Inspecteur, nous savons tous que la nuit dernière a été particulièrement éprouvante pour vous.

— Répondez-moi !

Comme il la regardait fixement, elle ramassa sur le sous-verre la tasse de café froid qu'il n'avait pas terminée et la renversa sur ses statistiques.

— Immédiatement.

— Vous dépassez les bornes.

— Et ce n'est pas fini... Wally.

L'air menaçant, elle haletait comme à l'arrivée d'un sprint. Mais il était manifeste qu'elle n'avait pas encore tout donné.

— D'accord. Parlons-en. Asseyez-vous. Je vous en prie, prenez un siège, ajouta-t-il voyant qu'elle ne bougeait pas.

Tandis qu'elle tirait une chaise, il sortit son mouchoir pour éponger le déca qui dégoulinait sur son pantalon, le tout sans la lâcher des yeux.

— D'accord, dit-elle. Je m'assois. Je vous écoute.

— J'ai décidé... en tant que responsable de ce poste, ajouta-t-il faiblement, d'étudier une nouvelle piste pour faire avancer l'enquête.

— En interrogeant mon père ?

De la tête, elle indiqua la salle de briefing par la vitre.

— Par son intermédiaire ? Enfin !

— Un peu de respect, inspecteur.

Elle frappa du plat de la main sur le bureau.

— Impliqué ? Mon père ? A : cet homme a été éliminé des suspects il y a dix ans. B : sur quelle planète est-il normal que vous envoyiez quelqu'un – n'importe qui – l'interroger sans m'en parler d'abord ?

— Je commande ce poste.

— Et moi, je commande la brigade criminelle. Je dirige une enquête qui traîne en longueur.

— Écoutez, Heat, on en a parlé hier après l'article dans le *Ledger*. Au bout de dix ans, il est temps de porter un regard neuf sur l'affaire.

— Mouais... Vous avez préparé ça pour le prochain article ? En compromettant mon enquête et mes relations familiales ?

— À mon avis, vous êtes trop impliquée. Cela frise le conflit d'intérêts. Votre attitude le prouve.

— Foutaises.

— J'ai envoyé l'inspecteur Hinesburg parce que je sens qu'elle n'est pas employée à sa juste valeur.

— Hinesburg ? Je vous parie qu'elle a passé plus de temps au centre commercial qu'avec mon père, hier soir.

Il leva un doigt pour l'interrompre.

— Et je sens qu'il nous faut un peu d'objectivité, pas un loup solitaire en quête de vengeance.

— On n'a pas besoin pour ça d'une chasse aux sorcières. Ni de la sorcière.

— Vous dérapez.

— Croyez-moi, vous le sauriez si c'était le cas.

— Comme l'autre soir à Bayside quand, à l'encontre de la procédure, vous êtes entrée dans ce sous-sol par la trappe, tellement cette affaire vous obsède ?

— Vous devriez venir un peu sur le terrain, capitaine. Vous comprendriez ce qu'est le vrai travail de police.

— Vous, ce qu'il vous faut, c'est justement le quitter, le terrain. Je vous mets sur la touche.

— Quoi ?

— Rien de personnel. Malgré cet... échange. En fait, je suis assez grand pour comprendre qu'il s'agit d'une réaction de stress post-traumatique.

— Comme si vous étiez qualifié pour le savoir.

— Peut-être pas, mais le service dispose de psychologues qui le sont. J'applique la demande d'évaluation psychologique à votre encontre suite au meurtre de votre petit ami et de vos coups de feu sur le suspect en fuite.

Il se leva.

— Allez voir le psy, on reparlera ensuite de votre retour dans le service. Cette réunion est terminée.

Mais ce fut lui qui partit. Et il s'empressa de quitter le bureau.

— Eh bien, on peut dire que vous n'avez pas perdu de temps pour prendre rendez-vous, inspecteur, remarqua le Dr Lon King, psychologue du service dont l'attitude amicale et les manières discrètes évoquaient à Nikki le doux ressac d'une plage des tropiques. Je viens juste de recevoir la demande de votre supérieur après votre, euh, réunion de ce matin.

— Pour être tout à fait franche avec vous, je voulais me débarrasser de cette corvée pour reprendre mes fonctions au plus vite.

— La franchise est très appréciée ici. La sincérité encore plus. Je prends les deux.

Tranquillement enfoncé dans le fauteuil en face de Nikki, il prit le temps d'examiner son questionnaire d'admission. Elle surveillait ses réactions, mais le Dr Lon King n'en affichait aucune. Il conservait un visage si impassible et un calme si naturel qu'elle décida de ne jamais bluffer avec lui. De prime abord, Heat s'estimait heureuse d'avoir obtenu un rendez-vous le jour même de cet ordre stupide d'Irons. Elle espérait ne pas en avoir pour longtemps, car l'un des copains de l'inspecteur Feller venait de signaler la localisation du véhicule intercepté par le tireur de Don. Garée sous une rampe d'accès à l'autoroute Bruckner dans le Bronx, la voiture s'était fait désosser pendant la nuit, de l'insigne aux fils en cuivre, mais la scientifique en disposait maintenant, et Heat avait hâte de retourner voir s'ils avaient pu trouver des indices concernant l'identité du tireur. Aurait-il quitté ses gants et laissé des empreintes ? C'est alors que Nikki se rendit compte que King lui demandait quelque chose.

— Pardon ?

— Je vous demandais juste si vous aviez l'impression d'être moins concentrée dernièrement.

— Non, dit-elle, espérant que cette première question n'était pas déterminante. Je me sens l'esprit vif.

— Je vois beaucoup de syndromes de stress post-traumatique et policiers qui ont l'habitude de prouver qu'ils sont invulnérables. Alors, sachez qu'il n'y a aucune honte à éprouver ou à dire quoi que ce soit ici.

Heat hocha la tête et sourit pour montrer qu'elle acceptait tout cela, car elle s'inquiétait que, d'un coup de stylo, cet homme puisse la laisser indéfiniment sur la touche.

— Et qu'il soit bien clair que je n'ai aucun intérêt à vous garder, dit-il comme s'il lisait dans ses pensées.

Il reprit ses questions, auxquelles elle avait déjà en partie répondu dans son questionnaire, au sujet de ses habitudes de sommeil, sa consommation d'alcool, si elle se sentait nerveuse ou si elle sursautait fréquemment. Difficile de savoir si ses réponses satisfaisaient ou dérangeaient le psy.

— J'imagine qu'il y a une réponse affirmative à une question particulière, dit Lon King, à savoir si vous vous êtes déjà trouvée en danger de mort ?

— Inspecteur à la criminelle, répondit-elle en se montrant des deux mains.

— Et sur le plan personnel ? En dehors du service ?

Elle raconta aussi brièvement que possible, en respectant

la démarche, les événements relatifs au meurtre de sa mère. Il marqua une pause quand elle eut fini, puis reprit d'une voix douce.

— À dix-neuf ans, ça peut marquer. Vous arrive-t-il d'avoir l'impression de revisiter ou de revivre cette tragédie ?

Nikki se retint de s'esclaffer : « Tout le temps ! » mais, de peur de ne pas pouvoir retourner travailler avant des mois, elle se modéra.

— De la manière la plus positive. Par mon travail, je me retrouve en contact avec des victimes et leurs proches. Chaque fois que la situation fait écho à ma propre expérience, je l'utilise pour aider les autres et mener l'enquête.

King ne se précipita pas pour autant pour lui remettre une médaille.

— Je vois, se contenta-t-il de commenter avant de reposer une question. Et qu'en est-il des choses que vous associez au meurtre de votre mère ? Vous arrive-t-il d'éviter des gens ou des choses qui vous le rappellent ?

— Euh...

Heat se cala contre les coussins et regarda au plafond. Une aiguille avançait doucement sur l'horloge derrière elle, et, par la fenêtre fermée derrière le psy, elle percevait le bruit rassurant de la circulation dans York Avenue, douze étages plus bas. La seule réponse qui lui vint fut le piano du salon. Elle lui expliqua qu'elle n'arrivait pas à en jouer, et pourquoi. Elle avait pourtant une autre aversion, qu'elle n'avait encore jamais abordée de front : la distance instaurée avec son père. Nikki la lui avait toujours attribuée ; or, le fait de l'évoquer en séance risquant d'ouvrir une boîte de Pandore, elle s'en tint au piano et s'enquit même de savoir si c'était une mauvaise chose.

— Il n'y a ni bonne ni mauvaise chose. On bavarde et on voit ce qu'il en sort.

— Parfait.

— Votre père est-il toujours en vie ?

Ce type était-il psychologue ou médium ? Nikki lui raconta le divorce et décrivit une relation distante mais cordiale, indiquant que la distance venait de son père, pas d'elle, ce qui était en partie vrai.

— À quand remontent vos derniers contacts ?

— À quelques heures. Je l'ai appelé pour limiter les dégâts suite à une malheureuse intervention de mon capitaine, qui avait envoyé une enquêtrice l'interroger sur le meurtre de ma mère.

— C'est donc vous qui avez pris contact.

Heat s'empressa de répondre par l'affirmative, consciente que l'évitement était un signe de syndrome de stress posttraumatique.

— Et quelle a été la réaction de votre père ?

— Disons qu'il aurait pu être plus présent, déclara Nikki au souvenir de ses fulminations et du tintement des glaçons.

Le thérapeute n'insista pas, préférant l'interroger sur ses autres relations.

— À cause de mon travail, c'est difficile d'en avoir, vous devez vous en douter.

— Pourquoi ne pas me l'expliquer ?

Honnêtement, mais aussi brièvement que possible, Nikki résuma la nature de ses relations au cours des années passées, la plus longue et la plus récente étant celle avec Don. Elle donna à King la même version qu'à l'inspecteur Caparella, la veille au soir : il était son partenaire d'entraînement au combat et il leur arrivait de coucher ensemble.

Ensuite, elle évoqua Jameson Rook. La seule parenthèse du psy fut pour lui demander s'il s'agissait du célèbre journaliste. Nikki en profita pour expliquer qu'ils s'étaient rencontrés l'été d'avant lorsqu'il était venu étudier sa manière de travailler. Bien que fidèles l'un à l'autre, ils n'avaient pas convenu d'entretenir une relation exclusive. Néanmoins, elle n'avait plus couché ni avec Don ni avec personne d'autre depuis sa rencontre avec Rook.

— Comment vous sentez-vous après ce qui s'est produit hier soir ?

— C'est dur.

Les larmes lui montèrent aux yeux en repensant au pauvre Don, mais elle les ravala.

— En fait, j'essaie de ne pas y penser pour l'instant.

— Et, hier soir, vous étiez avec Don pour des raisons platoniques ?

— Oui, lâcha Nikki.

— C'était bien catégorique. Le sujet est-il sensible ?

— Pas vraiment. On venait de s'entraîner. Au gymnase. Et il est juste venu chez moi prendre une douche. C'est là qu'il s'est fait tirer dessus.

— Une douche. Et où se trouvait monsieur Rook ?

— Chez lui. On s'était disputés et je... J'avais besoin de faire un break.

Lon King posa le questionnaire de côté et l'observa, les doigts croisés sur les genoux.

— J'avoue avoir caressé l'idée de faire un écart, dit-elle, gênée par le silence, mais...

— Vous disiez que vous n'aviez pas parlé d'exclusivité avec monsieur Rook.

— Non, mais...

— À votre avis pourquoi avez-vous « caressé l'idée », comme vous dites ?

— Je ne sais pas. Et vous ? se surprit-elle à demander.

— Il n'y a que vous pour le savoir. Chacun a ses propres règles en matière de fidélité. Tout comme chacun a ses raisons de s'y tenir ou pas.

L'imitant, elle attendit qu'il ait terminé.

— Parfois... Mais parfois seulement..., il arrive qu'on tente de masquer sa peine par un dérivatif. C'est un peu comme si le subconscient changeait de station de radio pour faire face à une peine différente de celle qu'il est impossible au conscient d'affronter. À quel sujet vous êtes-vous disputée avec monsieur Rook ?

Quelle qu'ait été sa garde, elle l'abaissa. Malgré son sentiment avant de venir, Heat se sentait à l'aise et sécurisée. Elle lui expliqua que la dispute venait de ce que Rook lui reprochait de se retrancher derrière un mur.

— Et pourquoi était-ce si électrique à votre avis ?

— Depuis quelque temps, il me pousse dans mes retranchements, et ça me déplaît.

— Voyons cela.

— Rook me harcèle. Il n'arrête pas de remettre sur le tapis de vieilles histoires de famille et de me poser des questions sur le mur que ma mère…

Ni l'un ni l'autre n'eut besoin d'attendre la fin de la phrase pour en comprendre la signification. Nikki fut prise de panique. Se voyant enfermée dans l'univers de la thérapie pour l'éternité sans remise de peine possible pour bonne conduite, elle tenta aussitôt de se rattraper.

— Mais tout le monde se dispute, non ? reprit-elle. Pour un oui ou pour un non.

— Il ne s'agit pas tout à fait d'une broutille, en l'occurrence.

Dans un silence écrasant, le thérapeute attendit. Il patienta encore.

— Que voulez-vous dire ? demanda-t-elle.

— Je ne peux pas répondre à cela. Tout ce que je peux faire, c'est vous demander à qui votre colère s'adressait exactement. Et qui aurait été le plus blessé si vous aviez couché avec Don ? Il sourit, puis consulta l'horloge derrière elle.

— On va s'arrêter là, annonça-t-il.

— Déjà ? s'étonna-t-elle tandis qu'il ramassait ses documents pour les ranger dans un dossier. Et donc ?

— Les années passent, les séances aussi, et tous les flics finissent par demander : « Et donc ? »

Il sourit de nouveau.

— Nikki, vous avez eu d'importants deuils à faire et vécu plus de traumatismes que n'importe qui.

Sa bouche se remplit de coton.

— Cela dit, je vois que vous faites preuve d'une grande résilience et, à mon avis, vous êtes quelqu'un de fort, de centré et vous avez ce qu'Hemingway appelait « la grâce sous la pression ». Vous êtes en bien meilleure forme que la plupart de ceux que je vois dans votre métier.

— Merci.

— Voilà pourquoi je pense que vous serez heureuse d'apprendre que je recommande que vous repreniez le travail… après une semaine de repos.

— Mais mon enquête. Mon affaire...

— Nikki. Regardez ce que vous venez de traverser. Il vous faut un peu de temps pour vous recentrer. La grâce sous la pression a un prix.

Il sortit un stylo pour écrire dans le dossier.

— Voilà, je prescris donc ces sept jours d'arrêt.

Il reboucha son stylo.

— Pour mon accord final, il serait bon que vous fassiez preuve de bonne volonté et que vous renouiez les contacts que vous avez coupés en rapport avec le traumatisme.

— Vous voulez dire Rook ?

— Ce serait un signe de rétablissement important. Nous nous reverrons dans une semaine pour revenir sur tout cela, dit-il en refermant le dossier.

— Vous voulez dire que mon arrêt pourrait être prolongé si je ne le fais pas ?

— Revenez dans une semaine ; on verra où vous en êtes.

HUIT

L'appel fut identifié comme provenant du Vingtième. Nikki s'écarta de la caisse pour laisser passer le client derrière elle tandis qu'elle répondait.

— Heat.

— Les Gars, annoncèrent en chœur les voix de Raley et d'Ochoa.

— Salut à vous en stéréo, fit Nikki.

— Euh, cette technologie n'est pas encore au point, railla Raley. Malheureusement, votre oreillette n'est que mono.

— Rabat-joie, rétorqua Ochoa. L'inspecteur Sean Raley a l'art de vous gâcher le plaisir.

— C'est pour répéter votre duo de choc que vous m'appelez ? Laissez-moi vous dire qu'il y a encore du boulot avant qu'on vous embauche pour faire les guignols à la radio.

Ochoa commença.

— On appelle pour vous donner des nouvelles du taxi sur lequel vous avez fait un carton. Après tout, on a quand même le droit de vous tenir au courant. On ne vous dérange pas ?

— Pas du tout, je m'achetais juste un nouveau tapis. Un chemin de couloir pour mon entrée.

— Écoutez, dit Ochoa, dites-nous si vous avez besoin

d'aide pour le grand nettoyage. Parce que Raley n'a rien à faire dans la vie.

Les deux enquêteurs pouffèrent, puis il reprit.

— Sérieusement, on peut passer après le service.

— Merci, c'est gentil, mais j'ai passé tout l'après-midi à briquer. Ça va aller. Qu'est-ce qu'on a ?

La scientifique venait d'envoyer son rapport préliminaire, et il y avait des tas d'empreintes à vérifier dans le fichier. Pour aller plus vite, Feller avait emporté un kit d'identification mobile chez le chauffeur, histoire d'éliminer les siennes. Pour les autres, les Gars ne nourrissaient guère d'espoir.

— J'imagine qu'elles appartiennent pour l'essentiel aux pilleurs, déclara Ochoa. Mon vieux, ils se sont rués sur ce taxi comme un banc de piranhas. Même la caméra de surveillance et le disque dur ont disparu ; alors, pas de vidéo du tireur.

— Du sang sur les sièges ? demanda Heat, pleine d'espoir.

— Quels sièges ? fit Raley.

— Il court toujours, inspecteur. Faites gaffe.

Lorsqu'elle raccrocha, l'employé avait déjà roulé son tapis, un turc en laine de soixante-dix centimètres sur deux mètres, d'une couleur et d'un motif similaires à celui qu'elle remplaçait. Nikki régla son achat.

— Voulez-vous qu'on vous le livre ? demanda le caissier. C'est trop tard pour ce soir, car on ferme, mais on peut vous le déposer demain à la première heure.

Heat sourit et prit le rouleau sur son épaule.

— J'habite à trois rues.

Huit heures du soir, les dernières lueurs du jour verdoyaient le ciel vers l'ouest dans la 23e Rue. Les lumières d'une vitrine s'allumèrent dans une boutique de dépôt-vente, et elle s'arrêta pour admirer une lampe, se promettant de revenir la regarder de plus près quand le magasin serait ouvert, le lendemain. Un mouvement derrière elle se refléta dans le pied en laiton poli. Nikki se retourna brusquement.

Personne. En se retournant de nouveau, elle faillit donner un grand coup de tapis à un jeune qui distribuait des prospectus pour un magasin de costumes pour hommes. Soulagée d'avoir évité une scène à la Charlie Chaplin, Heat tourna au carrefour pour rentrer chez elle par Lexington.

À cause du rappel d'Ochoa concernant le tireur, ou par simple prudence, quand les boutiques cédèrent la place à un quartier résidentiel peu animé, elle décida de héler un taxi. Elle continua d'avancer en agitant la main libre en l'air, mais, les deux seuls taxis qui passèrent étant occupés, elle renonça. Après la 22ᵉ Rue Est, il ne lui restait plus que deux rues avant d'arriver.

À mi-chemin vers la 21ᵉ Rue, Nikki entendit des pneus crisser, puis un coup de klaxon furieux retentit, et une voix de femme derrière elle cria : « Connasse, tu vois pas que le feu est rouge pour les piétons ! » Nikki se retourna, mais elle ne vit que les phares arrière de la voiture, qui fit une embardée vers l'ouest, et l'immeuble de la Chrysler miroitant dans le soleil couchant, un peu plus loin au nord.

Elle poursuivit, mais la scène de la veille au soir ne cessait de se rejouer dans sa tête : les bruits de pas du tireur en capuche sur son toit, sur l'échafaudage, puis sur la chaussée de Park Avenue Sud. Était-elle nerveuse par manque de sommeil ou était-ce en train de se reproduire ? Que faisait-elle seule dans la rue le soir, alors qu'elle avait aux trousses quelqu'un qui attendait la première occasion de lui tirer dessus ?

Le poids rassurant de son arme de service qu'elle portait habituellement à la hanche lui manquait depuis que le capitaine Irons la lui avait reprise. Rangée dans un tiroir du bureau chez elle, son arme de secours, un Beretta 950, ne lui servait à rien. Nikki accéléra le pas.

En traversant au rouge la 20ᵉ Rue Est, elle entendit nettement des pas suivre les siens et, quand elle s'arrêta, ils s'arrêtèrent aussi. Elle pivota, mais le trottoir était désert. L'idée l'effleura de laisser tomber le tapis, mais, en apercevant son immeuble de l'autre côté de la place, Nikki partit au petit trot, puis accéléra vers l'ouest le long de la grille en fer forgé de Gramercy Park.

L'idée d'une embuscade lui traversa l'esprit. Si ce type avait un complice qui surveillait l'escalier de son entrée, elle courait peut-être droit dans la gueule du loup. Elle calcula alors qu'elle avait de meilleures chances à un contre un, surtout si elle désarçonnait son adversaire en le prenant brusquement à revers. La grille du parc ne formait pas un angle mais une courbe. Dès que Nikki l'eut contournée, elle s'arrêta et se baissa.

Accroupie, elle attendait en tendant l'oreille. Quelqu'un approchait bien au pas de course ; néanmoins, le bruit s'arrêta à quinze mètres. La vue masquée par les arbustes du parc, elle entendit haleter. Puis un homme se racla doucement la gorge.

Une paume sur les dalles du trottoir, elle se pencha sur la gauche et saisit son reflet déformé dans la vitrine d'un restaurant, de l'autre côté de la rue. Ce n'était qu'une silhouette sombre dans le faible éclairage du parc, mais elle distinguait son sweat-shirt à capuche et sa casquette. Quand il se remit à sa poursuite, elle le perdit de vue.

Heat se tenait prête. Il tourna à l'angle au petit trot. À ce moment-là, Nikki bondit. Elle allait lui asséner un coup de tapis turc en laine, quand elle reconnut Rook. Elle parvint de justesse à stopper son geste et ne pas le frapper, mais il sursauta et leva son bras en l'air pour se protéger en criant « Oh ! non, non ! » avant de perdre l'équilibre. Il bascula en avant, se plia en deux pour tenter désespérément de rester debout, en vain. Il s'étala lourdement par terre en réussissant, néanmoins, à tomber sur son avant-bras pour se protéger le visage.

— Bon sang, Rook, à quoi tu joues, là ?

— J'assure ta protection, dit-il d'une voix étouffée par sa manche.

Il se retourna pour s'asseoir. Du sang lui coulait des deux narines.

— Évite de mettre du sang par terre, s'il te plaît, dit-elle quand ils furent arrivés chez elle. Je viens de nettoyer.

— Merci pour ta compassion ! Ne t'inquiète surtout pas pour moi, ça va aller.

Elle le fit asseoir sur un tabouret de bar avec une boîte de mouchoirs en papier et le nettoya avec le reste des lingettes que Lauren Parry lui avait remises la veille au soir.

— Rook, réfléchis un peu à l'année écoulée, dit-elle en lui essuyant le sang séché sur la lèvre supérieure et le nez. Tu devrais le savoir, maintenant, qu'il vaut mieux ne pas me suivre !

— Manifestement. Aïe !

— Désolée.

— Manifestement, tu ne sais toujours pas non plus que, si tu es suivie, c'est peut-être la cavalerie qui arrive. Il faut mieux prévenir que guérir.

— *Vaut* mieux.

— Pas de police de la grammaire, d'accord ?

Il écarta le mouchoir de son nez pour voir s'il saignait toujours. Satisfait, il marqua un panier en le lançant dans la poubelle.

— Oh ! Nikki, pourquoi on n'est pas comme dans un film de Woody Allen : deux anciens amoureux qui s'aiment encore et se tombent dessus sur un trottoir à New York ?

— Tu veux dire au lieu de tomber sur le trottoir ?

— J'ai le nez cassé ?

— Fais voir.

Elle avança la main, mais il eut un mouvement de recul.

— Non. J'ai assez mal comme ça.

Il se leva pour se regarder dans l'inox de la bouilloire.

— Mon reflet est trop déformé.

Il haussa les épaules.

— Après tout, s'il est cassé, ça me donnera du caractère. J'aurai le charme un peu plus voyou.

— Jusqu'à ce qu'on apprenne comment ça t'est arrivé.

Il se pencha de nouveau vers la bouilloire.

— Merci d'avoir essayé de me protéger, dit-elle dans son

dos tandis qu'il évaluait les dommages. Ça veut dire que tu n'es plus si fâché ? ajouta-t-elle.

Il se redressa et se tourna face à elle.

— À ton avis ?

Sa mine laissait toutefois entendre qu'il s'était un peu calmé.

— Je comprends. Je sais que tu t'es senti pris de court.

— Par quoi ? Le fait que tu me laisses en plan et que je retrouve, quelques heures plus tard, un homme nu mort chez toi ? Et que, quand j'ose poser des questions, tu crois pouvoir me rembarrer en m'expliquant que c'est compliqué ?

— D'accord, je vois que tu es encore un peu fâché.

— Et si les rôles étaient inversés ? Imagine que tu aies trouvé Tam Svejda nue chez moi, la cervelle répandue par terre ? D'accord, la cervelle, c'est peut-être un peu trop, mais tu vois ce que je veux dire.

Un silence empoisonné s'installa entre eux. Nikki devinait qu'il lui incombait de le rompre ou pas. Comme elle savait reconnaître un moment critique, elle franchit le pas.

— Tu ne seras peut-être pas d'accord, commença-t-elle, à cause de... l'indignité de ta blessure au nez, mais notre rencontre inattendue de ce soir tombe plutôt bien. Aujourd'hui, le psy m'a suggéré de reprendre contact avec toi.

— Voilà qui ressemble plus à du Woody Allen. Tu as vu un psy ? Toi ? insista-t-il.

— Obligée. C'est une longue histoire… C'est à cause du capitaine Irons… En tout cas, ça m'a valu une séance chez le psy du service.

Nikki poussa un soupir. Jusque-là, elle avait toujours tenu bon parce qu'elle savait compartimenter sa vie, mais là, elle pénétrait en territoire inconnu, et c'était un peu effrayant. Montrer sa vulnérabilité, c'était s'exposer ; toutefois, elle s'ouvrit à lui, sans arme ni défense.

— Je vais t'expliquer, si tu veux bien m'écouter.

Alors, cette part de lui qu'elle considérait comme son essence, à laquelle elle se sentait le plus connectée, qui se précipitait devant les balles pour la protéger, s'adoucit encore. Cédant à son sens inné de la compassion, il lui tendit la main.

— On sera mieux installés sur le canapé, suggéra-t-il.

Comme la peur des monstres imaginaires tapis derrière la porte, sa terreur lui devint toute relative dès lors qu'elle l'affronta en s'en ouvrant. Cela l'aida beaucoup pour raconter son épopée avec Don que Rook veuille bien l'écouter sans l'interrompre pour la juger, ni se mettre sur la défensive, ni même sortir des vannes. Lorsqu'elle l'informa avoir mis un terme à leurs relations sexuelles après leur rencontre, l'été précédent, il en prit acte d'un hochement de tête. Il eut même l'élégance de ne pas lui demander s'ils avaient couché ensemble la veille au soir.

— Ça a dû être l'enfer pour toi de vivre ça toute seule, se contenta-t-il de dire quand elle eut terminé.

Il avait trouvé les mots. Nikki, en larmes, se jeta dans ses bras et se laissa totalement aller à ses émotions. Ses sanglots jaillissaient d'une source profonde, apparemment intarissable, car elle donnait libre cours au chagrin lié aux vingt-quatre dernières heures, mais aussi à une décennie de sentiments refoulés. La perte, la blessure, la colère, la frustration, la solitude et la peur, qui – jusque-là – avaient été sagement rangées dans de petites boîtes enfouies au tréfonds de son être, se déversaient enfin. Il l'embrassa, la berça au creux de son épaule, sachant intuitivement que ce silence attentionné était leur force et que la serrer dans ses bras était un signe d'espoir et une preuve d'amitié inébranlable en cet instant de libération.

Au bout d'un moment, lorsqu'elle n'eut plus de larmes à verser, Nikki s'écarta et plongea les yeux dans les siens, lui signifiant d'un seul regard toute la confiance qu'elle avait en lui et la puissance du lien qui les unissait. Après un léger baiser, ils se séparèrent, souriants, sans se lâcher des yeux. S'ils ne s'étaient jamais juré fidélité, jamais ils ne s'étaient non plus déclaré leur amour. Cet instant d'intimité et ce nouveau sanctuaire qu'ils venaient de bâtir y auraient sans doute été propices. Mais ni l'un ni l'autre ne saurait jamais

si l'idée avait effleuré l'esprit de l'autre en ces tendres instants de vulnérabilité. L'occasion passa, et la déclaration fut
reportée à une date ultérieure.

Elle s'excusa pour aller se rafraîchir. À son retour, il l'aida à dérouler le nouveau tapis de l'entrée. Une fois qu'ils
l'eurent aligné par rapport au mur, Rook aplatit du pied les
coins qui rebiquaient et contempla leur œuvre.

— C'est ce qui s'appelle faire le ménage !

— Disparue, l'affreuse tache, dit Nikki. Le concierge a
remplacé la porte et rebouché les trous. Demain, il repeint.
Tout sera bientôt rentré dans l'ordre.

— Comme si rien ne s'était passé.

— Pourtant, c'est arrivé et il va bien falloir vivre avec.

Le visage de Rook s'assombrit.

— J'ai passé la journée à me dire que ça aurait pu être
pire. Que ça aurait pu être toi.

— Je sais…

— Ou, pire, ça aurait pu être moi.

— Pire ?

— Pour toi. Imagine ne plus m'avoir dans les pattes à te
faire enrager ni me voir remuer le popotin.

Il effectua une petite danse idiote sur place, accentuant
les mouvements de ce derrière qu'il avait fort joli. Il termina
par un salut grotesque, et elle éclata de rire. Cet homme
avait le don de détendre la plus sérieuse des filles aux moments les plus incongrus.

Tous deux affamés, ils décidèrent de sortir dîner quelque
part plutôt que de se faire livrer, compte tenu des récents
événements survenus dans l'appartement. Le restaurant
Griffou, à Greenwich Village, offrait un cadre tranquille et
servait tard. Ils se mirent donc en route pour la 9e Rue. En
partant, Heat veilla à glisser le Beretta Jetfire dans sa poche
ainsi qu'un chargeur supplémentaire.

À cette heure, ils eurent le choix entre les quatre am-
biances différentes proposées dans cette ancienne pension
du XIXe siècle, si bien qualifiée de « repaire branchouille »
par une bloggeuse. Rook choisit la salle de la bibliothèque

pour sa tranquillité chaleureuse et la compagnie réconfortante des livres. Après une gorgée de cocktail, il contempla la pièce, autrefois fréquentée par Edgar Allen Poe, Mark Twain et Edna Saint Vincent Millay, se demandant si ces murs accueilleraient un jour des liseuses électroniques.

Nikki commanda la salade composée tandis qu'il optait pour le poulpe grillé.

— J'ai une idée pour ton congé forcé. Pourquoi ne pas l'employer à quelques manœuvres d'intimidation ? fit Rook pendant qu'ils mangeaient.

— Tu veux dire administrer une bonne correction à Wally Irons ? Entre nous, ça me plairait assez, mais ça restera de l'ordre du fantasme.

— Non, je ne parlais pas de ce genre d'intimidation. Je voulais dire jouer sur la politique. La hiérarchie, Nikki. C'est comme ça que j'ai réussi à venir t'accompagner dans ton boulot, au départ. Tu devrais passer un coup de fil à ce Hamster, au One Police Plaza. Comment s'appelle-t-il déjà ?

— Zach Hamner ? Laisse tomber.

— Ce n'est pas parce que tu ne l'aimes pas que tu dois te priver de son influence. Et puis c'est son truc. Tu as dit toi-même que ce type avait l'air de se donner du plaisir devant les photos du maire de Chicago.

— Je n'ai jamais dit ça.

— Oups, lapsus révélateur. Tu connais un bon psy ?

— Hors de question que j'appelle le Hamster.

Elle secoua la tête tant pour lui que pour elle-même.

— C'est justement pour ne pas avoir affaire à ce panier de crabes que j'ai renoncé à ma promotion.

— As-tu déjà pensé que, si tu l'avais acceptée, tu n'aurais pas à subir les lubies du capitaine Crochet ?

— Bien entendu, mais la réponse reste quand même non. Le jeu n'en vaut pas la chandelle. Et, crois-moi, Zach Hamner ne manquerait pas de me rappeler ce que je lui dois. Non, répéta-t-elle.

— Je crois que j'ai compris, dit-il. Dans ce cas, je te propose une alternative.

— J'aurais dû t'arracher la tête avec ce tapis.

— Écoute-moi jusqu'au bout. Je te connais et je sais que ça te déplaît d'être arrêtée, mais, puisque tu y es contrainte, il te faut un peu de détente.

— Pas question d'aller à Maui.

— Non, je pensais plutôt à continuer d'enquêter sur l'affaire. Ensemble, bien sûr. Allez, tu crois peut-être que je t'imagine au bord d'une piscine à Hawaii ? Ce n'est pas là qu'on va.

Elle posa sa fourchette.

— Qu'on va ? Nous ?... Où ?

— À Paris, bien sûr.

Il vida son Manhattan.

— C'est moi qui régale. J'ai tout organisé.

— Tiens, vraiment ?

— Eh oui. Les dieux sont avec toi, Nikki Heat. Primo, tu es de toute manière sur la touche. Deuzio, ce n'est peut-être pas une mauvaise idée de te faire rare en ce moment dans cette ville, vu que ton copain au fusil court toujours.

— Je ne vais pas me mettre à fuir qui que ce soit, ce n'est pas mon genre.

— Et tertio, poursuivit-il, tête baissée, pendant que les Gars et le reste de la brigade s'affairent ici, on peut s'occuper de trouver ce qui cloche dans la vie de ta mère, la raison pour laquelle elle a renoncé à son rêve, là-bas, durant l'été 1971.

— Je ne le sens pas.

— Boston non plus, et pourtant…

Voyant qu'elle allait protester, il poursuivit.

— Nikki, on a très peu de pistes, et soit elles débouchent sur une impasse, soit elles sont sabotées par Iron Man. La seule façon d'avancer sur cette affaire, c'est de repartir en arrière. J'ai tort ?

— Non…

— Tu vois, c'est ce que je n'arrête pas de te dire à propos de la peine qu'on se donne. Je ne suis peut-être pas flic, mais ma longue carrière d'investigation m'a appris qu'on ne peut pas toujours forcer les choses. Les résultats ont une vie propre. Parfois, quand on est très, très, très patient pendant longtemps, le mieux, c'est d'avoir encore un peu de patience.

Les objections de Heat commencèrent à se dissiper. Elle ramassa sa fourchette et ramena dans son assiette des morceaux de fenouil, de pomme et de poire parsemés d'amandes.

— J'imagine que tu vas me dire que, finalement, c'est une chance, ce congé forcé ?

— C'est tellement années quatre-vingt de dire ça, railla-t-il. Comme Sting, ajouta-t-il.

Puis il piqua un tentacule et poursuivit.

— Non, moi j'appelle ça plutôt ne pas se laisser abattre. Au propre comme au figuré !

Le premier vol qu'ils trouvèrent pour Paris ne partait pas avant seize heures trente le lendemain après-midi, ce qui convenait parfaitement à Nikki. Elle avait sacrément besoin de dormir. Le contrecoup du meurtre horrible de Don, la poursuite – rectificatif : les poursuites, si on comptait la fausse avec Rook –, la multitude de soucis causés par son père, Irons, son arrêt de travail, l'affaire non élucidée et les hauts et les bas avec Rook, tout cela s'était imprimé dans son corps.

Ajoutée à cela la nuit blanche de la veille au poste, et Heat s'endormit aussitôt la tête posée sur l'oreiller. Elle se réveilla sans avoir bougé d'un pouce, sous un grondement de tonnerre et une pluie battante contre la vitre de la chambre de Rook.

Lui était déjà levé et habillé, il avait cherché un hôtel sur son MacBook et appelé les parents de Nicole Bernardin pour les voir à Paris.

— Tu veux savoir où on descend ?

— Non, dit-elle en lui passant le bras autour du cou par-derrière. Je me remets entre tes mains. Ce sera la surprise.

— D'accord. Mais ça va être dur de faire mieux que toi l'autre soir.

Elle lui donna une tape sur l'épaule, puis se versa un café en téléphonant aux Gars pour avoir des nouvelles de l'affaire.

— Ça a donné quoi, le quadrillage des voisins de Nicole Bernardin que j'avais demandé à Feller et Rhymer, au sujet de la camionnette de nettoyage ?

— Que dalle au début, dit Ochoa. Les voisins immédiats n'avaient rien vu.

— Mais comme sa maison est en face du parc d'Inwood Hill, entonna Raley, Rhymer a pensé que les sportifs et les promeneurs de chiens avaient peut-être l'habitude de passer par là, alors, il a attendu un peu dans le coin. Après moult coups d'épée dans l'eau, ils ont fini par dégoter une femme qui pratique la marche rapide, tous les jours, dans Payson Avenue. Cette dame a non seulement remarqué la camionnette, mais elle a voulu la faire venir pour nettoyer la moquette chez elle, à deux pas.

— Elle a sonné à la porte pour demander une brochure, reprit Ochoa. Apparemment, le type a répondu sur un ton très revêche qu'il n'avait pas le temps, qu'il était déjà pris.

— Elle en a donné un signalement ? s'enquit Nikki.

— Négatif, dit Raley. Le type n'a pas ouvert la porte.

— C'est bizarre, dit Heat. Elle se souvient du nom de la société ou d'un numéro de téléphone qu'elle aurait noté sur la camionnette ?

— Non, répondit Ochoa. Elle ne s'est pas donné cette peine. Ça l'a trop énervée.

Heat pensa à quelque chose.

— Elle a dit de quelle couleur était la camionnette ?

— Bordeaux, répondirent les Gars en chœur.

— Même couleur que la camionnette qui a tenté de me renverser avec Rook, l'autre matin.

— Vous ne nous en avez pas parlé ! fit Raley.

— Je n'avais pas fait le rapprochement. Ajoutez ça sur le tableau. Il en reste bien un, j'espère.

— Oui, oui, on y a pensé.

— À propos, sachez qu'on fait tout pour cette affaire, ajouta l'inspecteur Ochoa.

— Ne vous emballez pas trop vite, poursuivit Raley, mais, avant le service ce matin, Miguel, Malcolm, Reynolds et moi, par acquit de conscience, on a décidé d'aller fouiller la zone où ils avaient trouvé le taxi détourné par votre tireur près de la Bruckner.

— Il y avait une pile de vieux pneus et de pots de peinture dans le fossé d'écoulement un peu plus loin, poursuivit l'inspecteur Ochoa. Comme il a plu la nuit dernière, j'ai pensé à y jeter un coup d'œil, au cas où le trop-plein y aurait déposé quelque chose. J'ai trouvé un gant d'homme en cuir.

Heat se mit à faire les cent pas.

— De quelle couleur ?

— Brun.

— C'est ce qu'il portait, dit-elle, revoyant la main qui tenait le fusil.

— Ce n'est pas gagné, tempéra Raley, parce qu'il est détrempé et qu'il a l'air d'avoir été mâchonné par un chien. En tout cas, il présente des traces de sang et des résidus de poudre. Le labo l'examine pour voir s'ils trouvent des empreintes et des traces d'ADN.

— Bon boulot, vous deux. Félicitez aussi Malcolm et Reynolds.

— Non, dit Ochoa. Les honneurs, c'est pour nous sur ce coup-là.

En sortant du bureau pour venir la rejoindre, Rook perçut son changement d'attitude.

— On part quand même, dit-il.

Elle le mit au courant pour le gant.

— On part quand même, maintint-il.

— Mais ça ne me paraît pas raisonnable. Je devrais rester, au cas où ils trouveraient quelque chose.

— Tu es arrêtée. Tu vas faire quoi, du *sitting* devant la porte du labo en leur criant toutes les demi-heures de se magner ?

Elle se mordit l'intérieur de la lèvre, irrésolue.

— Nikki, on en a déjà parlé hier soir. Rappelle-toi Boston. On a fini par identifier Nicole et la relier à ta mère. Ce n'était pas rien.

— D'accord, dit-elle. On part quand même.

— Super. Parce qu'à la vérité, ces billets ne sont pas remboursables.

Le vol de nuit leur permit d'atterrir à Roissy Charles-de-Gaulle à six heures du matin le lendemain. Tous deux avaient bien dormi dans l'avion, mais, pour parer à toute éventualité, Rook avait réservé et payé une chambre à partir de la nuit précédente. Ils pourraient ainsi faire un somme et récupérer, s'ils en avaient besoin, sans attendre l'après-midi pour se présenter à l'hôtel.

— C'est pas mal, fit remarquer Nikki dans l'ascenseur.

— Je sais, ce n'est pas le George V, et son nom n'a rien de très français, mais comme hôtel de charme, le Washington Opéra mérite le détour.

Tandis que Rook lui expliquait que l'élégant établissement était installé dans l'ancien hôtel particulier de la marquise de Pompadour, Nikki ne put s'empêcher de repenser au travail de son père à son arrivée en Europe, quand il avait vingt ans. Il dénichait ce genre de biens à transformer. Cette pensée la réconfortait autant qu'elle la perturbait. Elle respensa à la suggestion de son thérapeute qui l'incitait à se reconnecter au passé qu'elle esquivait et accepta l'idée que ce voyage remue des émotions.

Dans leur chambre, Rook ouvrit les volets pour lui montrer la plus ancienne boulangerie de Paris sur le trottoir d'en face, promesse de croissants chauds et de pains au chocolat tous les matins.

— Le Louvre n'est qu'à quelques rues d'ici, par là, indiqua-t-il en pointant vers la gauche. L'Opéra se trouve à droite et, derrière l'hôtel, il y a les jardins du Palais-Royal.

— Tout ça aurait été magnifique si on était venus ici pour faire du tourisme, dit-elle. Ou bien ce voyage tombe-t-il dans la catégorie assez floue de tes « escapades romantiques pendant l'affaire » ?

— Paris ? Comment peux-tu parler de romantisme à Paris ? On a du pain sur la planche. Tu as le numéro des parents de Nicole, alors, dès neuf heures, on les appelle.

— C'est dans une demi-heure.

— On a le temps pour un petit coup vite fait.

— Comme c'est romantique.

— Paris, mon chou ! rétorqua-t-il.

Et ils firent la course pour se déshabiller.

NEUF

Ce fut Lysette Bernardin qui décrocha à l'appel de Heat. Elle avait la voix frêle et méfiante, ce que Nikki attribua non à l'âge, mais au chagrin écrasant qu'elle avait l'habitude de percevoir dans la voix des parents de victimes de meurtre. La vieille dame, qui parlait très bien anglais, s'égaya en apprenant qu'elle avait affaire à la fille de Cynthia, la meilleure amie de sa chère Nicole. Son mari était parti chez le médecin pour sa prothèse de hanche et ne rentrerait pas avant le début de l'après-midi. Elle lui donna leur adresse, près de la rue du Dragon, sur le boulevard Saint-Germain, et elles se fixèrent rendez-vous pour quatorze heures.

Ils prirent un taxi – une Mercedes neuve – pour la rive gauche et se firent déposer non loin de chez les Bernardin, afin de déjeuner avant leur réunion. Rook, qui avait envie de marcher dans les pas des grands auteurs de la rive gauche, hésitait entre Les Deux Magots et le Café de Flore.

Les deux établissements étaient noirs de touristes. Même les fameuses tables en terrasse étaient encombrées de bagages à roulettes. Ils optèrent pour la brasserie Lipp, de l'autre côté du boulevard, fréquentée jadis, selon Johnny Depp, par Hemingway, Proust et Camus.

— Tu imagines, avoir à servir un existentialiste ? fit Rook. « Que prendrez-vous, monsieur Camus, le steak tartare ou les escargots ? » « Oh !... Euh, comme vous voudrez. »

Heat consulta sa montre.

— Treize heures ici. À New York, ils doivent être au poste.

Elle composa l'international, puis le numéro de portable de Raley.

— Salut, répondit l'inspecteur. Ou plutôt *bonjour*. J'allais justement vous appeler. Ça va, le décalage horaire ?

— J'ai été en décalage toute ma vie, alors, je ne m'en rends même plus compte. Pourquoi vouliez-vous m'appeler ? demanda Heat en sortant son calepin, dans l'espoir d'avoir quelque chose à noter.

— D'abord, la bonne nouvelle. La scientifique a appelé pour dire qu'ils confirment les résidus de poudre sur le gant trouvé par Ochoa. Il y a aussi des particules de peinture qui pourraient correspondre à votre porte d'entrée. Le pigment coïncide, mais ils ne sauront avec certitude que cet après-midi.

Nikki couvrit le combiné pour transmettre l'information à Rook.

— Bon, Raley, reprit-elle ensuite, envoyez la mauvaise maintenant.

— Attendez.

Après des bruits de frottement, puis de porte, il poursuivit sur fond de réverbération, de sorte qu'elle l'imagina en train de chercher un endroit plus intime au fond du couloir, à l'écart de la salle de briefing.

— C'est Irons. Maintenant que le gant a l'air de nous mettre sur une piste, il a relevé votre tandem de choc de sa mission auprès de la scientifique.

— Oh ! non, pas Hinesburg.

— Ce n'est pas si grave, mais presque. Le capitaine s'en charge en personne. Le labo cherche encore des empreintes, mais, s'ils en trouvent, c'est Iron Man qui en tirera toute la gloire.

En son for intérieur, Nikki fulminait ; néanmoins, elle conserva un ton badin avec son enquêteur.

— Je ne peux vraiment pas vous lâcher des yeux un seul instant, hein ?

Le rire de Raley résonna dans le couloir.

— Écoutez, c'est comme ça, dit-elle. Merci pour les nouvelles et tenez-moi au courant.

Le serveur attendait qu'elle raccroche. Quand il arriva, Rook fit signe à Nikki.

— Tu veux que je m'en occupe ?

— Non, je vais me débrouiller.

Elle se tourna vers le serveur et annonça sans la moindre erreur :

— *Bonjour, monsieur. J'aimerais deux entrées, s'il vous plaît. La salade frisée, et après, les pommes de terre à l'huile avec les harengs marinés.*

Rook se ressaisit.

— *Deux*, bredouilla-t-il en rendant la carte. Oh là là ! J'étais loin d'imaginer !

— Une fois de plus, dit-elle.

— Tu es pleine de surprises.

— J'ai toujours aimé le français. Ils m'ont même fait sauter le niveau quatre au lycée. Mais rien ne vaut un bain linguistique dans le pays.

— Et tu as fait ça quand ?

— Pendant mon semestre à l'étranger, quand j'étais à la fac. J'étais à Venise, mais on est venus passer un mois ici, Petar et moi, avant que je reparte à la Northeastern.

— Ah ! Petar. Il faut lui faire une place ?

— Bon sang, tu vas ronger cet os encore longtemps, Médor ? Tu sais quoi ? La jalousie, ce n'est carrément pas sexy.

— Je ne suis pas quelqu'un de jaloux.

— Ah non ? Tiens, voyons la liste des boutons sur lesquels il ne faut pas appuyer : Petar, Don, Randall Feller ?

— Alors, lui, c'est différent. Non, mais tu as vu son nom ? Enfin, je dis ça, je dis rien.

— Au contraire, je trouve que ça en dit long.

Il rumina en tripotant ses couverts, jouant à faire basculer sa fourchette.

— Tu en as mentionné trois. C'est tout ? finit-il par demander.

— Rook, tu veux vraiment savoir combien ? Parce que, si c'est le cas, on va partir dans un tout autre débat. C'est décisif pour une relation de couple. Ça veut dire qu'on va devoir parler. Et je te préviens : on n'a pas fini. Si c'est bien ce que tu veux, à ta place, je me demanderais quand même d'abord combien de surprises tu peux gérer en quarante-huit heures.

— Tu sais quoi ? fit-il en voyant le serveur arriver. On n'a qu'à juste se détendre et savourer ce repas, peu importe ce que tu as si brillamment commandé.

— *Merveilleux*[1], conclut-elle.

M. et Mme Bernardin les accueillirent dans l'entrée de leur vaste appartement, un duplex occupant les deux derniers niveaux de leur immeuble de six étages. Malgré son côté artiste rive gauche, cette portion du boulevard Saint-Germain cachait de modestes richesses derrière ses jolies façades Louis XV. Au pied de l'immeuble, les boutiques ne proposaient que de délicats produits de première nécessité. Dans ce quartier, il était plus facile de trouver un caviste ou une couturière que de se faire faire un tatouage ou une épilation intégrale. La tenue du couple d'octogénaires reflétait l'esprit du quartier. Tous deux portaient d'élégants et sobres classiques : un pull noir en cachemire et un pantalon sur mesure pour elle, un débardeur bordeaux sous une veste en velours caramel *pour monsieur*[2].

Lysette accepta le petit bouquet de lys blancs que Nikki avait acheté en venant. La dame était à la fois touchée par

---

1. En français dans le texte. (NDT)
2. id.

la gentillesse du geste et triste du grave symbolisme de ces fleurs.

— Par ici, s'il vous plaît, indiqua Émile dans un anglais rauque et marqué d'un fort accent.

Ils le suivirent dans le salon tandis que sa femme disparut à la recherche d'un vase. Pendant qu'ils s'asseyaient, il s'excusa pour sa lenteur et son boitillement dus au récent remplacement de sa hanche. Elle revint avec les fleurs qu'elle posa sur une desserte, à côté d'autres arrangements floraux de condoléances entourant la photo encadrée de leur fille. Heat constata que ce portrait était identique à celui de l'album du conservatoire, dont elle avait conservé une photocopie pour le dossier de l'affaire.

— Merci de nous recevoir aujourd'hui, dit Nikki en français. Je sais que c'est une période difficile et nous vous prions d'accepter nos plus sincères condoléances.

Le vieux couple assis sur le canapé en face d'eux se prit la main et demeura ainsi. Tous deux étaient petits et minces comme Nicole, mais ils le paraissaient encore plus – on aurait dit deux oisillons sous le poids du deuil de leur unique enfant.

Ils remercièrent Nikki, puis Émile suggéra qu'ils poursuivent en anglais puisqu'ils parlaient cette langue couramment alors que monsieur Rook risquait de se sentir un peu exclu. Il contourna la table basse en boitant avec une bouteille de Chorey-les-Beaune pour servir les verres à vin préparés en leur honneur, avec une assiette de petits-fours. Après un toast silencieux et de petites gorgées polies, Lysette posa son verre, les yeux rivés sur Nikki.

— Pardonnez-moi de vous dévisager ainsi, mais vous ressemblez tellement à votre mère, s'entendit dire de nouveau Heat. C'est vraiment étrange pour moi de vous voir assise en face de moi dans le fauteuil qu'affectionnait Cynthia. C'est comme une... Comment dit-on ?

— Distorsion temporelle, souffla son mari, et le couple sourit, hochant la tête en chœur. Nous aimions beaucoup Cindy, mais je suis sûre que vous le savez.

— À vrai dire, tout cela est nouveau pour moi. Je n'avais jamais rencontré votre fille, et ma mère ne m'en avait jamais parlé.

— C'est curieux, dit Lysette.

— J'en conviens. Ma mère et Nicole avaient-elles eu une quelconque dispute ? Quelque chose les avait-elle éloignées ?

Les Bernardin se regardèrent, puis firent non de la tête.

— *Au contraire*[1] *!* s'exclama Émile. À notre connaissance, elles se sont toujours très bien entendues.

— Pardonnez-moi d'aborder ce sujet délicat, mais je crois que le meurtre de Nicole est lié d'une manière ou d'une autre à celui de ma mère et j'espère en apprendre le plus possible sur leur relation pour pouvoir retrouver le tueur.

— Elles étaient comme des sœurs, déclara Émile. Mais elles avaient leurs différences.

— C'est ça, l'amitié, dit Lysette. Des personnalités opposées qui se complètent à la perfection. Notre Nicole, c'était un *esprit libre*[2].

Heat traduisit pour Rook, qui signifia de la tête qu'il avait déjà compris.

— Elle nous inquiétait tant quand elle était petite, poursuivit Émile. Dès qu'elle a su marcher, elle a voulu tout essayer, prendre des risques. Elle grimpait partout, sautait partout. Elle aurait aimé ce sport urbain actuel. Comment ils appellent ça ?

— Le « parkour », dit sa femme. À sept ans, elle s'est fait une commotion cérébrale. Oh ! mon Dieu, elle nous a fait une peur bleue. Pour son anniversaire, on lui avait offert la paire de patins à roulettes qu'elle désirait. Une semaine plus tard, notre petit casse-cou a voulu essayer son cadeau dans les escaliers du métro.

À ce souvenir, son mari secoua la tête et leur indiqua sur son propre corps tous les traumatismes subis par Nicole. Une commotion cérébrale. Une dent cassée. Une fracture au

---

1. id.
2. id.

poignet. Heat et Rook échangèrent un regard… Cela expliquait l'ancienne cicatrice.

— On pensait que ça lui passerait en grandissant, mais son esprit, son côté sauvage, n'a fait que s'accentuer à l'adolescence.

— Les garçons, dit Lysette. Il n'y en avait que pour les garçons. Toute son énergie passait dans les garçons et les fêtes.

— Et les Beatles, s'esclaffa Émile. Et l'encens.

Rook se dandina sur son fauteuil d'époque tandis que les parents poursuivaient l'histoire de leur fille à travers les années 1960. Malgré le temps que cela prenait, Nikki n'essaya pas de couper court. Il semblait important pour eux d'évoquer ainsi Nicole – surtout après son décès.

Du reste, leur récit apportait à Nikki ce qu'elle cherchait – pas seulement pour son enquête, mais pour en apprendre davantage sur sa mère et son univers. Contre toute attente, ce moment de partage avec la famille de la meilleure amie de sa mère lui apportait un sentiment de complétude, de lien personnel avec des choses qu'elle évitait depuis bien longtemps. Après cela, si Lon King ne la réintégrait pas, ce psy pourrait aller se faire voir.

— Nous nous demandions ce qu'elle allait faire de sa vie, jusqu'au jour où elle s'est découvert cette passion pour le violon, déclara Mme Bernardin.

— C'est d'ailleurs comme ça qu'elle a rencontré la mère de Nikki, intervint Rook pour essayer d'arrêter le flot des souvenirs.

— La meilleure chose qui soit arrivée à notre fille, dit Émile. À Boston, elle s'est entièrement consacrée à développer son talent et, en même temps, elle s'est ancrée en se faisant une amie aux sensibilités opposées.

— Nicole en avait besoin, convint sa femme. Et je crois que, de son côté, si je peux me permettre, notre Nicole a aidé votre mère à s'ouvrir, Nikki. Elle était d'un caractère si sérieux, si résolu, si appliqué ; elle s'autorisait rarement à s'amuser.

Elle marqua une pause.

— Je vois bien que cela vous met un peu mal à l'aise, mais ne le soyez pas. C'est de votre mère que nous parlons, après tout, pas de vous.

— Même si on dirait que c'est elle qui est assise ici en ce moment, ajouta Émile.

Nikki se sentit mise à nu, mais Rook, Dieu merci, vint à la rescousse en brandissant sa chaussette dépareillée.

— C'est justement ce qui m'étonne, commença-t-il. Cynthia était si motivée, si déterminée et investie dans sa future carrière de concertiste. Je l'ai vue jouer sur une vidéo. Elle était incroyable.

— Oui, acquiesça le couple.

Rook leva les mains au ciel.

— Que s'est-il passé ? Quelque chose a changé quand elle est venue ici l'été 1971. Quelque chose d'important. Si sa mère n'a pas abandonné le piano, elle semble en tout cas avoir renoncé à son rêve. Alors qu'elle avait des propositions de carrière aux États-Unis, elle n'a même pas pris la peine de rentrer les étudier. Je me demande ce qui a bien pu détourner ainsi une jeune femme sérieuse de son chemin…

Lysette réfléchit un instant.

— Eh bien, à mon avis, répondit-elle, vous savez comme moi que les jeunes changent. Pour certains, les contraintes inhérentes à la poursuite sérieuse d'un but deviennent parfois insupportables. Il n'y a pas de honte à ça.

— Bien sûr que non, dit-il, néanmoins, sauf votre respect, Paris a beau être une ville merveilleuse, de là à tout lâcher au bout de trois semaines de vacances ici…

Lysette se tourna vers Nikki pour répondre :

— Je ne dirais pas que votre mère a tout lâché. Elle a plutôt pris de la distance par rapport à la pression qu'elle s'imposait. Pour profiter de la vie, faire du tourisme, visiter les musées, bien entendu. Elle adorait apprendre la cuisine. Je lui ai montré ma recette de cassoulet au confit de canard.

— Elle m'en faisait ! s'exclama Nikki.

— Alors, dites-moi, qu'est-ce que je vaux comme cuisinière ? gloussa Lysette.

— Trois étoiles au Michelin. Votre cassoulet a toujours été le plat des grandes occasions chez nous.

Lysette applaudit joyeusement, mais Nikki voyait que la fatigue gagnait le couple. Or il lui fallait encore poser quelques questions fondamentales avant que les deux ne s'effondrent. Les mêmes qu'elle aurait posées, au poste, aux parents de n'importe quelle victime.

— Je ne voudrais pas vous déranger trop longtemps, mais il y a certains détails que j'aimerais connaître au sujet de Nicole.

— Bien sûr, vous êtes la fille de votre mère, mais aussi une policière, *n'est-ce pas*[1] ? fit remarquer Émile. Je vous en prie, si cela peut vous aider à découvrir ce qui est arrivé à notre *chère*[2] Nicole...

Il s'étrangla, et sa femme lui prit de nouveau la main.

L'inspecteur Heat commença par le travail de Nicole Bernardin. Elle demanda si elle était confrontée à des mésententes d'ordre professionnel, des rivalités ou des problèmes d'argent. Ils répondirent que non, même quand Nikki demanda s'ils lui connaissaient des relations difficiles sur le plan personnel, soit à Paris, soit à New York : des amants, des amis, des triangles amoureux...

— Comment vous a-t-elle semblé la dernière fois que vous lui avez parlé ?

Monsieur Bernardin regarda sa femme.

— Tu te souviens de cet appel ?

Elle opina de la tête, et il se retourna vers Nikki.

— Nicole n'était plus la même. Elle s'est montrée brusque avec nous. Je lui ai demandé si quelque chose n'allait pas, mais elle m'a assuré que non. Ensuite, elle n'a plus voulu revenir sur le sujet. Pourtant, je voyais bien qu'elle était agitée.

— C'était quand ?

— Il y a trois semaines, dit Lysette. Ça aussi, c'était in-

---

1. id.
2. id.

habituel. Nicole appelait toujours le dimanche, juste pour faire un petit coucou. Ces dernières semaines, elle ne nous avait pas contactés du tout.

— A-t-elle dit où elle était quand elle a appelé ?

— Dans un aéroport. Je le sais parce que, quand je lui ai demandé ce qui n'allait pas, elle m'a coupée pour me dire qu'il fallait qu'elle embarque pour son vol.

À ce souvenir, la vieille dame fronça le front.

— Votre fille avait-elle un logement ici à Paris ? demanda Rook.

En préparant leur visite, lui et Nikki, ils avaient espéré découvrir un appartement à fouiller – avec la permission des parents, s'entend. Mais Nicole n'en avait pas.

— Quand elle venait, elle logeait ici, dans son ancienne chambre.

— Si vous n'y voyez pas d'inconvénient, j'aimerais la voir, dit l'inspecteur Heat.

La chambre de Nicole Bernardin avait été refaite depuis longtemps, car elle servait désormais d'atelier à Lysette, dont les aquarelles – des natures mortes de fleurs et de fruits – étaient posées çà et là à divers stades d'achèvement.

— Veuillez excuser le désordre, dit-elle inutilement.

La pièce était rangée et parfaitement organisée.

— Je ne sais pas ce que vous espérez trouver. Nicole gardait quelques vêtements et des chaussures dans l'armoire, pas grand-chose. Vous pouvez regarder.

Nikki ouvrit les portes du meuble d'époque et palpa les poches des rares tenues accrochées là, mais en vain. Elle vérifia même l'intérieur de ses chaussures et l'unique sac à main vide qui était accroché au crochet en bronze.

— Tout le reste de ses affaires est là, dit-elle en déplaçant un chevalet pour indiquer un grand tiroir au fond du placard intégré.

Nikki constata que le tiroir était aussi ordonné que le reste de l'appartement. Des culottes, des soutiens-gorges, des chaussettes, des shorts et des t-shirts propres étaient soigneusement pliés dans un coffre en plastique transparent.

Heat s'agenouilla et en souleva le couvercle pour poursuivre son inspection, puis elle veilla à tout remettre en ordre en respectant les piles et les catégories. À côté du coffre se trouvaient une paire de chaussures pour courir et un casque de bicyclette. Elle examina l'intérieur de chacun, sans rien trouver.

— Merci, dit-elle en refermant le tiroir avant de replacer les pieds du chevalet sur les marques qu'ils avaient faites sur le tapis.

— Nicole n'avait pas d'ordinateur ici ? demanda Rook tandis qu'ils rejoignaient Émile au salon.

Comme Mme Bernardin répondit non, il poursuivit :

— Et les e-mails ? Recevait-elle des e-mails ici ?

— Non, aucun e-mail, dit M. Bernardin.

Toutefois, il n'échappa pas à Heat et Rook que la question le faisait réfléchir.

— Vous n'en avez pas l'air sûr, insista Nikki.

— Non, non, je suis bien certain qu'elle ne recevait pas d'e-mails ici. Mais votre question me rappelle que quelqu'un d'autre m'a récemment demandé la même chose.

Oubliant aussitôt son statut d'hôte pour endosser sa fonction de flic, Heat sortit son calepin.

— De qui s'agissait-il, monsieur Bernardin ?

— Quelqu'un au téléphone. Laissez-moi réfléchir. Il a dit son nom très vite. Une voix d'Américain… Je crois qu'il a dit... Sea…crest, oui, un monsieur Seacrest. Il s'est annoncé comme un associé de ma fille. Comme il connaissait mon nom, je n'avais pas de raisons de me méfier.

— Bien sûr que non. Et que vous a-t-il demandé exactement, ce monsieur Seacrest ?

— Il s'inquiétait qu'un colis pour Nicole ait atterri ici par erreur. Je lui ai dit que rien n'était arrivé chez nous pour elle.

— A-t-il indiqué à quoi ce colis pouvait ressembler ou ce qu'il contenait ? demanda Rook.

— Euh, non. Dès que j'ai dit que nous n'avions rien reçu, il a rapidement raccroché.

Heat l'interrogea encore sur cet interlocuteur, les caractéristiques concernant sa voix – son âge, son accent, sa hauteur –, mais le vieil homme se trouva désemparé.

— Vous rappelez-vous quand cet appel a eu lieu ?

— Oui, il y a quelques jours. Dimanche. Dans la soirée. Elle en prit note.

— Vous pensez que c'est suspect ? demanda-t-il.

— Difficile à dire, mais on va vérifier. S'il vous revient autre chose, ajouta Nikki en lui tendant une de ses cartes de visite, et surtout si on vous recontacte au sujet de Nicole, n'hésitez pas à appeler à ce numéro.

— Ravie de vous avoir rencontrée, Nikki, dit Lysette.

— Moi de même, répondit-elle. J'ai l'impression que vous avez soulevé le voile sur un pan énorme de la vie de ma mère que je ne connaissais pas. J'aurais tant aimé en apprendre davantage de sa propre bouche.

Mme Bernardin se leva.

— Vous savez quoi, Nikki ? J'ai quelque chose à vous montrer. Vous pourriez trouver cela instructif. *Excusez-moi*[1].

Heat se rassit et, pendant que son épouse s'absentait, Émile resservit leur verre bien qu'aucun d'eux ne fût allé au-delà de la première gorgée.

— Mon père a rencontré ma mère alors qu'elle jouait dans un cocktail à Cannes, déclara Nikki. Il dit qu'elle gagnait sa vie comme ça et en donnant des leçons particulières. Avait-elle déjà commencé ces activités professionnelles, l'été où elle est venue chez vous ?

— Oh ! oui. Et j'avoue être assez fier d'avoir contribué à lui trouver du travail.

— Vous étiez dans la musique ? demanda-t-elle.

— Non, je chantais simplement sous la douche, dit-il. Non, non, j'étais commercial dans une compagnie d'assurances spécialisée dans les entreprises. C'est par cet intermédiaire que j'avais rencontré un banquier d'affaires, un Américain qui vivait ici et qui est devenu un grand ami

---

1. id.

de la famille. Nicole l'adorait, à tel point qu'elle l'appelait *oncle*[1] Tyler.

Rook traduisit pour lui-même en anglais.

— Très bien, fit Émile en adressant un clin d'œil à Nikki.

Par pur instinct, elle demanda son nom.

— Tyler Wynn. Un homme charmant. Il m'a apporté de nombreux contrats au fil des ans. Il connaissait bien les investisseurs internationaux et tout le gratin parisien. Mais Tyler n'était pas généreux qu'avec moi. Chaque fois que Nicole rentrait de Boston, il lui trouvait des jobs d'été, parmi ses riches connaissances, comme professeur de musique pour les enfants. Ça lui faisait une bonne expérience et c'était très bien payé.

— Et, pendant ce temps, elle ne faisait pas de bêtises, renchérit Rook.

Émile leva un index.

— C'était surtout ça.

— Donc, cet été-là, reprit Nikki qui avait réfléchi, ce Tyler Wynn a aussi trouvé des clients à ma mère pour ses cours particuliers ?

— Exactement. Et Cindy faisait ça si bien qu'elle n'a pas tardé à donner des leçons tous les jours. Tyler la recommandait, et elle enchaînait les jobs. Certains de ses clients qui avaient des résidences secondaires l'emmenaient *pour les vacances*[2], afin qu'elle continue de donner leurs cours aux enfants. Une semaine, votre mère était à Portofino, une autre à Monte-Carlo, puis à Zurich ou sur la côte Amalfitaine. Nourrie, logée, blanchie, et voyage en première classe. Plutôt pas mal pour une jeune femme de vingt et un ans, non ?

— Sauf si elle devait faire autre chose de sa vie, objecta Nikki.

— Ah ! là encore, vous ressemblez bien à votre mère. À la fois belle et consciencieuse.

Il but une gorgée de vin.

— Rappelez-vous ce que disait l'un de nos philosophes :

1. id.
2. id.

« Il y a dans le cœur humain une génération perpétuelle de passions, en sorte que la ruine de l'une est presque toujours l'établissement d'une autre[1]. »

Lysette, apparemment revigorée par sa mission, revint en hâte avec une boîte à souvenirs de la taille d'un carton à chaussures, recouverte de toile bordeaux et blanche, et ornée de nœuds assortis.

— Je vois que j'ai été un peu longue. Émile est reparti dans ses citations.

Elle se posta devant le fauteuil de Nikki.

— Voici de vieilles photos de Cynthia que j'ai gardées de l'époque où elle fréquentait Nicole, et aussi de ses voyages. Cindy était une merveilleuse correspondante. Vous m'excuserez, mais je ne vais pas les regarder avec vous. Je crois que j'en suis bien incapable pour le moment. Tenez, dit-elle en lui remettant la boîte.

Nikki hésita, puis l'attrapa à pleines mains.

— Merci, madame Bernardin. J'en prendrai grand soin et je vous les rapporterai demain.

— Non, Nikki, vous pouvez les garder. Mes souvenirs sont tous là, expliqua-t-elle, une main sur le cœur. À vous de découvrir les vôtres. J'espère qu'ils vous rapprocheront de votre mère.

Difficile de résister, même pour quelqu'un se disant exceller dans l'art de faire durer le plaisir. Dans le taxi qui les ramenait à l'hôtel, Nikki mourut d'envie d'arracher le couvercle de la boîte à souvenirs. Néanmoins, elle tint bon. Sa peur de perdre ne serait-ce qu'une seule de ces photos l'aida à tromper la curiosité qui la démangeait.

Afin de lui laisser un peu de tranquillité, Rook se mit en quête d'un bar, histoire de prendre un double expresso au zinc et de faire le plein de caféine pour pouvoir tenir jusqu'à la fin de l'après-midi. Heat resta dans la chambre et se plongea dans la découverte du trésor inattendu. Il revint

1. François de La Rochefoucauld. (NDT)

à l'hôtel une demi-heure plus tard avec une canette glacée de San Pellegrino à l'orange, la boisson préférée de Nikki, qu'il trouva assise en tailleur sur le lit au milieu de rangées de photos et de cartes postales soigneusement disposées en soleil autour d'elle.

— Tu as trouvé quelque chose d'utile ?

— D'utile ? Je ne sais pas, difficile de dire ce qui pourrait l'être, répondit-elle. En revanche, c'est intéressant, ça, oui ! Regarde celle-là. Elle est trop mignonne.

Nikki lui tendit un cliché de sa mère, dans une pose kitch, riant de presser le biceps d'un gondolier sous le pont des Soupirs, à Venise.

— Regarde au dos, elle a écrit quelque chose.

Rook retourna la photo et lut à haute voix.

— *« Chère Lysette*[1] *»*, pff !

— Ma mère était un amour, non ?

Il lui rendit la photo.

— Je ne vais certainement pas prendre le risque de répondre à pareille question. Du moins, pas avant qu'on ne soit passés à la télé, à l'une de ces émissions farfelues de témoignages.

— Je crois que j'ai ma réponse !

Il s'assit au bord du lit en veillant à ne rien déranger.

— Alors, qu'as-tu déniché là-dedans ?

— Je me rends compte qu'elle s'est surtout bien amusée. Dire qu'on se demande ce que ça fait de vivre comme ces riches Européens privilégiés qu'on voit dans les magazines et que ma mère a connu ça. Enfin, elle travaillait pour ça. Mais regarde certaines de ces photos.

Nikki les distribua comme des cartes à jouer, l'une après l'autre. Sur chacune, la jeune Cynthia apparaissait dans un cadre sélect : sur la vaste pelouse d'une propriété des environs de Downton Abbey, installée à un piano à queue laqué avec pour toile de fond le littoral découpé de la Côte d'Azur par la fenêtre derrière elle, sur la terrasse privée d'un ma-

---

1. En français dans le texte. (NDT)

noir dominant Florence, à Paris avec une famille asiatique sous la marquise d'un théâtre annonçant la visite du Ballet du théâtre Bolchoï, etc.

— Apparemment, pour elle, être professeur particulier, c'était comme un rêve dont il fallait bien finir par se réveiller, mais, ce jour-là, le majordome venait simplement lui porter ses bagages.

Il y avait aussi des photos de Nicole et d'autres amis de l'âge de sa mère, ainsi qu'un tas de clichés individuels montrant les membres de cette petite bande en visite dans divers endroits d'Europe. Ils souriaient et faisaient de grands gestes comme des animateurs du *Juste Prix*, manifestement une blague qu'ils partageaient. Mais Nikki restait fixée sur sa mère et les arrêts sur image de ses allées et venues entre la France, l'Italie, l'Autriche et l'Allemagne. Sur un certain nombre de photos, elle posait en compagnie des familles qui l'accueillaient : la mère, le père et l'impatient jeune musicien en nœud papillon ou robe à falbalas devant un Steinway. Pompeusement présentés devant une allée circulaire ou dans des jardins privés, mais surtout disposés, sans originalité, du plus petit au plus grand, la plupart de ces clients avaient l'air d'appartenir à de vieilles fortunes bien établies. Il y avait cependant quelqu'un d'autre sur toutes ces photos de groupe. Un grand et bel homme. Et, sur la plupart d'entre elles, sa mère se tenait à côté de lui.

— C'est qui, ce sosie de William Holden ? demanda Rook en tapotant un cliché sur lequel n'apparaissaient que cet homme et Cynthia ensemble devant le Louvre.

Malgré ses vingt ans de plus que sa mère, il avait tout de l'ancien jeune premier.

— Je n'en sais trop rien. Il me dit quelque chose, mais je ne vois pas d'où je le connaîtrais.

Elle lui arracha la photo des mains pour la remettre sur la bonne pile.

— Holà ! Pas si vite, fit-il en la reprenant aussitôt. C'est peut-être le côté William Holden qui te parle ? Ou alors, c'est autre chose...

— Quoi, par exemple ? fit Nikki en tentant de la lui arracher des mains, mais il l'esquiva. Je ne vois pas de William Holden.

— Moi, si. Je vois William Holden et Audrey Hepburn. Tout droit sortis de l'affiche de *Deux Têtes folles*.

Il lui glissa la photo sous le nez.

— Regarde. Cette beauté mature couplée à son innocence raffinée qui cache la tigresse sexy à l'intérieur. Tu sais, ça pourrait être nous.

Nikki détourna le regard.

— Aucune folie dans ces photos. Il est trop vieux pour elle.

— Tu sais quoi ? Je parie que c'est l'oncle Tyler. Oui, c'est Tyler Wynn, celui qui lui trouvait ses clients. Tu ne crois pas ?

Sans l'écouter, elle prit une autre photo sur la pile et la brandit.

— Hé ! En voilà une où on voit ma mère toute seule, ici à Paris.

La date du développement imprimée au dos indiquait « *mai 1975* ». Sur ce cliché, sa mère, en équilibre sur un pied, faisait mine de regarder vers l'avenir en se protégeant les yeux d'une main. Il avait été pris devant la cathédrale Notre-Dame.

— Je veux y aller, dit Nikki. Tout de suite.

Ils laissèrent la boîte à souvenirs à la réception pour que le directeur de l'hôtel la mette à l'abri dans un coffre, puis prirent un taxi pour l'île de la Cité. La nuit était tombée, et le monument était éclairé de mille feux, qui soulignaient par ailleurs les sinistres gargouilles postées en hauteur.

Rook savait ce qu'elle voulait ; elle n'eut pas besoin de le lui expliquer. Ils descendirent du taxi et, sans mot dire, se hâtèrent de contourner un groupe de visiteurs attroupés autour d'artistes de rue qui jonglaient dans la nuit avec des bâtons de feu. Ils se frayèrent un chemin jusqu'au centre de la place devant l'entrée principale de l'impressionnant édifice.

Après une pause pour laisser le temps à des lycéens en excursion de libérer la place, ils s'approchèrent d'un petit médaillon octogonal en bronze usé par les ans, inséré dans une dalle de pierre circulaire, parmi les pavés. C'était l'endroit exact où la mère de Nikki avait été prise en photo. Heat sortit le cliché de sa poche pour se préparer à ce qu'elle était venue faire. Trente-cinq ans plus tard, à un mois près, elle imitait sa mère. Un pied soulevé, elle porta la main au front pour se protéger les yeux et prit la même pose exagérée, que Rook immortalisa à l'aide de son iPhone.

La reconstitution se tenait au fameux point zéro, à partir duquel sont mesurées toutes les distances des autres villes de France. Selon l'adage, c'était de là que partaient toutes les routes. C'est bien ce qu'espérait Nikki. Elle ignorait simplement encore où cela la mènerait.

Ils dînèrent au restaurant Mon Vieil Ami, à dix minutes à pied, sur l'île Saint-Louis. Pendant le repas, Rook profita de l'évocation de leur visite chez les parents de Nicole pour dire qu'il ne croyait pas, contrairement à eux, que Cynthia ait renoncé à son rêve uniquement pour se libérer des contraintes liées à sa passion.

— Tu as une meilleure théorie ? demanda Heat. Avec intervention d'ovnis ou d'hommes en costume noir effaçant les mémoires à l'aide d'un stylo ?

— Tu sais que ça me blesse quand tu te moques de mon approche originale pour élucider une affaire ? Tu peux me gronder si tu veux, mais gentiment. Je suis fragile comme un faon.

— Très bien, Bambi, dans ce cas, ne regarde pas le tableau noir : ils proposent du chevreuil en plat du jour, avertit-elle.

Après avoir passé commande, Rook revint à la charge.

— Ça cloche quand même, affirma-t-il. Quand on se prépare toute sa vie comme ta mère à devenir concertiste, on ne lâche pas tout comme ça. C'est comme un athlète qui se préparerait pour les Jeux olympiques et quitterait la piste le jour J pour devenir entraîneur. Super boulot, au demeurant, mais après tous ces sacrifices, franchement ?

— J'entends bien, mais Émile a aussi parlé des passions qui changent…

— Euh, tu me pardonneras, mais *merde*[1] ! Reprenons ma comparaison entre les Jeux olympiques et le boulot d'entraîneur. Dans un cas, il s'agit justement de passion, dans l'autre, d'un simple boulot.

— D'accord, convint Heat. Peut-être que ce n'était pas une passion, mais tu as vu son visage, sur ces photos. Ma mère était à la fête. Et elle gagnait probablement juste assez pour que ce soit difficile de laisser tomber. Elle s'est peut-être retrouvée dans une cage dorée.

— Non que cette idée de cage ne me titille pas, mais ça me paraît difficile à avaler. Une jeune femme responsable se transformant en Paris Hilton en l'espace d'un été ? J'en doute.

On vint leur servir qui sa salade, qui sa soupe. Rook dégusta une bouchée de tendres lentilles avant de poursuivre.

— Tu crois qu'il y avait quelque chose entre eux, avec ce Tyler Wynn ?

Heat posa sa fourchette et se pencha au-dessus de son assiette.

— C'est de ma mère que tu parles.

— J'essaie juste de nous aider – rectificatif, de t'aider, toi – à comprendre ce qui a pu faire que tout ait changé.

— Avec des explications plutôt minables.

Son ton calme mais aussi son regard d'acier l'agacèrent.

— N'en parlons plus.

— Bonne idée.

— De toute façon, on a déjà un bon suspect, fit-il remarquer. J'espère que tu as demandé à Raley et Ochoa de passer un avis de recherche pour Ryan Seacrest.

— Les Gars ont eu la même réaction quand je les ai appelés, s'esclaffa-t-elle. C'est manifestement un faux nom,

---

1. id.

mais ils vont vérifier les relevés téléphoniques pour voir d'où provenait cet appel, dimanche dernier.

— En tout cas, ce qui est sûr, c'est que quelqu'un cherche à mettre la main sur quelque chose. Et, vu que cet appel est survenu après que l'appartement de Nicole eut été retourné, on sait qu'il n'a rien trouvé.

— À supposer qu'il s'agisse de la même personne, dit-elle.

— Parfait, si tu veux absolument rester « objective » dans cette enquête et ne pas tirer de conclusions hâtives, je t'en prie, dit-il pour la taquiner.

— Je suis toujours objective, rétorqua-t-elle.

— Plus ou moins, avança-t-il.

À sa mine, il sut que Nikki voyait très bien ce qu'il voulait dire par là ; toutefois, elle se concentra sur sa soupe sans relever.

La douce et agréable brise de printemps qui soufflait à la sortie du restaurant donna envie à Heat et Rook de se passer de taxi et de rentrer à l'hôtel à pied. Bras dessus bras dessous, ils traversèrent la passerelle de l'île de la Cité, contournèrent Notre-Dame, puis le Palais de Justice et arrivèrent au Pont-Neuf, où ils s'arrêtèrent à l'un des balcons en demi-cercle pour profiter de la vue. Paris et ses monuments se reflétaient dans la Seine.

— Et voilà, Nikki Heat, la Ville lumière.

Elle se tourna vers lui, et ils s'embrassèrent. Un bateau-mouche passa en contrebas, et un couple joyeux qui dînait sur le pont supérieur leur lança un « *Bonsoir*[1] » en levant leur flûte de champagne à leur santé.

Ils répondirent en mimant un toast à leur adresse.

— C'est dingue. Non, magique, déclara Nikki. C'est incroyable ici ! L'air sent meilleur, je n'ai jamais rien mangé d'aussi bon...

— Et le sexe. Est-ce que je t'ai parlé du sexe ?

---

1. id.

— À peu près toutes les cinq minutes, s'esclaffa-t-elle.

— Qui sait ? C'est peut-être Paris. C'est peut-être nous, conclut-il.

Sans répondre, Nikki se blottit contre lui. Rook l'étreignit et, sentant son souffle sur son cou, se sentit hypnotisé par le flux de la Seine qu'il contempla en silence. Ces eaux sombres et puissantes qui s'écoulaient sous eux étaient canalisées entre d'épais piliers de pierre conçus pour demeurer imperméables afin de contenir la nature. Il se demanda ce qu'il adviendrait si l'une de ces parois venait à se fissurer.

Ils n'avaient pas mis le réveil. Ils ouvrirent néanmoins les yeux aux premières lueurs rosées qui filtrèrent à travers la fine couche de nuages gris. Se tournant l'un vers l'autre, Heat et Rook se sourirent.

— Non, reste un peu avec moi sous les draps, marmonna-t-elle quand Rook voulut se glisser hors du lit.

Elle l'attira à elle, et ils refirent l'amour au son des cloches de l'église du quartier, l'appétit aiguisé par les effluves émanant de la boulangerie Au Grand Richelieu, de l'autre côté de la rue.

— Finalement, ce n'est pas la pire manière de commencer une journée d'enquête criminelle, fit Heat en se dirigeant vers la douche.

Comme prévu, ils eurent fini leurs viennoiseries, achetées toutes chaudes à la boulangerie, avant de franchir la porte du bar que Rook avait découvert la veille. Installés sur des tabourets près de la fenêtre, ils burent chacun une orange pressée et un café au lait en regardant un homme d'affaires sur le trottoir se rouler, le dos au vent, une cigarette d'une main experte.

Nikki vérifia ses messages sur sa boîte vocale ainsi que ses e-mails. Les Gars, toujours prompts à la tenir au courant, lui confirmaient, avant de fermer boutique, que la demande des relevés téléphoniques concernant l'appel de Seacrest aux Bernardin était en cours.

Malgré les lenteurs de la bureaucratie internationale, Interpol se montrait serviable, commentait l'inspecteur Raley, ce qui était déjà quelque chose. La scientifique avait promis de fournir les résultats des empreintes trouvées sur le gant dès le lendemain matin, et Irons avait informé Ochoa qu'il passerait personnellement au labo en venant au poste. Heat rangea son téléphone dans sa poche, puis le ressortit pour vérifier l'heure qu'il était à New York, mais il était vraiment trop tôt pour appeler.

— J'ai encore un peu réfléchi, annonça Rook.

Il marqua une pause, sachant qu'il abordait un sujet délicat.

— Je pense que c'est plus qu'une simple boîte à chaussures pleine de souvenirs que tu as obtenue hier. Je sens que tu as dégoté une nouvelle piste en la personne de Tyler Wynn.

— Tiens, tiens, quelle surprise !

— Attends, je pars sur une toute nouvelle hypothèse de travail ; il faut le voir sous un nouveau jour.

— Laisse-moi deviner. On ne parle plus de William Holden, mais de Jason Bateman.

— Ce n'est pas son amant, c'est un espion.

Heat éclata de rire.

— Laissez-moi finir, inspecteur.

Il attendit qu'elle cesse de pouffer et se rapprocha d'elle en essayant de son mieux de ne pas avoir l'air d'un fou.

— Ça sonne faux, cette histoire de banquier d'affaires. C'est comme « attaché d'ambassade » ou « sous-traitant du gouvernement ». Ça m'a tout l'air d'une couverture, en fait.

— D'accord... Et quel serait le lien avec ma mère ?

— Je ne sais pas.

Elle s'esclaffa et but une gorgée de café.

— Je ne sais pas, répéta-t-il.

— Évidemment que non.

— Je ne sais pas !

Il siffla.

— Ce n'est pas merveilleux ?!!

Cette fois, il avait vraiment le regard d'un fou. Nikki vé-rifia autour d'elle que personne d'autre, dans le café, n'avait remarqué. Même l'inconnu en costume bleu qui fumait sa roulée sur le trottoir leur tournait le dos. Rook la fit sursau-ter en lui agrippant le coude.

— Oh ! je sais !

Il claqua des doigts et en pointa un vers elle.

— Tyler Wynn, le « banquier d'affaires », se servait de ta mère de la même manière qu'il se servait de ce faux boulot. C'était une couverture. Il prétendait être son amant.

Il marqua une pause.

— Note bien que j'ai dit « prétendait ». Voilà pourquoi Cynthia a tout laissé tomber pour repartir aux États-Unis quand elle s'est mariée avec ton père.

Heat termina son café et glissa un euro dans la soucoupe.

— Rook, il faut quand même que tu saches qu'il y a une différence entre « être original » et « perdre totalement la tête ».

Comme il insistait encore tandis qu'ils rentraient à l'hô-tel, elle finit par admettre que l'un des arguments de son rai-sonnement semblait difficile à réfuter. En effet, s'ils étaient venus à Paris, c'était pour enquêter sur le changement qui avait pu se produire dans la vie de sa mère ; or, puisqu'il semblait possible que Tyler Wynn y ait contribué, il serait négligent de leur part de ne pas chercher à parler à cet oncle Tyler – espion ou pas.

— Sauf si le sujet est trop sensible pour toi ?

Cette remarque fut très habile de la part de Rook, car, même si c'était le cas, le défi inhérent à la question rendait toute marche arrière impossible pour Nikki.

Une fois qu'ils furent remontés dans leur chambre, Rook se mit à tourner en rond, réfléchissant tout haut à la meilleure approche pour se renseigner sur Tyler Wynn.

— Il me reste de bons contacts clandestins, ici, de l'époque où je travaillais à mon article sur la Russie et la Tchétchénie. Et puis, je pourrais aussi faire valoir les ser-

vices qu'on me doit à la CIA et à la NSA. Non, attends...
Peut-être qu'on devrait y aller doucement et commencer
par une demande de renseignements ordinaire à l'ambassade des États-Unis... Ou peut-être aussi à Interpol. D'un
autre côté, c'est peut-être assez important, continua-t-il en
débitant ses solutions comme une mitraillette sans s'arrêter de marcher, pour qu'on s'adresse directement à la
DCRI – c'est l'équivalent français de la CIA, au cas où tu
ne le saurais pas.

Il remarqua que Nikki sortait son téléphone portable.

— Tu appelles qui ?

Elle leva le doigt pour demander le silence.

— Bonjour, madame Bernardin ? C'est Nikki Heat.
D'abord, merci pour votre accueil et ces merveilleuses photos. Je suis vraiment ravie de les avoir.

Elle hocha la tête.

— Vous aussi… J'aurais voulu vous demander une faveur. Auriez-vous le numéro de téléphone de Tyler Wynn ?

Heat sourit à Rook et nota la réponse.

— Évidemment, il y a la manière paresseuse, chicana-
t-il quand elle eut raccroché. C'est peut-être ton truc, mais
pas le mien. Je trouve que c'est un peu tricher quand même.

Nikki brandit le bloc-notes avec le numéro de téléphone
de Wynn dessus.

— Alors, j'appelle ou pas ?

— Tu veux jouer ou on se met à enquêter sérieusement
dans cette affaire ? rétorqua-t-il.

Elle commença son appel en français, mais son interlocuteur lui répondit manifestement en anglais. Face à la
réaction qu'elle afficha après avoir demandé à parler à Tyler
Wynn, Rook quitta précipitamment la fenêtre où il se tenait
pour venir s'asseoir au bord du lit à côté d'elle.

— C'est terrible, dit-elle dans le combiné.

Comme Rook tentait d'attirer son attention par des signes
pour lui demander muettement « Quoi ? », la harcelant tel
un adolescent, elle se détourna pour se concentrer et mar-
monna une série de « hein-hein » avant de demander une

adresse, qu'elle nota, puis elle remercia son interlocuteur et raccrocha.

— Alors, vas-y, dis-moi ce qu'il y a de si terrible !

— Tyler Wynn est à l'hôpital, annonça Nikki. On a voulu le tuer.

Rook bondit sur ses pieds et se mit à faire les cent pas.

— Alors, ça, si ce n'est pas une piste...

DIX

L e taxi connaissait la clinique Canard, à Boulogne-Billancourt, l'une des banlieues les plus chics à l'ouest de Paris. Le chauffeur se tourna vers le couple sur la banquette arrière et demanda s'il s'agissait d'une urgence. Ils répondirent en même temps. Elle, non, lui, oui.

— Qu'a dit la gouvernante de Wynn exactement ? demanda Rook à Nikki en portant la main à son oreille.

— Blessure par balle, état critique.

— Et ce n'est pas une urgence ?

— Faites au plus vite, indiqua-t-elle au chauffeur, reconnaissant qu'il n'avait pas totalement tort.

La circulation l'entendait différemment. Malgré son charme romantique, Paris connaissait aussi les heures de pointe. Pour se calmer les nerfs, le chauffeur n'arrêtait pas de changer de station de radio comme un zappeur fou. Son choix, essentiellement porté sur du hip-hop français ou de la dance, ne correspondait pas tout à fait à la cadence à laquelle ils longeaient la Seine. Lorsqu'un panneau de circulation annonça *Bois de Boulogne, 10 km*, il baissa la musique.

— Vous connaissez le bois de Boulogne ? demanda-t-il. C'est très joli pour une promenade romantique. Comme Central Park, à New York.

Puis les poum poum électroniques repartirent de plus belle.

— J'adore ce nom, déclara Rook. En fait, mon prochain roman de Victoria Saint-Clair s'intitulera *Le Castel du bois de Boulogne*. Corrige-moi si j'ai tort, mais en anglais, cela devrait donner *Castle of Wood in the Baloney*[1]. Succès assuré.

La clinique se trouvait tout à côté de la sortie de l'A-13, dans un quartier tranquille peuplé de cabinets médicaux et dentaires. Installée dans un bâtiment moderne étonnamment petit, de quatre étages seulement, la clinique Canard tenait davantage d'une clinique privée haut de gamme que d'un grand hôpital urbain.

— Ah ! quand on a de l'argent ! commenta Rook tandis qu'ils se frayaient un chemin pour gagner l'entrée parmi de jolies haies soignées et des palmiers en pots. Crois-moi, on ne doit pas croiser beaucoup de clochards aux urgences, ici. Je parie même qu'ils ont des bassins chauffants.

Comme Nikki signalait que les fleurs avaient semblé faciliter les choses, la veille, chez les Bernardin, ils s'arrêtèrent à la petite boutique dans le hall. Quelques minutes plus tard, armés de quelques pivoines sous papier cristal, ils contournèrent l'accueil et prirent l'ascenseur pour le deuxième étage.

— Sans vouloir m'en plaindre, dit-elle en montant, je suis surprise qu'on nous ait laissés passer sans rien nous demander.

— Ce sont les pivoines. D'après mon expérience de reporter, on passe presque toujours inaperçu auprès des services de sécurité dès lors qu'on porte quelque chose. Des fleurs, un bloc-notes... Encore mieux si on mange quelque chose, surtout dans une assiette en papier.

— Chambre deux cent trois, annonça-t-elle après avoir consulté les notes qu'elle avait prises au téléphone.

Ils tournèrent dans le couloir et découvrirent, devant la

---

1. Soit littéralement « Castel en bois rempli d'idioties ». (NDT)

porte de ladite chambre, un policier en uniforme qui se leva de sa chaise pliante pour les accueillir. Heat donna un coup de coude à Rook.

— Tu n'aurais pas une assiette de *cassoulet*[1] sur toi, par hasard ?

En français, l'agent leur expliqua que les visites étaient interdites. Nikki répondit, également en français, qu'elle avait parlé à la gouvernante de M. Wynn, laquelle l'avait assurée qu'il serait possible de le voir.

— Nous venons de loin, renchérit Rook. Et nous adorons votre pays.

Le flic lui adressa un regard dédaigneux.

— Circulez, fit-il, l'air de dire qu'il ne rechignerait pas à un peu d'exercice pour rompre la monotonie, s'il le fallait.

Pour lui faire changer de ton, Heat brandit sa carte de la police de New York. Le gardien de la paix, sans aucun doute rattaché à la préfecture de cette banlieue, examina le document étranger avec soin, comparant la photo à sa détentrice à coups de petits regards répétés sous la courte visière de sa casquette. D'un débit aussi rapide qu'un Français de souche, Nikki expliqua sans la moindre erreur que sa mère, Cynthia Heat, avait été très proche de *l'oncle*[2] Tyler et que cette blessure par balle pouvait être liée à une affaire criminelle qu'elle suivait aux États-Unis. Le gendarme parut intrigué, mais inébranlable. Jusqu'au moment où il entendit la faible voix du vieil homme par la porte ouverte de la chambre.

— Vous dites que... vous êtes la fille de Cynthia Heat ?

— Oui, monsieur Wynn ! cria-t-elle vers le pâle rideau jaune d'occultation. Je m'appelle Nikki Heat et je suis là pour vous voir.

Après un silence suivi de moult raclements de gorge, la voix évanescente reprit.

— Laissez-la entrer.

Le policier cligna des yeux, surpris par ce scénario imprévu. Enfin, il jeta un dernier regard à la pièce d'identité

---

1. En français dans le texte. (NDT).
2. id.

de Nikki, la lui rendit et s'écarta pour les laisser passer. En pénétrant dans la chambre, avec Rook, ils l'entendirent passer un appel de son talkie-walkie pour se couvrir.

La scène que Nikki découvrit derrière le rideau la ramena à l'hôpital Roosevelt et Saint Luke, où Rook s'était accroché à la vie après sa blessure par balle, en février. Frêle et surélevé sur le côté gauche pour que son dos ne touche pas le matelas, Tyler Wynn la fixait d'un regard hébété sous ses paupières mi-closes. Puis il parvint à afficher un faible sourire malgré ses lèvres sèches et craquelées.

— Bon sang ! s'exclama-t-il. Regardez-moi ça. C'est à croire que je suis mort et que je retrouve ma chère Cindy au paradis.

Puis une étincelle brilla dans ses yeux fripons.

— Mais je suis toujours bien en vie, non ? s'esclaffa-t-il, ce qui déclencha aussitôt une douloureuse quinte de toux.

D'un geste de la main, il leur fit signe de ne pas s'inquiéter, puis, quand il fut remis, il inspira un peu d'oxygène par le tube fixé sous son nez.

— Asseyez-vous, je vous en prie.

Il n'y avait qu'une chaise. Rook l'approcha du lit pour Nikki, évitant soigneusement l'ensemble de fils qui reliaient le blessé à toute une batterie de moniteurs. Elle présenta brièvement Rook, qui se fraya un chemin au pied du lit pour aller s'asseoir sur le rebord de la fenêtre.

— Le grand reporter, dit-il. Oui. Pardonnez-moi de ne pouvoir me lever.

Il leva brièvement les bras, reliés à de multiples poches à perfusion.

— Mauvaise combinaison : trois balles et un cœur en mauvais état.

— Vous nous direz quand le moment sera venu pour nous de partir, promis ? fit Nikki.

Tyler Wynn se contenta de sourire.

— Voyez toutes ces machines. On peut dire que les Français aiment faire les choses en grand, dans tous les domaines ! La cuisine, le cinéma, les scandales liés au sexe, les hôpitaux. Certes, ce pays a contribué à l'avènement de la médecine moderne, mais, avant cela, il paraît qu'ils opéraient sans anesthésie. Ils ne se lavaient même pas les mains. Alors, je crois que j'ai de la chance, finalement.

Il roula la tête sur l'oreiller et la regarda fixement.

— Vous a-t-on déjà dit combien vous ressemblez à votre mère ?

— Tout le temps. C'est un compliment.

— En effet.

Il la scruta plus longuement.

— Je vous ai entendue dire à mon gendarme personnel que vous enquêtiez sur un meurtre.

— Oui, je fais partie de la police de New York.

— J'ai lu ce fameux article.

Il haussa un sourcil en direction de Rook.

— On dirait que vous êtes devenu plus qu'une simple signature, jeune homme.

— Je n'ai pas à me plaindre, concéda Rook.

Il y avait tant de choses dont Nikki souhaitait parler, tant de questions à lui poser pour combler les lacunes dans sa propre relation avec sa mère, et puis il y avait celles qu'elle avait peur de poser. Mais il suffisait de regarder le vieil homme pour savoir que la visite ne serait pas longue. Elle décida donc d'établir des priorités et de commencer par ce qui touchait à l'affaire. Aussi brutal que cela pût paraître, elle avait une enquête à mener. Or Heat savait mettre ses besoins personnels de côté. Ils attendraient, ce serait peut-être pour une prochaine visite.

— Monsieur Wynn, commença-t-elle.

— Tyler, l'interrompit-il. Ou oncle Tyler. C'est ainsi que m'appelait votre mère.

— D'accord, Tyler. Je suppose, vu la garde qu'on vous a assignée, qu'ils n'ont pas pris le tireur. Avez-vous une idée de qui cela pourrait être ?

— On vit dans un monde de fous. Même en Europe, ils commencent à avoir la gâchette facile.

— Vous vous êtes fait braquer ?

— Non. J'ai toujours ma Rolex. Du moins si l'aide-soignante de nuit ne me l'a pas volée.

— Avez-vous vu le tireur ?

Il fit non de la tête.

— Vous faites la même tête que l'inspecteur qui m'a interrogé. Désolé, fit-il.

— Quand est-ce arrivé ? demanda Rook de son perchoir.

Le vieil homme regarda au plafond.

— Laissez-moi une minute. Je suis resté inconscient quelques jours, alors, ma notion du temps est un peu floue, si vous voyez ce que je veux dire.

Rook comprenait.

— Mardi dernier, tard dans la soirée, finit-il par déclarer. Pourquoi ?

Heat et Rook échangèrent un regard lourd de signification. Sans tenir compte du décalage horaire, c'était donc la veille du soir où Nicole Bernardin avait été tuée.

— Juste pour info, dit-elle sans plus insister. Comment cela s'est-il passé ?

— Il n'y a pas grand-chose à décrire. Je rentrais chez moi après avoir vu *Les Hommes qui n'aimaient pas les femmes*, à la dernière séance du Gaumont Pathé. À peine descendu de voiture dans le garage souterrain, j'ai entendu trois tirs derrière moi et quelqu'un partir en courant alors que je m'affalais par terre. J'ai repris connaissance ici.

Nikki avait sorti son carnet à spirale le plus discrètement possible pour prendre des notes. Elle lui posa les questions habituelles concernant son passé récent. Avait-il reçu des menaces ? Non. Avait-il eu des différends d'ordre professionnel ? Non. Des jalousies sur le plan amoureux ?

— Que ne donnerais-je pas pour que cela m'arrive, soupira-t-il.

Ayant épuisé les hypothèses, elle se renfonça dans sa chaise et se tapota la lèvre du bouchon de son stylo.

— J'ai bien été boire un verre après le cinéma. Il est possible que je me sois mal conduit au volant et qu'il s'agisse d'un chauffard en colère.

Cela paraissait bien léger. Non seulement aucun d'eux n'y croyait, mais cela ressemblait presque à une tentative de diversion pour clore le sujet.

— Et pourquoi pas un tueur à gages ? demanda Rook.

D'abord contrariée par cette question abrupte, Heat garda ses objections pour elle en voyant Tyler Wynn s'animer.

— Je vous demande pardon ?

— Un contrat. C'est précisément ce à quoi ça me fait penser, moi. Pourquoi voudrait-on vous éliminer physiquement ? Et par un nettoyeur ?

Pour plus d'effet, il employait le jargon des barbouzes. Nikki devait le reconnaître, Rook suivait parfaitement les règles : il tenait bon sans harceler son interlocuteur, laissant les sous-entendus faire le plus gros. À mots couverts, il faisait comprendre que l'un comme l'autre savaient de quoi il retournait.

— Ce serait bien extraordinaire, monsieur Rook, répondit Tyler Wynn, sans contester.

— Pour un banquier d'affaires, certes, rétorqua le journaliste.

Wynn le rejoignant sur son terrain sans prendre l'initiative, Rook décida d'en faire autant, pour le moment.

— Il serait bien extraordinaire de prendre pour cible un simple banquier d'affaires.

Les deux hommes se toisèrent longuement, engagés dans un bras de fer du regard. Ce fut Tyler Wynn qui céda le premier.

— Brigadier Bergeron, appela-t-il. J'aimerais parler à mes amis en privé, dit-il à l'agent apparu derrière le rideau jaune. Pourriez-vous aller me chercher un peu d'eau pour ces fleurs et fermer la porte derrière vous, s'il vous plaît ?

Après une hésitation, le policier s'exécuta.

Wynn ferma les yeux pour réfléchir et demeura si longtemps silencieux dans cette pièce où ne résonnaient plus que les signaux sonores cadencés de son moniteur cardiaque qu'ils se demandèrent tous les deux s'il ne s'était pas endormi. Mais c'est alors que, se raclant la gorge pour chasser les glaires de ses bronches, il entama son récit.

— Je vais tout vous expliquer parce que ça ne me concerne pas uniquement, ça concerne aussi votre mère.

À ces mots, Nikki sentit son cœur défaillir. N'osant l'interrompre, elle se contenta de l'encourager à poursuivre d'un hochement de tête.

— Car ces quelques minutes passées en votre compagnie, Nikki, me montrent que non seulement vous savez faire preuve de discrétion, mais qu'à cette heure de ma vie, seul et manifestement sans... infrastructure... pour me protéger, je sais à qui je peux me fier.

Poussée par son commentaire sur sa discrétion, Heat reboucha son stylo et croisa les doigts sur son calepin. Rook ne bougea pas. Bras croisés, il attendit la fin des bips.

— Il y a longtemps, à l'époque où j'étais plus jeune et plus utile...

Il marqua une pause. Puis il sauta le pas :

— J'aidais mon pays par des moyens secrets. Pour tout dire, j'étais un espion. Pour la CIA.

Rook renifla et changea de position. Comme il croisait les chevilles, Wynn pencha la tête de son côté.

— Vous l'aviez compris, bien entendu. C'est aussi pourquoi il est inutile de continuer à raconter des histoires. C'est ça, l'espionnage, rien de plus, vous savez. Plus de cape que d'épée. On inventait des histoires et ensuite on les vivait dans la réalité. Vous aviez aussi raison pour le banquier d'affaires. Cette légende m'offrait un excellent camouflage. Plus que ça : elle me donnait accès aux endroits où j'avais besoin de me procurer des renseignements. Rien de tel que de rendre les gens riches pour qu'ils vous ouvrent leur porte sans vous poser trop de questions.

Il se retourna de nouveau vers Nikki.

— Je dirigeais ce que le quartier général de Langley surnommait mon « réseau de nounous ». C'était à cause d'une idée ingénieuse que j'avais eue au début. Comme je disposais de nombreux contacts influents grâce à ma couverture, j'avais entrepris de recruter des nounous pour qu'elles espionnent pour moi ; je les plaçais chez les diplomates et autres membres de l'élite. La simplicité du concept ne le cédait qu'à ses résultats. Ces nounous voyaient tout ce qui se passait dans la vie intime des personnes qui m'intéressaient. Une fois en place, non seulement elles écoutaient, mais elles posaient des micros et de temps à autre prenaient des photos, soit pour les renseignements, soit pour faire pression. Oui, du chantage, pour appeler un chat un chat.

Il sourit à Nikki.

— Je vois que vous m'avez déjà devancé. Vous y êtes, n'est-ce pas ?

Elle sentait qu'elle commençait à transpirer au niveau de la poitrine, ainsi qu'à l'endroit où ses reins touchaient la chaise en plastique moulé.

— Je crois, dit-elle d'une voix qui lui parut appartenir à quelqu'un d'autre.

— Les secrets que je dénichais enchantaient tellement le directeur en personne, que je reçus l'ordre d'en découvrir davantage. Il ne faut pas oublier qu'on parle des années 1970. La guerre froide battait encore son plein. Il y avait le Vietnam, l'IRA, le mur de Berlin. Carlos séquestrait les ministres de l'OPEP à Vienne. Le traité SALT était en cours de pourparlers à Moscou. La monarchie grecque se faisait renverser. Les cellules dormantes de la Chine communiste commençaient à s'intégrer aux États-Unis. Et la plupart de tous ces acteurs passaient tôt ou tard par Paris.

— Le réseau de nounous avait cela de génial que je pouvais l'étendre en y intégrant plus que de simples nounous et filles au pair. J'y ai ajouté un majordome, puis des cuisiniers, puis des professeurs d'anglais et, enfin, oui, Nikki Heat..., des professeurs de musique. L'une des camarades de classe de votre mère, Nicole Bernardin, faisait de l'excellent travail pour moi. C'est elle qui m'a aidé à recruter Cynthia lorsqu'elle est venue un été.

Heat et Rook se tournèrent lentement l'un vers l'autre. Aucun des deux ne voulant rompre le fil en prenant la parole, ils prêtèrent de nouveau toute leur attention au vieil homme. Nikki entendit des voix passer dans le couloir et se prit à espérer en apprendre plus avant que la version française de l'infirmière de *Vol au-dessus d'un nid de coucou* n'arrive pour les sermonner.

— La première mission de votre mère était importante, et elle s'en est sortie à merveille. Durant l'été 1971, cela a commencé à bouger en coulisse pour négocier la fin du conflit au Vietnam.

— Les accords de paix de Paris, ne put s'empêcher de préciser Rook.

— C'est exact. J'ai appris que l'ambassadeur d'une certaine nation du bloc soviétique, un pays communiste pour lequel j'avais procédé à des investissements secrets, devait accueillir chez lui la famille de l'un des négociateurs nord-vietnamiens. Ces derniers avaient un fils qui voulait poursuivre ses études de piano.

Nikki songea aussitôt à la boîte à souvenirs en toile et à la photo de sa mère en compagnie d'une famille asiatique à la soirée du Bolchoï.

— J'ai placé Cindy chez l'ambassadeur pour qu'elle donne des leçons particulières au garçon durant l'été. Ce gamin a offert un superbe récital, et votre mère nous a transmis des renseignements capitaux qui ont permis à Kissinger de conserver une certaine avance à la table des négociations. Vous pouvez être fière.

— Je le suis, affirma Nikki. Et je comprends mieux le changement survenu lors de son séjour ici.

— Vous parlez de son renoncement à sa carrière de concertiste ? Après plusieurs placements, il n'y a plus eu moyen de l'arrêter. Non seulement elle a accepté de donner des cours à domicile ici, à Paris, mais elle a passé des années à voyager dans toute l'Europe pour rapporter tout ce qu'elle entendait. Elle écoutait et rapportait, répéta-t-il. Que ce soit par pur patriotisme ou simplement pour les sensations fortes, c'était une sacrée espionne. Elle me disait que rien n'aurait pu l'épanouir davantage que le sens de la mission que cela lui procurait. Pas même la musique.

— Elle devait être souvent en danger, fit remarquer Nikki après avoir digéré tout cela.

— Parfois, oui. Mais ça lui réussissait. Cynthia avait du courage, mais, plus que ça, elle ne perdait jamais de vue son objectif. Ça la sauvait de tout. Préparation, prévoyance, exécution. Elle parait à toute éventualité sans jamais rien laisser au hasard.

Il tâtonna à la recherche de son gobelet d'eau. Nikki se leva pour l'aider à boire une gorgée à la paille.

— Merci, dit-il, puis il attendit qu'elle se soit rassise. Bien sûr, les meilleures choses ont une fin. Elle a rencontré votre père, elle s'est mariée et elle a tout lâché pour rentrer aux États-Unis et vous élever.

— Comment ?! s'exclama Nikki.

— Évidemment, jamais on ne se retire de ce boulot.

Ses lèvres humidifiées s'élargirent en un sourire entendu.

— Le monde n'était pas plus stable au milieu des années quatre-vingt. Comme Paris, New York offrait un terrain fertile pour la collecte de renseignements. Je suis venu à Manhattan et je l'ai réembauchée en 1985.

— 1985...

Nikki tourna la tête de biais et le scruta, cherchant ce que cela lui évoquait sans pouvoir mettre le doigt dessus, tout comme la veille, en voyant sa photo pour la première fois.

Tyler Wynn sourit de nouveau, mais par pure nostalgie cette fois.

— Je me souviens aussi de vous, Nikki. Vous aviez cinq ans quand je suis venu trouver votre mère, et vous m'avez joué l'allegro de la *Sonate n° 15* de Mozart. Je vous avais même filmée.

— On a justement regardé la vidéo l'autre soir, dit Rook.

Heat opina du chef, pas tant pour confirmer les dires de Rook que pour admettre le réconfort que lui apportait la possibilité de rayer sur sa liste un nouvel élément de son passé à éclaircir.

— Je vous revois encore, dit le vieil homme.

— Donc, vous disiez que vous aviez de nouveau recruté sa mère pour s'infiltrer chez les autres, à New York ?

— Et les environs, oui.

— Mais vous étiez de la CIA, objecta Rook. Ne vous est-il pas interdit d'espionner sur notre territoire ?

— Si, mais il suffit de savoir s'y prendre.

Tyler Wynn savoura le sel de la remarque jusqu'à ce que son rire le fasse grimacer.

Sur la couverture à côté de lui, il attrapa le bouton qui le reliait à la morphine du goutte-à-goutte et appuya dessus deux fois avec le pouce.

— Je ne sais même pas si ça me fait encore un effet quelconque. Il s'appliqua à respirer profondément, puis, une fois apaisé, termina sa pensée. Je dois dire que votre mère fut tout aussi efficace la deuxième fois.

— Tyler, a-t-elle espionné pour vous jusqu'à la fin ? demanda Heat, enfin rendue au point où elle voulait en venir. Je veux dire jusqu'à ce qu'elle se fasse tuer ?

— En effet, répondit-il, le visage assombri par ce souvenir.

— Vous pourriez me fournir quelques détails ? Quoi que ce soit qui puisse m'aider à découvrir qui l'a tuée ?

— Cindy travaillait sur plusieurs projets à l'époque.

Il leva un bras, emportant les tuyaux de ses poches à perfusion, pour se tapoter la tempe de l'index, un sourire espiègle aux lèvres.

— Ils sont encore tous là. Cela fait des années que je suis hors jeu, mais je n'ai rien oublié. Je ne devrais pas vous en parler, mais je vais vous dire ce qui l'occupait. D'abord, parce que le temps file et que je compte sans doute parmi les rares personnes qui pourraient vous aider. Ou accepteraient de le faire. Beaucoup de choses ont changé et pas pour le mieux. Le métier n'a plus rien d'humain. Personne ne veut plus des talents d'un homme comme moi, pas à l'ère des drones. Mais, surtout, je vais vous le dire parce que c'est de ma Cynthia qu'il s'agit. Je ne sais pas quel salaud a pu faire ça, mais je compte sur vous pour lui mettre la main dessus, à ce fumier !

Certes, l'émotion lui rendait vie, mais elle le mettait à rude épreuve. Il rapprocha le tube à oxygène de ses narines et inspira fort tandis que Heat et Rook attendaient avec impatience.

— À mon avis, votre mère a découvert quelque chose de délicat et on a voulu l'éliminer avant qu'elle ne parle.

— Quelque chose comme quoi ? demanda Nikki.

— Ça, je ne sais pas. Aviez-vous remarqué si elle agissait différemment ? Avait-elle changé ses habitudes ou avait-elle des rendez-vous à des heures inhabituelles ?

— Là non plus, je ne pourrais pas dire. J'étais à la fac. Mais il est vrai qu'elle avait beaucoup de rendez-vous à des heures inaccoutumées. C'était devenu un sujet douloureux à la maison.

— Les risques du métier, j'en ai peur.

Il prit un air pensif.

— Avez-vous remarqué si elle essayait de cacher quelque chose ou seriez-vous tombée par hasard sur une clé ne correspondant à rien ? Peut-être avait-elle loué un box de stockage ou quelque chose du genre ? s'enquit-il.

— Non, désolée, je n'ai pas fait attention.

— Quand vous dites qu'on l'a éliminée, intervint Rook, vous voulez dire l'un de ses clients, une famille qu'elle espionnait ou un autre espion qui en aurait eu après elle ?

— Tout cela à la fois. Quand le vent tourne, n'importe qui peut s'en prendre à vous, et les coups peuvent venir de n'importe où.

Le lien potentiel que Heat ruminait depuis un certain temps ne pouvait plus attendre.

— Vous avez mentionné Nicole Bernardin. Serait-il possible qu'elle se soit retournée contre elle et soit à l'origine de ça ?

Il secoua la tête de manière catégorique.

— Non. C'est totalement hors de question. Nicole adorait Cindy. Elles étaient comme des sœurs. Nicole Bernardin aurait donné sa vie pour votre mère. Parlez-lui, vous verrez.

Leur expression, alors, le frappa.

— Quoi ?

— Tyler, j'ai le regret d'avoir à vous l'apprendre, dit Nikki. Nicole est morte.

Les yeux écarquillés, il resta bouche bée.

— Nicole... ? Morte ?

— Elle aussi a été assassinée.

— Non.

— Peut-être devrions-nous reparler de ça plus tard, fit Heat, inquiète devant son désarroi.

Elle voulut se lever de sa chaise.

— Non, dites-moi maintenant.

Il s'efforça de se soulever sur un coude.

— Ne partez pas, dites-moi. Il faut que je sache.

— D'accord, mais calmez-vous, je vous en prie.

Le choc et la perplexité cédaient déjà la place à la fureur.

— Qui l'a tuée ? Comment ? Quand ? s'écria Wynn.

— Tyler, s'il vous plaît, dit Nikki.

Elle se rapprocha pour lui poser la main sur l'épaule tandis que Rook se rendait de l'autre côté du lit pour l'aider à se recoucher sur ses oreillers. Il obtempéra et se calma, semblait-il, mais sa respiration demeura laborieuse.

— Dites-moi, ça va aller.

Il sourit, puis le sourire disparut.

— Échange de bons procédés. Je me suis confié à vous.

— Nicole a été poignardée à mort la semaine dernière à New York, annonça Heat. Le lendemain de votre agression.

Tyler Wynn plissa les yeux, et son visage se tordit en une grimace.

— Non..., siffla-t-il d'une voix rauque en agitant la tête sur l'oreiller comme en plein délire. Puis il ouvrit brusquement les yeux et se mit à tousser. Non..., ils... sont... toujours après, parvint-il à dire entre deux toux.

— Il faut vous calmer maintenant, intervint Rook.

Puis il s'adressa à Nikki.

— Sur quel bouton faut-il appuyer pour appeler l'infirmière ?

— Non, pas Nicole aussi ! brailla Wynn, de nouveau dressé sur le coude, haletant.

On lui voyait le blanc des yeux autour des pupilles, qu'il agitait en tous sens.

Le rythme du moniteur cardiaque s'accéléra.

— Je vais chercher la surveillante, déclara Nikki, mais, le temps qu'elle se retourne, la porte s'ouvrait déjà, et une infirmière entrait.

À la vue du patient, elle se précipita à son chevet. Heat et Rook reculèrent pour la laisser faire son travail, mais, malgré les soins prodigués, Wynn poussa des gémissements rauques et retomba sur le lit en se tenant la poitrine. Une alarme se déclencha sur le moniteur, et l'affichage électronique vert révéla une forte accélération du rythme cardiaque, avec des crêtes et des chutes irrégulières. L'infirmière appuya sur le bouton d'appel.

— *Code bleu, salle deux cent trois, vite. Code bleu, salle deux cent trois*[1]. ·

Des bruits de voix pressées et de roulettes en caoutchouc poussées à vive allure se rapprochèrent sur le lino. Un bras écarta le rideau d'occultation. L'équipe de cardiologie – un médecin et une infirmière poussant le chariot d'urgence – intervenait. D'un grand geste, l'infirmière fit signe à Heat et à Rook de rester près de la fenêtre où ils s'étaient reculés.

— *Poussez-vous*[2].

Tous deux se pressèrent contre le mur tandis que le personnel médical parait à l'urgence. Le médecin vérifia les signes vitaux.

— *Deux cents joules*[3], annonça-t-il alors.

L'infirmière cardiaque actionna des boutons et tourna un cadran sur le chariot. Ils perçurent une tonalité croissante,

---

1. id.
2. id.
3. id.

à peine audible, indiquant la mise en charge des palettes du défibrillateur.

— *Éloignez-vous*[1], dit le médecin d'une voix mesurée.

Tout le monde s'écarta du patient tandis que le choc était délivré. Le corps entier de Tyler s'arqua sur le matelas. Renvoyé à sa propre mort par la proximité de cette scène, Rook ne cessait de grimacer.

— Allez, murmurait Nikki à côté de lui. Allez, Tyler, allez, répéta-t-elle en entendant la pièce se remplir de la tonalité continue indiquant l'absence d'activité cardiaque.

Malgré ses exhortations, le timbre demeurait obstinément monocorde. Le médecin demanda une charge plus élevée.

— *Écartez-vous*[2].

L'équipe s'écarta. Tyler se contracta de nouveau sur le matelas. Nikki surveilla l'apparition du moindre tressautement de la ligne verte sur le petit écran. Rien.

Un autre choc lui fut administré à la poitrine. L'équipe médicale avait beau ne rien dire, leur regard laissait entendre que l'espoir s'amenuisait.

Se rendant compte qu'elle enfonçait ses ongles dans ses paumes, Heat desserra les poings. Le médecin augmenta de nouveau les joules, mais sans résultat. La tentative suivante se révéla tout aussi vaine.

Heat et Rook regardaient avec tristesse et impuissance cet homme qu'ils venaient de rencontrer et qu'ils commençaient à apprécier. Il partait en emportant dans cette tête qu'il avait tapotée du doigt pour blaguer quelques minutes plus tôt seulement les réponses décisives aux questions les plus déterminantes de Heat.

Après plusieurs tentatives, le médecin, puis le reste de l'équipe lancèrent un coup d'œil à l'horloge murale. Le médecin nota l'heure exacte. Une infirmière éteignit le défibrillateur et rembobina les câbles des palettes. L'autre tendit le bras vers le moniteur cardiaque et abaissa un interrupteur.

---

1. id.
2. id.

Le bip perçant s'interrompit, et la ligne plate disparut, laissant un fantomatique trait vert horizontal s'évanouir sur l'écran. Elle adressa à Heat et à Rook un regard compatissant qu'il était inutile de traduire. Puis elle se retourna pour couvrir le corps.

Lentement, délicatement, l'infirmière ramena le drap sur Tyler Wynn. Nikki eut la sensation qu'on lui fermait au nez la porte d'acier d'un coffre-fort.

ONZE

— **P**aris est aussi la ville des lumières éteintes, il me semble, déclara Rook en montant dans le taxi devant la clinique.

— Super. Monsieur Tact a encore frappé.

— Quoi ? Ce n'est pas moi qui l'ai tué. C'est toi.

— Tu veux bien arrêter ça ?

— Mais c'est vrai ! Tu as tué oncle Tyler.

Il haussa un sourcil.

— J'espère que tu es contente de toi.

Heat se détourna pour regarder par la vitre les marronniers en fleurs dans le bois de Boulogne, de l'autre côté de l'autoroute.

La douce accélération de la Mercedes lui donnait l'illusion que ce n'était pas la voiture qui avançait, mais le bosquet, dont les fleurs blanches des arbres éclairées par le soleil semblaient défiler comme de radieux nuages de printemps.

Bien sûr que non, elle n'avait pas tué Tyler Wynn.

Néanmoins, une partie d'elle le pensait. Un sentiment de culpabilité la taraudait. Elle revoyait les gargouilles de Notre-Dame, qui prenaient vie pour lui susurrer d'une voix diabolique et rauque : « Le vieil homme est mort à cause de toi. Cette visite, c'était trop pour lui. Tu n'aurais pas dû l'écouter quand il a insisté. »

L'inspecteur en civil, qui était venu l'interroger après, à la clinique Canard, avait écarté cette idée. Naturellement, il lui avait demandé de quoi il avait été question avant l'arrêt cardiaque, et Heat lui avait fourni sa version d'inspecteur à inspecteur, en évitant les détails concernant sa mère : Tyler Wynn connaissait les victimes des deux meurtres sur lesquels elle enquêtait. Le blessé avait répondu à ses questions de son plein gré, ce que l'agent en faction avait corroboré. Quand Wynn avait commencé à s'agiter, elle avait tenté de mettre un terme à l'entretien, mais, voyant que cela le contrariait davantage, elle avait préféré lui donner les informations qu'il voulait pour en terminer au plus vite.

— Qui sait ? avait déclaré le policier français avec un haussement d'épaules en lui rendant ses papiers. J'ai déjà parlé au médecin, qui affirme que ce n'est pas votre visite qui a tué Tyler Wynn, mais trois balles et, apparemment, une sténose de la valve aortique.

Cela n'empêchait pas Rook de s'en prendre à elle. Pourquoi ? Parce qu'il connaissait suffisamment bien Nikki pour court-circuiter son réflexe de culpabilité en faisant semblant de l'accabler. L'une des premières choses qu'il avait comprises en l'accompagnant l'été précédent, c'était que les flics géraient leurs émotions en les contrant par le sarcasme. La première chose qu'il lui avait dite à sa sortie du coma, dernièrement, c'était que cela l'énervait de ne pas avoir réussi à attraper la balle entre ses dents, tel le super-héros qu'il était, pour la recracher vers le salaud qui lui avait tiré dessus. Maintenant, sur la banquette arrière de la Mercedes E-320, Rook essayait de la détendre en l'accusant pour rire.

Sur l'avenue de New York, ils passèrent à côté du monument érigé à la mémoire de Lady Diana, au sortir du tunnel de l'Alma. En voyant les bouquets de fleurs et les bougies fondues déposés en souvenir de la princesse, Heat rumina sur les secrets – notamment ceux que les morts emportaient. Ces réflexions l'amenèrent à se rappeler que, pour elle, tout événement avait une cause et que les coïncidences n'étaient que des rapports de cause à effet cachés.

Jusqu'au moment où elle les révélait.

La mort de Tyler Wynn était avant tout une tragédie pour lui. Pour elle, c'était un témoin mort de trop en l'espace d'une semaine. Au-delà de cela, le caractère particulièrement inopportun de ce décès refermait une porte qui ne s'était qu'entrouverte pour Nikki.

Au sens le plus cruel – mais le plus vrai – du mot tentant, Heat en avait juste assez appris pour se tourmenter à propos de tout ce qu'elle ignorait encore.

— J'imagine que ma théorie du complot n'était finalement pas si foireuse, dit Rook.

— Écoute, mon vieux, avant de crier victoire et de t'envoyer des fleurs, puis-je te rappeler ce qu'on dit des horloges cassées ?

— Que non seulement elles donnent l'heure juste, mais qu'elles le font deux fois par jour ?

— Oh ! je t'en prie.

— C'est pourtant « juste » ! Quel mot rafraîchissant, tu ne trouves pas ? Allez, inspecteur, reconnaissez-le. Je l'avais bien dit qu'oncle Tyler était un espion.

Le regard du chauffeur surgit subitement dans le rétroviseur. Rook se pencha en avant pour faire l'andouille avec lui comme il faisait avec les taxis new-yorkais.

— Dites-lui, vous, qu'elle doit bien le reconnaître.

Pour éviter son regard, le chauffeur régla vivement son rétroviseur de sorte qu'ils ne virent plus que le « V » de ses cheveux noirs de jais sur son front.

Rook se rassit au fond de son siège et se tourna vers sa compagne.

— Je ne comprends pas cette attitude négative, Nikki. C'est quand même une situation où on peut choisir de voir le verre à moitié plein – sauf pour Tyler Wynn, évidemment.

Il marqua une brève pause par respect pour le défunt, puis revint à la charge.

— Regarde toutes les réponses que tu as obtenues ce matin. Je pensais que tu serais aux anges d'avoir appris que la double vie de ta mère n'était pas juste le fruit de ton imagination et qu'en plus ce n'était pas parce qu'elle avait une liaison. C'est quand même pas rien ! Une espionne dans la famille, comme Schwarzi dans *True Lies* ! Non, encore mieux : Cynthia Heat était comme Julia Child quand elle espionnait pour l'OSS pendant la Seconde Guerre mondiale.

— J'en conviens, c'est déjà ça.

— Absolument. De mon point de vue, on a fait mieux que Dickens. Paris nous a donné le conte des deux Cindy.

Cette fois, ce fut au tour de Nikki de se tourner vers le chauffeur.

— Vous voulez bien le déposer là ?

Outre-Atlantique, New York était déjà debout quand ils furent de retour à l'hôtel. Nikki prit donc le téléphone pendant que Rook partait arpenter les rues pour leur trouver de quoi manger pour le déjeuner. L'inspecteur Ochoa lui répondit seul, car son équipier était retenu par la vérification des dizaines de tuyaux anonymes que la brigade recevait depuis les fuites de Hinesburg au *Ledger*.

— Ça craint carrément, vous savez, commenta-t-il. On avait déjà assez à faire comme ça, mais, là, avec l'intervention des médias, on se noie sous une avalanche de tuyaux tous plus pourris les uns que les autres. Cet article va ralentir toute l'affaire.

— Vous prêchez une convertie, Miguel.

— Je sais, mais comme vous êtes à Paris avec Rook, j'aimerais bien que vous ne preniez pas trop de bon temps. Tiens, je pourrais peut-être demander à Irons de me mettre aussi sur la touche ; comme ça, je pourrais aller m'amuser quelque part avec Lauren. Il y a une convention de sosies d'Elvis à Atlantic City. Je pourrais me la jouer El Vez.

— Bon, avant que vous ne partiez enfiler votre combinaison en lamé or, j'aurais besoin que vous vérifiiez quelque chose pour moi.

Après lui avoir fait jurer le silence, elle lui résuma les liens entre Tyler Wynn, sa mère et Nicole. À la suite du troisième « Putain !... » d'Ochoa, elle lui expliqua que Wynn s'était fait tirer dessus la veille du meurtre de Nicole.

— J'aimerais que vous demandiez à la douane et aux compagnies aériennes les noms des passagers en provenance de Paris qui sont arrivés aux aéroports de JFK ou de Newark, mercredi dernier. N'oubliez pas les vols avec escale à Londres, Francfort ou autre. Entrez-les dans la base de données pour voir si certains noms figurent sur la liste des personnes surveillées ou s'il y a des antécédents judiciaires. Faites de même avec Interpol.

— Vous croyez qu'il peut s'agir du même tueur ?

— Je ne sais pas ce que je crois, mais s'il y a la moindre chance que ce soit le cas, mieux vaut s'en assurer au plus vite. La différence de mode opératoire ne me dit rien qui vaille, mais il a pu se servir d'un couteau sur Nicole parce qu'il ne pouvait pas voyager avec une arme.

— Oui, d'autant qu'on sait comme il est difficile de se procurer une arme à New York, railla l'inspecteur Ochoa. Mais je m'en occupe.

Puis il se racla la gorge avant de continuer.

— Maintenant je crois que c'est à mon tour de vous annoncer une nouvelle moyennement bonne.

— J'écoute.

— C'est pour le gant.

— Pas d'empreintes ?

— Pire. Pas de gant.

— Quoi ?

— Le capitaine Irons vient d'appeler du labo. Il y est passé ce matin pour réclamer les résultats, or, sans qu'on sache comment, il a été perdu.

Il s'installa un tel silence à l'autre bout du fil qu'il s'inquiéta.

— Inspecteur Heat, vous êtes toujours là ?

— Sans qu'on sache comment ? se contenta-t-elle de répéter.

— Sans qu'on sache comment ? fit Rook avec la même incrédulité quand elle le mit au courant à son retour. Ça m'étonnerait que personne ne sache. Je suis sûr que ça cache quelque chose.

— Et c'est reparti.

— Pourquoi tu dis ça ?

— Parce que je savais que tu allais aussitôt recommencer avec tes histoires d'extraterrestres. Rook, pour une fois, tu ne veux pas essayer de te concentrer sur les faits, comme moi, au lieu de te lancer dans des délires insensés ?

— Tu veux des faits, Nikki ? D'accord. Combien de fois exactement cela arrive-t-il que des pièces à conviction disparaissent dans une enquête criminelle d'importance ?

Elle se contenta de le regarder fixement.

— Très bien, on oublie, je n'ai même pas posé la question. Mais enfin, là, c'est différent. Ça pue le barbouze.

— Ou l'incompétence.

— À ce mot, il me vient une seule personne à l'esprit : Iron Man.

— Je crois qu'il ne me reste qu'à attendre d'être rentrée pour le savoir.

Elle défit le papier autour de l'un des sandwichs qu'il avait rapportés. Rook, lui, se creusait trop la cervelle pour manger. Il reposa son jambon beurre après une seule bouchée et se mit à faire les cent pas.

— J'espère que tu joues à *Words with Friends* avec Alec Baldwin, dit Nikki en le voyant tapoter comme un fou sur l'écran de son iPhone, parce que ce n'est pas la peine de continuer à te prendre le chou avec la perte de ce gant.

— J'ai laissé tomber le gant... pour l'instant. Je cherche dans mes contacts.

— Pour quoi faire ?

— Tu prends peut-être les faits à la légère, dit-il pour la taquiner en lui retournant son propre reproche, mais en tant que journaliste d'investigation, avec non pas un mais deux Pulitzer dans sa manche...

— Deux ? Tu m'en diras tant.

Elle mordit une nouvelle fois dans son sandwich.

— ... moi, j'aime vérifier les faits en toute indépendance.

Il interrompit le défilement sur son écran.

— Ah ! voilà.

— D'accord, monsieur Woodward... Ou devrais-je dire Bernstein ? Vous comptez donc nous révéler un nouveau Watergate ?

— Je veux avoir la confirmation que Tyler Wynn était bien de la CIA et qu'il dirigeait ta mère par le biais de son « réseau de nounous ». Selon moi, tout ce qu'il a dit se tenait. En fait, j'ai même senti qu'il cherchait à se justifier en nous racontant son histoire. Je ne sais pas si tu as eu la même impression ?

— Un peu, oui. Alors, auprès de qui vas-tu vérifier ?

— Une vieille source infiltrée avec laquelle j'ai été en contact quand je faisais des recherches pour mon article sur la Tchétchénie pour *First Press*. Il s'appelle Anatoli Kijé. Ce type est incroyable. Tout droit sorti de *La Taupe*[1]. Un barbouze de la vieille école russe qui travaillait pour le SVR, comme se nomme désormais le service des renseignements extérieurs de la Fédération de Russie. C'est la valse des marques. KGB, KFC...

— Rook.

— Désolé. Quoi qu'il en soit, il se trouve que mon pote Anatoli vit ici à Paris et, si quelqu'un sait quelque chose sur Tyler, ta mère ou quoi que ce soit sur ce réseau, c'est bien lui. En fait, il sera peut-être en mesure d'éclaircir certaines des questions que Tyler Wynn a eu l'impolitesse de laisser sans réponse avant de mourir. Qu'il repose en paix.

— D'accord. À supposer que ce type du KGB...

— SVR.

— ... sache quoi que ce soit, pourquoi nous en ferait-il part ?

— Parce qu'au cours de nos rendez-vous ici à « Parrii », disons qu'Anatoli et moi avons passé beaucoup de temps

---

1. Roman de John Le Carré, publié en 1974. (NDT)

ensemble à faire la fermeture des bars. On était comme les deux doigts de la main, fit-il en appuyant sur l'icône d'appel de son téléphone. Aujourd'hui encore, chaque fois que j'ai la gueule de bois, je pense à lui.

D'un geste de la main, il lui fit signe de se taire, comme si c'était elle qui n'arrêtait pas de parler.

— Allô, Imports International ? s'enquit-il en adressant un clin d'œil entendu à Nikki. Oui, bonjour. J'aimerais parler au gérant, s'il vous plaît, monsieur Anatoli Kijé. Oui, j'attends. On va me passer son assistant, murmura-t-il à Nikki. Allô ? reprit-il au téléphone. Voyons, c'est Michka ? Non ? Oh ! vous devez être nouveau. Ça fait déjà un petit moment. Je m'appelle Jameson Rook, je suis un vieil ami d'Anatoli Kijé. Il se trouve que je suis de passage, alors, je me demandais s'il… Rook. Jameson Rook, c'est ça. J'att…

Rook resta en attente si longtemps que Nikki eut le temps de terminer son sandwich. Si longtemps que, fatigué de faire des allées et venues, il finit par s'asseoir dans un fauteuil. Puis il se leva subitement.

— Allô ? Oui ? Ah bon ? fit-il en fronçant les sourcils. Vous êtes sûr ? Désolé. Oui, au revoir.

Il raccrocha et se laissa retomber dans le fauteuil.

— Ne me dis pas qu'il s'est fait abattre, lui aussi, fit Nikki.

— Pire. Il dit n'avoir jamais entendu parler d'un Jameson Rook.

Riches de réponses élucidant au moins une partie du mystère de la vie de Cynthia, et sans nouvelle piste à suivre à Paris, Heat et Rook réservèrent un vol de retour pour le lendemain matin. Le chaos et l'incompétence qui s'étaient abattus sur sa brigade d'élite contribuaient largement à motiver Nikki à rentrer à New York. Le capitaine Irons donnait corps aux pires aspects de la fonction publique. Iron Man n'avait toujours été qu'un gratte-papier doté d'une plaque, mais, maintenant qu'il prenait les commandes et que l'inspecteur Heat était mise à l'écart, il n'y avait plus personne pour rattraper ses bourdes. Certes, il arrivait que des preuves comme ces gants se perdent. Et que des fuites dans les médias chamboulent les affaires.

De temps à autre, il arrivait que le pire inspecteur d'une brigade parvienne à se faufiler à un niveau de responsabilité dépassant ses compétences. Mais il y avait rarement convergence de tous ces éléments à la fois. Même si elle était toujours arrêtée, Nikki se disait que la proximité lui donnerait au moins une assez bonne chance de contenir les dégâts avant que l'affaire de sa vie ne soit torpillée par une accumulation de gaffes.

Fidèle à lui-même, Rook suggéra qu'ils tentent d'oublier le boulot pour leur dernière soirée à Paris.

— Tu veux dire ne pas trop se soucier du fait qu'on a vu un témoin clé mourir sous nos yeux ce matin ? demanda Nikki.

— Si tu vas par là, je vais être obligé de te servir l'argument qui tue : « C'est ce que Tyler aurait voulu. » À en juger par tes photos-souvenirs, ce n'était pas le genre à se gâcher la vie.

Heat consentit à s'évader le temps d'une soirée. En définitive, l'idée ne lui déplaisait pas, à condition que Rook accepte qu'elle l'invite à dîner pour cette SRPA (« soirée romantique pendant l'affaire »).

— Même moi, toutes ces abréviations commencent à m'embrouiller, dit-il. Mais ça marche.

Elle l'emmena au Papillon bleu, un joyau caché dans une petite rue du Marais, où l'on dînait aux chandelles en écoutant des concerts de jazz. Une jeune Française, formidable réincarnation de Billie Holiday, interpréta *I Can't Give You Anything but Love* tandis qu'ils commandaient un apéritif. Sa voix leur fit presque oublier la version de Louis Armstrong. Enfin, presque.

Puis, après avoir épluché la carte et s'être régalé de moules fraîches et de belons, Rook déclara l'établissement tout à fait à la hauteur. Nikki l'assura, sans qu'il le lui demande, qu'elle venait là pour la première fois.

— Comment ? Tu n'es jamais venue ici avec un petit ami ?

— Pas du tout, dit-elle. Bien sûr, j'avais entendu parler du Papillon bleu, mais il y a dix ans, quand j'étais étudiante, je n'avais pas les moyens de sortir dans des endroits pareils.

Il lui prit la main sur la nappe blanche.

— Alors, c'est vraiment une grande occasion ?

— À marquer d'une pierre blanche.

Ils quittèrent le restaurant main dans la main et se promenèrent parmi les jolies boutiques du quartier. Les mélodies de *Our Love Is Here to Stay* et de *Body and Soul* toujours en tête, ils arrivèrent à la place très soignée des Vosges, où ils admirèrent les anciennes façades de brique surmontées de leurs élégants toits en ardoise.

— Cette place me rappelle le quartier chic de Gramercy Park, commenta-t-elle tandis qu'ils empruntaient le sentier traversant le jardin.

— Oui, mais sans les flics sournois qui te sautent dessus sans prévenir.

À peine eut-il prononcé ces mots qu'ils entendirent le gravier crisser derrière eux, et elle se retourna vivement. À l'extérieur du jardin, un homme seul longeait le trottoir clopin-clopant à cause d'une mauvaise jambe. Il poursuivit sa route en sifflotant.

— Il faut te détendre. Personne ne va venir nous ennuyer. Pas pendant notre super EPA, affirma Rook.

— EPA ?

— D'accord, j'avoue. Là, c'était juste quelques lettres sans ordre particulier.

Comme ils avaient le jardin pour eux, elle le guida jusqu'à un banc sous les arbres, où ils se blottirent l'un contre l'autre dans l'ombre. Le bruit de la circulation, à quelques rues seulement de là, leur parvenait étouffé par les rangées de beaux immeubles qui entouraient la place et par le doux gargouillis des fontaines. Comme cela leur arrivait souvent, sans un mot ni même un signal, leurs visages se rapprochèrent, et ils s'embrassèrent. Le vin, ce baiser et la douceur de ce mois d'avril parfumé par les arbres en fleurs soulagèrent Nikki du poids de ses soucis, et elle se lova contre lui. Il referma ses bras sur elle, et leur baiser s'intensifia jusqu'au moment où leurs lèvres se séparèrent ; alors, ils reprirent leur souffle comme s'ils se rappelaient subitement que, pour vivre, ils avaient aussi besoin d'air.

— Peut-être qu'on devrait continuer ça à l'hôtel, murmura-t-il.

— Mm-hm. Mais je ne veux pas bouger. J'aimerais que cet instant ne s'arrête jamais.

Ils s'embrassèrent de nouveau, et il défit le bouton du haut de son chemisier. Elle descendit la main vers son entrejambe et le caressa. Il poussa un gémissement.

— Tu sais, je ne crois pas que ma carte de police m'aiderait beaucoup si on se faisait prendre pour trouble à l'ordre public, dit-elle.

— Ou pour attentat à la pudeur, renchérit-il en glissant la main dans son soutien-gorge.

— Allez, je crois que ce sera beaucoup plus intéressant au lit. Allons-y.

Ils traversèrent le jardin en silence, un bras passé autour de la taille de l'autre. En marchant, Rook sentit une tension dans les épaules et les biceps de Nikki.

— Puisque tu t'entêtes à penser à cette affaire, pourquoi ne pas me dire ce qui te tracasse ? s'enquit-il. Ce serait peut-être un moyen un peu salace de pimenter nos préliminaires. Sans compter les menottes, bien sûr.

— Comment tu t'en es rendu compte ?

— Je t'en prie. J'aimerais croire que je représente plus à tes yeux qu'un amuseur et un faire-valoir. Mais ce n'est pas grave si ça te préoccupe, je sais que c'est important.

— Désolée. Je suis ennuyée à cause d'aujourd'hui. J'ai l'impression d'avoir négligé un détail, mais je n'arrive pas à mettre le doigt dessus. Ça ne me ressemble pas.

Cette réponse n'était que partiellement vraie. Certes, Nikki avait le sentiment de passer à côté de quelque chose et elle en était tourmentée, mais cela n'avait rien à voir avec le problème plus intime qui l'avait fait ruminer toute la journée.

Rook l'attira pour lui remonter le moral d'un coup de hanche.

— Accorde-toi un peu de répit, tu l'as bien mérité.

Le hochement de tête qu'elle lui adressa dans le noir lui paraissant évasif, il poursuivit en reprenant son chemin.

— Quand même, outre l'évidente épreuve de cette semaine, certaines des choses que tu as apprises sur ta mère... Il va te falloir un temps pour digérer tout ça.

— Oui, je sais.

Elle sentit sa gorge se serrer, ce qui n'aidait pas. Comment Rook pouvait-il si bien la connaître, être assez sensible pour percer sa carapace ? Pour comprendre qu'il ne s'agissait pas tant de l'affaire de meurtre en soi. Mais il ignorait jusqu'où cela allait. Rook ne pouvait pas savoir qu'elle n'était pas là, à traverser à son bras un jardin de rêve en face de la maison de Victor Hugo, tandis qu'il fredonnait *Stardust* de travers. Dans son esprit, elle était encore dans cette chambre à la clinique où, au moment même où elle avait eu le soulagement d'apprendre que sa mère était une espionne au service de son pays, elle avait aussitôt senti le sol se dérober sous ses pieds à cause de certains mots qui lui trottaient encore dans la tête.

Elle revoyait Tyler Wynn qui la contemplait sur son oreiller. Le vieil homme de la CIA avait affirmé que sa mère était une sacrée espionne. Et que rien ne lui apportait un tel sentiment d'accomplissement que son « sens de sa mission ». Pas même la musique.

Nikki complétait sa pensée : pas même moi.

Des pneus crissèrent. Des phares aveuglants la tirèrent de sa rêverie. Voilà qu'ils se trouvaient pris en embuscade par deux Peugeot 508 noires aux vitres teintées, dont les phares étaient braqués sur eux.

Rook agit rapidement et, d'instinct, se glissa devant elle. Mais des bruits de pas approchaient de derrière également.

En se retournant, Heat découvrit l'homme qu'ils venaient d'entendre siffloter. Sa claudication avait miraculeusement disparu, et il se précipitait sur eux. Quatre autres sbires descendus de chaque voiture, convergeant de part et d'autre, leur mirent le grappin dessus. Par réflexe, elle porta la main à sa hanche. Mais son arme était restée à New York.

En un éclair, deux d'entre eux encadrèrent Rook pour le traîner vers l'un des véhicules tandis qu'un troisième surgissait de la place du passager avant et lui enfilait un sac en toile sur la tête. Heat esquiva le premier des deux autres quand il chercha à se saisir d'elle, mais celui qui arrivait de derrière, le siffleur, lui couvrit également la tête.

Surprise et désorientée, Nikki sentit les bras puissants des deux autres caïds la ceinturer dans le dos avec les bras et la soulever du trottoir. Elle eut beau donner des coups de pied dans les airs et se tortiller en hurlant, elle n'était pas de taille.

Ils jetèrent Heat sur la banquette arrière de l'autre voiture, puis s'installèrent à leur tour, la coinçant entre leurs épaules carrées. Ses cris se fondirent dans le crissement du caoutchouc sur la chaussée causé par l'accélération de la Peugeot. La voiture remontait la rue en trombe quand Nikki sentit une forte piqûre dans le haut du bras.

DOUZE

Quand elle revint à elle, Heat se rendit compte qu'elle ne pouvait plus bouger. Elle s'efforça de comprendre où elle était. Malgré l'obscurité, elle savait qu'elle était couchée en chien de fusil, les genoux remontés sur la poitrine. Elle avait des crampes, mais il lui était impossible d'étendre les jambes, car les semelles de ses chaussures touchaient le mur. Un frisson lui parcourut l'échine. C'était exactement la même position qu'avait Nicole Bernardin quand elle l'avait découverte dans la valise de sa mère.

Son bras la démangeait à l'endroit où l'aiguille l'avait piquée, mais quand elle essaya de se gratter, quelque chose l'en empêcha. Nul besoin d'y voir clair, Heat savait qu'elle était menottée.

Afin de mesurer sa marge de manœuvre, Nikki tira un coup sec sur les menottes. Une sensation bizarre lui fit alors se demander si elle n'avait pas des hallucinations à cause de la drogue qu'on lui avait injectée. On tirait les menottes... en sens inverse.

— Ah ! super, tu es réveillée, dit Rook. Je peux te demander un service ? Ton coude me rentre dans les côtes.

Encore assommée par le sédatif, Nikki eut besoin d'un instant pour comprendre ce qui se passait. Où qu'elle se trouvât, Rook y était lui aussi, coincé à côté d'elle. Ou sous elle. Ou les deux. Elle ramena son bras droit le plus près possible de son corps.

— C'est mieux ?

— Un vrai bonheur.

— Rook, tu sais où on est ?

— Pas vraiment. On m'a drogué. Oh ! j'ai fait de ces rêves érotiques.

— Tu veux bien arrêter ?

— Désolé. En tout cas, à en juger par l'odeur de pneu radial, j'imagine que, soit on fait des câlins au bonhomme Michelin, soit on est enfermés dans le coffre d'une voiture.

Heat ne percevait ni mouvement ni bruit de moteur. Alors, elle tenta de se représenter l'espace du mieux qu'elle put dans le noir.

— Tu sais si ces voitures ont des coffres qui s'ouvrent de l'intérieur ?

— Non. Ça m'étonnerait que la législation française en matière de sécurité l'autorise, dit-il.

— Voyons si on trouve un levier quelque part. Et épargne-moi tes blagues, s'il te plaît.

Chacun essaya de bouger la main, en vain.

— Rook. Est-ce qu'on est menottés ensemble ?

Il ne répondit pas, mais marqua une pause, puis donna une secousse à ses menottes.

— Génial, fit-elle.

Sans s'occuper de lui, elle se tâta les poignets du bout des doigts pour évaluer la situation.

— On dirait que la chaîne de mes menottes est prise dans celle des tiennes. Elles te rentrent dans la peau ?

— Un peu, mais ça va. Je fantasmais justement sur un modèle fourré avec un motif léopard, mais je survivrai.

— Chut, écoute.

De l'extérieur leur parvint le lent crissement d'une voiture approchant sur du gravier. Après qu'elle se fut arrêtée, ils entendirent des bruits de pas et des voix étouffées, puis le couinement d'une télécommande suivi du déclic de déverrouillage du coffre. La brusque bouffée d'air frais qui s'engouffra alors sentait l'herbe et les bois. Des mains s'avancèrent pour défaire leurs menottes, et ils furent hissés à l'extérieur par les mêmes qui les avaient enfermés.

À peine debout sur ses jambes engourdies, Heat, qui se protégeait les yeux de la lumière éblouissante des phares de la Mercedes, tentait déjà d'échafauder un plan pour s'échapper. Déposé à côté d'elle, Rook se frottait les poignets. Elle le sentait faire lui aussi ses calculs.

La situation ne leur disait rien qui vaille : ils étaient seuls dans un bois inconnu, la nuit, sans arme et affaiblis par leurs injections, contre quatre gros costauds qui leur avaient déjà fait la démonstration de leurs talents professionnels et qui, eux, devaient être armés. De surcroît, il y en avait d'autres près de la voiture dont le moteur tournait. Nikki attendit, inspirant le déodorant et l'eau de Cologne bon marché de leurs ravisseurs, et décida de tenir bon en espérant qu'une occasion se présente… et qu'il ne s'agisse pas de la même bande que celle qui s'était occupée de Tyler Wynn.

De la main, elle fit signe à Rook de garder son calme, et il baissa la tête pour confirmer qu'il avait compris. Puis tous deux tournèrent leur attention vers la Mercedes dont la portière avant s'ouvrait côté passager.

Un autre colosse en descendit. Il ouvrit la portière arrière à un homme plus courtaud, coiffé d'un feutre, qui vint se poster devant les phares tandis que son garde du corps attendait un mètre à l'écart.

— Tu voulais me parler, vieux frère ? fit l'homme en retirant son chapeau.

— Oh !… Nom… d'une pipe… en bois ! s'exclama Rook. Anatoli !

La silhouette dans les phares fit un pas en avant, les bras grands ouverts, et Rook s'y précipita. Aussitôt, Heat se raidit, mais personne ne tenta d'arrêter son compagnon. Les deux hommes se tombèrent dans les bras à grand renfort de claques dans le dos, puis s'esclaffèrent en se traitant à qui mieux mieux de « vieux renard ».

Après ces effusions, Rook lança :

— Nikki, c'est Anatoli. Tu vois qu'il me connaît !

Il prit son compère par l'épaule.

— Viens, il y a quelqu'un que je voudrais te présenter. Voici…

— … Nikki Heat, oui, je sais.

— Mais bien sûr, évidemment, fit Rook. Nikki, dis bonjour à mon vieil ami, Anatoli Kijé.

Le Russe lui tendit une main qui lui parut calleuse quand elle la lui serra. Le chauffeur de la Mercedes éteignit le moteur et passa en feux de position. Quand ses yeux se furent habitués au nouvel éclairage, Heat put enfin voir Kijé comme il faut. Il présentait un physique trapu et compact ainsi qu'une face de bouledogue burinée qui n'auraient pas déparé sur l'estrade aux côtés de Brejnev, le jour de la grande parade sur la place Rouge.

Sur le devant, ses cheveux, d'un noir peu naturel pour un homme de son âge, étaient maintenus en place par tant de laque que son chapeau n'y avait laissé aucune marque. Sous la broussaille épaisse de ses sourcils, d'un noir non moins artificiel, il avait l'œil taquin d'un éternel homme à femmes. Nikki en avait vu des tas comme lui aux États-Unis, mais, au lieu d'enlever les gens au beau milieu de la rue, ils installaient des piscines sur mesure et des terrasses en pierre à Long Island et dans le New Jersey. Elle se demanda s'ils nettoyaient aussi les moquettes.

— C'est un plaisir de vous rencontrer.

— J'imagine, après toute la peine que vous vous êtes donnée, dit-elle. Vous auriez pu tout aussi bien appeler, on serait venus vous retrouver dans un café.

— Toutes mes excuses.

L'espion s'inclina légèrement, puis lui lâcha doucement la main.

— C'est ce qu'on appelle un surcroît de précaution. Dans mon métier, c'est comme ça qu'on parvient jusqu'à soixante ans.

— Vous voulez dire dans l'import-export ?

— Ah ! s'esclaffa-t-il en pointant un doigt vers elle. Je l'aime bien, celle-là, vieux frère. Elle en a, hein ?

— Ça, oui !

Anatoli consulta sa montre et examina rapidement les bois.

— Dis-moi, Jameson, sans vouloir te bousculer, de quoi voulais-tu me parler ? Encore d'un article qui te rapportera les honneurs et à moi rien du tout ? s'esclaffa-t-il.

— Je cherche à vérifier certains détails au sujet d'un ancien réseau qui aurait été dirigé d'ici, à Paris, expliqua Rook. Maintenant, tu connais mes règles, Anatoli. Je ne veux ni compromettre de secrets nationaux ni mettre en danger la vie de qui que ce soit, mais ça ne devrait pas être un problème parce que je crois que ces activités ont cessé.

— Laisse-moi deviner.

Il sourit à Heat en s'adressant à Rook.

— Ça n'aurait pas quelque chose à voir avec le travail effectué par la mère de notre amie ici présente ?

— Oh là là ! Quel flair, fit Rook.

— Je m'en doutais. Alors, pourquoi perdre du temps à tourner autour du pot.

Il y eut un bruit dans les bois, sans doute juste à cause d'une branche tombée, mais Kijé croisa le regard de l'un de ses gardes du corps qui partit en éclaireur dans la nuit avec l'un de ses compères.

— Alors, comme ça, ma mère participait à des activités secrètes, dit Nikki pour essayer de le ramener à ses moutons.

— Absolument. J'en ai eu connaissance quand j'étais en poste ici, en soixante-douze, comme attaché aux affaires agricoles à l'ambassade soviétique.

— KGB, fit Rook en feignant une toux.

— Toujours aussi sagace, ce type. J'adore.

Il fit semblant de donner un coup à l'estomac à Rook avant de se retourner vers Nikki.

— Cela répond-il aux questions que vous vous posiez ?

— Ça dépend de ce que vous êtes prêt à me raconter,

rétorqua-t-elle en soutenant son regard d'un air qui signifiait qu'elle en attendait davantage et qu'il le savait. Et vu tout le mal que vous vous êtes donné pour nous amener ici...

— Un échange de bons procédés, n'est-ce pas ? Le prix de ma tranquillité d'esprit sera de vous aider à trouver la vôtre. Que désirez-vous savoir d'autre ?

— Ma mère a été assassinée.

— J'en suis sincèrement désolé.

— Il y a dix ans, aux États-Unis. Mais vous le saviez certainement déjà, non ?

Il ne répondit pas.

— J'essaie de savoir si cela a à voir avec ses activités d'espion, reprit-elle.

— Nikki Heat, n'insultons pas notre intelligence. Vous pensez déjà que c'est lié. Ce que vous attendez de moi, c'est que je vous explique comment.

Il marqua une pause.

— Sincèrement, je l'ignore.

— Anatoli Kijé ? Vieux frère ? N'insultez pas mon intelligence, s'il vous plaît. Vous le savez.

— J'ai entendu des rumeurs. C'est tout. Et si elles sont vraies... Si, dit-il en dressant un doigt en l'air pour plus d'emphase... Il s'agit d'un fort malheureux retour de manivelle.

— Allez, qu'est-ce qui se raconte ? intervint Rook.

Kijé fut un instant distrait par les deux gardes du corps qui revenaient et indiquaient que tout allait bien.

— D'après certaines rumeurs, votre mère serait devenue un agent double, dit-il légèrement plus détendu à Nikki.

Elle secouait déjà la tête d'un geste catégorique.

— Non. Elle n'aurait jamais fait ça.

— En tout cas, elle n'a pas voulu le faire pour moi et, croyez-moi, ce n'est pas faute d'avoir essayé, dit-il, l'œil brillant. Mais cela arrive. Par idéologie, par vengeance ou par chantage. La plupart toutefois le font simplement pour l'argent. La vraie réponse se trouve toujours non pas dans le cœur, mais à la banque.

Heat continuait de faire non de la tête, mais il poursuivit.

— C'est vous qui posiez la question, *dorogaya moya*[1]. Vrai ou faux, votre mère donnait en tout cas l'impression d'avoir des activités et des contacts « extraconjugaux ».

— Mais puisque je vous dis qu'elle n'aurait jamais accepté de travailler pour un autre pays que les États-Unis, persista Nikki.

— Il ne s'agit pas toujours d'un autre gouvernement. Il existe d'autres entités, vous savez. L'espionnage est entré dans une ère nouvelle au cours de ces dix dernières années.

Le gros barbouze russe, qui avait sans aucun doute ordonné (voire administré) sa part de tabassage et d'éliminations, prit un air mélancolique en songeant à cette ère nouvelle. Nikki voyait bien qu'un espion de la vieille école comme lui pouvait avoir eu du mal à s'intégrer parmi des agents d'allure nettement plus raffinée qui mangeaient des sushis, pratiquaient le yoga et pénétraient comme ils voulaient dans n'importe quel central informatique clandestin.

Pourtant, Kijé avait survécu, aussi difficile cela avait-il pu être. Son visage bouffi révélait qu'il affrontait son avenir incertain dans le nouvel ordre mondial à grands coups de vodka. Heat était plus intéressée par les informations qu'il lui fallait.

— Que voulez-vous dire par « autres entités » ?

— Je vous dirais bien de demander à Nicole Bernardin. Mais c'est impossible, n'est-ce pas ?

— Que savez-vous d'elle ?

— Je sais que, tout comme votre mère, Nicole s'est mise à fréquenter des gens en marge de son gouvernement.

— Et imaginons que sa mère ait effectivement trahi ? intervint de nouveau Rook.

Percevant presque la poussée d'adrénaline que cela provoquait chez Nikki, il se reprit :

— Ou disons qu'elle en ait donné l'impression… La CIA aurait réagi, non ?

---

1. Ma chère. (NDT)

— Certainement pas, dit le Russe. Enfin, pas sur le sol américain.

— Qui, dans ce cas ? demanda Heat, consciente de la possibilité qu'il s'agisse de l'homme en face d'elle.

— La tuer ?

Il haussa les épaules.

— Comme je le disais, les temps changent. Il est possible que ce ne soit pas du tout un gouvernement, n'est-ce pas ?

— Pourrait-il s'agir du même tireur que pour Tyler Wynn ? demanda Rook.

— Qui sait ? Quoi qu'il en soit, c'est une triste leçon à tirer sur la nature de ce métier. On ne peut jamais vraiment se retirer. Pour ma part, j'ai essayé une fois. Ça ne s'est pas très bien passé. Voilà pourquoi je dois prendre mes précautions pour mes rendez-vous, expliqua-t-il en désignant d'un geste la forêt et la nuit.

— Même les vieux amis ? demanda Rook.

— Tu plaisantes, vieux frère ? Les vieux amis se révèlent parfois les plus dangereux.

— Vous devez être au courant de certains des projets qui occupaient ma mère, dit Nikki. Et Nicole.

Elle avait mené assez d'interrogatoires pour savoir, à la manière dont il levait les yeux pour réfléchir, que c'était le cas et qu'il pesait ce qu'il allait révéler à cette amie de Jameson Rook… qui se trouvait aussi être la fille d'un agent de la CIA. Puis elle perdit son attention.

Kijé dressa l'oreille vers l'obscurité. Très vite, les gardes du corps en firent de même, scrutant l'horizon, tels des loups à l'affût d'une pitance. Ou du danger. Heat et Rook écoutèrent aussi et, rapidement, ils les entendirent marmonner « *Вертолёт* ». Rook traduisit pour elle, mais Nikki l'entendait déjà elle-même : un hélicoptère.

Elle tenta de ramener Kijé à elle, mais sa Mercedes démarrait déjà.

— De quelles activités « extraconjugales » parliez-vous ?

Son garde du corps ouvrit la portière arrière de la voiture

et la tint pour lui. Le vieil ours serra la main à Rook en lui donnant une tape dans le dos.

— À la prochaine, vieux frère, hein ?

Puis il s'inclina vers elle.

— Nikki Heat.

Derrière eux, les portières des deux Peugeot se mirent à claquer l'une après l'autre tandis que les autres gardes montaient en voiture. Nikki sentit la frustration monter, car une fois de plus, la réponse qu'elle cherchait lui échappait de peu. Kijé se hâta de rejoindre la voiture.

— Anatoli, je vous en supplie. Donnez-moi au moins une direction.

— Je vous l'ai dit. Voyez la banque, dit-il en se baissant vivement pour aller s'installer sur la banquette arrière.

— C'est déjà fait. Autre chose, pour aller plus loin. S'il vous plaît ?

Le Russe s'interrompit et sortit la tête par la portière ouverte.

— Alors, réfléchissez à ce que je vous ai dit d'autre. Repensez à cette ère nouvelle.

Elle n'en obtint pas davantage. Le garde du corps referma la portière, puis monta à l'avant. Les trois voitures effectuèrent un demi-cercle autour d'eux en soulevant un nuage de poussière. La dernière Peugeot ralentit pour laisser la Mercedes de Kijé s'insérer dans le cortège, puis tous les véhicules accélérèrent et s'en allèrent tous feux éteints.

Éclairée par la lune, la fine poussière qui s'envola enveloppa Heat et Rook d'une nuée irradiante. Quand elle se dissipa, Nikki aperçut un reflet par terre non loin d'eux. Leurs téléphones portables avaient été jetés là ; on en avait retiré la batterie pour désactiver la fonction de localisation. Tandis qu'ils les réinitialisaient, l'hélicoptère, manifestement ni très intéressé ni très pressé, vola au-dessus d'eux avant de poursuivre son chemin. Nikki prit le temps de le regarder passer dans le ciel parisien devant la lune. Elle nota qu'elle était à moitié pleine.

Le soir suivant, Nikki Heat vit la demi-lune s'élever derrière l'aérogare Un de JFK en grimpant à l'arrière de la limousine que Rook avait réservée pour leur trajet de retour à Manhattan. Malgré les scrupules qu'elle avait eus à quitter New York pour se rendre à Paris, Rook avait eu raison.

Ce bref voyage avait fait avancer les deux affaires. Pas assez à son goût – ce n'était jamais assez pour Nikki –, mais les informations qu'elle avait obtenues là-bas, dont le caractère incomplet la frustrait, permettaient néanmoins de combler d'importantes lacunes sur les deux tableaux consacrés aux meurtres.

Ce qui l'ennuyait surtout, c'était de savoir dans quelle direction aller maintenant. Heat savait qu'il lui fallait explorer un axe douloureux pour elle, mais elle décida de prendre le taureau par les cornes.

— Salut, papa, c'est moi, dit-elle quand Jeffrey Heat décrocha. Qu'est-ce que tu fais à la maison un samedi soir ? ajouta-t-elle pour prendre les choses sur une note plus légère.

— Je filtre ces fichus appels sur mon téléphone pour ne plus me faire emmerder par un de ces connards de reporters qui me réclament des entretiens.

— Oh ! non. C'est à ce point ?

— Toutes les heures. Pire que ces putains de démarcheurs par téléphone. Attends.

Nikki entendit des glaçons tinter contre un verre et se représenta son père, installé dans son fauteuil, en train de se resservir un cocktail pour se détendre.

— Même cette bimbo du *Ledger* est venue frapper à ma porte l'autre matin. Elle a dû se faufiler derrière un voisin avant que la grille ne se referme. Ces crétins n'ont aucun respect de la vie privée.

— Oui, on sait tous que les reporters sont des ordures.

Rook tourna brusquement la tête dans sa direction. Puis, après un bref instant de réflexion, le journaliste acquiesça de la tête.

— Dis-moi, papa, tu seras chez toi, demain ? Je voulais

passer bavarder un peu avec toi. J'ai appris quelques petites choses sur maman qui devraient t'intéresser.

En outre, elle comptait lui soumettre les photos de la boîte que Lysette Bernardin lui avait remise, ce qui constituait une excuse valable pour passer le voir. Mais, en réalité, elle voulait profiter de l'occasion pour aborder un tout autre sujet dont elle préférait lui parler de vive voix. Après avoir convenu d'une heure pour cette visite, ils se souhaitèrent bonne nuit.

Nikki raccrocha en se sentant coupable de ne pas avoir été plus franche. Elle se demandait si sa mère avait éprouvé ce genre de scrupules quand elle ne leur disait pas tout. Rook avait-il eu raison, en définitive, de lui suggérer d'en faire autant ?

L'inspecteur Ochoa lui avait récemment laissé un message ; le numéro de téléphone indiqué était celui du poste.

— Je suis surprise de vous trouver encore au boulot, Miguel, dit-elle.

— Il faut bien que quelqu'un se dévoue pour diriger cette affaire pendant que vous vous gorgez de vin et d'escargots avec Rook, si vous voyez ce que je veux dire ?

— Eh bien, finie la détente. Nous voilà rentrés au bercail, et je suis prête à vous tirer d'affaire parce que je suis sûre que vous avez semé la pagaille partout en mon absence.

L'inspecteur Raley prit le relais sur un autre poste.

— Vous m'avez rapporté quelque chose ?

— Vous travaillez aussi, Sean ? J'espère juste revenir à temps pour voir la tête du capitaine quand il aura le rapport des heures sup sous les yeux.

— Mais Iron Man nous a lui-même fait l'honneur de passer ce soir, signala Raley.

— Irons ? Pendant le week-end ?

— Oui, accompagné de l'inspecteur Hinesburg, il y a environ une heure, confirma Ochoa. Ils ont fermé la porte de son bureau et écouté ensemble un enregistrement audio sur le haut-parleur de son téléphone, et puis ils sont repartis précipitamment.

— J'ai dit à Ochoa qu'ils avaient dû se servir d'une appli pour avoir les séances de *La Machine à démonter le temps*, expliqua Raley, ce qui les fit tous rire.

Néanmoins, toute activité de la part d'Irons était synonyme de drapeau rouge pour Heat, surtout si Sharon Hinesburg était impliquée.

Ils l'informèrent alors des derniers événements de la journée écoulée.

— J'ai enfin eu confirmation des autorités françaises pour cet appel du mystérieux monsieur Seacrest, commença l'inspecteur Raley. Il figurait bien un appel international sur le numéro des Bernardin dimanche dernier, mais, malheureusement, il provenait d'un téléphone jetable, alors, la piste s'arrête là.

Heat éprouva un sentiment de déception mêlé du soulagement d'apprendre que l'histoire d'Émile Bernardin se tenait. Bien sûr, elle aurait préféré que cela la mène à Seacrest, mais, finalement, elle était contente de voir la crédibilité des parents de Nicole se confirmer.

— On a retrouvé le gant ?

— Négatif, dit Ochoa. Si vous promettez de ne rien dire, on a un plan B pour ça.

— Dites d'abord, on verra ensuite si je peux promettre quelque chose.

Ochoa marqua une pause avant d'expliquer.

— L'inspecteur Feller commence à ruer dans les brancards. Comme Irons prend en main tout ce qui pourrait faire avancer l'affaire...

— Y compris le gant, ajouta Raley.

— ... Feller a décidé de profiter de petits services qu'on lui devait à la scientifique pour aller fouiner là-bas et voir ce qu'il pouvait dénicher à propos de cette histoire.

— Vous connaissez Feller, reprit Raley. Après tout ce temps dans la rue en compagnie de ces crétins de la brigade en taxi ? Il n'est plus du genre à faire du coloriage sans dépasser du bord.

— Et, donc, il passe outre les ordres directs de son supérieur ? demanda Heat.

— Ouaip, répondirent-ils en chœur.

— Heureusement que je suis arrêtée. J'aurais été obligée de prendre des mesures.

— Qui est-ce qui manque de respect à Wally Irons, que je lui serre la main ? demanda Rook quand elle eut raccroché.

Avant qu'elle n'ait eu le temps de répondre, il se rendit compte qu'ils empruntaient la sortie de Van Dam Street.

— Excusez-moi, chauffeur ? On ne passe pas par le tunnel de Midtown ?

— Il est fermé pour réparation suite au séisme.

Nikki regarda par le pare-brise arrière, mais ne vit ni cônes de chantier, ni lumières clignotantes, ni panneaux avertisseurs de travaux.

— Vous êtes sûr ?

Les autres voitures derrière eux restaient sur l'autoroute de Long Island et roulaient sans encombre vers le péage à l'entrée du tunnel.

Le chauffeur traversa Van Dam et tourna brusquement dans une rue transversale à une allure telle que Nikki fut projetée contre l'épaule de Rook, puis il bifurqua de nouveau sur une route de service menant à une zone industrielle, peuplée d'ateliers de carrosserie et d'entrepôts d'un ou deux étages.

— Vous ne prenez pas l'autoroute de Brooklyn vers le Queens pour rejoindre le pont de Williamsburg ? demanda Rook.

Mais le chauffeur ne répondit pas. Le système central verrouilla les portières, et la voiture effectua un autre virage serré pour pénétrer dans une ruelle. Ensuite, elle franchit une double porte grande ouverte et s'arrêta dans la zone de réception du dépôt d'un transporteur. Le chauffeur descendit, mais les laissa dans la voiture tandis que les doubles portes en acier se refermaient derrière eux, plongeant les lieux dans l'obscurité. Une fois de plus, Heat porta la main à sa hanche et se maudit en n'y trouvant rien.

— Je vais te dire, fit Rook dans le noir. C'est la dernière fois que je fais appel à ce service de voitures.

Un néon unique s'alluma et projeta une sinistre lumière bleuâtre sur deux hommes en costard-cravate qui descendaient la rampe d'accès derrière une remorque, à l'autre bout de l'entrepôt. Ils marchaient calmement, mais d'un pas décidé et en cadence en direction de leur voiture.

L'éclairage des plafonniers faisait ressortir la blancheur de leurs chemises qui tranchait avec leurs costumes et leurs cravates. Lorsqu'ils s'approchèrent, celui au costume brun brandit sa pièce d'identité et la plaqua contre la vitre pour qu'ils la voient.

« Bart Callan, département de la Sécurité intérieure des États-Unis », lurent-ils.

Heat et Rook étaient assis sur des chaises pliantes en métal, dans la remorque, et regardaient, au fond, deux techniciens de laboratoire en combinaison blanche passer des lingettes sur l'extérieur de leurs bagages, puis les placer dans des scanners infrarouges portables. Après avoir été électroniquement reniflée, chaque lingette était ensuite mise sous scellés dans un sachet en plastique à fermeture pression réservé aux pièces à conviction. La même procédure fut ensuite appliquée à leurs mains et leurs chaussures.

— Loin de moi l'idée de vouloir critiquer le gouvernement fédéral, dit Rook, mais ce n'est pas plutôt avant qu'on monte dans l'avion que vous êtes censés faire ça ?

L'agent Callan se détourna de la table du scanner pour s'avancer à grands pas vers lui. On aurait dit qu'il avait délaissé le marathon, trop facile, pour le triathlon.

— Gardez vos fines remarques pour votre prochaine apparition télévisée, monsieur Rook. Même s'il vous sera interdit de commenter notre petite réunion où que ce soit puisqu'elle est classée top secret. J'ai un document à vous faire signer à tous les deux.

Il glissa les mains dans ses poches et se balança sur ses talons, histoire de leur faire comprendre qui était le patron.

Heat se tourna pour jauger l'équipier de Callan, assis en observateur, sur le côté. Quelque chose dans la manière entendue dont Nikki lui sourit lui déplut, et il détourna le regard. Elle se retourna vers le chef.

— De quoi s'agit-il, agent Callan ? Je suis un policier assermenté. Vous n'avez aucune raison de me retenir.

— Ce n'est pas à vous d'en juger, inspecteur Heat.

Son ton détaché, l'absence de menace, tout semblait indiquer une telle confiance en lui qu'il n'avait pas à les bousculer. Il dégageait cette autorité nourrie par le dévouement et non l'orgueil.

Ce qui ne l'empêchait manifestement pas de savourer le fait d'être le maître du jeu.

— J'ai quelques questions auxquelles je souhaite des réponses. Nous verrons bien si elles me satisfont, et quand. Ensuite, nous envisagerons de vous laisser repartir.

Rook ne put résister :

— Bien, parce que j'aimerais passer voir, avant la fermeture de la boutique Apple de Soho, à quoi ressemble ce nouvel iPad dont on parle tant.

Nikki adressa à Callan un de ses haussements d'épaules signifiant : « Et donc, vous allez faire quoi ? », auquel l'agent réagit par un début de sourire. La hanche appuyée contre la table en métal qui lui servait de bureau dans la remorque, il ramassa un dossier.

— Deux jours à Paris. C'est plutôt une visite en coup de vent.

— Vous disiez avoir une question, se contenta de rétorquer Nikki.

— Vous comptez batailler avec moi, inspecteur ?

— C'est vous qui avez convoqué cette réunion, agent Callan.

Rook se frotta les paumes.

— Oh ! chouette, du catch ! On a même les chaises pliantes.

Il s'ensuivit un face-à-face durant lequel Callan la jaugea. De son côté, Nikki, qui d'ordinaire s'en serait abstenue, se sentit pleinement en droit de repousser un agent fédéral. Outre l'agacement d'avoir été enlevée de la sorte, elle souhaitait protéger sa mère depuis cette rumeur selon laquelle elle aurait pu devenir un agent double. Et puis franchement, il y avait trop de choses qu'elle ignorait. Heat se disait qu'en faisant travailler un peu la Sécurité intérieure, elle en obtiendrait peut-être plus qu'elle n'aurait à lui donner.

Changeant de tactique, Bart Callan laissa tomber les bavardages pour entrer dans le vif du sujet.

— Je veux que vous me disiez qui vous avez vu et ce que vous avez fait à Paris.

— Pourquoi ? demanda Rook.

— Parce que je le demande. Et c'est à elle que je m'adresse.

— Si vous pouviez préciser un peu, demanda-t-elle pour voir ce qu'elle pouvait soutirer à Callan. Vous vous intéressez à quelqu'un ou à quelque chose en particulier ? On n'a pas arrêté pendant ces deux jours.

Cela virait à une partie d'échecs entre deux experts de l'interrogatoire, et l'agent Callan savait qu'il lui fallait jouer à jeu égal. Pour jauger les réactions de Nikki face à une autorité éclipsant la sienne, il tenta une nouvelle tactique. La parano était un outil essentiel pour faire perdre pied à la personne interrogée. L'air détaché, il tourna une page dans son dossier, puis lut :

— Sujet B : « *Ce n'est pas moi qui l'ai tué. C'est toi.* » Sujet A : « *Tu veux bien arrêter ça ?* » Sujet B : « *Tu as tué oncle Tyler. J'espère que tu es contente de toi.* »

Heat s'efforça de ne pas croiser le regard de Rook, car elle savait que Callan n'attendait que cela. L'agent poursuivit.

— Sujet B : « *Je pensais que tu serais aux anges d'avoir appris que la double vie de ta mère n'était pas juste le fruit de ton imagination, et qu'en plus ce n'était pas parce qu'elle avait une liaison. C'est quand même pas rien ! Une espionne dans la famille, comme Schwarzi dans* True Lies *! Non, en-*

core mieux : Cynthia Heat était comme Julia Child quand elle espionnait pour l'OSS pendant la Seconde Guerre mondiale. »

— Comment osez-vous ! s'exclama Heat.

Aussitôt, elle regretta ce trait d'humeur incontrôlé. Il l'avait appâtée en introduisant sa mère, et elle avait mordu à l'hameçon.

— Sujet A : « *J'en conviens, c'est déjà ça* », reprit l'agent Callan en retournant le couteau dans la plaie.

— Je savais bien que ce chauffeur de taxi était un gredin, fit Rook. Comment s'y est-il pris ? Il nous a filmés tout le long du chemin depuis l'hôpital ?

L'officier de la Sécurité intérieure sourit et revint à une autre page. Concernant la brasserie Lipp, cette fois.

— Sujet B : « *Voyons la liste : Petar, Don, Randall Feller. Tu en as mentionné trois. C'est tout ?* » Sujet A : « *Rook, tu veux vraiment savoir combien ?* » Callan feuilleta d'autres pages en regardant Heat et Rook. À votre avis, ça s'arrête là ?

Entre-temps, Heat s'était calmée et avait pris du recul par rapport à cette intrusion dans sa vie privée. Elle reprit du terrain.

— Bien, dans ce cas, si vous avez tout ce qu'il vous faut, vous n'avez pas besoin de nous.

— Je veux que vous me parliez de tous ceux que vous avez vus. Que faisiez-vous dans le bois de Vincennes, hier soir ?

— Tiens, vous n'en savez pas tant que ça, finalement, dit-elle.

— J'aimerais que vous coopériez. Nous portons le même uniforme, inspecteur.

— Si on fait équipe, vous devez me donner quelque chose. Par exemple, ce que faisait Nicole Bernardin avant d'être tuée et pour qui.

— Ça ne fait pas partie du jeu, lui opposa Callan.

— Qui voulait sa mort ?

— Cessez, Heat.

— Qui est Seacrest ?

— C'est moi qui pose les questions.

Il eut beau user d'un ton impérieux, son visage le trahit. À la mention du nom de Nicole, sa vigilance s'était accrue d'un microcran.

— Est-ce que c'est vous ?

— Inutile d'insister.

— Dans ce cas, la discussion s'arrête là, déclara Heat.

S'il voulait jouer au plus fin, Nikki était prête à aller jusqu'au bout, compte tenu de l'enjeu. Semblant le comprendre, l'agent passa à Rook.

— Je vous repose la question. Qui avez-vous vu et de quoi avez-vous parlé ?

— C'est privé. J'invoque le premier amendement qui garantit et protège mes droits en tant que journaliste.

Il revint à Heat.

— Donc, en résumé, vous refusez de coopérer à une enquête officielle de la Sécurité nationale ?

— Bien sûr que je coopérerais volontiers, objecta-t-elle. Mais dans ce cas, qu'on passe par la voie officielle. Le recours à l'enlèvement et à l'intimidation me semble rien moins qu'officiel. Tout ce que je vois ici, c'est un entrepôt loué et deux cow-boys avec une panoplie de petits chimistes dans une remorque. Si vous voulez de l'officiel, agent Callan, adressez-vous au One Police Plaza. Sinon, on en reste à ce petit duel sur chaises pliantes.

L'agent du gouvernement referma le dossier qu'il tapota contre sa cuisse tout en se mordillant l'intérieur de sa bouche. Il jeta un œil à son équipier, qui se contenta de hocher la tête.

— Très bien, dit-il. Allez-y. Oh ! et Rook ! ajouta-t-il alors qu'ils ramassaient leurs bagages. Vous pouvez en effet invoquer la protection de la Constitution. Mais laissez-moi vous dire une chose. Vu où vous mettez les pieds tous les deux, vous risquez de la trouver un peu légère, cette protection.

Ce soir-là, ils décidèrent de rester dîner au loft. Heat voulait travailler, et tous deux avaient très envie des fameuses pâtes à la carbonara de Rook. Tandis que Nikki se plongeait dans ses notes sur la table de la salle à manger, Rook s'activa à ses fourneaux de l'autre côté du bar.

— Fais attention où tu mets les pieds. Scotty, le petit chien qui trônait sur la table à côté du canapé, a peut-être été victime du tremblement de terre, expliqua-t-il. Il est tombé lors de la réplique.

— Oh ! pauvre Scotty... Je vais regarder si je le vois.

Le dos courbé, elle arpenta la pièce jusqu'à la cuisine.

— Mm, ça sent bon les lardons. Ce sera prêt dans combien de temps ?

— Quand l'eau bout. Et ne regarde pas dans la casserole, s'il te plaît.

Trop tard. Elle soulevait déjà le couvercle.

— Ça fait beaucoup d'eau.

— Sur Cuisine TV, ils spécifient qu'il en faut au moins quatre litres pour faire cuire les pâtes, exposa-t-il en lui prenant le couvercle des mains pour le remettre en place. Pourquoi tu ne te relaxes pas pendant que je râpe mon parmesan. Va donc nous trouver un tueur.

Tandis qu'il cuisinait, les grincements du marqueur de Nikki sur le tableau qu'ils avaient baptisé « le tableau blanc sud » se mêlèrent à ses coups de couteau sur la planche à découper.

— Petit quiz, Rook. Que nous a appris le détournement de notre taxi par la Sécurité intérieure ?

— Tu veux dire, outre le fait qu'il n'y a rien de plus dangereux que de voyager en automobile avec toi ? On a appris qu'on est sur une piste. Sinon, on n'attirerait pas ce genre d'attention.

— Et aussi qu'on écoute nos conversations et qu'on nous a suivis à Paris. Tu n'as pas reconnu l'équipier de Callan, hein ?

Bien que déconcerté, il tenta de n'en rien montrer.

— Mais si, bien sûr. C'est... Je n'en ai pas la moindre idée.

— Arrête de ramer, Rook. C'était le type en costume bleu qui faisait mine de tuer le temps devant le café, l'autre matin, en se roulant une cigarette. Tu as vu comme il a détourné le regard ce soir quand je l'ai aperçu ?

— Ah ! Ça, c'est sûr, mentit-il.

— La Sécurité intérieure redoute quelque chose. Et ils ont beau fouiner, cet interrogatoire me dit qu'ils n'ont encore rien.

— Ça paraît clair. Et chacune de ses questions nous a appris ce qu'ils ignorent. Et tu as vu sa tête quand tu as évoqué Seacrest ? Et puis, c'était quoi, ces relevés sur nos affaires ?

À travers la vapeur s'élevant de la bouilloire, il la vit entourer *« Relevés par la Sécu. int. ? »* sur le tableau blanc.

— Alors, qu'est-ce qui a bien pu déclencher l'alerte rouge ?

— Je ne sais pas, mais on n'a qu'à continuer sur notre lancée puisque ça marche.

Il remua les spaghettis dans l'eau et lui adressa un sourire d'autosatisfaction.

— Tu veux dire comme d'aller à Boston et à Paris ?

— Oui, dit Nikki. C'était une excellente idée de ma part, non ?

— Un vrai coup de génie, confirma Rook.

Jeffrey Heat portait deux chaussettes de la même couleur, pour le plus grand plaisir de sa fille, qui n'était pas du tout d'humeur à supporter sa déchéance. Peut-être le fait de l'avoir prévenu de sa visite, la veille, lui avait-il permis de mieux se préparer cette fois. Néanmoins, elle remarqua qu'en dépit de son pantalon tout droit sorti du pressing, de son léger pull pastel et de son frais rasage, son père, assis à côté d'elle à éplucher les vieilles photos de la boîte à souvenirs paraissait bien plus que son âge, cet après-midi-là, sur le canapé de Scarsdale.

Chaque fois qu'il s'arrêtait sur un cliché, Nikki ne manquait pas de lui demander : « Alors ? » Il faisait non de la tête, mais hésitait encore une fois avant de le laisser choir sur la pile des photos écartées.

Il ne fallut pas longtemps à Nikki pour comprendre. Jeffrey Heat ne reconnaissait aucun des contemporains de sa mère ; il s'arrêtait pour contempler la femme dont il était tombé amoureux. Le divorce avait fait négliger à Nikki la possibilité qu'il puisse prendre plaisir à regarder ces photos. Alors qu'en fait, ces moments de sa vie faisaient sans doute partie des meilleurs. Elle prit note d'en faire scanner quelques-unes pour lui en faire un album.

— En voilà un que je reconnais. Eugene Summers. C'est le majordome de cette émission idiote à la télé, dit-il.

Il tenait une photo de groupe sur laquelle figuraient sa mère, Tyler Wynn et un jeune homme qui, des dizaines d'années plus tard, connaissait le succès avec sa propre série de téléréalité dans laquelle il jouait les domestiques chez un jeune fainéant.

— Je crois même que c'est moi qui ai pris cette photo.

— J'adore cette émission. Vous connaissez Eugene Summers ? demanda Rook.

— Pas vraiment. Je l'ai juste croisé une fois à Londres. Je l'aimais bien au début, mais il n'arrêtait pas de corriger tous mes faits et gestes. Il a même sorti un jour ma pochette pour la replier. Vous imaginez ?

— Cool, fit Rook, ce qui lui valut un coup d'œil réprobateur de la part de Nikki.

— Que faisais-tu à Londres, papa ?

— À cause de ta mère, tiens donc ! Cindy y donnait des cours, à l'été soixante-seize. La pire période pour être coincé là-bas. La canicule de la décennie. Sans parler de la sécheresse. Et quelle idiotie de se trouver chez les Anglais alors qu'ici, on fêtait le fait de les avoir boutés hors de chez nous, deux cents ans plus tôt !

Il jeta la photo d'Eugene Summers sur la pile écartée. Nikki, qui avait vu la photo sans faire le lien avec Summers, la mit de côté pour se rappeler de prendre contact avec la vedette de la télévision.

— Tu te souviens à qui elle donnait des cours ?

— Ça, pour sûr ! s'esclaffa son père. Le gosse d'un gros brasseur millionnaire de là-bas. Bonne bière, cela dit. Ça, je m'en souviens, fit-il en se léchant les lèvres, ce qui attrista Nikki. Le plus gros exportateur vers l'Irlande. Pas étonnant que cet enfant de salaud ait fait fortune. Si tu n'arrives pas à vendre ta bière en Irlande lors d'une vague de chaleur, autant raccrocher tout de suite.

Son attention se relâcha quand ils atteignirent le fond de la boîte recouverte de toile, sans qu'il ait identifié la moindre autre personne, en dehors des nombreux clichés de Nicole Bernardin.

— Désolé de ne pas être d'une plus grande aide, dit-il.

Nikki remballa les photos en prenant son temps afin de ne pas les abîmer, mais surtout, à la vérité, pour faire traîner les choses. Il y avait un sujet délicat dont elle voulait parler. Mais d'abord, elle avait une question.

— Les gens auxquels j'ai parlé m'ont demandé si maman essayait de cacher quelque chose.

— Sa double vie, railla-t-il. Si elle espionnait pour la CIA comme tu disais, très bien. Il n'empêche que je n'étais pas au courant de tout ça. D'ailleurs, ce n'est pas parce qu'elle espionnait, qu'elle n'avait pas une liaison avec ce...

Il désigna d'un geste la boîte dont Nikki venait de refermer le couvercle.

— ... ce Wynn qui savait y faire. Peut-être que c'est lui qui l'attirait.

N'ayant rien à répondre à cela, Nikki se dit qu'il valait mieux opiner du chef et le laisser gérer sa colère à sa façon. Les nouvelles de la CIA ne se révélaient pas aussi toni-fiantes qu'elle l'avait espéré. Il lui fallut bien admettre qu'il n'avait pas tout à fait tort. Espionner et avoir une liaison ne s'excluaient pas. Parce que cela l'avait soulagée – et peut-être aussi parce qu'elle prenait ses désirs pour des réalités –, Nikki n'avait pas songé à voir les choses sous cet angle.

Peut-être aussi parce qu'ils n'avaient pas la même idée en tête. Elle, elle cherchait à absoudre Cynthia Heat tandis que lui ne voulait que se conforter dans l'idée de l'injustice qui lui avait été faite.

Rook, qui essayait de ne pas s'en mêler, prit la parole pour couper court à ces digressions.

— Nikki, fit-il.

N'avaient-ils pas plutôt quelque chose de concret en tête ?

— Tout à fait. Papa ? As-tu jamais vu maman essayer de cacher un objet ou trouvé quelque chose qui te paraissait bizarre ?

— Comme quoi ?

— Je ne sais pas. Une clé, une cassette vidéo, un papier, une enveloppe. À vrai dire, j'en sais rien. Tu n'es jamais tombé sur quoi que ce soit d'insolite ?

Elle entendit son père avaler sa salive entre ses dents, et il prit le même regard abattu que lorsqu'il avait avoué avoir engagé un détective privé pour suivre sa femme. Il s'excusa, puis revint de sa chambre cinq longues minutes après avoir ouvert et fermé des tas de tiroirs et des portes de placards.

— Voilà ce qui m'avait fait engager Joe Flynn.

— Joe Flynn. Votre privé ? demanda Rook.

Jeffrey Heat acquiesça de la tête et tendit à Nikki un petit sac en velours. En le prenant, elle sentit son cœur cogner dans sa poitrine comme chaque fois, lorsqu'un nouvel élément relançait une affaire qu'elle croyait devoir classer sans suite. Rook eut la même impression. Il s'avança au bord de son fauteuil et leva la tête tandis qu'elle défaisait la cordelette.

— C'est un bracelet à breloques, dit-elle en le faisant glisser dans sa paume.

Rook se leva pour venir à côté d'elle afin de mieux voir. Il s'agissait d'un bijou simple, de peu de prix. Une chaînette en plaqué or à laquelle ne pendaient que deux breloques : les numéros un et neuf.

— De qui ça vient ? demanda-t-elle.

— Je n'ai jamais su.

— Maman ne t'a rien dit ?

— Je, euh, ne lui ai jamais dit que je l'avais. J'avais trop honte. Et elle n'a jamais demandé où il était. Alors, quand le détective privé a dit qu'il n'y avait rien côté liaison, j'ai décidé de ne pas tenter le diable, tu vois.

— Évidemment, je comprends.

Heat retourna les numéros pour les inspecter, mais ne vit rien d'inhabituel.

— Ça t'ennuie si je le garde ?

— Prends-le.

Il balaya l'air d'un revers de la main.

— Emporte-le.

Nikki scruta son père et ne vit plus le poids de l'âge, mais celui des secrets. Puis elle se demanda à quoi ressemblerait sa mère si elle était encore en vie.

— Oh ! encore une chose avant qu'on y aille.

Nikki aborda le sujet pénible avec délicatesse, essayant de ne pas prêter attention à cette duplicité qui lui donnait le sentiment d'être la digne fille de sa mère. Mais il fallait bien poser la question, surtout après l'insistance du Russe, l'autre soir, au bois de Vincennes.

— Tu gardes bien tous tes relevés de banque, non ?

— Ouais...

Même si son passé de financier en faisait un champion de la conserve des relevés en tous genres, Jeffrey Heat répondit sur un ton à peu près aussi direct. Se rappelant que l'information qu'elle cherchait était destinée à laver sa mère de tout soupçon de trahison, Heat enfonça le clou.

— Je pourrais les voir ?

— Je peux savoir pourquoi ?

Elle décela plus que de la méfiance Il s'agissait plutôt d'une chose qu'elle percevait souvent chez les suspects durant les interrogatoires : la peur d'être découvert. Or, ce n'était pas un suspect, mais son père. Nikki ne cherchait pas à le briser, elle voulait seulement des informations. Et, donc, elle lui révéla son but.

— Je cherche à savoir si maman avait des comptes séparés des tiens… Secrets, un peu comme ça, fit Heat en brandissant le sac en velours avec le bracelet à l'intérieur. Un compte dont tu ignorais l'existence jusqu'à ce que tu tombes dessus.

Le silence qui s'ensuivit fut rompu par la sonnerie du téléphone sur sa desserte. Nikki aperçut l'identification de l'appelant : « *New York Ledger.* » Son père aussi, et il laissa sonner quatre fois sans répondre. Le temps que l'appel soit basculé sur la messagerie, il avait pris sa décision.

— C'est comme ce fichu bracelet. Je l'ai interrogée là-dessus. Je lui ai demandé pourquoi un compte séparé, et elle m'a répondu que c'était pour mettre de l'argent de côté, pour être autonome. Ça m'a mis la rate au court-bouillon, et j'ai commencé à me dire qu'il y avait peut-être un autre homme.

Sa mine fendit le cœur de Nikki.

— Tu en as vraiment besoin ?

Heat opina d'un air grave.

— Ça peut m'aider à retrouver son meurtrier, dit-elle dans l'espoir que cela serait bien la seule utilité de ce compte secret.

Il réfléchit un instant, puis disparut de nouveau sans un mot, cette fois dans la seconde chambre. Rook encouragea Nikki d'un sourire, mais cela ne la réconforta en rien. À son retour, un instant plus tard, son père portait un dossier brun en accordéon retenu par une bande élastique. Toutefois, il ne vint pas le remettre à Nikki. Il se posta à la porte d'entrée et attendit. Rook et Nikki le rejoignirent, et il tendit le dossier à sa fille.

— Merci, dit-elle.

— Dis-moi, Nikki, quelle différence y a-t-il entre toi et ce flic qui m'a manqué de respect l'autre jour ? demanda-t-il d'une voix éteinte. Ou ces reporters ? fit-il avec un moulinet du bras en direction du téléphone où le voyant lumineux de la messagerie clignotait.

Nikki sentit ses yeux lui piquer. Elle dit la vérité, en toute sincérité.

— La différence, c'est que j'essaie de t'aider.

— Je crois qu'il vaudrait mieux que tu me fiches la paix un moment, déclara son père, que cela ne réconfortait en rien.

Puis il repartit au fond du couloir en les laissant se débrouiller seuls.

D'ordinaire, ils se déplaçaient avec la Crown Victoria de Heat, mais comme elle était en arrêt de travail, Rook avait loué une voiture. C'est ainsi qu'ils eurent la veine de se retrouver dans les embouteillages des retours de week-end à Manhattan.

Il s'était préparé à un trajet en silence, présumant que Nikki serait de méchante humeur, mais elle était passée en mode professionnel. En réfléchissant à la claque que venait de lui asséner son père, Rook fut très content de la voir parvenir à se protéger, ne serait-ce qu'un temps, sans rentrer sous sa carapace habituelle.

À la place du passager, Heat jeta un rapide coup d'œil au dossier bancaire, regardant fixement le peu de documents et de relevés mensuels qu'il renfermait.

— C'est incomplet, dit-elle. Ma mère n'avait qu'une centaine de dollars, juste assez de mouvements pour maintenir le compte actif, mais les relevés s'arrêtent brusquement sans le moindre signe de clôture du compte.

— De quand date le dernier relevé ?

— Octobre 1999. Le mois précédant le meurtre.

Elle sortit son téléphone et fit défiler les noms de ses contacts jusqu'à Carter Damon. Tout en écoutant son téléphone sonner, elle se demanda si l'ancien inspecteur qui avait dirigé l'affaire de sa mère lui en voulait toujours après leur dernière rencontre.

— Inspecteur Damon, commença-t-elle son message en se servant de son grade comme d'un rameau d'olivier, c'est Nikki Heat. J'espère ne pas vous déranger pendant le week-end. Je voulais juste vous poser une question au sujet de l'enquête et faire appel à votre mémoire à propos d'un compte en banque.

Avant de raccrocher, elle indiqua son numéro de portable.

Pour célébrer leur retour au pays, ils décidèrent de s'adonner à leur péché mignon. Après avoir remis la voiture, ils se rendirent donc au Mudville9, un petit restaurant pour lequel Rook avait un faible, qui servait des grillades et une vaste sélection de bières. Ils s'installèrent à une table proche de la télévision, qui diffusait les informations locales, afin de se tenir au courant de l'avancement du nettoyage de l'après-séisme.

D'après le texte qui défilait sous le responsable casqué interviewé, les travaux, dont le coût s'élevait à plusieurs millions, étaient à quatre-vingt-quinze pour cent terminés. Rook plongea une frite dans sa sauce épicée et entreprit de demander à Nikki si elle le voyait porter le casque.

— Pas pour des raisons de sécurité, bien sûr, mais comme accessoire de mode, précisa-t-il.

Mais elle darda subitement un tel regard sur l'écran qu'il se retourna pour voir ce qui retenait ainsi son attention. Un gros titre éclatant remplissait le haut du grand écran. « *À la une : arrestation du tueur dans l'affaire du camion frigorifique.* »

TREIZE

Rook demanda au barman d'augmenter le volume du téléviseur afin qu'ils puissent suivre l'édition spéciale, ce qui n'était pas chose facile en compagnie des fans de base-ball du dimanche soir, mais peu leur importait. Lui et Nikki se postèrent sous l'écran géant, oubliant leurs grillades sur la table derrière eux, pour écouter bouche bée la chaîne du câble qui diffusait les informations de New York.

Le correspondant, qui se tenait dans une rue de la ville devant une rubalise, s'adressait à la caméra. Sous son image, un bandeau indiquait : *« En direct du quartier de Hell's Kitchen. »* Deux doigts appuyés sur son oreillette, il hocha la tête pour répondre au signal du présentateur lui indiquant qu'il avait la parole.

« Merci, Jeb. Oui, un important rebondissement dans une affaire qui a défrayé la chronique cette semaine à New York, depuis la découverte, dans une valise à bord d'un camion de livraison alimentaire, du cadavre gelé d'une habitante du quartier d'Inwood, poignardée à mort. »

Il se tourna en faisant un geste derrière lui, et la caméra zooma lentement sur l'entrée d'un immeuble en brique fauve, où un agent en uniforme montait la garde.

« Comme vous le voyez, tout est calme ici maintenant dans la 54ᵉ Rue Ouest, mais c'est par cette porte d'immeuble qu'il y a quelques minutes, des agents et des inspecteurs de la police de New York ont pris d'assaut l'appartement du tueur présumé. »

Ensuite furent diffusées les images enregistrées du capitaine Irons tout à sa gloire, le bide contre la rubalise délimitant le périmètre, une forêt de micros tendus sous son nez et son nom affiché à l'écran.

« Notre suspect se nomme Hank Norman Spooner, il a quarante-deux ans et il vit du gardiennage d'appartements. Monsieur Spooner a été arrêté sans encombre par mes soins avec l'aide de l'inspecteur Sharon Hinesburg, de mon commissariat, le Vingtième, ainsi que d'agents de Midtown Nord. »

— De mieux en mieux, commenta Rook.

Heat ne répondit pas. Elle resta pétrifiée tandis qu'Irons répondait à l'une des questions criées par la presse déchaînée.

« Le suspect a attiré notre attention ce week-end, suite à un appel téléphonique anonyme reçu par l'un des membres de mon équipe. L'appelant déclarait regretter avoir commis le meurtre de Nicole Bernardin la semaine dernière, ainsi que celui d'une autre femme, Cynthia Trope Heat, en 1999. »

Nikki repensa aussitôt aux propos des Gars qui avaient signalé avoir vu Irons et Hinesburg passer en coup de vent au poste, le samedi soir, pour écouter un enregistrement à huis clos dans le bureau du capitaine. Les journalistes ne cessaient de crier d'autres questions tous en même temps.

« C'est exact, répondit le capitaine, l'appelant s'est lui-même mis en cause et a déclaré ne plus pouvoir supporter la responsabilité de ces deux meurtres. Il a fourni suffisamment de détails concernant les deux crimes pour que nous ayons l'assurance qu'il s'agissait bien de notre homme et qu'après avoir repéré son adresse, nous procédions à cette arrestation ce soir. Il est actuellement en garde à vue au

Vingtième et il va bientôt nous livrer ses aveux officiels. Je peux assurer aux New-Yorkais qu'ils dormiront mieux ce soir, maintenant que nous avons incarcéré cet individu. Et je suis fier de diriger l'équipe qui a mené cette affaire à ce dénouement sûr et rapide. Merci. »

Le téléphone portable de Heat sonna. C'était Ochoa.

— Merci de m'avoir prévenue ! fit-elle hargneusement sans même un bonjour.

— Hé ! J'apprends la nouvelle à l'instant moi aussi. Le capitaine a fait sa petite salade tout seul dans son coin. À part Hinesburg, personne n'était au parfum. Je vous appelais en premier pour m'assurer que vous soyez informée. Je vois que c'est déjà le cas.

— Oh ! Miguel, désolée de m'être emportée.

— Ce n'est rien. Ça se comprend, il y a vraiment de quoi. Je vais au poste voir ce qu'il en est et essayer de limiter les dégâts. Je vous tiens au courant.

— Parfait, dit-elle avant de raccrocher.

Nikki laissa sur la table de quoi payer l'addition et le pourboire, puis se dirigea vers la porte, que Rook lui tenait déjà.

— Je me demande combien de positions du Kama-sutra ça lui a permis de tester, au gros Wally, de mentionner Hinesburg à la télé, dit-il tandis qu'ils retournaient au loft à pied.

— Si tu pouvais éviter, Rook.

— Moi aussi, ça me gonfle. C'est ma manière de gérer.

— Alors, gère dans ta tête. Je ne suis pas d'humeur à faire la conversation pour l'instant. Il est en train de tout foutre en l'air, dit-elle cependant après trois pas. Non, pire que ça. Ce qui m'effraie le plus, c'est qu'il ne fait que commencer. Ça ne fait pas une semaine que je ne suis plus là, et non seulement il arrête le mauvais type, mais il commet des erreurs potentiellement irréparables pour ces deux affaires.

— Empêche-le alors.

— Comment ?

Alors qu'ils attendaient au passage pour piétons, il plongea ses yeux dans les siens.

— Tu sais comment.

— Non, dit-elle. Je t'ai déjà dit que jamais je ne ferai ça.

— Tant pis, dans ce cas. Laisse Wally jouer les éléphants dans le magasin de porcelaine et admire le résultat à la télé.

Le feu changea, et Rook allongea le pas. Elle le rattrapa.

— Je te déteste.

— D'accord, mais dans ta tête, dit-il.

Le lendemain matin, Heat arriva dix minutes en avance sur son rendez-vous de sept heures avec Zach Hamner. Elle espérait profiter de ces instants de solitude pour surmonter la contrariété de devoir s'abaisser à faire appel à cette fouine. Mais quand elle entra dans le café près du One Police Plaza, il finissait déjà un petit-déjeuner complet : omelette au poivron et au jambon, frites, bagel tartiné de fromage, jus de fruits et expresso.

Hamner ne se leva pas pour l'accueillir ; il se contenta d'un signe de tête avant de lui indiquer d'un geste la chaise en face de lui.

— Vous êtes en avance, fit-il remarquer en consultant l'heure sur son BlackBerry.

— Je peux attendre dehors que vous ayez terminé.

Dans le métro, en venant, elle s'était promis de ne pas se montrer désobligeante avec lui, mais Zach Hamner ne facilitait pas les choses. L'adjoint principal du commissaire aux Affaires juridiques de la police de New York aimait montrer qu'il avait la plus grosse, d'où la longueur de son titre, selon Nikki. La moindre transaction, petite ou grande, était pour lui un jeu de pouvoir et, s'il l'obligeait à venir jusque-là pour une conversation qu'ils auraient tout aussi bien pu avoir la veille au soir, au téléphone, quand elle l'avait appelé, ce n'était que pour lui prouver qu'il avait le bras le plus long.

Zach feignit de ne pas voir son agacement.

— Non, je peux manger pendant qu'on discute. Un café ?

— Non, merci.

Il termina son bagel, la faisant patienter pendant qu'il vérifiait ses e-mails sur son téléphone. Heat concédait que « le Hamster » ait de quoi lui en vouloir, car, deux mois plus tôt, à la grande stupeur de la commission, elle avait refusé la promotion qu'il s'était ingénié à orchestrer pour elle afin qu'elle prenne les rênes du Vingtième commissariat. Manifestement, cette démonstration d'irrespect n'était que la rançon du capital politique que cela lui avait coûté.

Lorsqu'il prit son temps pour enlever d'une chiquenaude une graine de sésame de la manche de son costume rayé noir, elle faillit se lever et partir. Durant ces courtes minutes, le jeu des appuis et les moyens de pression mis en œuvre par cet animal politique lui rappelèrent le caractère antipathique de cet univers et les raisons pour lesquelles elle avait préféré fuir les responsabilités qu'on lui proposait. Voilà pourquoi elle avait refusé d'appeler Hamner quand Rook le lui avait suggéré la semaine précédente. Mais, vu qu'Irons menaçait de bousiller l'affaire de sa mère, Nikki savait qu'il ne lui restait maintenant pas d'autre choix.

Zach Hamner le savait aussi. Il reposa son BlackBerry.

— Alors. Des problèmes à la 82e Rue ?

— Comme je vous l'ai dit hier soir au téléphone, je suis arrêtée au pire moment possible. À cause du capitaine Irons. Qui, maintenant que je suis sur la touche, débarque avec ses gros sabots dans mes deux enquêtes et compromet tous nos efforts.

— Or, l'une d'elles concerne l'homicide de votre mère, c'est bien cela ?

Il le savait déjà, mais elle encaissa.

— C'est pour cela que je sollicite votre aide, fit-elle en jouant le jeu.

— J'ai déjà essayé de vous aider, et on ne peut pas dire que cela nous ait avancés à grand-chose.

— En toute franchise, Zach, ma promotion vous aidait bien aussi.

— Intérêt personnel avisé. On ne profite pas de la destinée de quelqu'un sans s'en offrir une.

Il lui adressa un bref sourire forcé qu'il effaça aussitôt.

— Je vous avais mal jugée, Heat. Vous m'avez chié dans les bottes en public.

— J'en suis sincèrement navrée, dit-elle en le regardant savourer ces mots, remplissant ainsi sa part de la transaction puisque c'était là la seule raison de cette convocation.

— Très bien, ça ira, fit-il, satisfait d'obtenir la déférence qu'il souhaitait. Wally Irons. Pas facile, ça. Ils l'adorent en haut lieu. Ses statistiques sont exceptionnelles.

— Allons, Zach. Que valent ses statistiques contre un homme tel que vous ?

L'idée fit mouche.

— Votre téléphone portable est chargé ? Bien. Évitez le métro ce matin, que je puisse vous joindre.

— Merci.

— Mais comprenons-nous bien, tempéra-t-il. Vous aurez tout loisir de me remercier. L'addition vous parviendra un jour. Et elle sera nettement plus salée que celle-ci, ajouta-t-il en faisant glisser vers elle la note de son petit-déjeuner.

Puis il s'en alla sans un au revoir.

Deux heures plus tard, l'inspecteur Heat aurait pu effectuer un retour sous les applaudissements dans sa brigade, mais elle avait pris les devants et appelé les Gars pour leur demander de faire passer le mot que chacun reste discret. Zach Hamner l'avait avertie qu'il valait mieux ne pas remuer le couteau dans la plaie, car la pilule venue d'en haut serait rude à avaler pour Irons. Quoi qu'il en soit, le Hamster avait fait des merveilles. Elle reprenait le travail, et le seul os donné à ronger au capitaine pour sauver la face était qu'elle accepte de revoir le psy à cause de son éclat dans le bureau vitré.

— C'est tout ce que j'ai à faire ?

— Pour eux, avait glissé Hamner.

Comme si elle avait besoin qu'il lui rappelle qu'elle lui restait redevable. Immédiatement, elle fit amener Hank Norman Spooner en salle d'interrogatoire tandis qu'elle lisait les aveux qu'il avait signés la veille au soir. Le suspect avait également un casier qu'elle étudia. Dans les années 1990, il avait travaillé comme vigile, mais s'était fait licencier suite à plusieurs plaintes pour larcins dans les bureaux qu'il surveillait, et harcèlement de femmes dans les immeubles qu'il était chargé de protéger.

Pour cela, Spooner avait écopé de condamnations assorties de sursis avec mises à l'épreuve qu'il avait effectuées auprès de différents services. Il avait également été accusé de voyeurisme en Floride, à l'époque où il travaillait à bord d'un navire de croisière, un type d'emploi qu'il avait occupé de manière sporadique au cours de la décennie précédente. Pour cela, il avait été soumis à quatre-vingt-dix autres jours de mise à l'épreuve, mais sans peine de prison.

Nikki demanda à l'inspecteur Rhymer si quelqu'un avait comparé ces périodes de croisière avec les dates des meurtres et, comme l'enquêteur lui signifiait que non, elle l'en chargea, se demandant comment diable Wally Irons avait pu se targuer à la télévision d'avoir mené l'enquête.

L'inévitable confrontation avec son supérieur survint alors qu'elle déposait son vieil ami le Sig Sauer dans la boîte sécurisée, à l'extérieur de la salle d'interrogatoire.

— Bon retour à vous, Heat.

Elle verrouilla la boîte, puis se tourna vers la voix. Il se tenait là, coude à coude avec l'inspecteur Hinesburg.

— Capitaine.

La sobriété, songea-t-elle, est toujours votre meilleure alliée pour sauver les apparences.

— Que se passe-t-il donc ici ? J'ai cru comprendre que vous aviez fait remonter mon détenu.

— Oui, monsieur, dit Heat sur un ton déférent. J'ai quelques questions à lui poser. J'en ai également une pour vous. Des nouvelles du gant perdu ?

— Nada. Ce n'est pourtant pas faute de casser les pieds à la scientifique.

— Peu importe maintenant, non ? intervint l'inspecteur Hinesburg. Puisqu'on tient notre homme.

La stupidité de Hinesburg, digne des *Real Housewives*[1], aurait amusé Heat si elle n'était pas si dommageable.

— Et que fait-on du type sur qui j'ai tiré ? C'est lui qui portait ce gant. Est-ce que vous avez remarqué si « notre homme » était blessé par balle ?

— Non, répondit Sharon, ça, j'aurais remarqué.

— Manifestement, intercéda Irons en faveur de sa petite amie secrète, on ne parle pas de la même personne, Heat. Ce qui me semble indiquer que votre tireur est probablement lié à une tout autre affaire. Quelqu'un qui vous en veut. Peut-être un membre de cet escadron de la mort qui a essayé de vous éliminer à Central Park, l'hiver dernier.

Voyant que tout cela ne menait nulle part, l'inspecteur Heat tenta de faire avancer les choses.

— Bien, nous verrons. Si vous voulez bien m'excuser.

— Attendez, fit Irons. On a déjà des aveux signés, pourquoi y retourner ?

— Capitaine, répondit-elle en brandissant le dossier de Spooner, sauf votre respect, tout est de notoriété publique dans ses aveux. Chaque détail a été publié dans les articles comme celui de Rook sur moi, dans les actualités, suite à des fuites...

Nikki parvint à ne pas regarder Hinesburg, dont elle était certaine qu'elle était également la source des nombreuses fuites qui avaient suivi la première. Les derniers bulletins d'informations faisaient même mention d'éléments critiques à ne pas divulguer à la presse, tels que la poussière de ballast sur les vêtements de Nicole et les coups de couteau dans le dos similaires chez sa mère et son amie.

Irons agita les paumes vers elle.

— Holà ! Que les choses soient claires, inspecteur. Publié ou non, ce type a tout avoué. Et vous devriez être contente

---

1. Émission de téléréalité fondée sur la vie de femmes au foyer d'un milieu relativement aisé, vivant en banlieue, amies mais pas forcément voisines, dans diverses grandes villes américaines. (NDT)

parce que ça innocente votre père. Alors, qu'avez-vous en tête ? Quel est votre boulot ? Innocenter les coupables ou les mettre à l'ombre ?

— Notre boulot, c'est d'obtenir la vérité. Et c'est justement ce que j'ai en tête. Parce que, si cet homme ment pour la gloire ou je ne sais quoi, le tueur court toujours. Maintenant, laissez-moi faire mon travail. Parce que, si vous avez arrêté le mauvais type, ne préférez-vous pas le savoir maintenant plutôt que lorsque le procureur jettera votre affaire en pâture à la presse ?

Pour son plus grand plaisir, Nikki vit les yeux de Wally s'élargir à cette pensée.

— D'accord, Heat. Vous avez droit à un essai. Allez-y, je vous regarde.

Quand l'inspecteur Heat franchit le sas de la salle d'interrogatoire, le regard de Hank Norman Spooner s'éclaira. Un sourire qui lui parut un peu trop large l'accueillit tandis qu'elle prenait place de l'autre côté de la table en face de lui. Elle ne dit rien afin de se laisser pénétrer par ses premières impressions. Quand elles n'étaient pas filtrées, elles se révélaient toujours précieuses, et, pour mieux s'en imprégner, elle se ferma à tout le reste : les enjeux de l'affaire, le tremblement de terre et les répliques, le camion frigorifique, la présence d'Irons et des autres derrière le miroir. Pour Nikki Heat, rien ne valait un regard neuf.

Bien que pas rasé, Hank Spooner donnait l'impression d'être parfaitement soigné. D'après son dossier, il avait quarante-deux ans, mais elle lui en aurait donné sept de moins. Sans doute à cause de sa minceur et de son visage de chérubin. Et puis ses cheveux. Bien coupés, la raie au milieu, et roux. Pas d'un roux flamboyant, mais d'une teinte un peu plus sombre. Auburn. Compte tenu de sa blondeur, sa barbe d'un jour disparaissait sur ses joues qui, remarqua-t-elle, se mirent à rougir sous son regard scrutateur. Mais il arborait toujours ce sourire trop aimable, trop familier. Il avait les dents un peu jaunes et, vu la manière dont il remuait la lèvre supérieure, il le savait. Pour les mains, qu'il croisait sur ses genoux sous la table, c'était partie remise. Aux yeux de Nikki, les mains étaient ce qu'il y avait de plus révélateur, après les yeux. Rivés sur elle, les siens exprimaient ce qu'elle ne pouvait qualifier que d'extase. Et il n'hésitait pas à croiser son regard. Mais, comme le sourire, c'était trop. Sa première impression fut corroborée par son apostrophe.

— Nikki Heat en personne, je n'arrive pas à le croire !

Elle avait affaire à un admirateur.

Décidant de conserver ses distances, elle tourna son attention vers son dossier sans tenir compte de sa remarque. La carte de l'admirateur lui servirait plus tard, le cas échéant. Dans l'immédiat, ce qu'elle voulait, c'était écouter pour apprendre. Si c'était bien le tueur, Nikki voulait recueillir les informations qui le lui confirmeraient. S'il ne l'était pas, il lui fallait faire attention aux incohérences pour arriver à cette conclusion. Comme pour chaque interrogatoire, Heat mit de côté ses préjugés et prêta attention.

— J'aimerais quelques éclaircissements concernant votre dossier.

— Pas de problème.

— Mais d'abord, j'aimerais comprendre d'où vous venez.

— Tout ce que vous voulez, inspecteur.

— Vous avez eu des ennuis lorsque vous étiez vigile ?

— Un malentendu, en fait.

Ses menottes tintèrent, car il voulut joindre le geste à la parole. Elle ne fut pas surprise de constater qu'il avait les ongles impeccables et les doigts fins et propres, avec de légères taches de rousseur comme sous les yeux.

— D'après les charges retenues contre vous, vous avez cambriolé les bureaux que vous gardiez et harcelé les femmes dans les appartements où vous patrouilliez.

— Comme je le disais, c'était un malentendu. Il est vrai que j'ai emprunté un peu d'électronique, des ordinateurs et une imprimante, vous voyez, mais j'avais l'intention de les rendre.

— Et pour le harcèlement ?

— J'ai appris à mes dépens, affirma-t-il, la main sur le cœur, qu'il vaut mieux éviter de draguer les belles locataires quand on est simple vigile dans un immeuble.

— Vous avez reçu trois injonctions.

— C'est pour ça que je disais que c'était à mes dépens.

Il la fixa avec ce même sourire, et elle replongea le nez dans le dossier.

— Et pendant environ dix ans, vous avez travaillé pour des compagnies de croisières ?

— C'est exact. Enfin, de-ci, de-là.

— Pour quel genre d'emploi ?

— Un peu de tout. J'ai fait de la maintenance pour les machines à sous. J'ai aussi bossé sur le pont. À préparer les chaises longues, distribuer les serviettes, surveillance de baignade, etc.

— Vous vous êtes fait renvoyer d'une croisière en 2007.

— Seulement parce que je refusais de reprendre un poste de barman. Je souffre d'une grave allergie aux agrumes.

Heat leva les yeux pour le dévisager. Il se tortilla sous son regard, puis s'expliqua.

— C'est vrai. Essayez de préparer un cocktail sans avoir à couper un citron, une orange ou un citron vert sur un bateau de croisière à destination des tropiques.

— Première fois que j'entends ça, fit-elle.

— Je vous assure, sans mentir. Petit, j'ai failli mourir d'un choc anaphylactique, alors, je leur ai dit pas question, et ils m'ont viré.

Nikki retourna cela dans sa tête, puis revint au casier.

— Je croyais qu'on vous avait débarqué parce qu'on vous avait surpris en train d'espionner une cliente.

— C'était sur un autre bateau. Et tout ce que j'avais fait, c'était de vérifier dans sa cabine si elle avait besoin de serviettes propres. C'était sa parole contre la mienne, et qui ont-ils choisi de croire ? La cliente qui payait, ou le troufion en uniforme blanc ?

— Alors, comment joignez-vous les deux bouts entre deux croisières ?

— Je promène les chiens et je garde souvent les appartements des autres. Oh ! et j'ai un blog maintenant.

— Un blog ? Et en quoi ça paye, ça ?

— Ça ne paye pas beaucoup pour l'instant. Mais ça viendra. Et je suis aussi sur Twitter. Il paraît que je cartonne depuis mon arrestation.

Passant délicatement à l'étape suivante, elle lui sourit.

— Vous allez être plutôt célèbre à votre tour, Hank.

— Vous croyez ? Il affichait un grand sourire, car elle avait prononcé son nom. Pas autant que vous, inspecteur Heat. Et encore, vous n'êtes même pas sur les réseaux sociaux.

— Moi, je ne l'ai pas voulu.

— Vous devriez vous y mettre. Vous feriez un tabac. Sérieux, vous êtes une déesse. Je parie que j'ai lu tout ce qui a été publié sur vous.

Nikki sortit ses aveux du dossier et, à en croire leur contenu, paria que Hank Spooner était en effet devenu un expert en la matière.

— Donc, vous dites avoir tué Cynthia Heat ?

— Votre mère.

— Comment avez-vous tué Cynthia Heat ?

— Tout est là.

— Racontez-moi.

— Je l'ai poignardée. Une fois. Dans le dos.

— Où se trouvait-elle ?

— Chez elle, dans un appartement près de Gramercy Park.

— Où, dans l'appartement ?

— Dans la cuisine. Elle préparait des tourtes.

— Nicole Bernardin. Comment vous y êtes-vous pris ?

— Je l'ai poignardée.

— Combien de fois ?

— Une fois. Pareil. Dans le dos.

— Et où se trouvait Nicole ?

Il marqua une brève pause. Première anicroche.

— Elle attendait le train.

— Où ?

L'indice concernant le lien avec le chemin de fer ayant été publié par suite d'une fuite, elle tentait de le déstabiliser en exigeant des détails.

— À Larchmont.

— Selon la police de là-bas, il n'y avait pas de sang sur le quai.

— Tout est là, dit-il en indiquant d'un geste ses aveux. J'ai expliqué qu'elle était en train d'acheter un billet au distributeur à côté du parking. Et il a beaucoup plu depuis.

Il la regarda d'un air satisfait comme s'il l'avait vue venir.

Durant une heure, Heat tenta de le faire dévier de ses déclarations soit en déformant ce qu'il avait écrit, soit, sachant que la plupart des menteurs s'accrochent à l'ordre des choses pour avoir l'air crédible, en le mitraillant de questions sur des points de détail. Comme il s'adaptait prestement à tout, Nikki se représenta Irons en train de jubiler derrière la vitre.

— On a encore des tas de choses à revoir, mais je vais d'abord aller me chercher quelque chose à boire, dit-elle quand Spooner eut fini de décrire la façade de son immeuble à Gramercy Park. Vous avez soif, Hank ?

— Euh, oui, fit-il, toujours avec le même sourire d'adoration.

Quand elle se retrouva de l'autre côté du miroir, Irons se leva de sa chaise.

— Qu'est-ce qu'il y a ? Vous n'êtes pas encore satisfaite ?

Elle se contenta de sourire en sortant dans le couloir.

— Elle est toujours comme ça ? demanda-t-il alors en se tournant vers Raley et Ochoa.

— Toujours, répondirent les Gars.

Quand Heat revint quelques minutes plus tard avec deux canettes de soda, Hank Spooner se ragaillardit de nouveau. Elle ouvrit les deux, but une gorgée de la sienne et posa l'autre devant lui. Il se contenta de la regarder.

— Quelque chose ne va pas ? demanda-t-elle.

— Vous n'avez pas autre chose ?

— Désolé, Hank, on n'est pas au McDo. Qu'est-ce qui ne va pas ?

— Rien, sauf que vous voulez ma mort. Il repoussa la San Pellegrino à l'orange aussi loin qu'il put. Je vous l'ai dit. Je suis allergique aux agrumes. Une gorgée de ce truc et je suis bon pour l'hôpital, ou je tombe raide.

— Oh ! désolée. J'avais oublié. Moi, j'adore ça. J'en ai même une réserve au frigo, ici.

Elle ramassa sa canette et se dirigea vers la porte.

— Vous êtes forte, dit-il. Le soda à l'orange, expliqua-t-il devant son air interloqué quand elle se retourna. C'était juste un test pour voir si je mentais à propos de cette allergie.

Il lui adressa un clin d'œil.

— Bien essayé.

— Vu ! s'exclama-t-elle.

— Alors, convaincue que c'est bien notre tueur ? s'enquit Irons quand elle eut franchi la porte.

— Non.

— Comment ça ? C'est pourtant du solide, ce qu'il nous a donné.

— Et alors ? Comme je le disais, n'importe qui pourrait raconter cette histoire puisque tous les éléments sont de notoriété publique.

— Mais, comme je le disais, cet homme a avoué.

— Bien sûr, parce que ce harceleur rêve de célébrité ou parce que j'ai la chance d'être l'objet de ses désirs. Confions-le aux psys. Il ment et je le prouverai.

— Comment ? Il a répondu à toutes vos questions.

— C'est vrai, mais il reste une chose qui n'a pas été divulguée dans cette affaire. Une chose dont je n'ai pas parlé. Juste après avoir tué ma mère, le meurtrier s'est servi dans notre frigo et a descendu une canette de soda.

Elle brandit son San Pellegrino à l'orange.

— Une comme ça, justement. Seize pour cent de jus d'orange. Vous pouvez arrêter l'Allergique pour ce que vous voulez, dit-elle tandis qu'Irons se tournait vers Spooner et le regardait d'un air ahuri à travers la vitre, mais pour le meurtre de ma mère ? Oubliez.

Le capitaine Irons en resta bouche bée. Il regardait encore son suspect de choix à travers le miroir quand elle quitta la pièce.

Les inspecteurs Raley et Ochoa étaient à leurs bureaux quand Heat revint dans la salle de la brigade. Elle les rameuta dans le couloir, loin des oreilles indiscrètes, et ferma la porte.

— Désolée pour toutes ces cachotteries, mais j'ai besoin d'un peu de discrétion.

— Vous voulez que j'aille chercher Sharon Hinesburg ? fit Ochoa.

— C'est ça. Et on n'aura qu'à se mettre sur haut-parleur pour Tam Svejda, du *Ledger*, sur mon téléphone, renchérit-elle.

Une fois qu'ils eurent bien ri, Heat ouvrit le dossier en accordéon contenant les relevés de banque que son père lui avait remis. Les deux inspecteurs reprirent leur sérieux, et Nikki les informa du compte que sa mère avait ouvert sans en parler à son père.

— Je ne peux pas vous expliquer l'importance de ceci, mais j'ai besoin que quelqu'un de confiance vérifie son activité en toute discrétion – mais aussi en détail. En particulier pour le mois de novembre 1999.

— Je m'en charge, dit Raley en se saisissant des documents.

— Et s'il jacasse, dit son équipier, je lui dévisse la tête.

— Il en serait bien capable, assura Raley.

À leur retour du fond du couloir, Nikki trouva Rook campé à sa table dans un coin de la salle de briefing.

— Ravi de revoir briller l'étoile et l'artillerie, shérif ! lança-t-il en indiquant son badge et son Sig à la hanche.

— Ça fait du bien, dit-elle. Mais ce n'est quand même pas tout à fait Paris.

— Faut voir le bon côté des choses : moins de crottes à éviter sur les trottoirs.

— Élégant. Un génie des mots, doublé d'un poète !

Heat convoqua tout le monde devant les tableaux pour un point rapide. L'inspecteur Rhymer rapporta que, d'après ses vérifications auprès de la compagnie de croisières, Hank Spooner n'était pas en mer lors des deux meurtres qu'il avait avoués.

Bien qu'elle l'eût éliminé de la liste des suspects pour celui de sa mère, Nikki décida de pousser la conscience professionnelle jusqu'à demander à l'inspecteur Hinesburg de veiller à ce qu'on le garde en détention jusqu'à ce qu'on ait vérifié où il se trouvait le soir où Nicole Bernardin avait été poignardée.

Puis elle envoya Sharon en excursion dans le comté de Westchester pour aller montrer des photos de Nicole et de Spooner à la gare de Larchmont et dans les environs. La vérification de l'alibi incombait à Malcolm et Reynolds.

Pour accélérer les choses, Heat aurait souhaité mettre ouvertement la brigade au courant de ce qu'elle et Rook avaient appris sur les activités de sa mère et de Nicole pour le compte de la CIA, mais son rafiot commençait à fuir. Comme elle s'était déjà confiée à Ochoa, il ne lui restait plus qu'à briefer Raley, Feller, Malcolm, Reynolds et Rhymer individuellement – un manque de transparence auquel Nikki n'aimait pas avoir recours, mais voilà ce qui arrivait quand le patron couchait avec un membre de l'équipe en lien direct avec le service des actualités locales d'un tabloïde.

Après la réunion, Nikki écouta le message laissé par Eugene Summers, le jeune homme côtoyant sa mère et Tyler Wynn sur la photo prise à Londres en 1976. Quand elle demanda à Rook s'il voulait l'accompagner à leur rendez-vous pour le déjeuner, l'idée emballa le journaliste à tel point qu'il n'hésita pas à remuer le popotin au beau milieu de la salle de briefing.

— Oh là là ! Vous avez vu à quoi je ressemblais à l'époque ? fit Eugene Summers en examinant le vieux cliché. Bon sang, et la largeur de cette cravate ! Ma sorcière bien-aimée aurait pu poser son balai dessus, il y aurait encore eu de la place pour les trois petits cochons.

Il rendit la photo à Nikki.

— J'aimais bien votre mère, vous savez. C'était la grande époque, et Cindy était vraiment quelqu'un.

Nikki le remercia pour ces compliments tandis qu'il buvait une gorgée de thé glacé, évitant le regard des autres convives du Cafeteria, à Chelsea, qui reconnaissaient en lui le majordome rendu célèbre à soixante et un ans par une émission de téléréalité du câble. Après des décennies passées comme domestique professionnel en Europe, Eugene avait reçu un appel d'un directeur de studio au service duquel il avait travaillé un été à Londres et qui avait eu l'idée d'associer le pointilleux et raffiné M. Summers à diverses jeunes célébrités aux mœurs dissipées. Ainsi était née l'émission *Le Parfait Gentleman*, dont le succès avait transformé d'office Eugene en arbitre du bon goût et de la bienséance de l'Amérique. Son art s'appliquait à toutes choses, de la présentation aux bonnes manières en passant par l'accord des mets et des vins.

Dans son message, Summers, apparemment enchanté de se voir sollicité par la fille de Cindy Trope, avait aussitôt accepté de quitter son loft pour déjeuner avec elle. Rook n'avait pas caché sa joie non plus. Et pas uniquement parce qu'il était accro à la série télévisée.

— Tu crois qu'on va découvrir que c'est le majordome, le meurtrier ? Parce que je pourrais vendre l'article à n'importe quel magazine du pays rien que pour le titre, avait-il commenté tandis qu'ils se rendaient au restaurant.

Inévitablement, quand ils l'avaient rejoint à sa table, Nikki s'était entendue complimenter sur sa ressemblance avec sa mère. Rook, qui frayait régulièrement avec la crème d'Hollywood et les icônes de la scène musicale, avait souri comme une andouille en serrant la main de la star de téléréalité. Heat avait prié pour qu'il ne l'embarrasse pas en lui demandant de les prendre en photo tous les deux ensemble.

La rencontre avait débuté sur une note sombre, car Eugene avait aussitôt adressé ses condoléances à Nikki pour la perte de sa mère. Les morts de Nicole et maintenant de Tyler Wynn le sidéraient également.

— J'ai appris par téléphone pour Tyler à mon réveil, dimanche matin. Je n'en reviens toujours pas.

Faisant bonne figure, il se redressa sur sa chaise.

— Quoi qu'il en soit, « *pour mourir, un bon Américain se rend à Paris* », pour citer Oliver Wendell Holmes.

Nikki songea qu'il était intéressant qu'il soit au courant.

— Puis-je vous demander qui vous a informé du décès de Wynn ?

— Pas nommément. Disons qu'il s'agissait d'une connaissance commune.

— Vous étiez proches, vous et Tyler Wynn ? demanda-t-elle.

— Autrefois. Mais cela faisait – oh ! – des lustres qu'on ne s'était pas vus. Néanmoins, c'était un homme cher à mon cœur.

— Ce qui nous ramène donc à ce par quoi je voulais commencer, déclara Heat. Faisiez-vous partie du « réseau de nounous » de Tyler auquel ma mère participait ?

— N'y voyez pas un manque de coopération de ma part, inspecteur, je vous assure, dit Summers, mais vous me mettez dans une position délicate.

— Vous avez juré le secret ? demanda Heat.

— Serment ou pas, je suis d'une discrétion surnaturelle. Ce n'est pas uniquement professionnel, j'ai mes critères personnels. Mais ne désespérez pas, ajouta-t-il en voyant sa déception. Pour la fille de Cindy, je peux enfreindre mes règles. Je parlerai donc en général. Ou bien j'aurais recours aux démentis qui n'en sont pas. À la question que vous venez de poser, je répondrai par exemple que j'ai juré de ne rien dire. Ce qui vous dit exactement ce que vous voulez savoir, n'est-ce pas ?

— Ça ira, dit Nikki.

Remarquant que Rook jouait, comme souvent, avec ses couverts d'un air absent, Summers le fixa d'un air de réprimande.

— Oh ! comme à la télé. Tu as vu, Nikki ? réagit le journaliste. Il m'a lancé le fameux regard Summers.

Puis il supplia le majordome de la télévision de lui balancer sa petite phrase.

— Allez, juste une fois ? S'il vous plaît ?

— Très bien.

Le sourcil levé, Summers lui asséna un « Quel manque de raffinement » tout à fait hautain.

— Foutrement génial ! s'esclaffa Rook, aux anges, avant de se calmer très vite en voyant le regard furieux de Nikki. Continuez, je vous en prie, fit-il.

Heat formula sa question selon les règles.

— Admettons que vous ayez fait partie de ce réseau, vous vous rappelleriez les noms de certains ennemis dont le domicile aurait été infiltré ?

— Si j'avais connaissance de ce réseau, je dirais au hasard que tous ceux qui étaient espionnés n'étaient pas des ennemis. Le renseignement étant souvent une affaire de discrétion, les sujets surveillés peuvent aussi bien être des diplomates que des hommes d'affaires détenant des informations. Ou les simples fréquentations d'un ennemi.

— Et ma mère dans tout ça ? Si vous étiez en mesure de savoir, connaîtriez-vous les noms des personnes chez qui elle se serait infiltrée ?

— Désolé. Si j'ai eu ce genre d'informations entre les mains, je ne les ai pas retenues. Et c'est la pure vérité. J'avais assez de pain sur la planche de mon côté.

— Et à l'époque de cette photo prise à Londres ? Y était-elle pour espionner la famille d'un client ?

— Là encore, je ne saurais dire.

— Même pour Nicole Bernardin ?

— J'en ai peur.

— Je peux jouer aussi ? demanda Rook. Vous dites avoir

oublié ce genre d'informations. Si vous aviez été en mesure, ou quelqu'un d'autre, de découvrir qui un collègue espionnait, comment cela se serait-il produit, à votre avis, en toute hypothèse, bien sûr ?

— Bien joué, monsieur Rook.

— J'en ai la migraine, dit-il.

— J'imagine qu'à vingt ans, il aurait été important, pour tous ces proches amis en goguette en Europe, de rester en contact par un moyen ou un autre. Twitter n'existait pas à l'époque. Alors, d'autres systèmes auraient sans doute vu le jour. Comme il était hors de question d'utiliser le courrier ou le téléphone pour des raisons de surveillance, je suppose que...

Il marqua une pause et leur adressa un clin d'œil.

— ... ces braves gamins se seraient communiqué leur position et leurs informations sensibles par le biais d'une série de boîtes aux lettres secrètes peu orthodoxes. Disons des boîtes aux lettres mortes.

— Des boîtes aux lettres mortes, répéta Rook. Vous voulez dire une brique descellée et marquée à la craie dans le mur d'une place publique ?

Le célèbre majordome eut une grimace.

— Oh ! je vous en prie. On croirait entendre Max la Menace.

— Comment alors ? s'enquit Nikki.

— Je suppose, dit-il avec un autre clin d'œil, que chacun aurait eu sa propre boîte et trouvé un moyen bien à lui de communiquer ses secrets pour que les méchants ne puissent pas les découvrir.

Les images des appartements retournés de sa mère et de Nicole revinrent à l'esprit de Heat. Sans compter l'appel téléphonique aux Bernardin d'un certain M. Seacrest à la recherche d'un colis.

— Si vous aviez eu pareilles connaissances, ma mère ou Nicole auraient-elles eu des boîtes aux lettres mortes ailleurs qu'en Europe ? Disons, hypothétiquement, ici à New York ?

— Ça, je l'ignorerais. J'aurais déjà quitté le réseau, si tant est que j'en aie fait partie.

Autre clin d'œil.

— Mais pourquoi pas ?

— Quand cela se serait-il produit, si vous l'aviez quitté ? demanda Rook.

— À la fin des années quatre-vingt-dix. Si tel était le cas, ajouta-t-il en gloussant.

— Auriez-vous été encore en Europe quand sa mère a été tuée ?

— C'est en effet là que j'étais quand j'ai appris la nouvelle, oui.

Summers réfléchit un instant.

— C'est un alibi que vous me demandez ?

Puis il se tourna vers Nikki.

— Était-ce la raison de tout cela ? Vérifier si j'étais suspect ?

— Non, pas du tout, l'assura Heat.

— C'est pourtant l'impression que cela me donne. Et je dois dire que, pour quelqu'un qui est venu ici par respect et en toute bonne foi, je me sens insulté. Si vous souhaitez me reparler, ce sera en présence de mon avocat. Excusez-moi.

Les clients du restaurant levèrent les yeux de leurs assiettes. Les têtes se tournèrent vers eux, car Eugene Summers fit grincer les pieds de sa chaise pour quitter la table avant de partir comme une furie. Rook se pencha et ramassa la serviette en papier du majordome tombée par terre.

— Quel manque de raffinement ! commenta-t-il.

Nikki ouvrit son carnet à spirale et prit note, sur une page vierge, de faire vérifier où se trouvait Eugene Summers aux dates des meurtres. Ne serait-ce que pour mettre les points sur les i de tous ses si.

Heat venait de garer sa Crown Victoria en double file dans la 82ᵉ Rue Ouest, comme les autres véhicules banalisés du poste, quand Lauren Parry l'appela sur son portable.

— Tu as une seconde, Nikki ? demanda-t-elle d'une petite voix serrée.

Il se passait quelque chose. Nikki fit signe à Rook de partir devant, puis elle s'appuya contre la voiture.

— Je n'ai pas de bonnes nouvelles, Nikki, annonça son amie légiste. Il faut vraiment, vraiment me pardonner.

— Qu'est-ce qui se passe ?

— C'est l'analyse toxicologique de Nicole Bernardin. Elle est foutue.

— Aide-moi un peu, là, Lauren. Ça ne s'est jamais vu, ça. Ça veut dire quoi ?

— Exactement ça. Il y a eu une erreur au labo. Tu sais que, pour l'analyse des produits chimiques et des toxines présents dans le sang et les liquides organiques du mort, on utilise du gaz ?

— Si tu le dis.

— Oui, c'est comme ça qu'on fait. Eh bien, j'ignore comment, mais les gaz étaient foutus. Les bonbonnes pressurisées qu'on nous avait livrées étaient contaminées, et on ne peut plus procéder aux dosages sur Nicole. Je m'en veux. Ce genre de truc ne m'est jamais arrivé.

— Ne t'en fais pas, va. Ce n'est pas toi la responsable des livraisons de gaz, non ?

Cela ne fit pas rire Lauren.

— Non, maugréa-t-elle.

— Alors, attends qu'on te livre du gaz propre et refais tes analyses sur d'autres échantillons.

— Impossible, Nikki, c'est bien le problème. Ce matin, le corps de Nicole Bernardin a été incinéré, et ses cendres, renvoyées en France à la demande des parents.

Malgré sa déception et son sentiment de frustration, Heat réagit en amie, avec la douceur d'une plume. Elle insista pour que Lauren ne prenne pas les choses tant à cœur, puis l'assura qu'elle la rappellerait plus tard pour mener l'enquête, car tout cela lui paraissait douteux, surtout après la perte du gant à la scientifique.

Les inspecteurs Rhymer et Feller étant les moins occupés en ce moment, dès son arrivée, Heat voulut les convoquer pour leur confier une mission.

Mais elle aperçut alors le voyant lumineux clignoter sur le téléphone de son bureau et décida d'écouter d'abord les messages de sa boîte vocale.

Lysette Bernardin avait appelé de Paris, en larmes. Entre ses pleurs et son accent, Nikki eut du mal à comprendre au début, puis subitement tout devint terriblement clair. Mme Bernardin et son mari Émile voulait savoir comment pareille chose avait pu se produire. Comment avait-on pu incinérer le corps de leur fille à leur insu ?

QUATORZE

L'inspecteur Ochoa vint trouver Heat pour la remercier de ne pas l'avoir chargé de l'enquête à l'institut médicolégal.

— Même si Lauren et moi, on sort ensemble, je voulais vous dire que j'aurais géré, si vous m'aviez mis dessus. Mais le doc tire une grande fierté de son boulot et, là, elle est carrément retournée. C'est aussi bien que ce soit Feller et Opossum qui s'en chargent. Comme ça, je peux l'épauler, si vous voyez ce que je veux dire ?

— Parfaitement, Miguel. Regardez, je suis bien sur l'affaire de ma propre mère, moi. Je crois qu'on sait très bien faire abstraction de nos sentiments personnels, tous les deux.

Il fronça les sourcils.

— Ce n'est pas ce que je voulais dire pour moi. Mais tant mieux pour vous. Enfin, j'imagine, ajouta-t-il en partant.

Nikki réunit ses troupes pour redistribuer les tâches. Sans Hinesburg, partie à Larchmont, ni les inspecteurs Feller et Rhymer qui s'occupaient de la morgue, sa brigade formait un petit cercle, mais, comme il tardait à Heat de relancer la machine dès son premier jour de retour, elle décida de ne pas attendre que tout le monde soit là.

En quittant son bureau, l'inspecteur Raley leva la main.

— Je viens d'apprendre des choses qui devraient vous intéresser, annonça-t-il.

Nikki sentit son cœur faire un bond. Elle eut peur qu'il ne fasse la gaffe de mentionner le fameux compte en banque, mais ce n'était pas le genre de Sean Raley.

— Ça fait plusieurs jours que je visionne les archives des caméras de circulation sur la 23ᵉ Rue Est et je viens de faire mouche.

Il lui tendit un cliché en couleurs.

— C'est au niveau de la 3ᵉ Avenue, juste après que la camionnette bordeaux a essayé de vous faucher, vous et Rook.

— C'était bien cette camionnette.

Voyant Rook tendre le cou, elle brandit le cliché pour que tout le monde puisse le voir.

— C'est bien elle, confirma Rook. Dommage que la caméra n'ait pas pris le conducteur.

— Je sais, dit le roi de tous les moyens de surveillance. En plus, la plaque est volée. Mais regardez, sur le côté de la camionnette : « *Nettoyage de moquette.* » Ne vous emballez pas pour autant, le nom de la société est faux. Ainsi que le numéro de téléphone.

Il consulta ses notes.

— Il correspond à une entreprise appelée « Pompatus of Love ».

— Ah ! oui, ce téléphone rose où des déesses du sexe assouvissent vos fantasmes les plus fous ! s'exclama Rook. Tant que votre carte de crédit fonctionne... Enfin, c'est ce que j'ai lu quelque part, ajouta-t-il sous le regard insistant de Nikki.

Raley tapota la photo avec son stylo.

— Je parie que c'est la même camionnette que celle qui était garée devant chez Nicole Bernardin quand son appartement a été visité.

— On va bien voir, dit Heat. Quand Feller et Rhymer seront de retour, demandez-leur d'aller à Inwood montrer la photo à leur témoin au déambulateur. Si ça correspond, passez un avis de recherche. Beau boulot, Sean. C'est bien vous le roi, ajouta-t-elle en souriant. Malcolm et Reynolds, reprit-elle ensuite en affichant le cliché de la camionnette sur le tableau blanc.

— Oui, je vois nos initiales à côté du point « *Incinération* », dit Reynolds.

— J'aimerais que vous dénichiez d'où est venu cet ordre. Inutile de vous dire que c'est du sérieux. Pas uniquement parce que quelqu'un nous met des bâtons dans les roues, mais parce que c'est une profanation qui en rajoute au chagrin des parents en deuil.

Sentant à quel point Nikki était touchée, les deux équipiers parvinrent à l'assurer qu'ils s'en chargeaient sans avoir recours à leur humour noir habituel. L'abstinence ne dura pas longtemps.

Les inspecteurs Feller et Rhymer revenaient de l'institut médicolégal.

— Regardez qui voilà, annonça Malcolm. Les deux gaziers.

— Comment, déjà ? embraya Reynolds. Vous avez bénéficié d'un vent arrière ?

Et ce fut parti pour une anthologie du pet. Sachant qu'il valait mieux ne pas priver cette bande de grands garçons de leur dose de blagues potaches, Nikki attendit qu'ils en aient terminé.

— Bon, allez, maintenant, j'aimerais entendre leur rapport, rappela-t-elle après leur avoir accordé une minute montre en main.

— Ohé, la compagnie ? intervint Ochoa. Je crois qu'elle aimerait qu'on avance. Enfin, si vous avez fini de brasser du vent, bande de *culos*.

Après un chœur de « Holà ! », Feller et Reynolds expliquèrent que le gaz contaminé n'avait pas atterri chez la légiste par erreur. En effet, le labo de toxicologie de l'institut médicolégal était livré par un fournisseur extérieur qui s'était fait voler son camion de livraison le matin des analyses de Nicole, et quelqu'un s'en était servi pour livrer les bonbonnes corrompues.

— Comment se fait-il que personne n'ait signalé le vol du camion ? demanda Rook.

— Parce qu'il est revenu avec son chargement initial une heure plus tard, expliqua Rhymer. Ils ont cru à une simple virée.

— Et quand le vrai chauffeur a fait sa livraison habituelle, ajouta Feller, comme il y avait eu un changement d'équipe à la morgue, ils ont juste déchargé et ils ont gardé les bonbonnes supplémentaires pour le cas où. Personne n'a rien dit.

Il haussa les épaules.

— Juste une faille du système.

— Dont quelqu'un a profité pour saboter les analyses de Nicole, ajouta Heat.

— Pourquoi se donner une telle peine ? s'étonna Rhymer.

— Pour la même raison qu'on a demandé d'incinérer le corps, dit Rook. Pour cacher quelque chose dans les résultats.

Voyant qu'ils ne le regardaient pas comme s'il avait sorti une ânerie cette fois, il poursuivit.

— Mais quoi ?

— Et qui ? enchaîna Heat. Je veux savoir qui.

— Je prends le relais pour ça.

Tous les inspecteurs se retournèrent vers le capitaine Irons, posté sur le seuil.

— Heat, vos hommes sont déjà débordés. Je me charge de ça personnellement.

Puis il s'en alla sans lui laisser la moindre possibilité de discuter.

— Faut dire qu'après la bévue avec Hank Spooner, commenta Feller, notre ami Wally a quelque chose à prouver.

— Ou simplement à faire sa part de boulot, renchérit Ochoa. Et là, y a qu'à bien se tenir.

Autant Heat n'appréciait pas son supérieur, autant elle

n'approuvait pas les démonstrations de mépris en public à son égard.

— Un peu de respect, d'accord ?

Elle n'eut pas besoin d'en dire plus.

— À votre avis, inspecteur, il se passe quoi, là ? fit Rhymer. D'abord le gant qui disparaît, ensuite le gaz contaminé et maintenant le corps incinéré.

— Ce n'est pas une coïncidence, c'est clair pour tout le monde.

Elle échangea un regard avec Rook, qui pensait la même chose qu'elle : derrière tout cela, il y avait peut-être la CIA, la Sécurité intérieure, voire une agence étrangère clandestine. Nikki se demanda s'il n'était pas temps de révéler au reste du groupe ce qu'elle avait découvert à Paris. C'est alors que Raley prit la parole, et la décision à sa place.

— Est-ce que je suis le seul à trouver bizarre qu'on n'ait pas trouvé de correspondance pour les empreintes de Nicole Bernardin ? Enfin, quand même, pas d'empreintes dans le fichier central pour une ressortissante étrangère ?!

— C'est curieux, en effet, acquiesça Malcolm. Surtout qu'en 2004, les fédéraux ont modifié les registres de l'immigration pour que même les empreintes des résidents permanents légaux soient fichées. Alors, comment Nicole est-elle passée au travers ?

— Et aucun numéro de carte de résident non plus, dit Raley. Après toutes ces années passées dans ce pays ? Je parie que vous savez pourquoi, inspecteur Heat.

Toujours prise entre deux feux, Nikki ne savait que décider : se taire ou tout raconter ? Si elle parlait, ce groupe brillant si désireux de l'aider lui apporterait des idées. Mais que de risques, même sans Hinesburg ni Irons dans les parages. Il était sans doute plus sûr, mais potentiellement moins constructif de clore la discussion. Afin de gagner du temps, Nikki opta pour la solution intermédiaire.

— J'ai bien une petite idée, mais je ne suis pas sûre de vouloir vous en faire part.

— Pourquoi pas ? demanda Reynolds.

— Accès restreint. « Rien que pour vos yeux », glissa Rook.

— Nicole Bernardin était une espionne, coupa Raley, pas du tout sous forme de question.

Heat se tourna vers Rook et fit non de la tête.

— Qu'est-ce qui vous a mis sur la piste ? demanda Rook.

— « Rien que pour vos yeux » ? Futé..., Max !

— Désolé, chef.

— J'étais à ça de tout vous dire, fit Heat en écartant les paumes de quelques centimètres sous les yeux de sa brigade. Donc, me voilà maintenant à ça.

Elle les serra l'une contre l'autre.

— Mais, avec toutes les fuites qu'il y a eues ici dernièrement, vous devez me promettre que cela restera entre nous.

Tout le monde leva la main droite sans qu'elle le demande.

Alors, Nikki se lança.

Parfois le risque paye. Si elle ne s'était pas confiée à sa brigade, Nikki Heat ne se serait jamais retrouvée à Midtown avec Rook une heure plus tard, à attendre l'ascenseur dans le hall du prestigieux immeuble Sole. Le but était de creuser la première piste potentielle en sa possession depuis qu'elle avait repéré Nicole Bernardin sur la vieille vidéo du récital de sa mère.

L'inspecteur Heat avait livré à ses hommes une version abrégée des choses, sans le kidnapping par le Russe, ni la rencontre avec la Sécurité intérieure, ni les détails les plus intimes. Nikki n'était pas prête à divulguer ses secrets de famille – surtout pas les vilaines rumeurs concernant l'éventuel acte de trahison de sa mère à la fin. Si le compte en banque secret débouchait sur quelque chose, les Gars finiraient peut-être par comprendre, mais elle verrait à ce moment-là. En attendant, avec les informations sur le réseau de nounous, Tyler Wynn et la CIA, la brigade avait largement de quoi se mettre sous la dent. Pour terminer, elle avait rappelé à tout le monde de tenir sa langue et de veiller à lui signaler sur-le-champ la moindre sollicitation extérieure concernant cette affaire.

— De la part de qui ? La CIA ? Le FBI ? Le One Police Plaza ? avait demandé Feller.

— Qui que ce soit.

Nikki n'en avait pas expliqué davantage, car, comme au point zéro à Paris, où elle avait voulu rejouer la scène de la photo, voilà qu'elle suivait de nouveau les traces de sa mère et se fermait, par méfiance comme par calcul.

Concrètement, informer son équipe présentait l'avantage de lui permettre de confier différentes missions à ses inspecteurs, comme de demander à Rhymer de vérifier l'alibi du majordome de la télévision. En outre, il lui était possible de partager ses réflexions avec eux, même si ce n'était que pour valider les siennes.

— D'abord, j'irais creuser chez ces gens que votre mère espionnait, avait suggéré Reynolds.

— Le problème, c'est par où commencer ? avait répondu Heat qui, bien sûr, l'avait déjà envisagé.

Rook avait ouvert son Moleskine à une page cornée.

— J'ai effectué quelques recherches sur la famille nord-vietnamienne qui se trouvait sur les photos, celle chez qui ta mère donnait des leçons au fils avant les accords de paix de Paris. Comme le père était quelqu'un d'important, je l'ai trouvé dans Wikipédia. Les deux parents sont morts dans les années quatre-vingt, et le fils s'est fait moine depuis.

— Je ne doute pas que Wikipédia soit le meilleur ami du reporter, Rook, avait objecté Randall Feller sur un ton quelque peu méprisant, mais mon instinct me dit qu'il vaut mieux qu'on s'intéresse en personne aux dernières activités de sa mère avant son meurtre.

— Je suis d'accord, avait déclaré l'inspecteur Malcolm en appuyant le pied sur un dossier de chaise. On en a rien à péter de ses anciens boulots, il faut commencer par ceux qu'elle espionnait ici. Pour remonter sur quarante ans les vieux dossiers d'Europe, ça ne va pas être facile, et on risque de brasser beaucoup d'air pour rien.

— Ça, c'est vrai, avait appuyé son équipier. Les vieux dossiers, c'est toujours plus épineux, et ça n'apportera pas grand-chose, à moins qu'il n'y ait eu un énorme problème. Je commencerais par ses dernières cibles.

— Oui, avait acquiescé Heat, déjà réconfortée par leurs contributions, mais comment s'y prendre si on ne connaît pas ses clients ?

Rook avait pris un air illuminé.

— Je sais ! s'était-il exclamé en bondissant sur ses pieds.

Et en effet, il savait.

L'ascenseur mena Heat et Rook aux bureaux de Quantum Retrieval. L'hôtesse d'accueil les attendait. Alors qu'ils avaient les oreilles encore bouchées par le trajet jusqu'au quarante-sixième étage, elle leur faisait déjà signe de pénétrer dans le bureau du PDG.

— Joe Flynn, annonça-t-il avec un large sourire, tout à fait en accord avec sa poignée de main assurée.

Après que Heat et Rook eurent décliné le verre d'eau minérale qu'il leur proposait, Flynn les invita à s'installer dans le coin salon de style Mission aménagé à l'écart. Avant de s'asseoir, Rook apprécia la vue sur le centre Rockefeller en contrebas. La patinoire avait depuis longtemps cédé la place aux tables basses. On y dressait le couvert pour le dîner.

— Jolis bureaux. Les affaires doivent bien marcher, fit-il remarquer.

— La meilleure décision que j'aie jamais prise a été de laisser tomber les adultères dans les motels miteux pour passer au recouvrement d'assurances. C'est ce qui m'a permis de percer. Un véritable saut quantique, cette reconversion.

Il marqua une pause pour leur laisser le temps d'apprécier la référence au nom de sa société. Flynn avait le bronzage, la forme et les moyens d'un médecin tout droit sorti d'une série télévisée de grande écoute. N'aimant pas du tout la façon dont le bel enquêteur d'assurances jaugeait Nikki, Rook se rapprocha d'elle sur le canapé.

— Il m'a fallu une semaine pour retrouver mon premier

objet d'art volé, et j'ai gagné l'équivalent de trois ans à user mes semelles derrière des conjoints infidèles... ou pas, dit-il ostensiblement pour Heat.

Il lui adressa un sourire commercial, découvrant des dents sans nul doute blanchies par un expert de la 5e Avenue, de l'avis de Rook.

— Vous vous souvenez donc que mon père a eu recours à vos services ? demanda Nikki.

— C'était il y a dix ans, mais Heat n'est pas un nom très commun. Et puis vous ressemblez tout à fait à votre mère. Et c'est un grand compliment de la part de votre humble serviteur.

Rook, qui ne s'attendait pas à tout cela quand l'idée lui était venue de contacter Joe Flynn pour dénicher une piste, tenta de freiner les ardeurs de l'ancien privé en le ramenant à leurs préoccupations.

— L'enquête sur le meurtre de Cynthia Heat est toujours en cours, dit-il.

— J'ai vu ça dans le *Ledger*. Et à la télé hier soir. Je croyais que vous aviez le tueur.

— Tout reste ouvert pour l'instant, répondit Heat. On a encore besoin d'approfondir.

— J'aime approfondir, rétorqua Flynn, poussant Rook à se glisser plus près d'elle encore, ce qui ne parut pas démonter l'autre. Et vous croyez que je peux le faire pour vous, Nikki ?

— Je l'espère. Avez-vous conservé vos dossiers de surveillance et autres éléments concernant les personnes qu'elle voyait à l'époque ?

— Eh bien, voyons.

Flynn ramassa un iPad sur la table à côté de lui et mit en marche l'écran.

— Vous devriez vous en offrir un, vieux, fit-il en surprenant le regard de Rook qui l'observait. C'est génial. Ils m'en ont offert une version bêta pour leur avoir récupéré un prototype qui avait été volé. Cette andouille l'avait oublié dans un bar, imaginez un peu. Il promena son doigt sur l'écran.

Voilà. Été-automne, 1999. Elle donnait des leçons de piano, c'est ça ?

— C'est ça, confirma Nikki.

— J'y suis.

Il leva les yeux vers elle.

— Normalement, je demande un mandat, mais puisque cela vous touche de près, ne soyons pas trop à cheval sur les formalités. D'accord, inspecteur ?

— Bien sûr.

Il tapota de nouveau l'écran.

— Je vous en imprime tout de suite une copie. Laissez-moi votre adresse et je vous l'enverrai aussi par e-mail.

Elle lui tendit sa carte.

— Mon numéro de téléphone est indiqué également.

— Mais vous n'avez besoin que de l'e-mail ? Pour l'envoyer en pièce jointe, non ? fit Rook.

— Absolument. Donc, vous pensez que l'une de ces personnes pourrait l'avoir tuée ? reprit Flynn.

— Difficile à savoir, mais laissez-moi vous poser encore une question. Vous avez été engagé pour une question d'infidélité. Auriez-vous cependant observé autre chose ? Une dispute ? Des menaces adressées à ma mère ? A-t-elle fait quelque chose ou s'est-elle rendue dans un endroit inhabituel que vous n'auriez pas noté parce que cela ne faisait pas strictement partie de vos attributions ?

Il se tira l'oreille pour réfléchir.

— Pas que je me souvienne. Ça fait un paquet d'années, mais je vais y réfléchir. S'il me revient quelque chose, je vous appelle, promis.

— Parfait.

— Autre chose ? demanda-t-il. Je veux dire, n'hésitez pas.

— Oui, dit Rook en s'interposant entre eux. Vous offrez le parking ?

De retour au poste, Rook ne digérait toujours pas les avances de Joe Flynn.

— Ce type a manifestement passé trop de temps à pourchasser de minables don Juan. À force de traîner dans les motels miteux, tôt ou tard, on finit par attraper des punaises.

Le laissant râler sans prêter attention, Heat établit la liste des noms qui figuraient dans le dossier compilé par Flynn sur les cours particuliers de sa mère durant sa surveillance et répartit les vérifications qui s'imposaient parmi ses subordonnés. Elle n'afficha pas la liste sur les tableaux blancs : cette information n'était pas pour tout le monde.

Pendant ce temps, d'autres résultats commençaient à arriver. Eugene Summers avait un alibi. Les douanes confirmaient que, d'après ses passeports, il se trouvait bien en Europe en novembre 1999.

Et le soir du meurtre de Nicole Bernardin, le plus célèbre majordome de la télévision tournait au manoir Playboy, à Los Angeles. En outre, Malcolm et Reynolds avaient localisé Hank Spooner à l'heure du meurtre.

Au moment où, selon ses aveux, il poignardait Nicole à Larchmont, dans l'État de New York, sa carte de crédit le situait à Providence, dans le Rhode Island, où il avait joué à des jeux d'arcade jusqu'à minuit. Les inspecteurs avaient envoyé la photo d'identité judiciaire de Spooner par e-mail au gérant de l'établissement, qui confirmait qu'il était resté à harceler les serveuses jusqu'à la fermeture.

Armés de la liste de Flynn et de certaines informations sur les noms y figurant afin de préparer les interrogatoires du lendemain, Heat et Rook éteignirent les lumières de la salle de briefing et se mirent en route pour le loft. Ils commanderaient quelque chose à dîner pour leur soirée studieuse.

À cette heure, soit une demi-heure avant le lever de rideau de Broadway, il était impossible de gagner le sud de la ville en taxi, c'est pourquoi ils se rabattirent sur le métro. Quand leur rame s'arrêta à la 66e Rue, ils se tournèrent tous les deux sur leur siège pour voir où en étaient les travaux sur le carrelage endommagé par le tremblement de terre. Le chantier était arrêté pour la soirée, mais, en repartant, ils purent constater que, derrière les barrières et les rubalises, la restauration de la mosaïque allait bon train. C'est alors que Nikki, en se retournant, remarqua l'homme qui l'observait. Il se trahit en détournant les yeux dès qu'elle le vit.

Heat n'en souffla mot à Rook. Cependant, deux arrêts plus loin, l'homme étant toujours là, au fond de la rame, elle sortit nonchalamment son téléphone portable et saisit un texto en inclinant l'écran sur ses genoux pour que Rook puisse le lire : « *Ne regarde pas. Au fond. Costume gris, chemise blanche, barbe noire. Nous observe.* » À sa grande surprise, Rook, pourtant jamais très fort pour obéir aux instructions, ne regarda pas. Au lieu de cela, il serra la cuisse contre la sienne pour lui faire comprendre qu'il avait saisi en murmurant « Mm-hm ».

L'homme ne bougea pas pendant de nombreux arrêts. À Christopher Street, Nikki profita de la bousculade des montées et descentes pour lui jeter un œil. Elle remarqua ainsi que sa veste formait une bosse au niveau de la hanche. Elle saisit « *Armé* » sur son portable. Du coup, Rook jeta lui aussi un regard. Aussitôt, l'homme se leva.

Heat l'observa sans le regarder, utilisant sa vision périphérique, la main négligemment posée sur les genoux, prête à dégainer.

Au niveau de Houston, l'homme descendit sans un regard.

— T'en dis quoi ? s'enquit Rook.

— C'est peut-être rien. Peut-être juste un flic sous couverture qui me regardait parce que j'avais une bosse, moi aussi.

— Alors, pourquoi il est descendu ?

— À mon avis, on ne le saura jamais, dit Nikki en se levant, car la rame ralentissait pour desservir Canal Street. C'est la nôtre, non ?

À la sortie de l'escalier sur le trottoir, ils tournèrent instinctivement la tête derrière eux. Le carrefour entre Broadway Ouest et la 6e Avenue était animé, comme d'habitude, mais le trottoir était dégagé.

— Heat. Impala bleue, fit alors Rook.

Nikki suivit son regard de l'autre côté de la 6ᵉ Avenue et repéra l'homme du métro côté passager dans une Chevrolet bleue qui démarrait.

— Par là, dit-elle, et ils tournèrent tous les deux aussitôt dans la direction opposée, sans courir, mais en allongeant le pas pour s'abriter derrière une rangée de camions postaux, garés à côté d'un bureau de poste.

Alors qu'ils longeaient le troisième fourgon, un autre homme surgit devant eux, leur bloquant le trottoir. Nikki porta la main à sa hanche.

— Je ne m'y risquerais pas, fit-il.

Il leva les deux mains pour montrer qu'elles étaient vides, mais ils constatèrent par ailleurs qu'il n'était pas seul ; deux autres étaient venus les encadrer, la main sur l'étui à l'intérieur de leur manteau. Des bruits de pas derrière eux leur indiquèrent qu'ils étaient cernés. Dans cette rue sombre, sans fenêtre, les lieux se prêtaient parfaitement à une embuscade, et Heat s'en voulut de s'être laissé avoir. Elle aussi garda la main sur son arme, sans dégainer.

— Vous avez fait des vérifications sur moi, inspecteur. Je veux savoir pourquoi.

Il laissa retomber ses mains sur le côté et se rapprocha d'un pas nonchalant. Dans son costume sur mesure, avec son crâne rasé et son bouc, il ressemblait à Ben Kingsley. Mais pas celui de *Gandhi*. Celui de *Sexy Beast*, le menaçant. C'est alors que Heat reconnut Fariq Kuzbari, l'attaché de la sécurité de la mission syrienne à l'ONU.

— J'ai en effet quelques questions à vous poser, monsieur Kuzbari. Pourquoi ne venez-vous pas me voir au poste, demain, aux heures d'ouverture, plutôt qu'ici et en pleine nuit ? J'imagine que vous connaissez l'adresse ?

— Cela créerait de nombreuses complications, gloussa-t-il. Je bénéficie de l'immunité diplomatique, voyez-vous ? Par conséquent, cet arrangement vous épargne de grandes frustrations.

— L'immunité, hein ? Et votre ambassadeur apprécierait-il de nous expliquer pourquoi le chef de sa police secrête et son garde du corps armé accostent un flic de New York dans la rue, sur le sol américain ?

— Bagarreuse, à ce que je vois !

— Vous n'imaginez même pas, commenta Rook.

Kuzbari dit quelque chose en arabe à ses hommes, qui lâchèrent leurs armes.

— C'est mieux ?

Heat évalua la situation, puis retira la main de son Sig.

— Maintenant, de quelles questions s'agit-il ? demanda-t-il, le front baissé.

Elle envisagea d'insister pour obtenir un interrogatoire en règle, mais il n'avait pas tort. S'il temporisait ou, pire, ne se présentait pas au poste, cela ne lui serait d'aucune aide.

— C'est au sujet d'une affaire criminelle sur laquelle j'enquête.

— Et en quoi cela peut-il me concerner ?

— Une femme a été assassinée en 1999. Elle donnait des cours de piano à vos enfants. C'était ma mère.

Si Kuzbari fit le lien entre Cynthia et Nikki, il n'en laissa rien paraître.

— Toutes mes condoléances. Néanmoins, je ne vois toujours pas en quoi j'y serais mêlé.

— L'été précédant son assassinat, elle venait chez vous deux fois par semaine. Elle vous a accompagné pendant cinq jours dans un centre de villégiature des Berkshires, monsieur Kuzbari.

— Tout ceci est vrai, je m'en souviens. Toutefois, si vous essayez de me trouver un mobile en sous-entendant que j'ai pu avoir une quelconque relation avec votre mère, vous nous faites perdre notre temps à tous les deux.

Nikki ne suggérait rien de tel puisque Joe Flynn avait formellement exclu toute liaison, mais, compte tenu de son expérience des interrogatoires, elle se tut afin de voir ce que Kuzbari allait dire.

— Quant à cette semaine dans les Berkshires – à Lenox, si je me souviens bien –, on ne peut certainement pas dire qu'il s'agissait d'une escapade romantique. J'étais là-bas dans le cadre de mes fonctions, pour assurer la sécurité de l'ambassadeur lors d'une réunion. Votre mère logeait dans un bungalow séparé, avec ma femme et mes enfants ainsi qu'une autre famille participant à cette conférence.

— Puis-je vous demander de qui il s'agissait ?

— Pourquoi, pour que vous les harceliez aussi sans motif ? Inspecteur Heat, je compatis à votre volonté de régler cette affaire, mais j'ai la certitude de ne pouvoir vous être d'aucune utilité. Par conséquent, à moins que vous n'ayez autre chose, finissons-en et retournons à nos vies.

Avant qu'elle n'ait eu le temps de répondre, il avait déjà tourné les talons et disparu entre les camions. Ils entendirent une portière claquer, puis le reste du groupe se volatilisa, laissant Heat et Rook seuls sur le trottoir.

— Au moins, on n'a pas eu de sac sur la tête cette fois, conclut Rook.

Le lendemain matin, Heat et Rook descendaient Fulton en direction de Seaport Street Sud pour rendre visite à un autre client de Cynthia. Cette fois, afin d'éviter les embuscades surprises, ils avaient pris rendez-vous.

— J'ai repensé à notre rencontre avec Fariq Kuzbari, dit Nikki alors que Rook s'arrêtait pour lire la plaque commémorative du *Titanic*. Imagine l'impression de Carter Damon dans cette affaire, si moi, déjà, je nage dans des eaux de plus en plus troubles.

— Tu ne vas quand même pas lui trouver des excuses, à ce naze ? fit Rook tandis qu'ils repartaient.

— Jamais de la vie. Je comprends juste pourquoi, vu ses médiocres qualités d'enquêteur, il s'est senti débordé et a sans doute laissé tomber.

— Et Kuzbari, alors ? Après nous avoir renvoyés dans nos buts comme il l'a fait, tu vas juste le rayer de ta liste ?

— Non. C'est à moi d'en décider, pas à lui. Mais je sens bien que Kuzbari n'est pas vraiment la priorité pour le moment ; alors, je vais me concentrer sur les autres noms que m'a donnés Flynn. Pour l'instant. Je pourrai toujours le coincer plus tard, s'il le faut.

— Tu ne viens pas de dire que tu « sens » ? Inspecteur Heat, ne seriez-vous pas en train de prendre les mauvaises habitudes de quelqu'un ? Ne seriez-vous pas en train de penser comme un auteur ?

— Grand Dieu ! Dégaine mon arme et descends-moi immédiatement. Non, laisse tomber les sentiments. Tu veux mon raisonnement ? Bien. Même si Kuzbari était impliqué, il est peu probable qu'il se soit personnellement chargé du meurtre. Comme il ne manque pas de sbires pour le faire, je suis bien certaine qu'il aurait un alibi. Et puis, ce serait la galère d'enquêter sur lui, à cause de son immunité diplomatique. Ce ne serait pas impossible, mais gourmand en temps et en énergie. En attendant, j'en ai trois autres à interroger, et on sait tous les deux que le capitaine Irons n'est pas prêt de faire des miracles. Non, Rook, il faut gérer nos priorités. Alors, ne parlons pas de ce que je sens. Disons simplement que... j'évalue mes intuitions à l'aune de mon expérience.

— On croirait entendre un auteur.

À leur arrivée à la brasserie Boz, un employé en bottes en caoutchouc qui nettoyait les pavés devant l'entrée principale arrêta son jet d'eau. L'immeuble en brique restauré qui abritait l'antenne américaine de la célèbre entreprise britannique offrait en outre aux touristes un pub à la Dickens. Le propriétaire et brasseur en chef Carey Maggs les accueillit dans le hall. À la vue de Nikki, il abandonna sa légendaire réserve anglaise.

— Nom d'un chien, vous êtes le portrait craché de votre mère ! s'exclama-t-il avec l'accent d'outre-Atlantique.

Maggs avait des raisons de ne pas en croire ses yeux. Carey avait huit ans quand son magnat de père avait engagé la mère de Nikki, en 1976, pour lui donner des cours particuliers de piano à Londres. Lorsqu'il avait ensuite émigré aux États-Unis, en 1999, Carey Maggs avait repris le flambeau en engageant le professeur de son enfance pour qu'elle enseigne le piano à son fils.

— La boucle est bouclée, conclut Rook.

— Quand on dit que l'histoire se répète ! Me voilà à faire de la mousse comme mon père en Angleterre, commenta Maggs en leur faisant faire le tour de sa brasserie.

L'air humide de l'immense complexe était chargé d'une odeur de levure et de malt à la fois alléchante et écœurante en cette heure matinale. En passant devant les gigantesques cuves d'où sortait un enchevêtrement de tubes et de tuyaux, Carey Maggs leur résuma toutes les étapes du processus, du maltage à la filtration, en passant par le broyage, la clarification, la fermentation et la garde, entièrement réalisés sur place.

— Je ne sais pas pourquoi, mais je pensais que tous ces conteneurs seraient en cuivre, dit Rook.

— En inox. Cela ne donne aucun goût à la bière et c'est facile à nettoyer et à stériliser, ce qui est fondamental. Ces cuves là-bas sont recouvertes de cuivre à l'extérieur, mais c'est juste pour des raisons esthétiques, parce qu'on les voit de la fenêtre du pub.

— Impressionnant. Votre père doit être fier que vous ayez pris la relève, dit Nikki.

— Pas tant que ça. Nous ne sommes pas tout à fait d'accord sur le modèle d'entreprise. Mon père a donné à sa bière le nom d'un personnage d'un roman de Dickens, *Le Mystère d'Edwin Drood*.

— Durdles, dit Heat en se rappelant le goût de son père pour cette marque.

— En effet. Eh bien, mon cher père semble avoir oublié au passage que le principal souci de Charles Dickens était de dénoncer les injustices sociales et l'appât du gain des industriels. Maintenant que je dirige, non seulement j'ai étendu notre marque à des pubs et des tavernes, mais j'ai fait don de la moitié de nos bénéfices à la fondation Mercator Watch. Ils luttent contre l'exploitation des enfants par le travail à travers le monde. Je les surnomme « *Greedpeace*[1] ». Vous en avez peut-être entendu parler ?

— Non, fit Rook, que ce surnom ravissait, mais maintenant, vous m'offrez l'opportunité d'un bon article pour la revue *Rolling Stone*.

— Pour moi, il est difficile de gagner des millions alors que la moitié du monde meurt de faim ou de soif. Bien sûr, c'est trop radical et socialiste pour mon vieux, mais lui, c'est un vrai Scrooge. Si ce n'est pas ironique, quand même ! s'esclaffa Carey en recoiffant du bout des doigts la mèche brune qui lui tombait sur le côté du front. Désolé, vous n'êtes pas venus ici pour entendre tous ces bavardages.

Tous trois prirent place sur les tabourets de bar recouverts de cuir rouge du pub vide.

— Il est vrai que j'ai à vous parler de choses sérieuses, dit Nikki. J'enquête sur le meurtre de ma mère et, comme vous l'avez longtemps connue, vous pourrez peut-être m'aider en me fournissant quelques renseignements.

— Bien sûr. Me voilà encore plus confus de radoter comme ça. Que puis-je faire pour vous ? Je ne suis pas suspect, au moins ? demanda-t-il, les yeux écarquillés. Parce que, là, ça craindrait vraiment. Je l'aimais beaucoup. Il faut dire que Cynthia était formidable.

Sans répondre, car elle n'avait pas encore décidé si lui l'était ou non, Nikki entreprit de lui poser les questions qu'elle avait soigneusement préparées. Sachant que cet interrogatoire serait délicat puisqu'elle ne voulait pas révéler le fait que sa mère était une espionne, elle l'aborda comme avec n'importe quel autre témoin ou personne impliquée. Il lui importait de voir s'il en ressortirait de la nervosité, des incohérences, des mensonges, voire de nouveaux indices.

— Souvenez-vous, si vous le pouvez, du mois qui a précédé son meurtre, commença-t-elle. Novembre 1999. Aviez-vous noté des changements dans le comportement de ma mère ?

---

1. Référence à Greenpeace (paix verte), *Greedpeace* signifiant « stop à l'avidité ».

— Non, pas dans mon souvenir, dit-il après réflexion.

— Avait-elle évoqué des soucis quelconques ? Paraissait-elle agitée ? Avait-elle mentionné quelqu'un qui l'ennuyait, la menaçait ?

— Non.

— Avait-elle l'impression d'être suivie ?

Il réfléchit avant de faire non de la tête.

— Mm, rien de la sorte, non plus.

Alors, Heat tenta d'établir si sa mère espionnait chez lui.

— Au cours de ce dernier mois où elle a travaillé pour vous, avez-vous, vous ou votre femme, jamais eu l'impression que des choses avaient été dérangées chez vous ?

— Comment ça ? demanda-t-il, perplexe.

— Je ne sais pas. Du désordre. Des objets déplacés. Ou manquants.

Il se tortilla sur son tabouret.

— J'ai du mal à comprendre, inspecteur.

— Ne cherchez pas à comprendre, rappelez-vous simplement. Vous est-il arrivé, en pénétrant dans une pièce, de constater qu'une chose avait été déplacée ? Ou avait disparu ?

— Pourquoi ? Vous venez de me demander si elle était agitée. Sous-entendez-vous que votre mère souffrait d'une maladie mentale, qu'elle serait devenue cleptomane ?

— Ce n'est pas ce que je veux dire. Je vous demande juste si des choses étaient dérangées. Voulez-vous un moment pour y réfléchir ?

— Non, dit-il. Je ne me souviens de rien de ce genre.

— Permettez-moi de vous demander qui d'autre fréquentait votre maison à l'époque.

— Ça fait plus de dix ans, vous savez.

— Oui, je sais. Mais je ne parle pas de plombiers ou de livreurs. Je veux dire parmi les hôtes. En aviez-vous qui séjournaient chez vous ?

— Holà ! Vous croyez qu'elle aurait été tuée par quelqu'un qu'on connaissait ?

— Monsieur Maggs, vous vous rendriez service si vous

cessiez d'essayer de deviner ce que je cherche à apprendre et vous concentriez sur la question.

— Très bien. Allez-y.

— Je veux juste savoir si vous logiez quelqu'un chez vous. Une nuit par-ci par-là, les week-ends ?

Heat avait retenu, parmi les notes prises par Joe Flynn au cours de sa surveillance, qu'un homme d'une trentaine d'années se trouvait chez les Maggs la semaine avant que son père ne demande au privé de cesser ses investigations.

— Quelqu'un a-t-il logé chez vous pendant que ma mère y donnait ses leçons ?

Il secoua la tête lentement tout en réfléchissant.

— Non, je ne crois pas.

— C'était Thanksgiving, intervint Rook. Vous n'avez reçu ni ami ni parent, la semaine avant les fêtes ?

— Bien sûr que si, mais ce n'est pas une fête de chez nous, alors, il faut que je réfléchisse un peu.

Il se tapota les lèvres du doigt.

— En fait, maintenant que j'y repense, il y avait bien un de mes anciens copains de fac, cette semaine-là. Le fait que vous parliez de Thanksgiving, ça me rappelle que les gosses étaient en vacances. On comptait aller passer le week-end à Londres, et il devait garder la maison pendant notre absence.

Comprenant ce que cela impliquait, Maggs se troubla.

— Mais de là à croire qu'il ait quelque chose à voir dans tout ça, non. Ça me paraît tout à fait improbable.

Elle choisit une page vierge dans son carnet.

— Puis-je avoir le nom de cet ami ?

Carey ferma les yeux lentement, et son visage se détendit.

— Monsieur Maggs, je vous demande son nom.

— Ari. Ari Weiss, dit-il d'une voix étonnamment blanche.

Puis il rouvrit les yeux. On aurait dit que le fait de l'admettre l'avait vidé de quelque chose. Nikki reprit la parole en douceur, mais avec persistance.

— Pouvez-vous m'indiquer comment prendre contact avec Ari Weiss ?

— Impossible, dit-il.

— Il le faut.

— Mais c'est impossible. Il est mort.

— En effet, confirma Rook, penché sur son écran.

Heat traversa la salle du poste pour le rejoindre à sa table.

— D'après l'avis de décès, Ari Weiss, diplômé de l'école de médecine de Yale et bénéficiaire d'une bourse qui lui a permis d'aller étudier à Oxford – où il a donc rencontré Carey Maggs –, est mort d'une babésiose, une maladie rare du sang. Il est indiqué ici qu'il s'agit d'une sorte de paludisme dû à un parasite, généralement transmis par les tiques, comme la maladie de Lyme, mais aussi par transfusion, bla-bla-bla.

— Rook, un homme est mort et tout ce que tu trouves à dire, c'est « bla-bla-bla » ?

— Ça n'a rien de personnel. C'est juste que, quand j'entends parler de maladies rares transmises par les tiques, je me mets à me gratter et j'ai tout à coup besoin de prendre ma température toutes les cinq minutes.

— Décidément, j'ai gagné le gros lot ! En attendant, fit-elle en indiquant du pouce l'avis de décès sur son écran, encore une voie sans issue pour notre piste éventuelle. Quand est-il mort ?

— En 2000.

Rook referma la page Internet.

— Voilà, de toute façon, qui l'élimine comme suspect pour le meurtre de Nicole Bernardin.

Nikki tenta de ne pas se laisser abattre par cette nouvelle impasse. Elle était en train de se dire qu'il lui faudrait creuser de son côté plus tard sur Ari Weiss, quand les Gars la firent sursauter.

— Inspecteur Heat ?

Nikki se retourna. Les deux équipiers se tenaient derrière elle, l'air sombre.

— Je vous écoute, dit-elle.

— Il vaut mieux qu'on vous montre, dit Ochoa.

— J'ai vu ça il y a quelques minutes, expliqua Raley tandis qu'elle traversait la salle de briefing derrière les Gars, Rook à leurs basques, mais j'ai attendu que Sharon Hinesburg débarrasse le plancher pour ses deux heures de pause déjeuner.

Il s'assit à son bureau pour pianoter sur le clavier de son ordinateur.

— C'est le relevé de novembre 1999 du compte séparé de votre mère, expliqua Ochoa.

Un document financier au format PDF s'ouvrit à l'écran. Raley recula en faisant rouler sa chaise afin que Nikki puisse le lire. Penché à côté d'elle, Rook laissa échapper un faible gémissement. Heat détourna la tête, le visage blême.

— Si l'on en croit ceci, dit l'inspecteur Raley à voix basse, confirmant la réalité qu'elle redoutait, votre mère a reçu deux cent mille dollars la veille de son assassinat.

— Inspecteur, savez-vous de quoi il s'agit ? demanda Ochoa.

Nikki ne répondit pas. Il lui aurait fallu dire à voix haute que, manifestement, sa mère avait trahi son pays. La tête lui tourna. Elle se retourna pour regarder de nouveau le document dans l'espoir de s'être trompée, mais l'image devint floue. Ses mains se mirent à trembler et, quand elle croisa les bras sur la poitrine pour les cacher, son corps entier se mit à vibrer de l'intérieur, jusque dans ses articulations. Alors que ses jambes commençaient à flageoler, elle entendit Rook, dont la voix lui sembla parvenir de l'extrémité d'un tunnel, lui demander si elle allait bien. Nikki se tourna alors pour aller rejoindre son bureau, mais changea d'avis à mi-chemin et quitta la salle de réunion en titubant, heurtant chaises et bureaux.

Une fois qu'elle fut dans la rue, l'air ne se révéla d'aucun secours. Le vertige ne s'apaisait pas. Malgré le beau soleil du matin, sa vision demeurait voilée par une épaisse brume bleue, pareille à la condensation formée sur une porte de douche. Elle se frotta les yeux, mais, quand elle les rouvrit, la brume s'était cristallisée, lui couvrant la vue d'une épaisse couche de givre bleu. Derrière se mouvaient des silhouettes qui, manifestement, la connaissaient, mais qu'elle ne reconnaissait pas. Un visage la regardait à travers la glace. On aurait dit le sien, derrière un miroir terni. Mais cela aurait pu aussi être celui de sa mère.

Elle ne savait plus.

Quelque part derrière elle, Heat entendit appeler son nom. Elle se mit à courir. Sans savoir où.

Des pneus crissèrent, et un camion klaxonna. Pour se protéger, Nikki leva les mains et heurta la calandre d'un semi-remorque qui s'arrêta de justesse. Elle ne fut pas renversée, mais le choc déchira suffisamment le brouillard qui l'entourait pour qu'elle se rende compte qu'elle avait failli se faire écraser.

Nikki tourna les talons et repartit comme une flèche à travers la circulation de Columbus Avenue. Il lui fallait courir quelque part, n'importe où.

Loin.

QUINZE

Une statue équestre de Theodore Roosevelt garde l'entrée du Musée d'histoire naturelle, de l'autre côté de Central Park. Autour, une frise illustre les activités du grand président qui fut à la fois propriétaire de ranch, savant, explorateur, scientifique, défenseur du patrimoine naturel, naturaliste, homme d'État, écrivain, historien, humaniste, soldat et patriote. Devant chacun de ces mots est disposé un banc de granit mis à la disposition du public.

Quand Rook rattrapa Heat, elle était sur le banc de l'homme d'État, courbée en deux, en hyperventilation. Nikki aperçut ses chaussures et le bas de son pantalon avant de l'entendre.

— Va-t'en, murmura-t-elle simplement, sans lever la tête.

Sans en tenir compte, il s'assit sur le banc à côté d'elle. Il s'écoula un moment sans que ni l'un ni l'autre n'ouvrît la bouche. Elle, tête baissée, lui, la main posée sur son dos, qui se soulevait sous son souffle. Rook repensa à cette soirée, à peine quelques jours plus tôt, où, blottis l'un contre l'autre, ils avaient contemplé les épais piliers du Pont-Neuf qui canalisaient les eaux de la Seine, à Paris. Il se rappela s'être demandé ce qui arriverait si l'un d'eux s'écroulait.

Maintenant, il le savait. Alors, il tenta de poser des étais.

— Il n'y a rien de probant, tu sais, dit-il dès que son souffle se fut apaisé. C'est juste un dépôt à la banque. Tu peux ne voir que le côté négatif de la chose, mais ce serait contre tes propres règles, il me semble, de tirer des conclusions hâtives sans preuve solide. Ça, c'est ma chasse gardée.

Cela ne lui tira pas le moindre gloussement. Elle se contenta de croiser les bras sur les genoux pour y poser le front.

— Je me demande si ça vaut la peine, finit-elle par dire. Sincèrement, Rook, peut-être que je devrais laisser tomber. Toute cette enquête. Laisser le passé là où il est, garder toutes ces horreurs, je ne sais pas..., figées dans le temps.

— Tu n'es pas sérieuse ?

— Ça ne me paraît pas impensable, soupira Nikki, le cœur serré, et c'est bien la première fois que ça m'arrive. Mais je n'arrête pas de me dire que c'est pour elle que je fais tout ça, dit-elle d'une petite voix plaintive.

— Ah bon ?

— Pourquoi sinon ?

— Je ne sais pas. Peut-être pour toi, par besoin de découvrir cette part d'elle qui fait partie de toi maintenant. À mon avis, c'est la meilleure raison de continuer.

Il marqua une pause avant de reprendre.

— Ou alors, jette l'éponge, si c'est trop difficile… Comme Carter Damon.

Heat se dressa sur son séant et lui lança un regard noir.

— Hé ! Je fais ce que je peux, se défendit-il.

— Sans blague. En me comparant à cette lavette ? Si ce n'est pas de la manipulation, ça.

— Je n'ai pas que de mauvais côtés. C'était une force de la nature, hein ? fit-il en regardant la statue équestre de Roosevelt qui surplombait Central Park Ouest. Tu savais qu'il avait été commissaire à New York ? On lui avait dit que les services de police de la ville étaient désespérément corrompus et paresseux. Il a tout remis d'aplomb en l'espace de deux ans. Tu me fais penser à lui. Même s'il te reste à travailler la moustache.

Nikki eut un petit rire, puis elle redevint pensive et plongea ensuite ses yeux dans les siens, comme si elle y voyait quelque chose de précieux et d'infini.

— Il est temps de retourner bosser, déclara-t-elle en se levant enfin.

— Si tu insistes. Puisque tu es assez folle pour continuer, je suis assez fou pour te suivre.

Algernon Barrett était le suivant sur la liste des riches clients chez qui la mère de Nikki avait donné des cours. En se garant devant la porte de son entreprise, Heat demanda à Rook s'ils ne s'étaient pas trompés d'adresse. Située dans une impasse desservant des cimenteries et des casses automobiles dans le Bronx, la société de restauration jamaïcaine de Barrett semblait tout sauf prospère.

— Tu sais qu'il ne faut jamais se fier aux apparences, fit Rook en contournant les herbes folles qui poussaient entre les pavés à moitié cassés du chemin menant à l'entrée. Néanmoins, les cafards en disent long sur les restaurateurs.

Tandis qu'ils attendaient dans le petit hall plus adapté, semblait-il, à une station de lavage de voitures, Rook changea d'avis en regardant par les portes vitrées donnant sur la zone de préparation.

— Je retire ce que j'ai dit. Pas besoin d'être un rongeur pour trouver de quoi manger par terre, ici.

Ils patientèrent vingt longues minutes avant qu'une hôtesse d'accueil ne réponde pour les conduire jusqu'au bureau du propriétaire, au fond d'un minable couloir en panneaux de fibres. Algernon Barrett, un Jamaïcain maigre comme un coup de trique disparaissant sous un lourd casque de dreadlocks retenu par un bonnet rasta, ne se leva pas pour les accueillir. Il resta assis à son imposant bureau, jonché de flacons d'épices, de cartons de livraison non ouverts et de magazines de courses de chevaux, sans faire le moindre effort pour même prendre conscience de leur présence. En fait, il était difficile de savoir s'il ne dormait pas derrière ses lunettes de soleil de marque. Son avocate, en revanche, était bel et bien réveillée. Helen Miksit, ancien procureur réputé qui avait quitté le ministère public pour ouvrir un cabinet privé et se tailler une aussi forte réputation de l'autre côté de la barrière, était assise sur une chaise pliante à côté de son client. « Le Bouledogue », comme on la surnommait, ne fit guère de politesses, non plus.

— Je ne prendrais pas la peine de m'asseoir si j'étais vous ! lança-t-elle.

— Ravie de vous revoir, également, Helen, dit Nikki en lui tendant la main, que l'avocate serra sans se lever.

— Premier mensonge du matin. J'essayais de me rappeler la dernière fois que nos chemins s'étaient croisés, Heat. Ah ! oui, la salle d'interrogatoire. Vous essayiez de coincer ma cliente, Soleil Gray. C'était juste avant que vous ne la poussiez au suicide à force de la harceler.

C'était faux ; toutes deux savaient que la célèbre chanteuse s'était jetée sous un train malgré, et non à cause de ce qu'avait dit Nikki. Mais, toujours encline à faire honneur à son surnom, le Bouledogue ne lâchait jamais le morceau.

Par provocation, Rook attrapa deux des chaises pliantes placées devant le grand écran, sur lequel se déroulait un tournoi de poker diffusé par une chaîne du câble, et les retourna pour Nikki et lui.

— Comme vous voulez, dit Miksit.

— Monsieur Barrett, je suis là pour vous poser certaines questions concernant ma mère, Cynthia Heat, à l'époque où elle donnait des leçons de musique à votre fille.

Le Bouledogue croisa les jambes et se cala contre son dossier.

— Allez-y, inspecteur. J'ai conseillé à mon client de ne répondre à rien.

— Pourquoi, monsieur Barrett ? Vous avez quelque chose à cacher ? insista Heat qui, compte tenu de la présence de cette avocate, décida de ne pas faire dans la dentelle.

Il se redressa sur sa chaise.

— Non !

— Algernon, le morigéna Miksit.

Comme il se tournait vers elle, elle secoua la tête. Il se renfonça dans son fauteuil.

— Inspecteur, si vous voulez tout savoir des sauces et des marinades inspirées des Caraïbes de monsieur Barrett, très bien. Si vous souhaitez des renseignements pour gérer un camion de restauration en franchise, je peux vous procurer un formulaire de candidature.

— Exactement, dit-il. Vous voyez, je gère une petite entreprise qui fonctionne et je m'occupe de ce qui me regarde, c'est tout.

— Alors, pourquoi les services coûteux d'une avocate de premier plan ? demanda Heat. Vous avez des raisons de vouloir vous protéger ?

— Oui, en effet. Mon client a récemment acquis notre nationalité et il souhaite la protection accordée à tout citoyen américain contre les pressions indues d'une police trop zélée. On en a bientôt terminé ?

— Je pose ces questions dans le cadre d'une enquête criminelle, déclara Nikki. Votre client préférerait-il que nous menions cet interrogatoire au poste ?

— À vous de voir, Heat. Mon temps est décompté de la même manière, où que je sois.

Nikki sentit que Barrett se retranchait derrière son avocate par peur de ses réactions émotives ; elle tenta donc une autre prise.

— Monsieur Barrett. Je vois que vous avez été arrêté pour violences conjugales.

Barrett arracha ses lunettes et se dressa sur son séant.

— C'était il y a longtemps.

— Algernon, fit le Bouledogue.

— Vous avez agressé votre petite amie, insista Heat.

— L'affaire a été classée ! s'exclama-t-il en jetant ses lunettes sur le bureau.

— Inspecteur, ne harcelez pas mon…

— Avec un couteau, dit Heat. Un couteau de cuisine.

— Ne dites rien, monsieur Barrett.

Mais il ne put se retenir.

— J'ai appris à gérer ma colère. Je lui ai payé ses frais médicaux. Et je lui ai payé une bagnole neuve, à cette salope !

— Algernon, je vous en prie, dit l'avocate.

— Ma mère a été poignardée avec un couteau.

— Enfin, voyons, ça arrive que ça tourne mal dans la cuisine !

— Ma mère a été poignardée dans sa cuisine.

Helen Miksit se leva pour mieux dominer son client.

— Fermez-la, bon sang !

Algernon Barrett en resta bouche bée, puis il se rassit au fond de sa chaise en rechaussant ses lunettes. Le Bouledogue se rassit également, bras croisés.

— À moins que vous n'accusiez formellement mon client, cet interrogatoire est terminé.

Dans la voiture, ils durent attendre que le long convoi des camions de Barrett, partant se déployer dans les rues de New York, dégage le parking.

— Maudite avocate, fit Rook. Ce type allait cracher le morceau.

— Ce qui justifie l'avocate, justement. Dommage quand même que je n'aie pas pu lui soutirer quelques informations avant d'en venir au couteau, mais j'ai été obligée de m'y prendre autrement à cause d'elle.

Comme il ne restait plus qu'un nom sur la liste, l'excitation que Nikki avait ressentie en découvrant ces pistes commençait à lui faire l'effet d'une promesse non tenue.

— Bon, on n'a quand même pas tout perdu, annonça Rook en sortant le pot de sauce épicée qu'il avait glissé dans sa poche pendant la scène.

— C'est du vol, tu sais.

— Le poulet n'en sera que meilleur.

Une demi-heure plus tard, ils venaient de quitter la Saw Mill Parkway pour se rendre à Hastings-on-Hudson, où ils devaient voir la dernière personne de la liste, quand Heat reçut un appel tout excité de la part de l'inspecteur Rhymer.

— Ce n'est peut-être pas grand-chose, mais c'est mieux que rien, annonça-t-il avec juste assez d'accent du Sud pour mériter son surnom d'Opossum. Vous vous souvenez que vous m'avez demandé de voir avec le service informatique si Nicole Bernardin se servait d'un site de stockage en ligne ?

— Vous croyez que j'aurais oublié l'autographe que j'ai dû leur signer sur la photo qui a fait la une de ce magazine pour les... hum... inspirer ?

— Eh bien, ça a marché. Ils n'ont pas encore trouvé de serveur, mais un de mes geeks a eu l'idée d'utiliser la signature électronique de son téléphone portable pour vérifier ses recherches sur Internet. Bien qu'on n'ait pas retrouvé le téléphone lui-même, ils ont réussi à relever l'adresse de son compte dans ses factures. Ne me demandez pas comment, mais je suis sûr que c'est pour ça qu'ils aiment tant passer leurs jours et leurs nuits seuls dans une pièce à se toucher.

— Rhymer.

— Désolé. Ils ont trouvé une recherche qu'elle a faite sur un site de calcul d'itinéraire.

— C'est-à-dire ?

— Un site qui vous indique le chemin pour aller où vous voulez. En métro, en bus, en taxi et à pied, distances et temps de trajet compris. Vous me suivez ?

— Vous feriez un tabac dans *The Big Bang Theory*. Et elle voulait aller où ?

— Dans un restaurant de l'Upper West Side.

— Quand ?

— Le soir où elle a été assassinée.

— Laissez tout tomber et rendez-vous immédiatement dans ce restaurant, Opossum. Allez-y illico, montrez sa photo et ramenez-nous le maximum d'infos.

— On y arrive justement, Feller et moi.

— Si ça marche, on devra une fière chandelle à l'informatique, c'est moi qui vous le dis.

— Peut-être qu'un bisou au rouge à lèvres sous l'autographe ferait l'affaire, suggéra Rhymer.

— Arrêtez, vous me donnez la chair de poule, fit-elle avant de raccrocher.

Heat quitta la route de campagne, et ses pneus crissèrent sur les graviers de la longue allée menant à la maison victorienne de Vazha Nikoladze. Des aboiements s'élevaient d'une niche derrière un bosquet de rhododendrons plantés dans le pré adjacent. Elle se gara à côté d'une hybride bleue, le pare-chocs contre la clôture en bois qui séparait l'allée du champ. En descendant de voiture, Heat et Rook s'arrêtèrent un instant pour admirer l'étendue verdoyante des prairies qui descendaient jusqu'à la lisière d'un bois, dont les feuillages scintillaient sous le soleil de la mi-journée. Ils ne le voyaient pas, mais l'Hudson coulait entre ces arbres et les falaises juste derrière.

— Regarde au bout du champ, fit Rook. C'est quoi ? L'épouvantail le plus réaliste qu'on ait jamais vu ou quoi ?

— J'opte pour le « ou quoi ». Ce n'est pas un épouvantail. C'est un homme.

Au même moment, la silhouette parfaitement immobile se mit en marche pour venir à leur rencontre. Malgré ses chaussures de randonnée et son jean épais, l'homme avançait d'un pas régulier, avec la grâce et l'économie d'un danseur. Pas une fois il ne se retourna ni ne regarda sur le côté. Pourtant, ils n'avaient pas l'impression qu'il les regardait non plus, malgré le large sourire qu'ils lui virent aux lèvres quand il se rapprocha. Alors, il détacha les mains de la boucle de sa ceinture et les porta à son visage, les poings joints comme pour une prière avant de redresser un index. Il leur faisait signe de ne pas faire de bruit.

Quand il fut à un mètre d'eux, environ, Vazha Nikoladze s'arrêta et leur chuchota quelque chose avec un accent qui leur parut russe.

— Un instant, s'il vous plaît. Je le dresse.

Alors seulement, il se retourna. Face au pré, il leva le bras latéralement, le maintint cinq secondes sur le côté, puis ramena la main sur sa poitrine.

Aussitôt, un très gros chien s'élança de l'extrémité du champ et fonça sur lui. Le berger du Caucase, de la taille et de la couleur d'un ourson, se défendait bien. Au dernier moment et à un seul signal de la main, il s'arrêta et s'assit, les pattes de devant alignées sur la pointe des chaussures de son maître.

— Bon chien, Douda, commenta Nikoladze en se penchant pour lui caresser la tête et lui gratter l'arrière des oreilles.

L'animal remua la queue.

— À ta place maintenant.

Douda se leva et repartit droit à sa niche en trottinant.

— C'est formidable ! s'exclama Nikki.

— Il promet, convint-il. Avec un peu d'entraînement, il remportera peut-être des concours. Vazha, annonça-t-il, la main tendue. Vous devez être Nikki Heat, je présume ?

En cette radieuse journée de printemps, il les invita à s'asseoir dans la galerie couverte qui entourait la maison. Ils déclinèrent le thé glacé qu'il leur offrait et s'installèrent dans les chaises longues en teck tandis qu'il se perchait sur la balustrade en face d'eux. Les jambes pendantes, Nikoladze paraissait non seulement plus petit, malgré sa position en hauteur, mais beaucoup plus jeune que les cinquante ans que lui donnait Heat.

— C'est à l'institut, en ville, qu'on nous a dit qu'on vous trouverait ici, commença Nikki. Vous avez pris un congé personnel ?

— Un bref, oui. J'ai malheureusement perdu l'un de mes chiens. Fred aurait été le premier berger du Caucase à remporter le concours de Westminster, je crois.

— Toutes nos condoléances, dirent Heat et Rook presque en chœur.

Il eut un sourire peiné.

— Même les bêtes à concours tombent malades. Elles ont leurs faiblesses comme tout le monde, n'est-ce pas ?

Nikki remarqua que son accent géorgien se faisait plus marqué avec la tristesse. Rook dut avoir la même pensée.

— Vous venez donc de Géorgie, dit-il. J'ai effectué un excellent séjour à Tbilissi pour un article il n'y a pas très longtemps.

— Ah ! oui, il m'a beaucoup plu, monsieur Rook. Très bien vu. Mais la situation n'était pas aussi rose quand je suis passé à l'Ouest. On était encore sous la botte de Moscou.

— C'était quand ? demanda l'inspecteur Heat, dont la mention d'un passage à l'Ouest en provenance d'un pays satellite de la Russie titilla son intérêt en raison de ses implications clandestines potentielles.

— 1989. J'avais vingt-huit ans et, sans vouloir me vanter, je faisais partie des plus grands biochimistes de l'Union soviétique. Puisque tel était son nom. Vous savez, non, à quel point les Géorgiens et les Russes sont à couteaux tirés ?

— Oui, dit Rook. Cela a fait couler beaucoup de sang.

— Surtout du sang géorgien. Or, à Moscou, ils voulaient mettre mes talents au service de la guerre. Un comble ! J'étais jeune, je n'avais pas de famille à charge, alors, j'ai choisi la liberté, voyez-vous. Et j'ai eu la chance d'obtenir rapidement un poste d'enseignant-chercheur ici, à l'institut Spokes.

— Et c'est quoi, cet institut Spokes ? demanda Heat.

— Je crois que c'est ce que vous appelez un groupe de réflexion. Même si, la plupart du temps, on parle plus qu'on ne réfléchit, gloussa-t-il. Mais nous avons pour mission d'étudier les moyens de démilitariser la science. Ce qui convient parfaitement à un homme comme moi. Par ailleurs, ce poste me permet de m'adonner à ma passion pour les concours de chiens.

Il rit de nouveau avant de retomber dans la mélancolie, sans doute au souvenir de Fred.

Heat, qui souhaitait l'interroger sur son passage à l'Ouest, profita de cette transition pour se lancer. Elle demanda à Vazha Nikoladze s'il avait suivi les affaires de meurtre aux informations et il avoua avoir été uniquement préoccupé dernièrement par la perte de son pauvre chien. Néanmoins, il avait entendu parler du meurtre à la valise, en raison de son caractère si insolite. Heat lui expliqua qu'outre le meurtre de Nicole Bernardin, elle enquêtait aussi sur celui de sa mère. Ensuite, elle lui posa les mêmes questions qu'à la brasserie, le matin même, au sujet de l'époque où Cynthia Heat donnait des leçons particulières chez lui en 1999 : la disposition d'esprit de sa mère, son éventuelle agitation, si elle avait le sentiment d'être suivie ou ennuyée, si des choses avaient été dérangées ou avaient disparu chez lui.

— J'aimerais vraiment pouvoir vous aider, répondit Nikoladze, mais, malheureusement, je n'ai pas grand-chose à vous dire. Voyez-vous, votre mère n'est venue ici que deux fois.

— Votre enfant a abandonné ? s'enquit Rook.

Du haut de son perchoir, le chercheur lui jeta un regard amusé.

— Mon enfant ? Je peux vous assurer que cela est parfaitement impossible.

— Alors qui ? demanda Nikki.

— Mon protégé.

— De l'institut ?

— Non.

Nikoladze hésita avant de poursuivre.

— C'était quelqu'un que j'avais rencontré à un concours de chiens en Floride. Il venait aussi de Tbilissi.

Heat sentit que le sujet le mettait mal à l'aise et comprit pourquoi, mais, sachant que le maître des lieux n'était souvent qu'un simple lien vers la véritable cible espionnée par sa mère, elle décida d'enfoncer le clou.

— Il présentait des chiens, lui aussi ?

— Non, c'était un assistant, répondit Nikoladze, les yeux baissés.

Puis, comme s'il abandonnait toute résistance, il s'expliqua.

— On avait beaucoup en commun. Comme le courant passait, je lui ai proposé de venir ici pour lui enseigner l'élevage et l'entraînement des chiens. Je lui ai donc aussi payé des leçons de piano, mais il ne s'y tenait pas assez sérieusement.

— Ce n'est pas pour tout le monde, le piano, fit remarquer Rook.

— Mais il tenait à moi.

Nikki sortit son calepin.

— Puis-je vous demander le nom de ce protégé ?

— Ce doit être mon jour pour raviver les chagrins, récents et anciens, soupira Vazha.

Tu prêches une convertie, songea Nikki en débouchant son stylo pour l'inciter à poursuivre.

— Il s'appelle Mamuka. Mamuka Leonidze.

Conscient de la barrière de la langue, il lui épela le nom.

— Savez-vous où il se trouve maintenant ? demanda-t-elle.

— Il est parti rejoindre le Cirque du Soleil au Canada, il y a dix ans, comme acrobate. Après, je ne sais pas. Si vous le retrouvez, tenez-moi au courant, par curiosité, ajouta-t-il.

Vazha Nikoladze les accompagna jusqu'à leur voiture, ce qui permit à Heat de ramener sur le tapis le sujet de son passage à l'Ouest.

— Vous arrive-t-il d'être en contact avec des représentants de gouvernements étrangers ?

— Tout le temps, bien sûr. L'institut Spokes est un groupe de réflexion international.

— Je voulais dire en dehors de votre travail. Des contacts avec les autorités ?

— Uniquement pour régulariser ma situation en tant que ressortissant étranger.

Bien qu'ils n'en aient pas parlé avant, Rook eut raison de poser la question suivante.

— Et avec des espions ? Ou la police secrète ?

— Pas depuis que j'ai quitté la Géorgie.

Cependant, Nikoladze réfléchit.

— En fait, ils sont bien venus me trouver peu après mon arrivée, mais ils ont fini par me laisser tranquille après l'élection de Chevardnadze, au milieu des années quatre-vingt-dix.

— Qui ? demanda Nikki.

— Vous voulez des noms ? On se croirait revenus à Tbilissi, sans le béton.

— Je vous en donne un, moi, dans ce cas, proposa Rook. Anatoli Kijé, vous connaissez ?

— Le Broyeur d'âmes ? Tout le monde le connaissait à l'époque. Mais depuis que je suis parti ? Non.

— Encore un nom, renchérit Heat. Tyler Wynn.

— Non, celui-là, je ne le connais pas, j'en ai peur.

Le sourd grondement d'un train fit vibrer l'air autour d'eux. L'Adirondack d'Amtrak passait à cinq cents mètres, sur les berges de l'Hudson, en direction d'Albany. En se glissant au volant, Heat demanda à Vazha Nikoladze de l'appeler si quelqu'un d'autre le contactait au sujet de cette affaire. Il hocha la tête et dit quelque chose qu'elle ne put entendre à cause de la sirène du train qui retentissait au même moment. Ses propos furent engloutis dans les aboiements déchaînés des chiens répondant depuis leur niche. L'image de cette articulation muette lui parut coller parfaitement à la sensation de vide qu'elle éprouvait en suivant ces pistes.

De retour sur la route, Rook exprima son sentiment de frustration autrement.

— On dirait que sa liste ressemble beaucoup à notre bel enquêteur d'assurances : tout dans le décor, rien dans l'assiette. Je dirais même plus, du décor de pacotille. Tu as vu ses marques de bronzage ? Typiques des lunettes de protection qu'on doit porter pour faire des UV.

— Allons, Rook, ce n'est pas la faute de Joe Flynn, si ça n'a rien donné pour l'instant.

— « Pour l'instant », tu dis ? Compris, ajouta-t-il en voyant sa mine têtue.

Elle accéléra un peu et décida de mettre en pratique ce qu'elle ne cessait de répéter à sa brigade. Quand on tombe de cheval, il faut remonter tout de suite. On y retourne. On creuse encore. Et encore. Heat avait le sentiment que, lorsqu'elle aurait revu l'interrogatoire de certains, ils ne disparaîtraient pas sans la revoir.

Alors qu'elle traversait le hall du poste avec Rook, le téléphone portable de Nikki sonna pour lui annoncer l'arrivée d'un texto.

— Enfin ! s'exclama-t-elle. Un message de Carter Damon.

— Que dit-il ?

— Rien. Enfin, pas rien, mais le message est incomplet. Il a dû perdre le réseau ou alors il l'a envoyé par erreur.

Elle lui tendit l'écran. Cela disait simplement : *« Je suis »*, et puis plus rien.

— Hum… *« Je suis »*… Laisse-moi deviner : *« … malade »* ? *« … vraiment un con de ne pas avoir rappelé »* ?

Le sergent de service déverrouilla la porte, et Rook la tint ouverte pour la laisser passer en premier. Heat répondait au texto de Damon en lui demandant de l'appeler quand Raley l'interpella au premier pas dans la salle de briefing.

— J'ai quelque chose à vous montrer avant qu'Irons et sa Maiden ne soient de retour.

En regardant par-dessus l'épaule de son enquêteur, elle aperçut un relevé financier sur son écran.

— Ça va aller, inspecteur ? s'inquiéta Raley avec délicatesse, compte tenu de la sortie hâtive de sa supérieure, un peu plus tôt.

Rook se faufila tout près d'elle.

— Qu'est-ce qu'on a ? demanda-t-elle en s'armant de courage.

— Après votre départ, ce matin, j'ai découvert d'autres informations sur le compte de votre mère. Je ne sais pas pourquoi, peut-être par erreur de saisie ou à cause de la trêve de Thanksgiving, mais la banque a classé le reste de ses transactions du mois de novembre en décembre 1999. Regardez.

Se sentant plus solide cette fois, Nikki se pencha de nouveau pour lire le relevé.

— Il est indiqué ici que les deux cent mille dollars ont été retirés, en liquide, le lendemain du dépôt.

Elle se releva et se tourna vers Rook, toujours à ses côtés.

— C'est le jour où elle a été tuée.

— Tu te souviens à l'hôpital, Tyler Wynn te demandait si tu avais vu ta mère cacher quelque chose ? C'est peut-être l'argent qu'ils voulaient ?

— Possible, mais réfléchis, Rook. Trois meurtres en dix ans ? Ce n'est pas un peu beaucoup pour juste deux cent mille ?

— Ça dépend ! lança Ochoa de son bureau. J'en connais qui vous feraient la peau pour un sandwich au jambon.

— Attention ! alerta Raley en éteignant l'écran de son ordinateur, car Irons arrivait.

— Heat ? Vous avez une minute ?

Au lieu de la conduire dans son bureau, le capitaine lui fit signe de le rejoindre près de son bureau à elle.

— Je ne sais pas qui vous avez énervé, mais je viens de recevoir un appel du bureau de l'adjoint au maire signalant des plaintes à votre sujet pour harcèlement à cause de votre histoire de vendetta.

— D'abord, monsieur, il s'agit d'une affaire, ce n'est pas une vendetta. Ensuite, avez-vous déjà mené une enquête sans marcher sur les pieds de quelqu'un ?

— Non.

La candeur de sa réponse lui rappela que l'ancien administrateur n'avait guère l'expérience de la rue.

— Eh bien, ça arrive. Qui s'est plaint ?

— On ne m'a rien dit. Ils voulaient juste savoir si vous aviez une idée derrière la tête ou si vous partiez juste à la pêche. Or je n'ai rien pu répondre puisqu'on ne me tient pas vraiment au courant.

Derrière lui, les Gars en restèrent bouche bée. « Pas vraiment ? » Quant à elle, Nikki dut détourner la tête pour ne pas éclater de rire.

— Ça va changer, illico presto, annonça Irons. Je vais étudier les dernières mises à jour de vos tableaux et je veux un compte rendu complet et détaillé afin que je puisse attaquer.

— Mais, monsieur, que devient le chauffeur du camion

qui a livré le gaz pollué à la morgue ? Je croyais que c'était votre priorité.

— Pas de souci. Pour cela, j'ai ma botte secrète : Sharon Hinesburg.

Irons s'avança vers les tableaux blancs et se campa devant, les mains dans les poches, donnant corps au pire scénario que Heat ait pu imaginer. Elle attrapa alors Rook par le coude pour le tirer dans le couloir, puis ferma la porte.

— Le cône du silence, hein ? Vous m'entendez, chef ? fit-il aussitôt.

— Arrête de faire l'enfant, Rook. Il faut qu'on trouve quelque chose.

— À ton avis, d'où vient la plainte ? De Fariq Kuzbari ? Oh ! je sais ! Je parie que c'est Eugene Summers. Ce majordome narquois ne supporte pas qu'on lui rende la monnaie de sa pièce.

— Moi, je parie plutôt sur le Bouledogue, Helen Miksit, mais peu importe. Ce qui compte, c'est d'empêcher Irons de fourrer davantage son nez dans cette affaire.

— Et comment on fait ?

— Non, plutôt comment toi, tu fais. Parce que c'est toi qui vas détourner son attention.

— Tu veux encore que je fasse le guignol ?

— Oui, enfile ton nez rouge et tes chaussures de clown. Essaie de l'amadouer en lui proposant une fausse interview pour un article. Ça a déjà marché.

— C'est vrai, mais *« toute performance passée ne préjuge pas d'une performance future[1] »*.

Elle le regarda fixement.

— J'ai peut-être passé un peu trop de temps devant la télé pendant ma rééducation.

Quand Rook se glissa entre lui et le tableau qu'il était en train de lire, Irons prit un air agacé.

— Vous avez une minute, capitaine ?

— Vous voyez bien que je suis occupé, non ?

---

1. Slogan d'une publicité de fonds de placement à la télé américaine. (NDT)

— Oh ! désolé. C'est juste que je pensais à cet article sur lequel je travaille, mais ce n'est pas un problème. On verra plus tard.

Il n'avait pas fait deux pas qu'Irons le rattrapait par l'épaule.

— Je crois qu'on sera plus à l'aise dans mon bureau, fit-il en guidant Rook vers « l'aquarium ».

Les inspecteurs Feller et Rhymer revenaient du restaurant dont Nicole Bernardin avait cherché les coordonnées sur Internet.

— On a trouvé, annonça Opossum en rejoignant Nikki à son bureau.

— Un grill au niveau de la 94ᵉ Rue et Broadway. On a dû attendre l'arrivée du gérant, mais il a formellement identifié la victime, expliqua Feller. Il a dit que Nicole Bernardin était arrivée vers dix-neuf heures. Il l'avait remarquée parce qu'elle a pris une table sans rien boire d'autre que de l'eau gazeuse pendant une demi-heure et, pour finir, elle n'a pas dîné.

— A-t-il dit pourquoi ? demanda Heat. A-t-elle reçu un appel ou quelque chose avant de partir ?

— Non, elle a rencontré un type, répondit Rhymer. Il est entré, s'est assis et ils ont discuté environ cinq minutes. Ensuite, elle est partie, mais lui a gardé la table et s'est offert un faux-filet à l'os.

Nikki fronça les sourcils.

— Ils se souvenaient de sa commande ?

— Mieux que ça, ils se sont fait prendre en photo avec lui pendant qu'il mangeait.

Feller brandit une photo encadrée sur laquelle figuraient des serveurs et le chef posant autour d'un visage familier, tout sourire devant sa pièce de bœuf accompagnée d'une énorme pomme de terre au four.

— J'ai décroché ça du mur, dans le bar.

— C'est bien qui je crois ? demanda Heat.

— Nul autre, confirma Rhymer. Lloyd Lewis, le chasseur de trésor.

— Je peux voir ça ? demanda-t-elle.

Il lui tendit la photo.

— D'accord, mais faites attention. Cet homme est une légende.

— Ce n'est qu'une photo, objecta Nikki.

— D'une légende, insista Rhymer.

— Il a été comme ça tout l'après-midi, commenta Feller.

Heat étudia brièvement la photo avant de la lui rendre, feignant de la lâcher, juste pour voir la tête de Rhymer. Il ne la déçut pas.

— Amenez Lloyd Lewis ici, qu'on ait une petite discussion avec lui, ordonna-t-elle.

— Il va falloir attendre, déclara Feller. D'après son agent, il est parti en mission secrète quelque part en Amazonie.

— En mission secrète. C'est pas cool, ça ? fit Rhymer.

— Lâche-nous un peu, Opossum, dit son équipier. Ça commence à bien faire.

Ce soir-là, dans l'ascenseur qui les menait au loft, Heat brandit son téléphone portable à l'adresse de Rook.

— Carter Damon m'a renvoyé un texto. « *Excusez-moi de ne pas vous avoir rappelée... Ai trouvé un vieux dossier qui devrait vous intéresser.* » Il veut qu'on aille prendre un café ensemble.

Au moment où Nikki voulut répondre, l'ascenseur fut pris d'une secousse.

— Aux abris ! s'écria Rook, et ils se hâtèrent de rentrer chez lui. Je commence à en avoir marre de ces répliques. Si j'aimais les tremblements de terre, je partirais m'installer à Los Angeles. Là au moins, je pourrais mourir bronzé.

Quand elle ressortit de la chambre quelques minutes plus tard, il lui tendit l'une des bouteilles de Sierra Nevada qu'il venait d'ouvrir, et ils trinquèrent.

— C'est quoi, ça ? s'enquit-il en voyant Nikki tenir une bourse en velours.

— Le bracelet à breloques que mon père a volé à ma mère.

— C'est pas sympa, dit comme ça.

— C'est ça, défends-le maintenant. Toi qui n'hésites pas à piquer de la sauce épicée.

Elle fit sauter le bracelet dans le creux de sa main, puis en examina les breloques, retournant les deux numéros en plaqué or entre le pouce et l'index, et se demandant quelle signification pouvaient avoir le un et le neuf. Si tant est qu'ils en aient une.

Rook but une gorgée de bière.

— J'ai repensé à notre visite chez Vazha aujourd'hui, dit-il ensuite. Tu sais ce que je crois ? À mon avis, Mamuka était un espion.

— Peut-être, admit-elle.

— C'est vraiment bizarre. Normalement, c'est là que tu m'envoies balader, parce que je vois des espions partout !

— Oui. Mais ce soir, tu as le droit parce que tu as rendu un fier service à l'équipe.

— Ça, tu peux le dire. Cinq minutes dans la même pièce que Wally Irons, et je suis prêt à m'automutiler juste pour faire passer le temps plus vite. Dire que c'est à toi que je dois cette corvée d'avoir à dîner avec lui pour qu'il m'expose son point de vue sur la manière de maintenir l'ordre. Tu pourrais au moins m'accompagner pour me faire des guili-guili sous la table ?

— C'est très tentant, mais je dois prendre le café avec Damon.

— Alors, toi tu vas travailler officiellement sur l'affaire pendant que moi je vais devoir prétendre prendre des notes face à ce moulin à paroles.

— Arrête de te plaindre, Rook. Ce ne sera quand même pas la première fois que tu fais semblant d'interviewer quelqu'un que tu n'as aucune intention de citer dans un article.

— Certes, mais ça a toujours été des super mannequins ou des actrices splendides, et il y avait la possibilité de coucher avec elles après. Non pas que j'aie profité de l'une d'elles.

Un large sourire se dessina alors sur ses lèvres.

— De deux, si. Mais d'une seule, jamais.

Nikki secoua la tête avant d'enfiler le bracelet à son poignet pour le regarder à la lumière. Elle l'étudia encore avant de le retirer.

— Avant que tu ne ranges ça, dit-il comme elle ramassait la bourse, dis-moi, as-tu remarqué si ta mère ou Nicole ou quelqu'un d'autre portait ce bracelet ou quelque chose d'approchant sur les vieilles photos ?

Malgré le regard d'approbation qu'elle lui adressa, il resta méfiant.

— Cette réaction signifie-t-elle que tu te moques de moi, mais que mon droit est toujours valable, ou que c'est une vraie bonne idée ?

— Je vais chercher la boîte, d'accord ?

Elle disparut dans le couloir, mais revint les mains vides.

— Elle n'est plus là.

— Comment ça ?

Il la suivit dans son bureau. Elle indiqua un meuble de classement.

— Je l'avais rangée là-dedans. Elle a disparu.

Il s'apprêtait à saisir la poignée, mais elle l'arrêta.

— Attends. Au cas où il faudrait relever les empreintes.

— Tu es sûre de ne pas l'avoir rangée ailleurs ?

— Ces photos étaient importantes pour moi, je sais très bien où je les avais rangées. Et il y a un grand vide là où la boîte se trouvait ce matin quand j'ai fermé le tiroir.

Préférant ne rien toucher, ils firent un bref tour du loft. Tout semblait à sa place et il n'y avait aucun signe d'intrusion au niveau de la porte ou des fenêtres.

— Je devrais peut-être annuler mon dîner avec Wally.

— Bien essayé, mais on a tous les deux à faire. On va tout fermer et on fera venir la scientifique demain pour qu'ils passent les lieux au peigne fin. Ce soir, on n'aura qu'à dormir chez moi.

Rook réfléchit un instant.

— D'accord, mais si on frappe à ta porte, c'est toi qui réponds.

Comme Heat arriva la première au Café Gretchen, à Chelsea, et malgré la fraîcheur de cette soirée d'avril, elle choisit une table en terrasse en souvenir de Paris et commanda un café crème en attendant Carter Damon. Nikki était toujours contente de ces rares moments de solitude, mais ils n'étaient jamais très relaxants.

Le vol des photos la contrariait beaucoup. Par ailleurs, elle se demandait pourquoi Damon voulait la voir si vite. Peut-être était-ce pour compenser la culpabilité qu'il ressentait à cause de son enquête bidon. Elle tenta de se calmer en observant les promeneurs qui profitaient du parc suspendu de la High Line, au-dessus de la 10ᵉ Avenue.

La promenade plantée incarnait tout ce que Heat adorait à New York : une grande et belle réalisation, bien faite et ouverte à tous. Deux kilomètres de voies ferrées abandonnées rouillaient au milieu de la ville depuis des années quand quelqu'un avait eu l'idée d'en faire un parc urbain suspendu. La ligne désaffectée avait été nettoyée, les rails, intégrés dans le passage, des bancs, installés aux différents points de vue, puis on avait planté d'un bout à l'autre des graminées, des arbustes, des bouleaux et des fleurs des champs. Inaugurée l'été précédent, elle était déjà si fréquentée que la ville avait décidé de la prolonger pour l'été suivant.

Nikki balaya le trottoir du regard. Toujours pas de Carter Damon en vue. Quand le serveur lui apporta son grand crème, elle contempla la vapeur qui s'élevait en volutes au-dessus de la fine couche de mousse formée sur les bords. Puis elle voulut boire une gorgée, mais le café était encore trop chaud. Elle écarta donc sa tasse pour le refroidir en soufflant dessus.

Alors, elle aperçut le point rouge d'un laser sur la faïence.

SEIZE

La tasse en porcelaine lui explosa dans la main. Aussitôt, Nikki la lâcha pour se mettre à l'abri derrière l'arbuste en pot, à côté de sa chaise, et dégainer son arme. Se rendant compte qu'elle tenait encore l'anse de la tasse, elle la laissa choir sur le trottoir. Puis la sensation de chaud et humide sur le devant de son chemisier lui fit chercher une éventuelle blessure, mais ce n'était que du café, pas du sang. Comment a-t-il pu me manquer avec une visée laser ? songea-t-elle.

Elle eut la réponse quand elle se retourna pour s'assurer que personne n'avait été touché derrière elle. À l'intérieur du café, les clients, qui ne lui prêtaient aucune attention, réagissaient à autre chose : une réplique suffisamment importante pour que les plafonniers se balancent et que tous les verres empilés derrière le bar se retrouvent par terre en mille morceaux. Suffisamment importante aussi pour faire dévier son tir au tireur embusqué.

Heat dressa brièvement la tête pour voir où il se tenait. Aussitôt, le point rouge balaya l'autre côté du pot à sa recherche, et à peine eut-elle baissé la tête qu'un coup de feu retentit. La balle souleva un nuage de terreau, mais elle avait repéré la source du laser.

— Eh bien, vous avez senti ça ? demanda le serveur sur le seuil.

— Rentrez à l'intérieur ! cria-t-elle.

Le serveur perdit son sourire en voyant le Sig Sauer dans sa main.

— Tout le monde à terre ! À l'écart de cette fenêtre !

Le serveur commença à reculer.

— Et appelez les secours ! Dites-leur qu'il y a un tireur embusqué sur la coulée verte, qu'il a déjà fait feu. Policier en difficulté. Tout de suite ! ajouta-t-elle comme il hésitait.

Elle risqua un autre coup d'œil et vit une silhouette sombre abandonner sa position parmi les graminées pour courir vers le nord sur la promenade suspendue.

Heat bouscula le pot qui bascula sur le trottoir et traversa la 10e Avenue en se faufilant entre les voitures pour se lancer à sa poursuite.

Un œil en l'air pour s'assurer qu'il ne s'arrêtait pas pour la viser de nouveau, Nikki courut le long du trottoir, dépassa un parking et arriva au bas de l'escalier public permettant de rejoindre la coulée verte au niveau de la 18e Rue. Elle gravit les marches quatre à quatre et, essoufflée, émergea au dernier étage, où elle s'accroupit, l'arme au poing.

Puis elle le repéra au loin.

Le tireur, qui avait déjà une bonne avance, traversait la 19e Rue Ouest. Un curieux sentiment de déjà-vu envahit Heat pendant la poursuite ; la traque de nuit, la manière de porter son fusil, tout lui rappelait le tueur de Don. Elle accéléra sa course pour qu'il ne lui échappe pas de nouveau.

En voulant éviter un couple qui se tenait dans le passage, à côté d'un banc, Nikki perdit du terrain. Comme la femme demandait à son petit ami ce qui se passait en s'étonnant de la voir armée elle aussi, Heat les enjoignit d'appeler les secours dans l'espoir que le central retrouve sa trace. Peut-être les renforts pourraient-ils couper la route au tireur à l'autre bout de la High Line, à sa descente de l'escalier situé une rue plus loin.

Mais il ne l'emprunta pas.

Au détour d'un virage, Nikki aperçut sa silhouette escalader le grillage du chantier de la prolongation de la promenade. Le tireur la repéra également. Il se baissa pour se préparer à tirer, mais cela lui prit un peu de temps. Elle en profita pour s'arrêter et prendre appui contre un réverbère pour le mettre en joue.

D'une roulade, il disparut derrière un tas de gravier. Quelques secondes plus tard, elle le repérait de nouveau. Le fusil en bandoulière dans le dos, il franchit en trombe une ouverture dans le filet pare-gravats qui pendait d'une grue.

Il était risqué de le suivre, car s'il l'attendait de l'autre côté, elle ferait une cible idéale. Par conséquent, une fois le grillage franchi, Heat préféra perdre quelques secondes en contournant le filet plutôt que de passer par la déchirure au milieu.

Elle rampa jusqu'au bord, puis marqua une pause. Où était-il ?

Nikki entendit alors courir sur les débris de parpaings.

De jour déjà, la traversée du chantier de la coulée verte relevait de la course d'obstacles. Mais de nuit, les piles de fers à béton et les vieilles traverses de chemin de fer mises au rebut rendaient ce terrain défoncé encore plus dangereux. Le seul éclairage provenait de la rue en contrebas. Tout, autour d'elle – y compris son adversaire –, n'était plus qu'ombres et formes se découpant plus ou moins dans le noir.

Quand ses yeux se furent habitués à l'obscurité, Nikki accéléra l'allure, mais elle en paya le prix. Elle mit le pied dans un énorme trou dans le béton. Seul un petit treillage de fer à béton sur le côté l'empêcha de tomber directement dans la rue en dessous.

Bien que frustrée de ne pouvoir avancer plus vite, Nikki se résigna à davantage de prudence et ralentit son allure. En se faufilant entre les cailloux et les pointes métalliques, elle se rapprocha de la fin de la nouvelle section qui s'arrêtait à la 30e Rue, au terminus de l'ancienne ligne. Heat se mit au pas. C'est alors qu'elle vit le point rouge remonter d'une barrière en bois, à côté d'elle, sur la jambe de son pantalon.

Elle plongea derrière un gros bac en plastique marqué « *Terre propre* » et attendit le coup de feu, qui ne vint pas. D'une roulade, elle passa de l'autre côté du conteneur et se releva l'arme en joue.

Elle avait repéré le tireur. Il était trop loin pour un tir précis. Et puis il ne la visait plus. Le fusil remis en bandoulière, il était passé par-dessus la balustrade et se balançait, les talons dans le vide.

Elle fonça vers lui.

— Police, on ne bouge plus !

Il se retourna et la fixa du regard, avant de baisser les yeux, et de sauter.

Arrivée à l'endroit où il avait disparu, Nikki regarda en bas, ébahie. Juste en dessous se trouvait l'école de trapèze de New York, dont le dôme blanc gonflable avait amorti la chute du tireur.

Il s'était enfui.

Heat allait enjamber la balustrade à son tour quand elle le vit monter dans un taxi de l'autre côté de la rue. Elle s'efforça d'en relever le numéro, mais il était trop loin et s'éloignait déjà très vite.

De retour à l'endroit où le tireur s'était embusqué au-dessus du Café Gretchen, l'expert de la scientifique s'agenouilla pour montrer à Heat la terre tassée et les herbes piétinées d'où il lui avait tiré dessus.

— Moulez ces empreintes, commanda-t-elle en repensant aux chaussures de celui qui avait retourné l'appartement de Nicole Bernardin. Et voyez si elles correspondent à une pointure quarante-cinq.

Elle se releva et se cambra.

— Ça va ? demanda l'inspecteur Ochoa.

— Oui, je me suis juste fait un peu mal en me prenant le pied dans un trou pendant la poursuite.

— Ça aurait pu être pire, fit remarquer Ochoa en brandissant deux sachets en plastique contenant chacun une douille. Il avait de quoi vous freiner pour de bon.

Heat referma la main droite en forme de lunette pour regarder, comme le tireur le voyait, le café en bas. À l'intérieur du périmètre de sécurité, un autre expert s'affairait à extraire la balle du pot de fleurs à côté de la chaise qu'elle avait occupée. Un frisson parcourut Nikki.

— Je ne veux pas qu'il arrive à cette dragée la même chose qu'au gant, dit-elle en se retournant vers Ochoa.

— C'est pour ça que je vais porter moi-même ces empreintes au labo. Et j'y passerai la nuit, s'il le faut.

Il allait partir, mais il fit un pas en arrière.

— Finies les échappées belles, hein ?

— On va essayer. En attendant, jamais plus je ne me plaindrai d'un tremblement de terre.

En bas dans la rue, Heat retrouva son serveur au fond du café.

— Vous rigolez, non ? dit-il quand elle lui tendit ce qu'elle lui devait pour son crème ainsi qu'un pourboire.

Mais un regard lui suffit pour comprendre qu'elle ne plaisantait pas.

Au moment où elle ressortait, une rutilante Crown Victoria noire se rangea le long du trottoir. Rook descendit précipitamment de la place du passager pour l'embrasser.

— Maintenant que je te sais saine et sauve, merci d'avoir interrompu mon dîner. Sérieux ! Je te bénis.

Wally Irons s'extirpa de derrière le volant et fit tranquillement le tour de la voiture pour rejoindre le trottoir.

— Heat, vous allez finir par me faire avoir une attaque.

— Non, je suis sûr que les douceurs auront raison de vous avant, capitaine, dit Rook.

Irons ricana, puis s'adressa à Nikki :

— Jameson n'a pas arrêté de la soirée. Quel plaisantin ! Plus sérieusement, inspecteur, fit-il alors en fronçant les sourcils, au vu des récents événements que je ne devrais pas avoir à vous rappeler, que diable faisiez-vous à vous exposer ainsi en venant à pareil rendez-vous, seule et de nuit ?

— Merci de vous inquiéter pour moi, monsieur, mais j'enquête sur une affaire et ça ne s'arrête pas au coucher du soleil. En outre, comme j'avais rendez-vous avec quelqu'un que je connais, qui se trouve par ailleurs être un ancien flic, ça ne me paraissait pas risqué.

— Et maintenant ? fit Rook.

— C'était un coup monté.

— Qui était l'ancien flic ? demanda Irons.

— Carter Damon. C'est lui qui avait dirigé l'enquête pour ma mère.

— Ah ! oui, je me souviens de lui. Du Treizième, déclara Irons qui embrassait du regard le périmètre délimité autour du pot cassé, à côté de la chaise tombée par terre de Nikki. Et alors, il est venu ?

— Non, monsieur.

— Et cela ne vous a pas paru curieux ? Vous devriez prendre des notes, suggéra-t-il à Rook vers qui il avait incliné la tête.

Rook se contenta de se tapoter la tempe du doigt en faisant un clin d'œil.

— Assez pour appeler Staten Island et demander qu'ils envoient des agents chez lui, dit Nikki.

— Déjà ? Quelle vivacité d'esprit ! commenta Irons, ce qui la fit bouillonner encore plus.

Elle était si près de l'insubordination que ce fut une chance qu'il poursuive avant qu'elle n'explose.

— Et il était là ?

— Non. Et le courrier et les journaux s'accumulaient devant sa porte.

— Vous voulez que je passe un avis de recherche pour Carter Damon ?

— C'est déjà fait, monsieur.

— Bien, dans ce cas…

Le capitaine fit tinter sa monnaie dans sa poche, puis remonta sa manche pour consulter sa montre.

— Écoutez, Rook, puisque tout est en mains ici, nous pourrions…

— Merci, mais vous m'avez déjà donné pas mal de grain à moudre, ce soir. Je vais plutôt m'occuper un peu de l'inspecteur Heat.

— Évidemment, répondit le capitaine, qui les mit mal à l'aise en ne remontant pas immédiatement dans sa voiture.

Une fois installé au volant, il baissa la vitre côté passager.

— S'il se passe quoi que ce soit, alertez-moi, vingt-quatre heures sur vingt-quatre, sept jours sur sept ! leur lança-t-il.

Puis il démarra.

— C'était quoi, ça ? fit Heat.

— L'espoir d'un homme de se voir cité.

Le lendemain matin, Rook ne facilita pas les choses à Nikki qui n'avait aucune envie de quitter les draps chauds sous lesquels ils étaient nus.

— C'est ça, abuse de moi et pars travailler. Je ne me sens vraiment pas respecté. Tiens, tu trouveras un billet de vingt sur la commode, ajouta-t-il ensuite. Fais-toi plaisir.

C'est alors qu'il reçut l'oreiller en pleine figure.

Avant de passer sous la douche, Nikki s'adonna à la petite vérification rituelle de ses messageries. Elle revint dans la chambre, le téléphone à la main.

— Rook, écoute ça. J'ai reçu un texto de Carter Damon à quatre heures et quart du matin : « *Heat. Je suis vraiment désolé.* »

— D'avoir organisé un coup monté pour vous faire tuer ?

Après avoir lu le message, il lui rendit son portable.

— Et dire qu'on croyait que la politesse se perdait !

Nikki était déjà là depuis deux bonnes heures quand Rook arriva d'un pas tranquille dans la salle de briefing à neuf heures.

— L'inspecteur Malcolm vient de me rendre compte sur l'incinération de Nicole Bernardin, annonça-t-elle. La demande est venue d'une entreprise de pompes funèbres qui a déposé le bilan l'an dernier.

— Laisse-moi deviner. Les établissements Seacrest ?

— Non, mais je vois ce que tu veux dire. C'est dire si ça va mal, Rook, si même tes théories du complot à la noix ne sont rien comparées à cette affaire…

— Je suppose qu'il va falloir que je casse un peu plus de noix.

Il lui tendit un café.

— Tiens, et essaie de ne pas le laisser transpercer par une balle, cette fois.

— Tu sais, je ne suis pas du genre à faire des doigts, mais je me demande si je ne vais pas enfreindre mes principes. Pour quelqu'un d'aussi spécial que toi.

Elle prit la tasse et fit mine de lui porter un toast.

— Qu'est-ce qu'ils racontent à Tribeca ? demanda-t-elle.

— Les gars du labo étaient encore en train de relever les empreintes chez moi quand j'ai quitté le loft. Ils vont y passer la matinée, mais, a priori, c'est sans suspens. À part les tiennes parce que tu l'as ouvert, il n'y en a aucune sur le meuble de classement.

— Elles ont été effacées ?

— Précisément. Même sur le bouton de la porte d'entrée et la poignée de la porte du bureau. Pas la moindre trace jusqu'à l'ascenseur.

— J'essaie de me remémorer les photos qui étaient dans cette boîte pour comprendre ce qu'on pourrait leur trouver, mais je ne vois pas. J'aurais dû les mettre au coffre.

— Et, bien sûr, ça aurait pu arrêter ces types ?

Il s'assit sur son bureau, et elle tira une feuille de sous sa fesse.

— Tu as eu des nouvelles de Carter Damon depuis ?

Elle fit non de la tête.

— Il ne t'a pas envoyé de fleurs ? De panier gourmand ? De balle gravée à ton nom ?

Cette fois, elle lui fit un doigt. Il sourit.

— Il y a encore de l'espoir pour vous, Nikki Heat.

— J'ai essayé de l'appeler, mais il ne répond pas, et sa messagerie est pleine. J'ai envoyé Malcolm et Reynolds voir à son gymnase, chez son coiffeur, la routine. Ils ont également vérifié l'activité de ses cartes bancaires. Rien. Il s'est évanoui dans la nature.

— Tu crois qu'il t'a juste piégée ou c'était lui, le tireur embusqué ?

— Au point où on en est, tout est possible. Mais pourquoi ? Parce que je l'ai énervé à ce déjeuner au P. J. Clarke's ? Et pourquoi ce message d'excuses ?

Son téléphone sonna. C'était l'inspecteur Ochoa.

— Ne me dites pas que le labo a perdu la balle.

— Non, avec Raley, j'ai planté la tente pour que ça n'arrive pas. En fait, j'appelle parce qu'on a trouvé de belles empreintes et qu'on les a identifiées.

— Génial, dit-elle. Amenez-moi le propriétaire.

— Je ne crois pas que ce soit notre homme.

Elle s'affala sur sa chaise.

— J'écoute.

— Raley, tu y vas ?

Son équipier se joignit à la conférence.

— Oui, alors, voilà. J'ai vu le type qu'on a identifié. Il tient un stand de tir dans le Bronx. Un ancien militaire décoré et à la réputation irréprochable. Un gars sympa, en plus.

— Rien de tout cela n'exclut qu'il soit notre tireur embusqué.

— Certes, mais ça, en revanche, si. Il a été paralysé par un engin explosif improvisé en Irak et il est en fauteuil roulant.

— Alors, comment ses empreintes ont-elles atterri sur ces douilles ?

Nikki réfléchit un instant.

— Parfois ces stands de tir recyclent les douilles en les rechargeant. Votre ami le vétéran, il vend des cartouches rechargées ?

— Euh, oui, j'ai même vu un panneau. Vous croyez que c'est chez lui que le tireur embusqué s'est procuré ses munitions ?

— J'espère, Raley. J'espère aussi que son nom figure dans les comptes.

Peu après que Rook fut reparti au bureau qu'il squattait pour mettre au propre les notes qu'il avait prises lors des interrogatoires de la veille, Sharon Hinesburg arriva et alluma son ordinateur. D'abord, Nikki tenta de ne pas lui prêter attention, mais l'odeur de manucure-pédicure toute fraîche qui l'entourait la fit céder. Elle ramassa la feuille de papier sur laquelle Rook s'était assis et alla la trouver.

— Bonjour, inspecteur, dit-elle.

— Ça reste à voir, fit Hinesburg en ouvrant délicatement le tiroir de son bureau pour ne pas abîmer ses ongles faits de frais.

— Écoutez, tout le monde est déjà occupé, alors, j'aurais besoin que vous voyiez ce que vous pouvez trouver sur quelqu'un pour moi, dit-elle en lui tendant ses notes. Il s'appelle Mamuka Leonidze. Il est possible qu'il soit à l'étranger. Tout est là.

Hinesburg eut un bref sourire condescendant.

— Désolée. J'ai déjà des ordres, directs du capitaine : la livraison de gaz à la morgue.

— Et comment ça avance, inspecteur ?

— Lentement, répondit l'enquêtrice en rendant ses notes à sa supérieure. Voyez avec Rook. Il ne fait rien, à part écrire.

— Inspecteur Heat, appela l'auxiliaire administrative de l'autre côté de la salle de briefing, vous avez Feller en ligne. Il dit que c'est important.

Heat laissa tomber le bras de fer avec Hinesburg pour prendre l'appel.

— Ce n'est pas vrai ! s'exclama-t-elle, assez fort pour que Rook rapplique pendant qu'elle griffonnait une adresse. Donnez-moi un quart d'heure.

Elle raccrocha et déchira la feuille de son calepin.

— Ils ont retrouvé Carter Damon, lui annonça-t-elle.

— Où ?

— Dans l'East River.

Lauren Parry était déjà à pied d'œuvre sur les embarcadères de l'East River quand Heat et Rook arrivèrent sur place par la Franklin D. Roosevelt. L'agent de la circulation écarta la barrière et leur fit signe de passer, puis Nikki gara la Crown Victoria entre celle de Randall Feller et la camionnette blanche de l'institut médicolégal. Ayant repéré sa supérieure, l'inspecteur Feller, posté près du corps en compagnie de la légiste, à une centaine de mètres à l'avant du quai, vint à la rencontre de Heat sur le parking.

En arrivant, il retira ses lunettes de soleil enveloppantes, qu'il glissa dans l'encolure en « V » de son t-shirt. Sa mine grave contrastait fortement avec l'air goguenard qu'il arborait habituellement sur les scènes de crime. Heat remarqua aussitôt ce changement.

— Je vous écoute, dit-elle.

Compte tenu de son expérience de la rue et de sa tête bien faite, il n'avait pas besoin de recourir à ses notes.

— Les gars de la portuaire l'ont sorti du bouillon il y a environ une heure. Un pilote du service d'hélicoptères qui loue cet embarcadère l'avait repéré en approche et signalé par radio.

Nikki apercevait le petit hélicoptère bleu de la navette pour l'aéroport posé sur la plate-forme au bout du quai.

— À la capitainerie, ils s'attendaient à retrouver un corps, car un automobiliste a appelé le service des ponts et des tunnels au milieu de la nuit pour les informer qu'il avait vu quelqu'un sauter du pont de Brooklyn.

— Plongeon raté ! s'exclama Rook, ce qui lui valut un regard de reproche de la part de Nikki.

— Selon le témoin, il n'était pas seul, il y avait quelqu'un avec lui sur le pont.

— A-t-il dit s'ils se sont battus ou si Damon a voulu sauter, et l'autre, l'en empêcher ?

— Ce n'est pas clair. L'inspecteur Rhymer est parti prendre sa déclaration. Ce devrait être un témoin solide, en tout cas. Il s'agit d'un cardiologue attendu en chirurgie à la première heure. Opossum va le cueillir à sa sortie du bloc, au Downtown Hospital.

Comme Nikki, Rook devait penser au suicide, suite au

texto d'excuses qu'elle avait reçu à quatre heures et quart du matin.

— À quelle heure ça s'est passé ? demanda-t-il.

— Vers quatre heures et demie.

— Voyons ça avec Lauren, fit Heat avant de se diriger vers le quai. Il avait une lettre sur lui ? demanda-t-elle tandis que Feller et Rook lui emboîtaient le pas.

— Non, mais il y a une chose qu'il faut que vous sachiez et ce n'est pas rien : on lui avait tiré dessus.

Nikki s'arrêta net. Les deux autres en firent autant.

— Je me demande si c'est le tireur embusqué qui a essayé de t'avoir hier soir, dit Rook.

— Impossible, affirma l'inspecteur Feller.

— Vous avez l'air bien sûr de vous, fit remarquer Heat.

— Parce que je le suis, inspecteur. Je sais qui a tiré.

— Vous savez qui a tiré sur Carter Damon ?

Feller acquiesça de la tête.

— Qui ?

— Vous.

DIX-SEPT

Les deux blessures par balle que présentait le cadavre étaient signées Nikki Heat. La légiste avait déjà découpé sa chemise et constaté que les deux points d'entrée relevés sur son torse correspondaient aux balles que son amie avait tirées sur Carter Damon le soir du meurtre de Don.

Accroupie sur le ponton, où l'unité portuaire avait déposé le corps, Lauren Parry pointait le bout de son stylo sur les blessures.

— Commençons par celle-là, proposa-t-elle en indiquant celle située sur la gauche, à la naissance du cou.

— Ça, c'est celle que j'ai tirée quand il est monté dans le taxi.

— Je parie qu'en l'ouvrant, on découvrira qu'elle a failli lui être fatale. D'après ton rapport, tu étais sur le trottoir, si je me souviens bien ; alors, elle a dû arriver de biais, sans doute tout près de la sous-clavière ou de la jugulaire, voire les deux. Si tu avais directement touché l'une de ces deux veines, il serait mort en quelques minutes, voire moins que ça. À mon avis, il a dû saigner lentement mais sûrement ces derniers jours. Mais j'en saurai plus en B vingt-trois, dit-elle, faisant référence au numéro de la salle d'autopsie.

Heat posa un genou à côté d'elle.

— C'est quoi, ces marques autour du trou ? demanda-t-elle en indiquant la seconde blessure, sur la poitrine.

— Tu as l'œil ! Ce sont des sutures. Elles ont dû céder quand il a heurté l'eau en tombant du pont.

Elle approcha le visage à deux centimètres de la plaie.

— Ouais, je vois des fils.

— Pourtant, on a vérifié les urgences, fit Nikki. Personne ne l'avait vu, nulle part.

— Tu veux dire que ce type se serait recousu lui-même ? intervint Rook. Ça, c'est un Rambo ! Prends-en de la graine, Chuck Norris !

— Je doute fort qu'il l'ait fait lui-même, objecta Lauren. C'est du boulot de professionnel. Je n'ai rien vu de tel sur l'autre, ajouta-t-elle en voyant Nikki se pencher sur la première blessure.

— Pourquoi l'une et pas l'autre ? demanda l'inspecteur Feller.

— Pour l'autre, c'était très risqué à cause de la proximité des veines et des artères. Celui ou celle qui l'a soigné savait qu'il valait mieux ne pas y toucher.

— Donc, Damon a trouvé de l'aide, mais au noir, dit Nikki.

Elle se leva et s'étira le dos.

— Et il n'était pas mort quand il est tombé à l'eau ?

— J'en doute. Tu vois toutes ces contusions, là ? fit Lauren en entourant du doigt les décolorations sur le visage et la poitrine. Elles proviennent sans doute de l'impact au contact l'eau. Et puis je viens de trouver des petits caillots à l'endroit où les sutures ont lâché sur la deuxième plaie. Il n'y en aurait pas s'il avait été mort. Je vérifierai la présence de mastocytes pour le confirmer quand j'aurai mon microscope sous la main. Et puis je vérifierai ses poumons à l'autopsie. S'il était encore en vie, ils seront pleins d'eau.

Au moment où les inspecteurs et Rook allaient repartir vers leurs voitures, Lauren retint Nikki pour lui parler en tête à tête.

— Je m'en veux encore pour l'analyse foirée de Nicole Bernardin.

— Manifestement, ce n'était pas ta faute, Lauren. Et Irons s'en occupe.

— Ah bon ? J'ai demandé aux gars de la sécurité de sortir les vidéos de surveillance afin qu'on ne réenregistre pas par-dessus, mais j'ai appelé le capitaine Irons pour qu'il les récupère. Il m'a dit de voir avec l'inspecteur Hinesburg et elle ne m'a jamais rappelée.

— Ça ne m'étonne pas, pesta Heat. Je vais mettre Raley dessus. C'est le roi, en matière de surveillance, tu sais.

— Mais Irons ? Il ne va pas être content !

— Docteur, tant que je ne l'ai pas dans les pattes, franchement, je m'en tape.

Comme la salle de briefing crépitait quand elle y pénétra, Heat appela la brigade à se réunir afin de profiter de cette belle énergie. Mais d'abord, il lui fallait se débarrasser de certaines choses.

Lon King l'avait appelée pour lui rappeler de prendre rendez-vous avec lui. Elle roula en boule le message du psy avant de le jeter à la poubelle. Le dossier « Iron Man » n'allait pas être aussi facile.

Le capitaine la trouva dans la cuisine où elle était venue se chercher un café.

— Inspecteur Heat, étant donné la disparition de Carter Damon, je suppose qu'on peut maintenant refermer ce dossier et supprimer le personnel en heures sup ?

— Comment ça ? Selon moi, ce n'était qu'un pion.

— Il a tué votre ami, le commando marine, non ? C'est probablement lui qui s'est aussi chargé de la dame de la valise.

— Probablement ne veut pas dire que c'est prouvé. Et puis il reste ma mère.

— Et vous ne trouvez pas que c'était commode qu'il dirige cette enquête ?

— Bonne question, dit-elle. Si vous voulez bien m'excuser, capitaine, je m'en vais de ce pas y répondre en m'attelant à la tâche.

Sur ce, elle le laissa en plan dans la cuisine, sans même un regard.

De nombreuses questions troublaient l'inspecteur Heat. Profitant de l'absence de Sharon Hinesburg, partie Dieu sait où, et du fait qu'Irons se faisait griller des toasts dans la cuisine, elle décida de s'en ouvrir à son état-major rassemblé devant les tableaux blancs. Dans le carré vert qu'elle réservait à l'affaire de Don, Nikki inscrivit *« CARTER DAMON »* en lettres majuscules.

— Bon, nous avons résolu le meurtre de Don, déclarat-elle.

— Nous ? Vous et le sieur Sauer, vous voulez dire, railla l'inspecteur Malcolm, ce qui déclencha une petite salve d'applaudissements qu'elle calma d'un regard.

— Néanmoins, poursuivit-elle, cela ouvre tout un champ de nouvelles questions.

— C'est sûr, parce que ce n'était pas Don la cible, mais vous, précisa Raley.

— Exactement. Ce qui nous ramène à « Pourquoi moi » ?

— C'est simple, fit Reynolds. Parce que vous vouliez creuser l'affaire de votre mère.

— Mais j'ai toujours cherché à creuser cette affaire. Estce que quelqu'un ici doute que j'ai jamais laissé passer une semaine sans m'y replonger ?

Personne ne le lui disputa.

— Et pourquoi lui ?

Elle se tourna pour marquer *« Qu'avait-il à gagner de ces meurtres ? »* sous le nom de Carter Damon.

— Je sais pourquoi il en avait après toi, déclara Rook. Tu as déclenché l'alarme. Pas seulement en creusant l'affaire de ta mère, ça ne datait pas d'hier, mais tu as dû contrarier quelqu'un. Si ce n'était pas Carter Damon, peut-être quelqu'un avec qui il travaillait.

— Ou pour qui il travaillait, embraya Feller, d'accord pour une fois avec le reporter. À mon avis, Damon n'était qu'un instrument. Les types comme lui ne font que suivre les instructions, ils touchent leur paye et ils passent leurs samedis à briquer leur voiture.

— Je suis d'accord, déclara Ochoa. Il n'agissait pas seul. Et ce n'est certainement pas Carter Damon qui vous a tiré dessus sur la High Line.

L'inspecteur Rhymer arriva de l'interrogatoire du témoin du pont de Brooklyn.

— Alors, ça a donné quoi ? demanda Heat avant même qu'il ait eu le temps de s'asseoir.

— C'est mitigé. Le docteur Arar arrivait de Brooklyn ce matin à quatre heures et demie. Il était au milieu du pont quand il a cru voir quelqu'un balancer un sac-poubelle par-dessus la rambarde. Puis, en se rapprochant, il a constaté que le sac avait des bras et des jambes. Alors, il a écrasé la pédale du frein, mais le type tombait déjà. Il dit qu'il s'est arrêté pour klaxonner la femme qui l'avait poussé, mais qu'à ce moment-là elle avait pris la fuite dans le sens opposé.

— Une minute ! l'interrompit Heat. Le témoin dit que l'autre était une femme ?

— Il en est sûr à cent pour cent.

— Vous avez une description ?

— Un mètre soixante-quinze ou soixante-dix-sept, sportive, vêtue de noir, un bonnet sur la tête.

— Il a vu son visage ? On peut en faire un portrait ?

— C'est là que c'est mitigé. Il dit qu'il ne faisait pas assez clair et qu'elle ne s'est pas retournée vers lui. Elle a juste baissé la tête et foncé.

— Comment est-il sûr que c'était une femme ? s'étonna Malcolm.

— Je lui ai demandé la même chose. Il a dit qu'il était médecin et qu'il savait reconnaître une femme.

— Je vérifie toujours la pomme d'Adam, intervint Feller. Ça évite des tas de mauvaises surprises, une fois rentré à la maison.

— Et le tireur d'hier soir ? demanda Raley à Heat lorsque

les quolibets s'estompèrent. Est-il possible qu'il se soit agi d'une femme au lieu d'un homme ?

— Je ne sais pas. Je n'ai pas eu l'occasion de voir sa pomme d'Adam, répondit-elle avant d'affecter chacun à de nouvelles missions.

Elle chargea Malcolm et Reynolds d'aider les agents de Staten Island à fouiller la maison de Carter Damon. Puis elle répartit la vérification de ses relevés téléphoniques et bancaires au reste de la brigade. Pour ne rien négliger, elle demanda à Feller de vérifier les alibis des quatre personnes figurant sur la liste des leçons de piano de Joe Flynn, à l'heure où elle avait été agressée sur la promenade plantée. Rhymer reçut pour mission de recontacter les services d'urgence et les pharmacies maintenant qu'ils savaient que Damon avait été soigné.

— J'en serais ravi, mais est-ce que ça n'a pas déjà été fait la semaine dernière ? fit Opossum.

— En effet, mais, cette fois, on peut joindre une photo de Carter Damon par e-mail, rétorqua-t-elle avant de reboucher son marqueur. J'en profite pour vous rappeler à la vigilance, dit-elle à l'adresse de l'ensemble du groupe. On peut avoir l'impression d'avoir des pistes solides maintenant, mais tout risque de nous échapper au moindre relâchement. Alors, on ne peut pas faire l'économie du travail ingrat. C'est à ce prix qu'on arrivera à clore ces affaires.

Une fois la brigade déployée, Heat envoya un agent à la 1re Avenue récupérer les vidéos de la caméra de surveillance de l'institut médicolégal que Lauren Parry avait mises de côté. Nikki les confierait à Raley lorsqu'il aurait terminé sa vérification des finances de Damon. Ou elle en chargerait peut-être Sharon Hinesburg, si la diva daignait finir par faire une apparition.

Nikki appela Lauren pour la prévenir qu'on allait passer prendre les vidéos.

— Oh ! tu veux dire que tu ne m'appelais pas pour me secouer les puces et me demander pourquoi l'autopsie prenait si longtemps ?

— Pas du tout.

Heat marqua une pause.

— Mais puisque tu en parles...

Son amie eut un petit rire, puis annonça à Nikki qu'elle tombait bien, car elle venait de terminer.

— D'abord, oui, il y avait bien de l'eau dans les poumons. Carter Damon respirait encore quand il a plongé. J'ai aussi trouvé des mastocytes autour des sutures déchirées, des globules blancs et des lymphocytes. C'est ce que je cherche au microscope pour savoir si un corps sain a cherché à guérir.

Nikki entendit Lauren tourner sa page de notes, puis la légiste poursuivit :

— Petit détail intéressant : non seulement la blessure à la poitrine a été suturée, mais on a retiré la balle. Pas de la manière la plus élégante, mais c'est bien fait. On peut donc parler d'un degré raisonnable de compétence.

— Et le cou ?

— Légère égratignure de la jugulaire. Je te l'avais bien dit ! C'est qui, la meilleure ?

— Tu devrais passer un peu plus de temps avec les autres, rétorqua Nikki. Les vivants, de préférence.

— Trop de boulot. Bref, cette balle-là était encore en place. Bien sûr, je l'ai gardée pour la balistique, mais je suis sûre qu'elle correspond aux neuf millimètres de ton arme.

Rook venait la rejoindre à pas lents à son bureau quand elle raccrocha.

— Tu sais ce qui me trotte dans la tête depuis ce matin à l'embarcadère ? Un petit rien, mais, à ton avis, qu'est-ce qui clochait sur le corps de Carter Damon ?

— Je commence vraiment à regretter le jour où je t'ai parlé des chaussettes dépareillées.

Sans lui prêter attention, il reprit :

— Tu donnes ta langue au chat ? Je vais te dire : pas la moindre cicatrice de la vieille époque, alors qu'il s'est pris une balle quand il était encore un bleu. Tu te souviens, il nous en a parlé lors de ce fameux déjeuner ?

— Peut-être que tu ne l'as pas vue.

— Je ne l'ai pas vue parce qu'elle n'y était pas.

— Écoute, apparemment, il est toujours allongé à la morgue. Tu veux que je rappelle Lauren pour le lui demander ?

— Pas la peine. J'ai demandé à une des auxiliaires administratives d'appeler l'institut.

— Rook. Tu as fait appeler une de nos auxiliaires à ta place ?

— Impossible de faire autrement puisque l'institut médicolégal refuse l'accès des dossiers confidentiels de police aux civils. De toute façon, Carter Damon n'a jamais reçu une balle en service. Pourquoi ce type a-t-il menti à ce sujet ?

Rook avait raison, ce n'était rien. Mais, comme Heat savait que les petits riens permettaient souvent de terminer le puzzle, elle le nota sur le tableau blanc, en trop petit cependant au goût de Rook.

L'après-midi, dans le brouhaha incessant des conversations téléphoniques des enquêteurs entrecoupées par la livraison des commandes de chacun, parce que personne ne voulait s'arrêter pour sortir déjeuner, Rhymer poussa subitement un cri à son bureau.

— Je tiens quelque chose !

À l'entendre, Opossum avait l'air d'avoir attrapé un gros poisson. Ce qui était le cas, en un sens.

Heat remontait vers le Bronx avec Rook et l'inspecteur Raley pied au plancher. Elle franchit les feux à l'orange vif, puis se gara en double file devant une pharmacie, à trois rues de l'endroit où Carter Damon avait délaissé son taxi, le soir où Nikki l'avait blessé.

Outre la diffusion par e-mail de son portrait à tous les services d'urgence et pharmacies de la ville, l'inspecteur Rhymer avait pris un plan et appelé dans le rayon du taxi abandonné, en procédant par cercles concentriques. La clinique la plus proche n'avait rien donné. Ensuite, il avait essayé une petite pharmacie sur le Southern Boulevard près de Prospect Avenue. Les précédentes alertes avaient échappé au propriétaire, âgé et peu porté sur l'informatique, mais la description de l'enquêteur lui disait quelque chose et il avait reconnu Damon sur la photo faxée ensuite par Rhymer.

Aussi appliquée qu'impatiente, Nikki Heat soumit un exemplaire de cette photo au pharmacien afin de l'entendre confirmer ses dires en personne.

— Oui, c'est bien lui, certifia Hugo Plana, réaffirmant en outre que le blessé était arrivé en titubant à minuit, juste avant la fermeture, le soir de la fusillade. Je ne sais pas comment il a fait pour venir tout seul, commenta le vieil homme.

Il retira ses verres à double foyer et lui rendit la photo.

— Il était en piteux état. Du sang là et là, indiqua-t-il en faisant référence aux deux blessures par balle que Heat avait infligées à l'ancien flic. Je lui ai demandé s'il voulait que j'appelle une ambulance, mais il s'est écrié que non. Et puis il a exigé de la gaze, des ciseaux et un produit antiseptique pour nettoyer ses blessures. Comme il était sur le point de s'évanouir, je l'ai aidé à s'asseoir sur une chaise, par là.

— Comment se fait-il que vous n'avez pas appelé la police ? demanda Rook. Si un type se présentait comme ça chez moi, je l'appellerais malgré ses protestations.

Le vieil homme sourit et hocha la tête.

— Oui, je comprends. Mais, voyez-vous, ce n'est qu'une petite pharmacie indépendante, ici. Une affaire de famille. Et dans ce quartier, je vois des tas de gens en très mauvais état. Seigneur, c'est incroyable. Parfois à cause d'une dispute, parfois à cause d'une guerre entre gangs et parfois, je ne veux même pas le savoir. Quand on vient me demander de l'aide, j'aide. Je ne suis pas là pour poser des questions ni arrêter qui que ce soit. Ils ont confiance en moi. Ce sont mes voisins.

— Lui avez-vous donc fourni ce qu'il voulait ? demanda Heat.

— Oui. Mais, pendant que je lui emballais le tout, j'ai vu qu'il partait de nouveau dans les vapes. Il avait du mal à tenir la tête droite. Alors, je lui reproposé d'appeler une ambulance, mais il a refusé. Ensuite, son téléphone portable a sonné et il m'a demandé s'il y avait un hôtel dans le coin. Je lui ai indiqué le Key Largo, un peu plus loin, et il m'a demandé de l'aider à se relever. Ensuite, il m'a remis quelques billets, il a pris le sac et il est parti.

— Savez-vous qui l'a appelé ? demanda Rhymer.

Hugo fit non de la tête.

— Apparemment, juste quelqu'un qui devait venir le retrouver.

Le hall du Key Largo était sombre et empestait le moisi, le détergent et le tabac froid, comme tous les hôtels crasseux dans lesquels Nikki avait déjà dû enquêter. Le plancher craquait sous la moquette tachée menant à la réception. Il n'y avait personne, et un panneau en plastique indiquait : « *Je reviens dans...* », mais il manquait les aiguilles de l'horloge à régler.

Nikki appela sans obtenir de réponse.

— Eh bien, on peut dire qu'ils ont su recréer le charme et l'élégance de Key Largo en plein Bronx, dit Rook. On se prendrait presque pour Humphrey Bogart et Lauren Bacall.

De la paume, il appuya sur la sonnette de service. Elle ne tinta pas. Pour le plus grand amusement de Rhymer, Rook examina sa main en fronçant les sourcils et l'essuya sur sa jambe de pantalon. Heat allait appeler de nouveau quand son téléphone vibra.

— J'ai du croustillant pour vous, inspecteur Heat, annonça Malcolm depuis Staten Island.

Nikki s'écarta du bureau de la réception et se mit à marcher en rond.

— La brigade de Staten Island n'en a pas encore terminé chez Damon, mais Reynolds et moi, on a découvert qu'il louait un box à Castleton Corners. Devinez ce qu'il y avait à l'intérieur.

— Bon sang, mais tu vas lui dire, oui ! fit Reynolds dans le fond.

Ce à quoi Heat opina du chef.

— Une camionnette, annonça-t-il.

— Bordeaux ? demanda-t-elle, le cœur battant.

— Affirmatif. Et sur le flanc, il est marqué « *Nettoyage de moquette* ».

— C'est du bon boulot, ça !

Mais aussitôt Heat freina son ardeur.

— J'espère que vous avez pensé à enfiler des gants, ajouta-t-elle en retrouvant son sens pratique.

— Oui, chef, le gang des Mains bleues, c'est nous.

— Excellent. Vous avez touché à quelque chose ?

— Non, on a juste regardé par la vitre arrière avec une torche pour vérifier qu'il n'y avait personne dedans, mort ou vif. RAS.

— Alors, voilà ce que vous allez faire. Sortez de là. Laissez la porte comme elle est, sans toucher la poignée. Montez simplement la garde en attendant que la scientifique vienne passer les lieux au peigne fin. Faites venir Benigno DeJesus et personne d'autre. Je ne veux pas le louper.

— Compris.

— Et, Malcolm ? Vous et Reynolds, vous êtes vraiment du tonnerre !

Heat venait de mettre Rook et Rhymer au courant quand la réceptionniste, une grosse Blanche d'âge mûr aux cheveux blonds décolorés, émergea de l'arrière, suivie d'un nuage de fumée de cigarette.

— Une chambre pour trois ? C'est cinquante dollars de caution. Elle rangea le panonceau sous le comptoir et sortit des clés d'un réduit derrière elle. Quand elle se retourna, Nikki lui brandissait son badge sous le nez.

L'employée se nommait DD. Ils la suivirent dans le couloir du second étage longeant la moquette réparée en de nombreux endroits par de simples bandes d'adhésif.

— Réfléchissez encore, DD, dit Nikki. Vous êtes bien sûre de n'avoir vu personne d'autre monter le voir ?

— Je ne vois rien, je n'entends rien, je ne sais rien. Ça va, ça vient.

— Et s'il y avait quelqu'un d'autre avec lui dans la chambre, vous le sauriez, ça, non ? demanda Rook.

— Techniquement, oui. Mais, bon…

Elle s'arrêta au milieu du couloir et leur indiqua l'endroit en étendant les bras tandis qu'une femme en soutien-gorge et petite culotte jaune citron les dépassait pour rejoindre l'ascenseur.

— Inutile d'en rajouter pour comprendre le tableau. Le type a payé deux semaines d'avance et en liquide. C'est tout ce qui m'intéresse, moi.

Au bout du couloir, ils s'arrêtèrent devant une porte à la poignée de laquelle était accroché un panonceau *« Ne pas déranger »*.

— La femme de ménage est passée ? s'enquit Nikki, inquiète de l'éventuelle contamination des lieux pour le travail du labo.

— Et puis quoi encore ! Pas de petits chocolats sur l'oreiller, s'esclaffa DD avant de frapper deux coups. Hello… M'sieur le directeur ? appela-t-elle.

Après qu'elle eut inséré la clé, Nikki la fit reculer. La main sur l'étui de leur arme, Rhymer et elle pénétrèrent en premier dans la chambre.

— Putain de merde ! s'exclama DD, résumant leur pensée à tous. Il faut que j'appelle le propriétaire, dit-elle en reculant, puis elle quitta la pièce précipitamment.

Il y avait du sang partout. Sur le lit, l'oreiller et le haut du drap de dessus. Par terre, à côté, était éparpillé un tas de serviettes maculées elles aussi de taches couleur rouille. Le bureau, déplacé au milieu de la pièce, avait été recouvert du rideau de douche qu'on avait arraché. La mare de sang qui s'était formée à l'une des extrémités s'était décollée en séchant, de sorte que les bords s'étaient ambrés tandis que le centre avait viré au bordeaux foncé. Des dégoulinures couleur cannelle, semblables à de la bougie fondue, s'étendaient sur le côté du rideau, où le sang avait coulé avant de former de petites flaques sur le tapis, qui avaient apparemment aussi séché. Des carrés de gaze pleins de sang jonchaient le sol à côté de leur papier d'emballage stérile.

— Je n'avais pas revu autant de sang dans un hôtel depuis *Shining*, commenta Rook.

— On dirait que j'ai enfin mis la main sur mes urgences, fit Opossum.

— Et les soins intensifs de fortune, ajouta Heat.

Elle laissa l'inspecteur Rhymer sécuriser les lieux, dans l'espoir que la scientifique retrouve des empreintes au milieu de tout cela et qu'on découvre qui s'était occupé de Carter Damon.

À son retour du Bronx avec Rook, les Gars, qui l'attendaient, bondirent sur Nikki à la porte de la salle de la brigade. Ils la conduisirent alors à leurs bureaux adjacents pour lui faire leur rapport.

— D'abord la banque, commença l'inspecteur Raley. Il s'avère que Carter Damon a lui aussi reçu de l'argent.

L'enquêteur ouvrit un dossier sur son écran et cliqua pour faire défiler plusieurs pages de relevés bancaires.

— Regardez. Un dépôt de trois cent mille dollars apparaît sur son compte le lundi suivant le meurtre de votre mère. Ensuite, vous voyez, là ? De petites sommes, de l'ordre de vingt-cinq mille, tous les six mois après.

La conclusion choquante était trop évidente pour ne pas y penser : un confrère, membre de la police de New York, avait peut-être été engagé pour tuer sa mère, puis chargé de faire foirer l'enquête. Évidentes ou pas, Nikki lutta contre son instinct de tirer des conclusions hâtives afin de garder l'esprit ouvert.

— Sur combien de temps ces versements s'étalent-ils ? demanda-t-elle.

— Jusqu'au mois dernier. Ensuite, il y a un gros changement, répondit Raley en affichant la page suivante. Un autre dépôt de trois cent mille, il y a quinze jours.

Nikki vérifia la date.

— C'est le jour où on a trouvé Nicole Bernardin dans la valise.

— Et celui où on a déjeuné avec feu Carter Damon, ajouta Rook. Était-ce le règlement du contrat sur Nicole ou sur toi ?

— Ou les deux ? s'interrogea Ochoa. Les relevés téléphoniques en disent long, eux aussi.

Il remit à Heat une copie du fruit de ses recherches. Rook lut par-dessus son épaule.

— J'ai surligné trois appels particulièrement intéressants. Au bas de la première page, vous constaterez que Damon a appelé deux fois un portable jetable à Paris. Le soir où Nicole a été tuée, soit, pour vous rafraîchir la mémoire, deux soirs avant la découverte de la valise, et juste après votre déjeuner avec lui et Rook.

Nikki prit le temps de se calmer l'esprit.

— D'accord, supposons que le premier appel à Paris concerne le meurtre de Nicole Bernardin. Était-ce pour en recevoir l'ordre ou pour confirmer qu'il l'avait tuée ? Et à quel sujet, à votre avis, Damon a-t-il appelé une seconde fois ?

— Peut-être qu'il appelait celui qui a tué Tyler Wynn, dit Rook. C'était peut-être ton tireur d'hier soir.

— Oui, mais on a vérifié les passagers en provenance de Paris auprès des douanes, vous vous souvenez ? fit remarquer Ochoa. Aucun nom connu sur les listes.

— Et alors ? Peut-être que la personne en question est arrivée par un autre aéroport, comme Boston ou Philadelphie, suggéra Rook. Ou qu'elle ne figure pas sur les listes.

— Réfléchissons, reprit Nikki.

— Damon a-t-il appelé les Bernardin à Paris ? demanda Rook. Ne serait-il pas cet insaisissable monsieur Seacrest ?

L'inspecteur Ochoa haussa les épaules.

— Aucune trace. Mais cet appel provenait d'un téléphone jetable.

Heat se tourna vers la page suivante imprimée par Ochoa.

— Et cet appel-là, c'est quoi ?

— Ce n'est pas l'appel qui nous intéresse, mais l'heure. Regardez : Carter Damon l'a passé aussitôt après avoir eu Paris juste après votre déjeuner ensemble.

— Si, comme le suggère Feller, Damon n'était qu'un instrument, intervint Raley, peut-être que quelqu'un lui a dit quoi faire et qu'il s'est exécuté.

— Miguel, je présume que vous avez vérifié à qui appartient ce numéro, dit Nikki.

— Vous présumez bien. Aucun mandat lancé contre son détenteur. Le numéro est attribué à une certaine Salena Kaye dans la 2ᵉ Avenue.

Heat et Rook se tournèrent aussitôt l'un vers l'autre.

— Salena !? Mais c'est mon infirmière sexy ! s'exclama-t-il.

Le gyrophare de la voiture des Gars se reflétait dans le rétroviseur de Heat qu'ils suivaient, traversant Central Park en code deux pour rejoindre le domicile de Salena Kaye, dans la 2ᵉ Avenue, près de la 96ᵉ Rue, au nord de Manhattan. Au sortir de la transversale, Nikki fit retentir sa sirène pour franchir la 5ᵉ Avenue. En s'engageant sur la 84ᵉ Rue, elle vérifia dans son rétroviseur que Raley suivait.

— En tout cas, maintenant je sais pourquoi Carter Damon m'a menti au sujet de sa blessure par balle, dit Rook. C'était juste pour que je lui parle de ma rééducation et que je lui donne le nom de Guantanamo. Il a dû remonter jusqu'à lui par le biais du cabinet et le faire remplacer par cette Salena.

— C'est aussi mon avis.

Nikki klaxonna et donna un coup de volant pour doubler le camion de livraison qui venait de s'arrêter devant elle sans prévenir. En tournant dans la 2ᵉ Avenue en direction du nord, elle développa :

— Damon l'a placée chez toi pour surveiller nos progrès sur l'affaire. Réfléchis, Rook : elle a vu le tableau, les notes sur l'affaire et tout… Avant de partir avec un grand sourire aux lèvres, ne put-elle s'empêcher d'ajouter.

Rook releva la pique.

— Elle massait super bien, en plus, rétorqua-t-il.

Heat se rangea le long du trottoir dans la 96e Rue et arrêta le moteur.

— Nous y voici, chez ton infirmière sexy. Oh ! non, toi, tu restes ici, dit-elle en voyant Rook descendre de voiture.

— Pourquoi ? À cause de ce que j'ai dit sur le massage ? Je ne pensais qu'à toi tout le temps, juré.

— Inutile de discuter. Tu nous attends dans la voiture, et je ne plaisante pas, insista-t-elle avant de rejoindre Raley et Ochoa devant les marches de l'immeuble.

— Il a quoi, six ans ? fit Ochoa en entrant.

— Tu es bien généreux, pouffa Raley.

Au cinquième étage, Raley s'agenouilla devant la porte de l'appartement pour insérer dans la serrure la clé que lui avait remise le concierge. De part et d'autre, Heat et Ochoa avaient dégainé.

— Salena Kaye, police, ouvrez ! cria Nikki.

Aucune réponse. Heat fit un signe de tête à Raley qui tourna la clé dans la serrure. Nikki prit la poignée et poussa la porte, mais elle buta contre quelque chose.

— J'y vais ! lança Ochoa.

Il se recula pour donner un coup de pied dans la porte, qui s'ouvrit de quelques centimètres seulement.

— On y va ensemble, partenaire, déclara-t-il à l'adresse de Raley, puis ils défoncèrent la porte d'un coup d'épaule et pénétrèrent à l'intérieur.

— RAS dans la chambre, annonça Ochoa.

— RAS dans la cuisine, répondit Heat.

Raley rengaina son arme en sortant de la salle de bain.

— Ni dans la salle de bain.

— Elle est partie en hâte, constata l'inspecteur Ochoa. Les tiroirs sont ouverts et il y a un sac à moitié fait sur le lit.

Nikki vit la fenêtre ouverte.

— L'escalier de secours ! cria-t-elle en ressortant par la porte. Que l'un de vous monte. Je prends la rue.

Heat se précipita dans l'escalier et traversa le hall en courant pour rejoindre le trottoir. Rook se tenait à côté de la Crown Victoria.

— Un chauffeur est passé la prendre, fit-il en montrant du doigt dans la direction qu'il avait prise.

— Monte, dit-elle.

— Je les ai vus prendre à gauche sur la 97e Rue.

— Attache-toi, dit-elle avant d'allumer le gyrophare.

Tandis qu'ils tournaient à l'angle de la rue, Rook sortit son téléphone portable.

— J'ai le numéro.

Il appela le central du service de voitures.

— Police, urgence, donnez-moi la destination de votre véhicule numéro K-B-quatre-un-trois-un-neuf.

Au niveau de Lexington Avenue, il lui indiqua frénétiquement de tourner à gauche, ce qu'elle fit.

— Merci de votre aide, dit-il avant de raccrocher. JFK, par le tunnel de Midtown, annonça-t-il à Nikki.

— C'était un peu trop facile à mon goût, dit-elle en saisissant le micro de sa radio.

— Mais un journaliste d'investigation doit savoir se débrouiller, tu sais.

L'inspecteur Heat appela pour alerter les agents postés à l'entrée du tunnel et leur demanda de retenir une limousine noire dont elle leur précisa le numéro de plaque obtenu par Rook.

Puis elle tenta de conserver son allure.

— Là, dans la voie de droite ! s'écria Rook juste après qu'ils eurent traversé la 42e Rue.

Au premier coup de sirène, la berline se rangea. Nikki appela les renforts et ouvrit sa portière.

— Attends-moi là, dit-elle à Rook.

Les vitres n'étaient pas teintées, et la banquette arrière semblait vide. L'arme au poing, elle s'avança dans l'angle aveugle et ouvrit grand la portière arrière. Personne sur la banquette arrière. Nikki ouvrit alors la portière du passager à l'avant, mais la place n'était guère plus occupée. Le chauffeur avait encore les mains en l'air.

— Où est passée votre cliente ? demanda-t-elle en rengainant son Sig.

— La dame m'a demandé de la déposer juste après la prise en charge. Je l'ai laissée à la 66ᵉ Rue, près de l'Arsenal.

La mine déconfite, Heat jeta un regard dans la direction indiquée.

— Je lui ai dit qu'elle avait pourtant payé pour aller à l'aéroport ; alors, elle m'a conseillé de continuer jusque là-bas.

— Si vous voulez bien ouvrir votre coffre, monsieur, s'il vous plaît, dit-elle, sachant que cela était inutile.

Cette fois, Nikki permit à Rook de l'accompagner chez Salena Kaye. Quand elle entra, Raley et Ochoa, les mains gantées, fouillaient le salon. Elle en tendit une paire à Rook.

— Je viens d'avoir l'inspecteur Rhymer, à l'hôtel de passe, dit Raley.

On lui avait envoyé une photo de Salena Kaye par MMS, expliqua-t-il en indiquant le cadre sur la bibliothèque à côté du téléviseur.

— Il a dit de vous dire que DD – vous sauriez de qui il s'agit – a formellement reconnu la femme qui a rendu visite à Carter Damon dans sa chambre.

La joie qu'aurait dû lui apporter l'établissement d'un lien pareil glissa sur Nikki, qui ne se remettait pas d'avoir laissé la suspecte lui échapper. Cela devait se voir.

— Une véritable anguille, celle-là, fit remarquer Ochoa.

— Je ne vous le fais pas dire, renchérit Heat. Dire qu'on l'avait là, à portée de main.

Raley se racla la gorge.

— On n'a qu'à suivre l'odeur d'huile essentielle.

— Hilarant, fit Rook. Moi qui croyais qu'on était frères de sang, les Gars ?

— Justement. On en a reparlé et on aimerait bien le récupérer, notre sang.

Pendant qu'ils continuaient à s'envoyer des piques, Nikki parcourut le reste de l'appartement. Malgré le mauvais goût qu'il lui laissait dans la bouche, le fait d'avoir perdu Salena ne devait pas l'empêcher de continuer à avancer. Avant que la sinistrose ne prenne le dessus, elle décida de s'activer.

— Vous avez déjà regardé dans la chambre, les Gars ?

— Pas encore, répondirent les enquêteurs.

Comme le sac de voyage était encore ouvert au pied du lit, Heat commença par là, car Salena Kaye voulait sans doute emporter ce qui comptait le plus pour elle. Dans les poches extérieures, elle trouva des affaires de toilette et des cosmétiques emballés dans des flacons réglementaires. Un séchoir et des brosses à cheveux étaient rangés dans la poche à fermeture éclair, tandis que le compartiment principal était occupé par une paire de sandales, un bikini, de la lingerie – évidemment – et un jean. Elle souleva délicatement le tout pour l'étaler sur le couvre-lit.

— Bingo ! lâcha-t-elle dans la pièce vide.

Sous les vêtements, Nikki venait de retrouver la boîte à souvenirs avec les photos volées.

DIX-HUIT

Ce soir-là, afin d'éviter Irons, Nikki Heat renonça sans complexe à retourner au poste après la fouille chez Salena Kaye. Lors de son dernier appel à la brigade, l'inspecteur Feller l'avait informée que le capitaine examinait ses statistiques, feutre en main, dans son « aquarium », mais qu'il levait régulièrement la tête pour vérifier si elle était revenue dans la salle de briefing. Il n'avait qu'à attendre. Nikki avait rendez-vous avec sa boîte à souvenirs.

Après s'être assurée en vérifiant que l'avis de recherche avait bien été lancé pour retrouver Salena Kaye et que Malcolm et Reynolds avaient réussi à faire venir DeJesus pour examiner la camionnette de Carter Damon, elle avait pris un taxi pour rejoindre Rook chez lui, à Tribeca.

Il était rentré au loft une heure plus tôt pour accueillir le serrurier et, quand Heat arriva, il lui remit la clé toute neuve de son nouveau verrou.

— J'aimerais croire que cette nouvelle serrure changera tout, dit-il, mais, vu les derniers événements, je ferais peut-être tout aussi bien de laisser la porte grande ouverte et de coller des post-it sur tous les endroits où il y a quelque chose à prendre.

— Une chose est sûre, en tout cas : maintenant qu'on sait

que c'était Salena, il n'y a plus à s'inquiéter que la scientifique n'ait trouvé aucune empreinte, déclara-t-elle.

— Ils n'ont peut-être pas trouvé d'empreintes, mais ils ont retrouvé mon petit Scotty sous le canapé.

— Vive la scientifique !

— Il a dû tomber de la table et rouler quand Salena a installé ça, fit-il en brandissant un minuscule boîtier noir d'où pendait un fil.

— Un micro ? Alors, non seulement elle a vu notre tableau et volé les photos, mais elle a placé un micro ?

— Maintenant, je m'inquiète un peu de ce que j'ai pu dire. Pendant le massage, je veux dire, ajouta-t-il avec un petit sourire entendu.

— Pour t'avoir entendu en pleine extase, à ta place, je m'inquiéterais aussi, Rook.

Heat s'installa à la table de la salle à manger, ouvrit le couvercle de la boîte à souvenirs et se pencha sur les photos.

Pour le premier passage, son intention était de repérer les bijoux. Si le bracelet à breloques signifiait quelque chose, il fallait commencer par voir si sa mère, Nicole ou quelqu'un d'autre le portait, lui ou un autre dans le même genre, sur les photos. Mais après avoir scruté chaque cliché, ils ne retrouvèrent ni bracelet similaire ni bijou inhabituel.

Ensuite, elle entreprit de trier les photos par piles.

— Que fais-tu ? Tu cherches la chaussette dépareillée, si je peux me permettre d'employer ton expression fétiche ? demanda Rook qui ne décelait aucun système dans sa manière de confectionner ses piles.

— Non, au contraire, justement. J'essaie de voir ce qui correspond. Et je me laisse guider par mon intuition. Dans le tas que j'ai mis à part, là, par exemple, ce ne sont que des portraits avec les familles de ses élèves.

— Compris, dit-il. Et là..., des portraits de ta mère au piano dans différents intérieurs ?

— Voilà, exactement.

Nikki poursuivit son tri en créant de nouvelles catégories, notamment des photos de Tyler Wynn aux côtés de sa mère, de Nicole et d'autres, et enfin une dernière pile constituée du reste des portraits individuels de membres du réseau de nounous dans des poses grotesques, imitant des présentatrices de publicités surannées.

Rook se rendit à la cuisine pour préparer deux tasses de café filtre tandis qu'elle étalait ces clichés-là sur la table. Ce choix, elle le sentait, était plus poussé par l'intuition que par la raison. Que lui révélaient ces photos ? Elle tenta de les classer de nouveau en fonction de la date du tampon de la poste. Cet agencement ne lui apprit rien. Elle les ordonna alors d'un point de vue géographique. Après avoir étudié ce classement sans en retirer le moindre enseignement, Heat opta pour une méthode qui lui était moins familière : laissant de côté le raisonnement du flic, elle se laissa aller à son instinct primal.

Et ainsi, l'enquêtrice aguerrie retrouva la manière de penser de la fillette qu'elle avait été. Il lui revint alors que sa mère aimait justement la faire rire en prenant ces poses dignes des hôtesses de l'émission du *Juste Prix* ; ce qu'il lui arrivait de faire, au plus grand embarras de Nikki, dans les rayons des supermarchés ou des grands magasins. Elle qualifiait cette pratique de « présentation stylisée », et la petite Nikki gloussait ou bougonnait de gêne, selon l'endroit où sa mère s'y adonnait.

Le plus drôle, c'était à la maison, à l'abri des regards de ses camarades de classe, en particulier, mais de tous en réalité. Cynthia étendait ses bras gracieux et ses poignets délicats devant le four. Puis elle en ouvrait la porte pour en vanter l'intérieur. Ensuite, elle faisait de même pour le réfrigérateur, dont elle ouvrait le bac pour présenter une tête de salade. « Voilà ce qu'on fait quand il n'est pas poli de montrer du doigt », expliquait sa mère.

Une nouvelle idée germa alors dans l'esprit de Heat. Elle observa une photo, puis une autre. Bien sûr, il pouvait s'agir d'un gag récurrent ou d'une blague entre les membres du réseau. Un peu comme font les gens aujourd'hui en s'envoyant par téléphone des photos qui jouent sur la perspective pour donner l'impression qu'ils soutiennent le pilier d'un pont ou qu'ils tiennent un monument dans le creux de la main.

Et si ce n'était pas un clin d'œil ?

Et si sa mère, Nicole Bernardin, Eugene Summers et leurs amis ne faisaient pas simplement les idiots ? Et s'ils se servaient de ce qui pouvait passer pour une blague d'étudiant pour dissimuler quelque chose de plus sérieux ? Et s'ils voulaient montrer quelque chose ? Nikki appela Rook pour lui faire part de son idée.

— Suis-moi bien, l'enjoignit-elle en tapotant sur le premier cliché. Regarde. Là, c'est notre majordome, Eugene, devant la grande roue à Vienne en 1977. Il tient l'appareil d'une main pour se prendre lui-même en photo et, de l'autre, il fait mine de vanter le kiosque de brochures pour touristes.

Elle passa ensuite à la suivante. Là, on a Nicole en 1980 à Nice. Sur le marché aux fleurs, elle vante en fait la consigne à l'entrée.

— Et même sur celle-ci...

Elle reprit la photo de Cynthia à Paris, celle dont Nikki s'était servie pour rejouer la scène de sa mère...

— Là, ma mère vante le stand du bouquiniste. Tu le vois, il est de l'autre côté de la place, au bord de la Seine.

Elle reposa délicatement la photo.

— À mon avis, il s'agit d'un signal.

— Bon, dit Rook, je veux bien croire que tu tiens quelque chose, mais comment en être sûr ?

— Je sais.

Heat ouvrit son calepin et en tourna les pages jusqu'à ce qu'elle ait retrouvé le numéro de portable qu'elle cherchait.

Eugene Summers lui réserva un accueil frileux, manifestement toujours vexé par l'attitude de Rook lors de leur déjeuner. Mais, finalement, le majordome connaissait les manières. Il interrompit son tournage en extérieur à Bel Air pour trouver un endroit au calme et répondre à sa question en privé. Sans même recourir, cette fois, à son petit jeu.

— Puisque vous avez déchiffré notre code, autant tout vous dire. D'autant plus que tout cela est fini maintenant.

Vous avez entièrement raison. Ces poses étaient notre langage secret au sein de notre petit réseau. En fait, c'était une idée de votre mère, elle disait que c'était ce qu'on fait…

— … quand il n'est pas poli de montrer du doigt, acheva Nikki à sa place. Encore une chose : que montriez-vous ? demanda-t-elle.

Heat pensait l'avoir deviné aussi, mais il lui fallait l'entendre de sa bouche sans qu'elle lui souffle la réponse.

— Vous vous souvenez de nos boîtes aux lettres mortes ? On se servait de ces photos pour s'indiquer secrètement l'emplacement de nos diverses cachettes.

Sur un petit nuage, elle remercia Summers et raccrocha juste au moment où Rook ressortait de son bureau. Il arriva dans la grande pièce en brandissant la loupe qui lui servait de presse-papier.

— Je savais bien que cet achat impulsif me servirait un jour.

Il la plaça au-dessus de l'une des photos de Nicole Bernardin.

— Je l'ai déjà vue, celle-là, dit Heat. C'est pris quelque part ici, à New York, non ?

— Tu verras où si tu regardes bien.

Nikki se pencha au-dessus de la loupe. Rook la déplaça sur le fond de l'image. Dès qu'elle aperçut le panneau agrandi derrière, Heat leva les yeux vers lui.

— On y va ! lança-t-elle.

En arrivant dans l'Upper West Side, Heat et Rook eurent la sensation de revivre leur reconstitution à la cathédrale Notre-Dame, à Paris, où Rook avait pris en photo Nikki, le pied posé sur la marque en bronze du point zéro. Seulement, cette fois, ce n'était pas pour des raisons sentimentales qu'il fallait reprendre la pose, mais pour découvrir le message que voulait faire passer Nicole et, avec un peu d'espoir, retrouver un tueur.

— Ce doit être quelque part par là, dit Heat en tournicotant sur le trottoir à l'angle de la rue.

À l'aide de la photo de Nicole, elle se rapprocha de la cabine de téléphone.

— Là ?

À quelques mètres d'elle, Rook la cadrait sur l'écran de son iPhone. De la main gauche, il lui fit signe de se décaler un peu sur le côté, ce qu'elle fit.

— C'est bon, dit-il.

Alors, Nikki se retourna et, derrière elle, découvrit le petit panneau vert que Rook avait agrandi dans le fond de la photo de Nicole : 91e Rue Ouest.

— D'accord, donc, on avait inversé les breloques du bracelet, dit Rook. C'est neuf et un, pas un et neuf. Mais, à ton avis, que voulait indiquer mademoiselle Bernardin ?

Elle étudia encore la photo et prit la pose de Nicole.

— C'est ce truc-là qu'elle montre.

Dans sa pose, Nikki indiquait une grille de métro, de la taille d'une table basse, enfoncée dans le béton.

— Pourquoi ce truc ? demanda Rook. C'est juste une grille de ventilation.

Le sol se mit à trembler au passage d'une rame, et une bouffée d'air chaud leur remonta au visage.

— Bon sang, mais c'est bien sûr ! s'exclama Rook qui se pencha pour essayer de regarder à travers les barreaux. Il ne s'agit pas de la grille, Nikki, mais de ce qu'il y a en bas. Oh ! c'est trop génial.

Son visage s'illumina.

— C'est carrément mortel.

— Rook, si tu m'expliquais, tu veux ?

— Il y a une station de métro abandonnée là-dessous. Bon sang, j'ai même écrit un article dessus pour le *Gotham Eye*, à mes débuts en free-lance. La ville a fermé la station il y a une cinquantaine d'années, quand le prolongement du nouveau quai de la 96e Rue a permis de rejoindre la 93e et a rendu cette station obsolète. Ils en ont juste fermé les accès, puis l'ont abandonnée. Si tu regardes par la fenêtre, sur la ligne Un, tu aperçois encore l'ancien guichet et les barrières en passant. C'est un peu sinistre, tout a l'air figé dans le temps. D'ailleurs, les anciens du métro l'appellent encore « la station fantôme ».

Rook marqua une pause pendant qu'une rame faisait de nouveau trembler le sol.

— « La station fantôme. » Si tu veux mon avis, ce n'était pas une mauvaise cachette pour une boîte aux lettres morte.

Nikki se rappela que le labo avait trouvé de la poussière d'origine ferroviaire sous les semelles de chaussures et sur le genou de pantalon de Nicole Bernardin.

— Comment on descend ? demanda-t-elle au lieu de se moquer, comme à son habitude, des théories farfelues de Rook.

— J'en sais rien. Je me souviens que mon guide, l'attachée de presse de la régie des transports, disait que l'escalier avait été bouché par des dalles de béton quand ils avaient démoli l'entrée sur le trottoir. J'imagine que ces ventilations datent de la même époque.

Nikki posa un genou par terre pour tenter de soulever la grille.

— Rien à faire, soupira-t-elle avant de se relever.

Puis elle regarda autour d'eux et indiqua le terre-plein central de Broadway Avenue.

— Il y en a une autre là-bas, derrière la barrière de sécurité, tu la vois ?

Heat s'engagea sur la chaussée sans regarder. Un klaxon retentit. Rook la saisit par le bras et la tira en arrière juste à temps ; elle avait failli se faire renverser par un taxi clandestin.

— Ça va ? demanda-t-il.

— Oui, merci. Il était moins une.

— Non, je veux dire, tu es sûre que ça va ?

Il la scruta et elle comprit pourquoi. Pareille imprudence ne lui ressemblait pas. Ce n'était pas dans son caractère de céder à l'impatience.

— Bon, on sait par où passer maintenant, alors, allons-y, fit Heat sans l'écouter.

Sans attendre, elle se précipita vers le terre-plein séparant les deux voies de circulation de l'avenue. Quand Rook l'eut rattrapée, elle le guida entre les arbustes et les tulipes jusqu'à la grille en fer forgé entourant le regard, bien plus large que celui sur le trottoir. Rook passa les deux bras par les barreaux pour tenter de soulever la grille. Elle ne bougea pas non plus. Une nouvelle rame passa dessous, dans un vacarme plus grand encore que la précédente, et en leur soufflant encore plus d'air dans la figure.

— On doit se trouver juste au-dessus des voies en activité. Le regard sur le trottoir doit être placé au-dessus de la station, suggéra-t-il en se retournant vers elle.

Mais Nikki se faufilait déjà entre les voitures pour y retourner.

Quand Rook l'eut rejointe, Heat était à genoux par terre, la tête collée sur le trottoir, et elle regardait par un trou.

— Viens voir. Le réverbère éclaire juste assez pour qu'on distingue l'escalier, expliqua-t-elle en se reculant pour lui laisser la place.

Un œil fermé pour mieux voir, il aperçut les marches en béton abîmées et jonchées de mégots, de pailles en plastique et de chewing-gums de toutes les couleurs tombés au fil des ans à travers les barreaux.

— C'est bien ça, conclut-il avant d'examiner le regard de Nikki. Il n'y aurait pas de charnières s'il n'était pas destiné à s'ouvrir. Regarde. Il est verrouillé.

Il montra du doigt un trou de la taille d'une pièce de monnaie dans lequel était vissé un boulon à tête hexagonale.

— Compris, dit Nikki.

Elle passa les doigts dans le trou pour tenter de le desserrer.

— La vache, il est serré à fond ! Si seulement on arrivait à le dévisser, on pourrait entrer.

— Tu n'es pas sérieuse ?! s'exclama Rook. Tu veux vraiment ouvrir ça et descendre là-dessous ce soir ?

— Absolument.

— J'adore ton sens de l'aventure, mais ne pourrait-on pas appeler la régie ou le Service des espaces verts pour voir s'ils ne peuvent pas nous ouvrir ?

— À cette heure-ci ?

Elle fit non de la tête.

En plus, si on attend d'avoir réglé toute la paperasserie nécessaire et signé toutes les clauses dérogatoires pour les assurances, c'est en déambulateur qu'on descendra. Mais d'abord, depuis quand tu réfléchis aux précautions à prendre, toi ? ajouta-t-elle.

— Peut-être parce que tu me fais peur. Tu as l'air prête à étrangler quelqu'un ce soir.

— J'en ai assez d'attendre. Ça fait dix ans, Rook. J'y suis presque, là.

Elle savait que cela ne servait à rien, mais elle réessaya de desserrer le boulon à main nue.

— Pas question de laisser passer cette occasion.

— Dans ce cas, il va nous falloir des outils, fit Rook en sentant le sang bouillir en elle.

— Ah ! je retrouve le Rook que je connais.

Il embrassa les alentours du regard comme s'il allait miraculeusement trouver de quoi improviser quelque chose.

— Tu parles d'une ironie ! s'exclama Nikki. C'est quand même cruel que tout soit fermé, fit-elle en indiquant la vitrine éteinte d'une serrurerie à une trentaine de mètres, de l'autre côté de l'avenue.

— On n'a qu'à les appeler. Non, pas question d'y entrer par effraction, dit-il en voyant son impatience. Je ne sais peut-être pas toujours me fixer des limites, mais le cambriolage ne me semble pas une bonne idée.

Elle donna un coup de pied dans la grille.

— Si Nicole est en effet descendue ici, soit elle avait la clé, soit elle connaissait un autre moyen d'entrer.

— Ce qu'il nous faut, c'est une clé Allen. Ou sinon une disqueuse pour le scier, affirma Rook. Ils s'en servent tout le temps dans l'émission de téléréalité *La Guerre des enchères*. Ces types ouvrent les cadenas les doigts dans le nez.

— Tu crois qu'il y aurait une quincaillerie ouverte à cette heure-ci ?

— Non, mais j'ai ce qu'il nous faut. Tu te souviens de JJ ?

demanda-t-il en évoquant le concierge de l'immeuble d'une chroniqueuse mondaine dont ils avaient élucidé le meurtre.

— JJ, tu veux dire le JJ de Cassidy Towne ?

— Il est juste un peu plus bas, dans la 78ᵉ Rue. Ce gars possède tous les outils imaginables.

Bien que cela supposât d'attendre une demi-heure, Heat convint que la meilleure solution était en effet que Rook se rende chez JJ. Elle resterait là pour voir si elle ne trouvait pas un autre accès.

— Tu vas voir, on va y arriver, hein ? dit-il en montant dans le taxi.

Nikki se contenta de hausser les épaules, puis regarda la voiture s'éloigner. Elle s'était trop souvent trouvée à deux doigts d'y arriver pour finalement être ramenée à la case départ. Cette fois, pourtant, elle avait la sensation que c'était différent. Et pas uniquement à cause des pistes qui s'étaient multipliées récemment. Voilà que Nikki Heat, d'ordinaire si réfléchie, si posée, si méfiante, se sentait poussée par une main invisible. Ce n'était pas la première fois qu'elle éprouvait cette sensation dans cette affaire. C'était comme quand elle était descendue par cette trappe dans le salon, à Bayside. Ou quand elle avait suivi le tueur de Don en s'exposant dans cet escalier sans le moindre renfort. Ou quand elle s'était laissé prendre à accepter un rendez-vous le soir, sous la High Line. D'ordinaire, elle se gardait de se laisser déstabiliser au point d'agir de manière aussi irréfléchie.

Qu'y avait-il donc de différent ? se demanda-t-elle. Manquait-elle de jugement parce qu'elle souffrait bien d'un syndrome de stress post-traumatique finalement ? Ou cette faculté si précieuse à cloisonner sa vie devenait-elle plus un obstacle qu'un atout, de sorte qu'elle écoutait davantage ses instincts ? Y avait-il vraiment une force invisible qui la guidait ?

Ou bien était-elle simplement obsédée par cette affaire ?

Quoi qu'il en soit, en tournant et virant dans Broadway ce soir-là, littéralement à la recherche d'une porte vers le passé, Nikki sentait la proximité du but et elle n'entendait plus la voix de la prudence. Voilà pourquoi, après être descendue dans la station de la 96ᵉ Rue, sur le quai de laquelle elle se retrouva seule, elle se dirigea le plus au sud possible pour voir à quelle distance se trouvait la station abandonnée de la 91ᵉ Rue. L'enquêtrice agrippa la rambarde en inox et se pencha sur la voie pour scruter l'intérieur du tunnel. Il y faisait noir, mais deux feux rouges lui lançaient des avertissements. Bien qu'elle ne distinguât pas la station fantôme, le quai n'était sans doute qu'à une centaine de mètres. Elle tendit l'oreille. Ne percevant pas le moindre grondement, elle se demanda si elle ne pouvait pas la rejoindre avant l'arrivée d'une rame.

Puis Heat cessa de réfléchir et sauta.

Nikki veilla à bien rester entre les deux voies principales. Il fallait se tenir à l'écart du troisième rail, tout à fait sur la droite, qui alimentait les trains en six cent cinquante volts. À chacun de ses pas pas, les lumières de la station s'estompaient davantage derrière elle, et elle ne tarda pas à se retrouver dans le noir complet. Plus loin, il y aurait moins de détritus et de bouteilles cassées, mais elle avait quand même besoin d'y voir quelque chose. Le sol était loin d'être plat, et le chemin était semé d'embûches. Ce n'était le moment ni de trébucher ni de tomber ou, pire, de se casser la cheville ou de se coincer le pied quelque part. Rien qu'à l'idée, elle en frissonna. La raison lui soufflait de renoncer et de faire demi-tour. Elle n'avait qu'à suivre la voie officielle et faire arrêter la ligne le lendemain matin par la régie pour qu'elle puisse se rendre dans la station.

Mais le lendemain matin semblait loin. Elle sortit son téléphone portable et mit en marche l'application lampe de poche. Entendant déjà Rook faire le malin, elle sourit en son for intérieur. « Tu veux faire de la spéléo dans le métro ? J'ai une appli pour ça. » Rook. Elle devrait l'appeler pour lui dire où elle était. Mais cela attendrait bien qu'elle soit arrivée de l'autre côté. Si elle avait du réseau.

Son téléphone lui éclairerait suffisamment le chemin ; cependant, à peine l'eut-elle allumé qu'elle entendit des voix derrière elle sur le quai. Aussitôt, elle éteignit et se pressa contre le mur du tunnel pour écouter, espérant qu'il ne s'agissait pas d'un bon Samaritain venu lui sauver la vie au péril de la sienne.

Sentant un courant d'air dans son cou, Nikki leva la tête pour voir s'il y avait une grille de ventilation plus haut, mais non. Alors, elle se rendit compte que c'était en fait de la fourrure qui lui courait sur le cou. En y portant la main, elle saisit un rat de la taille de sa paume. Quand il tomba lourdement sur le sol, elle l'entendit se carapater sans le voir. Après s'être écartée du mur, elle ralluma l'appli lampe de son portable et se hâta de rejoindre la 91ᵉ Rue.

En avançant aussi vite que possible, Nikki sautait par-dessus des flaques et franchissait des traverses qui paraissaient de plus en plus hautes, car les creux se faisaient plus profonds entre les rails dans cette portion du tunnel. Compte tenu de la pâle lumière qu'elle apercevait au loin, elle devait se rapprocher de la station fantôme. Peut-être y avait-il encore quelques ampoules qui marchaient là-bas. Toutefois, l'éclairage se fit brusquement plus intense, ce qui l'alarma, d'autant que le sol se mettait légèrement à trembler. Puis un phare transperça l'obscurité du tunnel au loin et fit miroiter le plat des rails en dessinant deux lignes qui fonçaient droit sur elle. Nikki ne pouvait pas se trouver dans pire situation : entre deux stations alors qu'une rame arrivait.

Au moment de sauter par-dessus le troisième rail, il lui vint à l'esprit que la voie centrale était réservée aux trains express, ce qui lui barrait l'issue. Ignorant quelle distance la séparait encore du quai de la station, mais sachant que le précédent était loin derrière elle, Nikki se mit à courir au-devant de la rame qui arrivait, bondissant par-dessus les traverses comme à une course de haies. Le phare grossissait et se faisait plus éblouissant. Le lointain tremblement se changea en un grondement tonitruant. L'air déplacé par l'avancée du métro lui arrivait en pleine figure. Le phare éclaira la station fantôme dont elle approchait sur la gauche. Mais était-elle assez proche pour l'atteindre avant l'arrivée de la rame ?

Tout à ses calculs, Nikki ne prit pas garde à lever le pied assez haut, et sa chaussure se prit sous une traverse, ce qui la fit basculer en avant. Elle songea alors que, si elle tombait, le creux entre les rails était peut-être assez profond pour laisser passer le train au-dessus d'elle.

Nikki n'eut pas l'occasion de le vérifier. Elle se redressa. À bout de souffle, elle tituba vers le bord du quai. Mais il était trop haut pour elle. La rame n'était plus qu'à quelques secondes d'elle. Son phare aveuglant illuminait le tunnel comme en plein jour. C'est alors que Nikki aperçut l'échelle de service en retrait dans la paroi en béton. Elle s'élança vers elle et empoigna la main-courante.

Heat atterrit sur le quai juste au moment où le métro de la ligne Un traversait la station en trombe avec un effet de souffle et un fracas plus assourdissant que ce qu'elle avait jamais connu de toute sa vie à New York. Elle était heureuse d'être encore en vie pour l'entendre !

Après le passage de la rame, l'air et le bruit s'apaisèrent très vite. Cent cinquante mètres plus loin, le grincement des freins retentit dans la station que Nikki venait de quitter. D'une roulade, elle se redressa pour reprendre son souffle, car elle s'était violemment cogné le genou en descendant l'échelle. Après avoir palpé sa rotule, il lui sembla qu'elle n'avait rien de cassé. Néanmoins, la sensation de brûlure indiquait qu'elle avait dû s'érafler. À la lumière de son téléphone, elle regarda s'il y avait du sang sur son pantalon, mais elle n'en vit pas. Elle avait juste un peu de poussière sur le genou, comme Nicole Bernardin.

Heat se releva. En balayant sa lampe autour d'elle, elle constata que la station fantôme offrait un décor tout en contrastes. Le design et les équipements datant du début du siècle dernier n'avaient pas bougé depuis le jour où la station avait été fermée : un guichet Art déco, une poinçonneuse, des plafonniers à ampoules individuelles au lieu de néons, des moulures au plafond, une rampe d'escalier en fer forgé pour l'entrée couverte débouchant sur le trottoir, une grille également en fer forgé que le chef de station soulevait à la sortie des passagers, et la plaque en terre cuite indiquant « *91* », le nom de la station, en relief. Toutefois, le romantisme de ce retour vers le passé était contrebalancé par la dégradation des lieux.

La moindre surface de la station était recouverte de graffitis : les murs carrelés, les rampes et les piliers de soutien. Des canettes de soda ainsi que des bouteilles de vin et de bière jonchaient le sol, s'amoncelaient dans les coins et à côté d'une glacière en plastique dans le pauvre escalier en béton tout abîmé. Les portes des deux toilettes avaient été arrachées et emportées. Sans s'aventurer à l'intérieur, Nikki put constater de ses yeux et à l'odeur les dégradations à l'intérieur des cabinets cassés et tagués.

Sans doute l'œuvre des hommes-taupes, songea-t-elle. Selon une légende urbaine, des tribus de marginaux avaient investi le métro de New York et régnaient sur ces tunnels en bandes organisées. En réalité, ce n'était qu'une poignée de tagueurs qui imprimaient leur marque ou de sans-abris qui végétaient dans les ténèbres des galeries.

Dans *La Belle et la Bête*, une série télévisée que Nikki suivait quand elle était en primaire, c'était un homme-lion qui vivait ainsi caché, mais jamais elle n'avait vu ce cher Vincent, un parfait gentleman, une bombe de peinture et une bouteille de vin doux à la main.

Un bruit derrière elle la fit se retourner, et elle éteignit sa lampe. Tandis que ses yeux s'adaptaient à la faible lueur de la rue filtrant par les grilles qu'elle avait examinées avec Rook, Nikki comprit qu'il s'agissait juste d'une nouvelle rame à l'approche. À destination de la direction opposée, celle-ci circulait donc de l'autre côté du tunnel. Nikki attendit son passage pour rallumer son téléphone. Mieux valait ne pas prendre le risque d'être vue et signalée. Elle avait du pain sur la planche.

Faisant honneur à l'âge du décor, Nikki recourut aux bonnes vieilles méthodes. Elle se mit en quête d'empreintes. Tout étant recouvert d'une épaisse couche de suie et de poussière, si Nicole Bernardin était bien venue là avant d'avoir été tuée, Heat devrait retrouver au moins les siennes. Elle s'accroupit pour éclairer par terre. Lentement, patiemment, elle balaya l'espace à quelques centimètres du sol, guettant la moindre perturbation ou forme révélatrice qui lui permettrait de retrouver la cachette. Le problème, c'est que tant d'hommes-taupes étaient venus sur le quai qu'il y avait des milliers d'empreintes. Elle balaya de nouveau le faisceau de sa lampe en marchant courbée, cette fois, afin de repérer des empreintes de femmes plus petites. En vain.

Ensuite, elle chercha le guichet, ce qui ne lui prit que quelques secondes. Il était depuis longtemps fracassé et éventré. Comme elle s'y attendait, les deux toilettes ne présentaient aucune cachette possible non plus. La glacière dans l'escalier était vide, de même que l'intérieur de la machine à composter, dont la porte avait été fracturée et abandonnée par terre. Heat inspecta même le fond du regard donnant sur le trottoir, car cela était peut-être ce que Nicole avait voulu indiquer dans sa pose de présentatrice. Ce n'était pas le cas.

Incapable d'accepter la défaite, Nikki refusa de se laisser abattre. De nouveau, elle se mit à la place de sa mère pour réfléchir. Pour qu'elle trouve la boîte aux lettres, Nicole comptait-elle que Cynthia cherche ses empreintes dans la poussière ?

Non.

Dans ce cas, comment Nicole lui avait-elle indiqué où chercher exactement ?

En lui fournissant un indice.

Or elle l'avait : le bracelet aux breloques.

Nikki leva les yeux vers le neuf et le un sur le mur.

Serait-ce possible ?

Comme la plaque était trop haute pour elle, Nikki chercha autour d'elle de quoi se surélever. Elle remonta dans l'escalier, revint avec la glacière et s'en servit d'escabeau.

Soudain, elle sursauta, car son téléphone se mit à vibrer dans sa main. L'identificateur d'appel lui apprit que c'était Rook. Mince, elle avait oublié d'appeler Rook. Elle décrocha.

— Salut, tu sais quoi ? J'ai réussi à descendre et je…
Un signal sonore lui résonna dans l'oreille lui indiquant que
la communication était interrompue. Elle tenta de rappeler,
mais les barres de réception commençaient à disparaître,
puis elle n'eut plus du tout de réseau.

En équilibre sur la glacière, Heat tendit les bras pour
passer les doigts sur les bords du numéro « 91 ». La plaque
avait l'air descellée.

Elle bougeait.

Nikki posa son téléphone par terre, braqua la lampe sur
le mur et remonta sur la glacière, puis elle s'étira pour placer l'extrémité de ses doigts de part et d'autre de la plaque.
Malgré la difficulté de sa position, qui lui faisait mal aux
bras, elle persista, sentant la plaque s'écarter peu à peu du
mur sous ses efforts.

Tout en tirant d'un côté, puis de l'autre, Nikki imagina sa
mère dans la même situation dix ans auparavant. Qu'avait
donc trouvé Cynthia Heat ? Était-ce cela qui avait scellé son
destin ? Et Nicole Bernardin ? Si Nicole avait placé quelque
chose dans cette boîte aux lettres morte tant d'années plus
tard, qu'était-ce donc ? Et à qui était-ce destiné ? Pourquoi
cela lui avait-il valu la mort ?

Au même instant, la plaque se détacha du mur, et, sans
la lâcher, Nikki tomba à la renverse, atterrissant douloureu-
sement par terre.

— Je vais prendre le relais, dit une voix d'homme derrière elle.

Nikki se redressa à quatre pattes et porta la main à son
arme, mais, avant d'avoir pu dégainer, elle fut aveuglée par
un puissant faisceau lumineux. Puis elle reconnut le bruit
distinctif d'un pistolet qu'on arme.

— N'y touchez pas ou vous êtes morte, dit Tyler Wynn.

Heat laissa retomber la main.

— Les mains derrière la tête, s'il vous plaît.

Elle obtempéra, puis plissa les yeux pour tenter d'apercevoir, derrière la lumière, le vieil homme qui descendait de
l'échelle pour s'avancer sur le quai.

— Vous êtes aussi forte que votre mère. Si ce n'est meilleure.

Il détourna la lampe des yeux de Nikki pour la braquer sur le mur dont la niche qu'elle avait révélée abritait une sacoche en cuir.

— Merci de l'avoir trouvée pour moi. Je me suis donné un mal de chien pour la récupérer.

— Comme feindre votre propre mort ?

— Guérison miraculeuse, dirait-on. Savez-vous que j'ai dû payer ce médecin pour qu'il m'envoie ces décharges et que cela soit plus convaincant ?

Il lui braqua de nouveau la lampe en pleine figure.

— Ne soyez pas si déçue. S'il y a bien une chose qu'on apprend à la CIA, c'est que personne n'est jamais vraiment mort pour de bon.

— J'en connais une qui l'est pourtant. Et c'est vous qui l'avez tuée.

— Pas directement. J'ai fait appel à quelqu'un pour cela. D'ailleurs, je crois que vous vous connaissez, tous les deux.

Il tourna la tête pour appeler quelqu'un que Nikki ne distinguait pas.

— Tu ferais mieux de remonter de là, si tu ne veux pas te faire écraser. La prochaine rame ne va pas tarder.

Des pas résonnèrent sur les barreaux en métal, et une silhouette surgit des voies derrière Wynn.

— Prends-lui son arme, l'enjoignit-il.

Quand l'autre s'avança dans la lumière, Heat sentit son cœur cesser de battre.

DIX-NEUF

— Petar.

Ce fut tout ce que Heat parvint à exprimer. Le souffle coupé, comme si le tunnel s'était vidé de son oxygène, elle prononça le nom de son ancien amoureux d'une voix rauque. À la fois question et réponse, ces deux syllabes en dirent long. Elle y avait mis tout le poids des sentiments qui l'habitaient. Trahison. Tristesse. Choc. Perplexité. Aveuglement. Colère. Haine.

Le visage de Petar ne trahissait ni honte ni regret. Il s'avança vers Nikki et, quand leurs regards se croisèrent, elle lut dans ses yeux une sorte d'amusement. Non, de l'arrogance. Heat voulut dégainer. Même si Tyler Wynn l'abattait, elle aurait le temps de tirer sur Petar. Lui aussi était armé, mais il tenait son Glock n'importe comment. Elle avait une chance.

— Je ne m'y risquerais pas, prévint la voix derrière la torche.

Tyler Wynn, le fantôme vivant de la station, avait lu en elle. Tant pis, elle aurait essayé. Petar la désarma.

— Voilà, fit le vieil homme en se rapprochant. J'ai vu trop de gens tenter des gestes stupides sous l'effet de l'émotion.

Nikki se contorsionna pour lever les yeux vers Petar.

— C'est toi qui l'as tuée ? Salaud !

Petar se contenta de reculer d'un pas tout en rangeant le Sig de Nikki dans sa ceinture. Sans même lui accorder un regard. À ses yeux, elle n'était qu'une plaie.

— J'ai dit « salaud » !

— Vous aurez tout le temps de vous expliquer, tous les deux, quand je serai parti, intervint Wynn. Petar, attrape le sac, tu veux ?

Petar fit un pas derrière elle, et Nikki l'entendit glisser la glacière sous la cache de Nicole. Elle s'efforça alors d'oublier sa peine pour penser stratégie. Petar allait devoir rengainer son arme pour attraper la sacoche. Si seulement elle n'était pas à quatre pattes, elle pourrait prendre Wynn par surprise et le désarmer d'un coup de pied. Comme il l'avait déjà devancée auparavant, elle voulut cacher ses intentions en faisant la conversation.

— C'est vous que Carter Damon a appelé sur le portable jetable pour avoir le feu vert de buter Nicole ?

— Juste une tactique. C'est Petar qui s'est chargé d'elle, en fait.

— Et il vous a rappelé. C'était pour qu'il demande à cette infirmière de nous espionner ?

— Je suis un être d'habitudes. Une fois qu'on a dirigé un réseau de nounous, difficile de s'en passer.

Sans demander la permission, elle se remit debout tout en parlant, les mains toujours derrière la nuque.

— J'ai vraiment cru que c'était Carter Damon qui avait tué ma mère.

— Non, il est arrivé après, pour faire le ménage.

Derrière Nikki, Petar lâcha un juron parce qu'il était tombé de la glacière. Voyant Wynn sur le qui-vive, elle renonça à passer à l'action. Quand Petar fut remonté, le vieil homme se détendit et poursuivit.

— L'inspecteur Damon nous a été très utile jusqu'au moment où, à la fin, il a essayé de vous envoyer un texto. La conscience de l'homme à l'agonie.

— Le message interrompu, précisa-t-elle en se rapprochant.

— Oui, on l'a surpris en train de vous envoyer ses excuses. Ce qui s'est révélé très mauvais pour sa santé.

— Le pont de Brooklyn ?

Wynn opina du chef.

— Cette confession avortée m'a donné l'idée de mettre en scène son suicide avec un autre texto avouant les meurtres. Tout le monde y gagnait.

— Surtout vous, fit Nikki en le pointant du doigt.

Et elle en profita pour faire mine de bondir sur lui.

Le vieil homme anticipa et lui fit une clé de bras, puis lui appuya le canon de son arme sur la tempe.

— Vous tenez vraiment à ce que je vous bute ? Hein ?

Nikki se tint tranquille.

— Je n'hésiterai pas s'il le faut, mais j'aimerais mieux ne pas avoir à le faire. J'avais plutôt pensé à un « accident », c'est plus ambigu qu'une balle, pour la police. Mais je serai ravi d'improviser, si vous me forcez la main.

Il appuya davantage le canon.

— Il me serait très facile de planquer cette arme chez Rook. Réfléchissez bien avant de me forcer à vous abattre avec. Compris ?

Sans attendre de réponse, il la repoussa sur le côté.

Petar, qui était redescendu de son perchoir, lui tendait le sac en cuir. Wynn lui murmura ses instructions à l'oreille. Elle surprit « après la prochaine rame », mais le reste fut couvert par le vacarme d'un métro descendant vers le sud, à l'autre bout du tunnel.

Heat lutta pour garder la tête froide et ne pas se laisser dominer par la colère, notamment. Elle se rappela la place des Vosges à Paris, où quelque chose l'avait perturbée sans qu'elle puisse mettre le doigt dessus. Maintenant, dans l'attente de se faire exécuter dans la station fantôme, cette pensée qui la harcelait commençait à prendre corps, mais il était un peu tard. La chaussette dépareillée, comme d'habitude.

— J'aurais dû m'en douter, dit-elle à Wynn.

Elle secoua la tête, mécontente d'elle-même.

— J'aurais dû le sentir à l'hôpital quand « vos dernières paroles » ont été de m'enjoindre à coffrer les salauds qui avaient tué ma mère. C'était bien ça ?

— Absolument.

— Mais je ne me suis jamais demandé pourquoi vous ne l'aviez pas fait vous-même, vous qui étiez de la CIA et si désireux de venger la mort de ma mère. Vous aviez eu dix ans et tous les moyens nécessaires pour le faire.

Il sourit.

— Il ne faut pas vous en vouloir. J'en ai abusé des plus expérimentés et sur de bien plus longues années.

Un métro arrivait du sud. Il était encore loin, mais son doux grondement se réverbérait dans le tunnel. Nikki sentit un point dans sa poitrine.

— Pourquoi avez-vous fait tuer ma mère ?

— Parce que je n'ai pas réussi à la leurrer. Quand elle a découvert que j'étais passé à mon compte dans l'intervalle entre Paris et le moment où je lui avais fait reprendre du service à New York, il fallait qu'elle disparaisse. Il n'y avait pas d'autre solution. Jusque-là, elle croyait qu'en travaillant pour moi, elle travaillait toujours pour la CIA. Et puis elle a découvert pour qui je travaillais réellement et, malheureusement pour elle, quel était l'objectif.

— C'est pour ça que vous l'avez éliminée ?

— C'est son sens de la mission qui a tué votre mère. Elle était exactement comme vous.

Au passage de la rame, ils se figèrent telles des statues, et le déplacement d'air leur fit voler les cheveux. Petar dégaina alors son arme. Tyler Wynn rangea la sienne sous sa veste en tweed et descendit sur les voies par l'échelle.

— Quatre à six minutes avant le prochain.

— Ça vous laisse largement le temps, dit Petar en allumant sa lampe torche. Je vous rattrape après.

Nikki n'aperçut plus que le sommet du crâne de Wynn qui longeait le quai.

— Tyler.

Il s'arrêta.

— Qu'est-ce qu'il y a dans la sacoche ?

— Vous ne le saurez jamais.

— On parie ?

— S'il le faut, tue-la, déclara Wynn avant de poursuivre son chemin vers la station de la 96ᵉ Rue.

Heat décida qu'il lui fallait tuer Petar.

C'était sa seule chance de survie. La seule question était de savoir si elle en tirerait un quelconque plaisir. Et qu'adviendrait-il d'elle si elle le faisait ?

Elle serait en vie. C'était tout ce qui comptait. Les questions de moralité, elle aurait tout le temps d'y réfléchir quand elle serait vieille.

Elle avait compris ce qu'ils tramaient. Ce n'était pas bien difficile. La prochaine rame allait passer d'ici quatre à six minutes, et l'idée était de la jeter sous ses roues. Il lui restait donc plus ou moins cinq minutes pour agir.

— Il y a quand même bien un moyen d'arrêter tout ça ?

Petar refusait d'engager la conversation. Muet comme une carpe, il se tenait assez près d'elle pour ne pas la rater avec son Glock, mais à distance suffisante pour le cas où elle tenterait de l'attaquer. En cet instant, ils avaient un meilleur plan qu'elle.

— Tu pourrais me laisser une longueur d'avance, en souvenir du bon vieux temps ?

Toujours aucune réponse. Il la regardait sans la voir.

Nikki avait du mal à retrouver en lui l'homme dont elle était tombée amoureuse. L'été 1999, elle était partie à Venise poussée par une passion, mais d'un autre genre : son amour pour le théâtre. D'autres étudiants en stage à La Fenice l'avaient invitée à sortir et elle avait ainsi accepté toute une série de premiers rendez-vous qui n'avaient finalement abouti à rien. Jusqu'à ce soir-là, où, dans un bar à vin, elle avait rencontré un honnête étudiant en cinéma venu tourner un documentaire sur le célèbre écrivain italien Tommaseo. En moins d'une semaine, Petar Matic, qui était croate, avait quitté son auberge de jeunesse pour s'installer chez elle. Après Venise, ils avaient passé un mois à Paris, puis elle était rentrée à Boston pour son semestre d'automne à la Northeastern. Un matin, il lui avait fait la surprise de se présenter à la fac, où il s'était inscrit sous prétexte qu'elle lui manquait trop.

— Juste une chose, tu me dois bien ça, persista-t-elle. Wynn s'est vraiment donné toute cette peine pour trouver qui était mon petit ami et le recruter pour tuer ma mère ?

Cette fois, cela le fit réagir.

— Là, tu te flattes, ma belle ! ricana-t-il en s'adossant à l'un des piliers.

— Mais non, comment ça ? J'essaie juste de comprendre comment Wynn s'y est pris. « Hello, jeune homme, ça vous dirait de vous faire un peu d'argent de poche en assassinant la mère de votre petite amie ? »

— Tu vois ? Tu es vraiment obnubilée par ton nombril, Nikki. Tu crois vraiment qu'il était question d'amour entre nous ?

Une fois de plus, Heat amortit le choc et poursuivit la conversation en le poussant dans ses retranchements.

— C'est pourtant ce qu'il me semblait.

— C'était le but recherché ! s'esclaffa-t-il. Enfin, tu ne crois quand même pas qu'on s'est rencontrés par hasard à Venise ? Comme si c'était le destin ? C'était un boulot, pour moi. Ça faisait partie du coup monté.

— Tu veux dire comme de tomber « par hasard » sur Rook et moi à Boston ? C'était pour savoir ce que je savais ?

— Non, je te suivais, c'est tout. Enfin, jusqu'à ce que cet emmerdeur de Rook me repère. À Venise, j'avais pour mission de te mettre dans mon lit pour pouvoir me rapprocher de ta mère.

— Pour la tuer ?

— Pas au début. Pour découvrir certaines choses.

— Et puis la tuer, conclut Nikki qui serra les dents pour contenir sa fureur et rester concentrée sur son objectif : distraire son attention.

— Oui. Comme je le disais, c'était mon job. Je suis bon à ce petit jeu.

— Sauf pour la valise.

— C'est vrai. Là, j'ai merdé. J'ai complètement oublié que je m'étais servi de ce vieux machin pour transporter les papiers piqués dans le bureau de ta mère. Mais, bon, c'était il y a dix ans. J'ai bien le droit à une petite erreur.

— Il n'y a pas que là que tu as foiré.

— C'est-à-dire ?

— La coulée verte. C'était toi le tireur embusqué, non ?

— Et alors ?

— Tu as raté ton coup.

— Pas du tout. Il y a eu un tremblement de terre.

— Et tu as raté ton deuxième coup.

— Absolument pas.

— Et celui que tu aurais tiré au bout de la ligne. J'ai vu le laser. Mais tu as préféré sauter.

— Tu es complètement cinglée.

— On le serait à moins !

Nikki s'avança d'un pas vers lui.

— Reste où tu es.

Elle fit un deuxième pas.

— Tu n'as qu'à me tirer dessus.

— Quoi ?

Il lui braqua sa lampe dans les yeux et mit son arme en joue, mais cela n'empêcha pas Nikki d'avancer.

— Arrête, je te préviens.

Elle se rapprocha.

— Tu as l'air très fort quand il s'agit de poignarder les femmes dans le dos. Mais est-ce que tu pourrais me tirer une balle ? Non. Allez, Petar. Les yeux dans les yeux. Ici et maintenant. Fais voir de quoi tu es capable. Je peux même te faciliter les choses.

Elle se rapprocha encore, mais il recula et se cogna dans le pilier contre lequel il s'était appuyé. Un grondement sourd pareil aux vagues de l'océan envahit le tunnel. Le métro arrivait. Pile à l'heure. Il agita son arme pour lui faire signe d'avancer au bord du quai.

Heat ne sourcilla pas.

— Allez. Ne rends pas les choses plus difficiles.

— Pour qui, Petar ?

Elle fit de nouveau un grand pas vers lui. Ils n'étaient plus qu'à un mètre l'un de l'autre et, pour la première fois, elle put le regarder droit dans les yeux. Lui aussi.

— Maintenant ! cria-t-il.

— Tu crois peut-être que je vais te faciliter les choses ? Que je vais te tourner le dos pour que tu puisses me pousser ?

Il détourna le regard, puis reposa les yeux sur elle.

Le grondement s'intensifiait. Le béton du quai vibra.

— Tu as tué ma mère. Tu m'as menti en prétendant m'aimer. Alors, abrège ce cauchemar, espèce de salaud !

— C'est bien ce que je compte faire, dit-il.

Nikki sourit et tendit le bras vers lui d'un geste de défi. Mais, au même moment, elle perçut le ronronnement d'un petit outil électrique accompagné d'un grincement métallique. Des étincelles tombaient en pluie de la grille de ventilation au-dessus de l'escalier, pareilles à des lucioles dans l'obscurité du tunnel.

Petar se tourna pour les regarder.

Nikki sauta sur l'occasion.

En un bond, elle fut sur lui, sortant de sa ligne de mire par la droite. Le bras déjà levé grâce à son geste de défi précédent, elle se colla contre lui, la main droite en position pour lui bloquer le poignet et écarter l'arme. En même temps, elle passa le coude gauche par-dessus son épaule et lui donna un coup dans le nez.

Il poussa un cri, mais parvint à garder le pistolet dans sa main. Heat lui asséna un violent coup de genou dans les parties. La main droite toujours refermée sur son poignet, elle posa la gauche sur le Glock et entreprit de retourner le canon vers lui. Petar devait avoir suivi quelques cours de combat, lui aussi. À la grande surprise de Nikki, il se laissa subitement tomber assis par terre, ce qui la déséquilibra. Toujours agrippée d'une main au poignet tenant l'arme, elle tomba en avant sur le quai par-dessus lui. Son autre main avait cependant lâché le Glock.

Il tenta de lui donner un coup de tête sur le nez, qu'elle esquiva avant d'essayer de nouveau de lui arracher l'arme de sa main libre. En vain, car il écarta le bras.

Elle cria pour appeler Rook, mais il ne pouvait pas l'entendre à cause du bruit qu'il faisait.

Nikki se releva d'un bond. Sans relâcher sa prise sur le poignet de Petar, elle lui tira le bras d'un coup sec et, une fois qu'il fut en extension, essaya de lui casser le coude. Mais Petar replia le bras pour se défendre, juste assez pour que le coup porte sur l'avant-bras. Bien que cela n'immobilisât pas l'articulation, le Glock lui échappa des mains. Il tomba par terre.

Heat se rua dessus, mais l'arme avait atterri trop loin, au ras du quai. Elle eut beau ramper vers le pistolet, il bascula sur les voies juste au moment où elle atteignait le bord du quai. Elle faillit prendre le même chemin, mais une forte lumière illuminait déjà le tunnel. La rame fonçait droit sur elle. Ce n'était plus qu'une question de secondes.

Heat cria de nouveau pour appeler Rook.

Les étincelles continuaient de tomber.

Petar se releva. Il porta la main à sa ceinture pour dégainer le Sig Sauer de Nikki.

À la lumière du métro, elle évalua le quai. Aucun abri en vue.

Le Sig surgit. La rame débouchait dans la station.

Petar mit en joue.

Heat fit son choix. Elle sauta sur le côté de la voie.

Allongée face contre terre entre les rails, elle s'aplatit autant qu'elle put dans le ballast. Durant les deux secondes qui précédèrent l'arrivée de la voiture de tête, elle vit défiler des images de journaux télévisés sur des usagers du métro ayant survécu ainsi à une chute sur les voies. Mais il y en avait aussi qui ne s'en sortaient pas. Tout dépendait du terrain.

Heat ne s'était jamais trouvée dans une tornade ; pourtant, c'est bien l'impression que cela lui donnait. Un vent cyclonique soulevé par dix voitures. Au son du métal hurlant, le sol vibra, et son corps trembla. Elle poussa un cri que personne n'entendit.

En marchant jusqu'à la station, Nikki avait maudit les creux profonds dans le lit ferroviaire. Cela avait été une course d'obstacles pour franchir les traverses. Maintenant, elle espérait que ces tranchées lui sauveraient la vie. Elle enfouit son visage dans le sol et se vida les poumons pour comprimer sa poitrine. Les faibles inspirations qu'elle s'autorisait sentaient l'eau croupie et la rouille.

Incapable de compter les voitures, elle eut la sensation que cela n'en finissait pas. Elles étaient plutôt cent que dix. De laquelle, s'inquiétait-elle, dépasserait le boulon qui l'éventrerait ? Ou pendrait la chaîne qui s'accrocherait à son cou et la décapiterait ?

Puis brusquement, ce fut le silence. Hormis le bruit de l'outil de Rook qui résonnait au-dessus.

S'aidant de la faible lueur de la lampe de poche de Petar, Nikki se précipita sans perdre une seconde sous la bordure du quai à la recherche du Glock. Elle eut beau scruter partout, l'arme demeurait introuvable. Seules traînaient quelques bouteilles en plastique de soda et de vieilles bombes de peinture abandonnées par les tagueurs.

C'est alors que le faisceau de la lampe éclaira les voies. Petar cherchait son corps.

Cette fois, Heat n'appela pas Rook. Elle se blottit sous la bordure du quai et attendit sans faire de bruit. Le béton lui parut froid dans son dos. Le dessous de l'une des voitures avait dû déchirer sa veste et son chemisier.

La lumière s'intensifia devant elle. Petar était donc juste au-dessus de sa tête.

— Nikki ? appela-t-il timidement.

Jamais elle n'avait autant détesté entendre son nom dans sa bouche. Heat se tint prête. Après avoir vérifié ses appuis, elle attendit le « Nikki » suivant pour s'élancer.

D'une torsion, elle se redressa à l'endroit où Petar s'était agenouillé pour se pencher au bord du quai et lui aspergea les yeux de peinture en aérosol. Il poussa un cri en portant sa main à son visage, laissa tomber sa torche, mais pas le Sig. Nikki jeta la bombe de peinture pour attraper son adversaire des deux mains. Elle le tira par le t-shirt et le fit basculer sur les rails, puis le lâcha. Il atterrit sur l'épaule avec un cri.

Nikki se rua sur lui, menottes en main, mais il roula sur le dos et lui jeta une bouteille de bière à la figure. Le coup sur le menton fut si fort qu'elle en vit trente-six chandelles. Hébétée, elle tituba en arrière, tomba maladroitement sur les fesses, mais amortit sa chute de justesse en plaçant une main derrière elle.

Petar se releva les mains vides. Il voulait le Sig. Nikki avait entendu l'arme tomber par terre en même temps que lui, mais ne la voyait pas non plus, en raison du manque de lumière.

Il tenta de se hisser sur le quai pour reprendre sa lampe, mais il était trop haut. Arrivé à l'échelle en métal, il n'eut pas le temps de gravir plus de deux barreaux qu'elle le rattrapait pour le tirer de nouveau vers le bas. Il n'opposa aucune résistance. Au contraire, se laissant tirer, il tomba sur elle.

Une fois par terre, au lieu de retenter de prendre l'échelle, il s'enfuit en courant vers la station de la 96e Rue.

Sans éclairage, il calcula mal la hauteur des traverses, trébucha et atterrit de nouveau entre les rails. Avec un gros effort, il se remit debout, mais trop lentement. D'un bond, Nikki l'attaqua de côté pour le plaquer au sol. Il s'écarta par une roulade, de sorte que rien n'amortit la chute de son ancienne petite amie. Le souffle coupé, elle tenta de retrouver sa respiration pour pouvoir lui courir après. Mais Petar n'avait pas pris la fuite. Il la tenait par les revers de sa veste. Il la tirait. En tournant la tête, Heat comprit où. Elle était à quelques centimètres du troisième rail.

Dans quelques secondes, il la lâcherait et elle se prendrait une décharge mortelle de six cent cinquante volts.

Heat leva la jambe et lui porta un coup dans l'entrejambe. Ils étaient trop près l'un de l'autre pour qu'elle parvienne à le faire basculer ; toutefois, la douleur le fit lâcher prise avec un gémissement. Nikki sentit sa propre tête heurter le sol à deux centimètres du rail électrifié. Son adversaire s'en écartait en chancelant.

Un train express à destination du sud de la ville arrivait sur la voie centrale. Dans l'idée de traverser avant l'arrivée de la rame afin de profiter de son passage pour s'échapper, Petar se dirigea vers ces rails. Nikki l'arrêta juste avant.

D'un coup de poing derrière l'oreille, elle lui fit plier les genoux. Il s'empara d'une barre de métal pour se soutenir d'une main avant de frapper à son tour dans un mouvement de torsion.

Toutefois, dans son élan, il se retrouva face à elle au moment où elle lui décochait un coup sur la tempe. Il battit des paupières et perdit l'équilibre.

L'express approchait à vive allure derrière lui. Heat le redressa. Il fit un moulinet avec la barre pour la frapper, mais elle inclina la tête pour l'esquiver et lui envoya son poing dans le nez. Et encore. Du sang jaillit de ses narines et se mêla à la peinture bleue qui lui maculait le visage.

Alors qu'une bouffée d'air annonçait l'arrivée du train dans le tunnel, il laissa tomber la tête vers le nord et jeta un œil vide par-dessus son épaule au phare qui approchait, puis il tourna vers elle un regard résigné, manifestement prêt à faire face à son destin. Tous deux avaient conscience qu'il n'y avait pas de témoins.

Pour Heat, le moment était idéal de venger sa mère. À la fois son rêve et son cauchemar.

Nikki saisit Petar par les aisselles pour l'aider à retrouver l'équilibre sur ses jambes flageolantes tandis que la première voiture faisait irruption dans la station fantôme.

Les yeux fermés, il attendit qu'elle le pousse.

Mais au passage de la rame, elle le jeta à terre pour l'en écarter. Tandis qu'il gisait là, face contre terre, le visage dans une flaque, Nikki lui ramena les mains dans le dos.

— Petar Matic, commença-t-elle avant de marquer une pause pour mieux savourer les mots qu'elle attendait de prononcer depuis dix ans. Je vous arrête pour le meurtre de Cynthia Heat.

Elle avala sa salive puis reprit :

— Vous êtes également en état d'arrestation pour le meurtre de Nicole Bernardin.

Après lui avoir passé les menottes et lu ses droits, l'inspecteur Heat ravala ses larmes et leva les yeux vers Rook qui s'escrimait toujours sur son verrou. Nikki prit le temps de s'essuyer les yeux pour regarder voler les étincelles.

Malgré l'heure tardive, Heat découvrit, en se rendant en salle d'interrogatoire, qu'outre Rook, un petit parterre d'enquêteurs l'attendait derrière le miroir sans tain. Les Gars, bien sûr, mais aussi Rhymer et Feller. Malcolm et Reynolds auraient bien voulu être là, eux aussi, mais ils travaillaient toujours sur la camionnette de Carter Damon avec la scientifique, à Staten Island. Tous les regards étaient braqués sur elle. Ils savaient ce que signifiait cette arrestation. Ils savaient aussi ce qu'elle venait de traverser. C'était un tournant pour leur supérieure. Mais un flic reste un flic, et le seul fait de leur présence était un message de soutien. Ils n'allaient pas exprimer le moindre sentiment. Ochoa y veilla tout particulièrement.

— Fallait pas vous mettre sur votre trente et un pour nous, inspecteur ! railla-t-il.

Heat ressemblait à un commando illustrant la couverture d'un jeu vidéo. Elle ne s'était pas changée et elle avait le visage et les mains éraflés et crasseux. Dans le couloir, en venant de la salle de briefing, elle s'était retiré des cheveux un amas de chewing-gum collé à l'arrière de la tête.

— J'ai été un peu occupée.

Nikki s'avança près du miroir sans tain pour observer Petar Matic attablé seul et entravé, de l'autre côté.

— C'est étonnant que vous n'ayez pas buté cet enfoiré quand vous en avez eu l'occasion, déclara l'inspecteur Feller. Il n'y avait que lui et vous ? Personne n'en aurait jamais rien su…

— Moi, si. En plus, il nous est plus utile vivant. Je veux connaître toute l'histoire. Tout ce qu'il a fait. Tous ceux avec qui il a travaillé. Qui d'autre il a pu tuer.

— Et où est Tyler Wynn, enchaîna Rook.

— Avant toute chose.

En entrant dans l'arène pour s'asseoir en face de Petar, Heat constata qu'il portait lui aussi les marques de leur lutte. La seule différence, c'est qu'on lui avait fait enfiler la tenue de détention. Il avait eu sa part de coupures, de contusions, de poussière et de sang séché. Il lui restait même des traces de la peinture bleue que Nikki lui avait projetée au visage. Dans sa combinaison orange, on aurait dit un joueur de l'équipe de football américain de Floride.

Tous deux se regardèrent en chiens de faïence. Ce que Nikki voyait ne lui plaisait pas. Il ne s'agissait pas uniquement de l'homme qui avait poignardé sa mère à mort et tué au moins une autre femme. Ni de l'ancien amoureux qui avait qualifié leur liaison de boulot, tout juste un moyen d'arriver à ses fins.

Ce que Nikki n'aimait pas, c'était ce qu'elle lisait dans ses yeux. Finis les regards soumis, résignés et vaincus qu'il avait eus quand elle lui avait passé les menottes dans le métro. Petar Matic avait toujours été un fin stratège ; or ses yeux lui indiquaient qu'il avait réfléchi depuis qu'on l'avait sorti du tunnel.

— Tu aurais dû me tuer quand tu en avais l'occasion ! lança-t-il.

— C'est ce que beaucoup disent aussi ici.

— Pourquoi tu ne l'as pas fait ?

— Ce n'est pas moi le jury. Je suis juste un flic. Et j'ai des choses à défendre. Toi aussi, d'ailleurs. On le sait tous les deux.

— La vertueuse Nikki Heat. Une sainte doublée d'un brave petit soldat.

Il se pencha en avant sur la table, un large sourire aux lèvres.

— Dommage qu'on ne puisse en outre vanter ses performances au lit.

Se sentant rougir, Nikki se rappela qu'il lui fallait dissocier. Petar allait tout essayer pour faire pression sur elle, chercher à lui embrouiller l'esprit, pour prendre l'avantage. Elle fit de son mieux pour ne pas prêter attention à ce coup bas ni au fait que, si les membres de sa brigade n'étaient plus derrière le miroir sans tain parce qu'elle leur avait donné de quoi s'occuper, Rook s'y tenait encore. Elle souffla lentement pour mieux se concentrer.

— Dis-moi quand exactement tu as reçu le contrat pour éliminer Cynthia Heat.

— Très bien. C'est très professionnel de ta part de dépersonnaliser. Mais tu es une spécialiste en la matière.

— Qui t'a approché pour ça ?

— Tu vois ? Toujours concentrée sur le travail, comme d'habitude.

— Je veux des réponses.

Il afficha un large sourire.

— Je veux négocier.

— Tu n'as rien à offrir. Je sais déjà que c'est toi qui as tué ma mère et Nicole Bernardin.

— Selon qui ?

— Toi.

— Quand ?

— Ce soir, dans le métro.

— Prouve-le.

Petar afficha de nouveau un sourire, encore plus large. C'était cette attitude pleine de morgue qu'elle avait décelée dans son regard quand il l'avait désarmée un peu plus tôt dans la soirée. Cette arrogance qui l'avait conduite à envisager de le tuer. L'espace d'un instant, elle se demanda, et elle savait qu'elle risquait de le faire à tout jamais, si elle n'aurait pas dû s'écouter.

Ni l'un ni l'autre n'ignoraient que cet interrogatoire n'était que pour la forme. En tant qu'inspecteur de la brigade criminelle, Heat savait qu'il lui fallait des preuves solides à soumettre au procureur.

C'est pourquoi elle venait de charger ses enquêteurs de fouiller l'appartement de Petar ainsi que son bureau, à la chaîne de télévision qui l'employait. De plus, ils devaient éplucher sa vie pour trouver tout ce qu'ils pouvaient. Et ce n'était qu'un début.

Toutefois, Petar essayait de semer le doute dans son esprit. Personne n'aurait pu témoigner d'avoir vu Heat le pousser sous la rame ou de l'avoir entendu, lui, avouer les meurtres. À défaut de preuves concrètes recevables devant un tribunal, Petar Matic repartirait les mains dans les poches. Tout à fait conscient de ces enjeux, il joua sa carte maîtresse.

— J'ai quand même quelque chose qui t'intéresse, tu sais.

Le moindre haussement de sourcil ou signe d'intérêt, et elle perdait l'avantage. Dans ce cas, l'affaire risquait de ne pas connaître de dénouement. Alors, Heat demeura stoïque. Ne laissant rien paraître, elle ne pipa mot.

— Et peut-être pas seulement des informations sur le meurtre de ta mère. Ou de l'autre.

Il expédiait ces meurtres comme s'il s'agissait de simples éléments d'un inventaire sur lequel il était inutile de s'appesantir.

— Il va se passer quelque chose. Quelque chose d'énorme et de très grave. Ça se prépare depuis dix ans…, si ce laps de temps t'évoque quelque chose.

Son allusion à l'intervalle entre les deux homicides était destinée à titiller son intérêt – sans reconnaître sa culpabilité. Petar était malin. Nikki allait devoir l'être encore plus.

— Si tu sais quelque chose à propos d'un crime imminent, dit-elle sans mordre à l'hameçon, tu as l'obligation de nous livrer l'information.

— C'est un bon conseil, inspecteur. Peut-être le suivrai-je.

Il arbora de nouveau son sourire arrogant.

— Tout dépend de notre arrangement.

Quand Nikki ressortit de la salle d'interrogatoire, le capitaine était avec Rook derrière le miroir sans tain. Il se précipita vers elle.

— Vous n'allez quand même pas négocier avec cette raclure, j'espère ?

Heat leva les yeux vers l'horloge murale.

— Que faites-vous ici après minuit, capitaine ?

— J'ai entendu dire que vous aviez coincé notre homme et je voulais être là.

Elle remarqua qu'il était rasé de frais et en tenue officielle, la chemise blanche parfaitement amidonnée. Wally avait pris le temps de se bichonner pour passer à la télévision.

— Vous le tenez, non ?

— Ce n'est pas si simple. Il m'a avoué avoir assassiné les deux victimes, mais c'est ma parole contre la sienne, à moins qu'on ne lui soutire ce qu'on a besoin de savoir. Et, au-delà de ça, sa coopération nous permettrait d'éclaircir certaines choses.

— Ben voyons ! s'esclaffa Irons. Et pourquoi ne pas le relâcher tant que vous y êtes ? Ne me citez pas, ajouta-t-il aussitôt à l'adresse de Rook, dont il avait un instant oublié la présence.

— Je n'ai rien entendu, capitaine.

— Petar ne sera pas libéré n'importe comment, monsieur. Je pense juste qu'il serait plus prudent de lui lâcher la bride pour se donner le temps d'en discuter avec le procureur, à la première heure demain.

— Vous voulez juste faire traîner les choses pour lui tirer du nez tous les détails concernant votre mère et satisfaire votre curiosité personnelle, affirma Irons.

— Écoutez, capitaine, je souhaite plus que personne voir ce type à l'ombre pour de bon. Mais, pour cela, il ne faut pas se précipiter, si on veut éviter qu'il ne parte tranquillement d'ici à cause d'une malheureuse négligence. Maintenant qu'on lui a mis le grappin dessus, à nous de faire ce qu'il faut pour qu'il y reste. Et s'il ne bluffait pas ? ajouta-t-elle pour enfoncer le clou avant qu'Irons ne l'interrompe. Imaginez qu'il sache quelque chose qui nous permette d'arrêter un complot et d'empêcher que quelqu'un d'autre ne se fasse tuer ? Vous appelez ça un détail ?

Sans attendre la permission d'Irons, Nikki ouvrit la porte du couloir où attendaient deux agents en faction.

— Conduisez-le en détention.

Alors qu'il était pratiquement deux heures du matin, l'activité battait son plein dans la salle de briefing, et l'inspecteur Heat vivait la plus longue nuit de sa carrière. Elle avait demandé à Ochoa d'étendre à la CIA, au département de la Sécurité intérieure et à Interpol l'avis de recherche initial concernant Tyler Wynn et de faire circuler le nom et la photo de l'espion à tous les points de contrôle des aéroports ainsi qu'à la police ferroviaire et aux autorités portuaires. Feller et Rhymer avaient été chargés de fouiller l'appartement de Petar en veillant tout particulièrement aux documents, aux factures, aux photos et au contenu de son ordinateur. L'inspecteur Hinesburg étant une fois de plus portée disparue, Heat envoya Raley examiner les enregistrements des caméras de surveillance de l'institut médicolégal que personne n'avait encore regardés pour tenter de mettre un visage sur le fameux livreur de gaz qui avait saboté l'analyse toxicologique. Aucun détail de l'affaire ne devait plus être laissé au hasard. Le moindre lien qu'ils parviendraient à établir pouvait empêcher Petar de repartir libre comme l'air.

Dès qu'elle eut raccroché son téléphone, Rook vint la rejoindre à son bureau.

— Malcolm et Reynolds t'ont donné un coup de fil, mais, comme tu étais déjà au téléphone, j'ai pris le message. Alors, voyons si j'ai bien tout saisi. Ils disent qu'ils sont contents de te savoir saine et sauve... C'est du moins ce que je crois avoir compris.

Il haussa les épaules.

— Bref, ensuite ils ont parlé du box de Carter Damon. Comment je m'en tire ?

— Avec ton joli petit derrière, je te prends volontiers comme secrétaire personnel. La scientifique a trouvé quelque chose dans la camionnette ?

— Une paire de grosses chaussures. Du quarante-cinq, même pointure que les empreintes chez Nicole Bernardin. Le labo va les comparer pour voir s'ils retrouvent des fibres de moquette.

Nikki se dirigea vers le tableau blanc consacré à la deuxième victime, où elle nota ce nouvel élément.

— Quoi d'autre ?

— Des traces de sang à l'arrière de la camionnette. Connaissant tes réactions, Malcolm te fait savoir que DeJesus s'en occupe personnellement. Enfin, reprit-il après avoir attendu qu'elle ait fini d'inscrire « *Sang/ADN* » sur le tableau, ils ont pu relever de bonnes empreintes sur toutes les surfaces et les poignées de porte. Maintenant, ils cherchent à les identifier. Alors, qui t'a retenue si longtemps au bout du fil ? s'enquit-il tandis qu'elle rebouchait son feutre.

— La préfecture de police de Paris.

— Tu sais que c'est un appel payant.

— J'en ai eu pour mon argent, tu peux me croire.

Elle se dirigea vers son bureau, où il la suivit, pour y ramasser ses notes.

— Écoute ça : aucune trace d'agression sur Tyler Wynn. Aucune trace de son décès. Rien sur son passage à la clinique Canard. Ni sur sa sortie du pays.

Rook se caressa le menton.

— Et nous alors ?

— On n'y est jamais allés. En tout cas, d'après les registres de la clinique et les policiers de Boulogne-Billancourt. Ils ne nous ont jamais parlé. Rien de tout cela n'a eu lieu.

Elle jeta ses notes sur le bureau.

— Tu tiens le coup ?

— Comme Bip Bip, dans le dessin animé avec Vil Coyote. Tout va bien, tant que je ne regarde pas sous mes pieds. Et toi ? demanda-t-elle en lui effleurant le bras. Comment va ton poignet après cet acharnement sur la grille de ventilation ?

— Dire qu'à cinq minutes près, je réussissais à l'avoir, ce boulon. Pourquoi ça a l'air si facile dans *La Guerre des enchères* ?

— Dans la vraie vie, ce n'est jamais comme à la télé, rappela Nikki. Surtout la téléréalité.

Comme son téléphone sonnait, elle décrocha.

— Brigade criminelle, inspecteur Heat.

Le visage blême, elle lâcha le téléphone et courut vers la porte.

— Qu'est-ce qui cloche ? demanda Rook en lui courant après.

— Tout.

Heat ne prit pas le temps de déposer son arme dans la boîte sécurisée. Elle tendit simplement son Sig au gardien avant de se précipiter dans le couloir des cellules. Elle passa en courant devant celles occupées par les ivrognes, les voleurs et autres délits mineurs, et arriva au fond où la porte de la cellule d'isolement était ouverte. Trois policiers gantés de bleu et accroupis étaient penchés sur Petar.

Il était tombé de sa banquette et gisait allongé sur le dos, le front ouvert à l'endroit où sa tête avait heurté le béton. Les yeux exorbités, le visage violacé et couperosé, il tirait une langue presque noire, et de sa bouche couverte d'écume s'écoulait un filet de vomi mêlé de sang. Le bas de sa combinaison orange était trempé d'urine, et ses sphincters s'étaient relâchés au moment du décès.

Les agents se relevèrent. L'un d'eux sortit en courant, la main sur la bouche. Dans un mouvement de recul inconscient, Nikki bouscula Rook.

— On a essayé de le ranimer, mais, le temps qu'on ouvre la cellule, il était déjà mort, expliqua l'un des agents.

— Quelqu'un a vu ce qui s'était passé ? demanda-t-elle.

Bien qu'elle se fût adressée aux policiers, ce fut un autre détenu qui lui répondit.

— Il s'est mis à dégueuler tripes et boyaux juste après qu'on lui a apporté son dîner.

Le détenu joignait le geste à la parole, mais Nikki détourna la tête pour examiner les lieux. Un plateau gisait par terre avec une bouteille de jus de fruits vide renversée. On n'avait touché à rien d'autre.

— Personne ne s'approche de lui avant l'arrivée de la légiste, ordonna Heat. Et personne ne mange ni ne boit quoi que ce soit ici tant qu'on ne sait pas ce qui l'a empoisonné.

— Ni qui, renchérit Rook.

VINGT

Dans les toilettes pour femmes, Nikki s'aspergea encore un peu d'eau froide sur le visage avant de lever les yeux sur son reflet dans le miroir, au-dessus du lavabo. Ses lèvres se mirent à trembler ; alors, elle détourna le regard, puis se força à se regarder de nouveau avec courage, mais le tremblement s'accentua, et les larmes lui montèrent aux yeux. Avant qu'elles ne puissent couler, Nikki se pencha de nouveau vers le robinet pour se passer encore de l'eau sur le visage.

Cette fois, contrairement à ce qui s'était produit à Paris, l'inspecteur Heat avait la cause et les moyens de vérifier que Petar Matic était bien mort. D'un coup de téléphone, elle avait tiré du lit Lauren Parry, et, moins de trois quarts d'heure plus tard, son amie s'était présentée en détention. L'examen préliminaire de la légiste correspondait à ce qu'ils avaient pu constater. Le poison avait été introduit dans une inoffensive bouteille en plastique de jus de pomme. Et ce n'était pas de la petite bière. De toute son expérience, Lauren n'avait jamais vu attaque de toxine aussi féroce.

— Quel que soit ce truc – dont l'analyse nous révélera la nature –, la dose était destinée à l'achever au plus vite et de façon irrémédiable. Arrêt total des organes sans la moindre chance de réanimation. Je peux te dire que je vais vérifier deux fois les fermetures de ma combinaison avant de faire l'autopsie.

L'autopsie de Petar, songea de nouveau Heat.

Elle se sécha le visage à l'aide de serviettes en papier qu'elle maintint sur ses yeux. Lui revint alors en mémoire le séjour de ski dans le Vermont qu'elle avait fait avec l'école, à treize ans. En sortant de la piste par erreur, elle s'était retrouvée sur une pente verglacée. Dans la chute qui avait suivi, elle avait perdu un gant, et l'un de ses skis avait glissé jusqu'au fond du ravin. Le gant s'était arrêté quelques mètres plus bas, mais, pour le rattraper, elle risquait de suivre le ski.

Seule et en posture périlleuse, Nikki avait enfoncé ses ongles dans la glace pour essayer de remonter la pente et retrouver la sécurité de la piste. Trente mètres plus haut, il y avait un rocher pour se raccrocher. À mi-parcours, ses doigts avaient glissé et elle était redescendue à son point de départ. Sanglotant et la peau à vif, elle avait trouvé la force de se hisser de nouveau. Presque arrivée, alors qu'elle allait attraper la roche à quelques centimètres au-dessus d'elle, elle avait de nouveau perdu prise. Cette fois, elle avait glissé plus bas, au niveau de son gant, qui était tombé au fond du ravin quand elle était arrivée dessus…

Heat rouvrit les yeux. Elle était bien dans les toilettes du poste. Pourtant, elle se sentait comme sur cette pente verglacée.

— J'ai quelque chose sur le poison, annonça l'inspecteur Feller quand elle revint en salle de réunion. Chez le traiteur où ils passent commande, en détention, au moment de prendre son vélo, le livreur s'est vu proposer un billet de vingt par quelqu'un qui voulait se charger de la course à sa place.

— Excellent. Il t'en a fourni un bon signalement ? demanda-t-elle.

— Oui et, du coup, je lui ai montré ceci. Feller brandit la photo de l'avis de recherche de Salena Kaye sur son téléphone portable. Il l'a bien identifiée.

— Je dirais même mieux, annonça Raley en franchissant la porte, une photo à la main. Regardez ce que je viens de trouver dans les vidéos de surveillance de la morgue. Vous voyez qui a déchargé le gaz détérioré ?

Il brandit la photo bien haut pour que tout le monde puisse la voir : Salena Kaye en uniforme de livreur et casquette de base-ball.

Rook quitta son bureau pour se joindre à eux.

— Mais c'est mon infirmière sexy !

— Oui, confirma Raley. Dommage que cette vidéo n'ait pas été visionnée plus tôt. Si on avait su ça ne serait-ce qu'avant-hier, on l'aurait peut-être choppée avant qu'elle ne joue les filles de l'air.

— Ou on aurait sauvé Matic, ajouta Feller.

— Rafraîchissez-moi la mémoire, dit Rook. Qui disait vouloir se charger en personne de l'enquête sur la livraison de gaz ? Avant de déléguer la chose à sa botte secrète ?

Nikki saisit le cliché de Raley et se dirigea vers le bureau d'Irons dont elle referma la porte. Moins de trois minutes plus tard, le capitaine avait manifestement renoncé à convoquer la presse. Il s'emparait de son manteau et s'éclipsait à la hâte. Épuisée, mais ne voulant pas rentrer compte tenu de l'évolution des choses, Heat passa la nuit au poste. Rook arriva au petit jour avec un café et des vêtements de rechange.

— Tu as dormi ? demanda-t-il.

— Plus ou moins, dit-elle. J'ai essayé de faire un somme dans l'une des salles d'interrogatoire, mais tu sais ce que c'est.

Elle but une gorgée de café.

— Comme mon père est un lève-tôt, je l'ai appelé il y a un moment pour le tenir au courant avant qu'il n'apprenne la nouvelle aux infos.

— Comment il l'a pris ?

— Il s'est fermé, comme d'habitude. Mais, au moins, il a décroché quand il a vu que c'était moi, c'est déjà ça.

Rook repensa à leur départ précipité de chez son père lorsqu'elle lui avait réclamé ses relevés de banque.

— Soit tu es plus forte que je ne pensais, soit tu cherches à te punir.

— Mis à part le côté personnel, je croyais vraiment tenir le bon bout dans cette affaire.

Elle le guida vers les deux tableaux. Ils étaient couverts de nouvelles notes ajoutées dans les dernières heures de la nuit.

— Je croyais qu'une fois le tueur coincé, ce serait terminé. Mais Petar a fini par se révéler... un prix de consolation, en fait.

— Tu sais, le plus triste dans tout ça, Nikki, c'est que j'avais l'impression qu'on commençait à devenir bons amis, ton ex et moi.

Il la regarda d'un air innocent.

— Quoi, c'est trop tôt ?

— Un peu, dit-elle avec le sourire, appréciant de le voir s'efforcer de la faire rire malgré tout. Ce nerf-là est encore un peu à vif, mais ne renonce pas, d'accord ?

— Ça marche.

Elle poussa un soupir en contemplant l'un des tableaux.

— Celui-là...

Nikki tapotait le nom de Tyler Wynn désormais mis en exergue...

— Il donnait les ordres. C'est à cause de lui que ma mère est morte, et Nicole et Don.

— Et Carter Damon.

— Tout juste. Mais pourquoi ?

Elle secoua la tête.

— Bon sang ! J'étais pourtant certaine que c'était fini.

La majeure partie de la brigade fut sur le pont de bonne heure. Manifestement, le sommeil n'était une priorité pour personne. Les Gars arrivèrent un peu plus tard, mais uniquement parce qu'ils s'étaient arrêtés en route au siège de la régie du métro pour vérifier les vidéos de surveillance de la station de la 96ᵉ Rue.

— Ils nous préparent des copies, annonça l'inspecteur

Raley, mais on a repéré Nicole Bernardin le soir même de sa mort. Elle quittait le quai en direction de la station fantôme avec la sacoche en cuir, puis en revenait les mains vides.

— On a une idée de ce qu'elle contenait ? demanda Rhymer.

— Aucune. Je ne l'ai même pas eue entre les mains, fit Nikki.

L'inspecteur Feller se joignit à eux.

— À votre avis, pour qui Nicole l'avait-elle déposée là ?

Heat balança la tête d'un côté et de l'autre.

— Ce ne serait que des suppositions, répondit-elle, bien qu'elle eût une idée.

Cependant, elle préférait la garder pour elle.

Les inspecteurs Malcolm et Reynolds déboulèrent avec des nouvelles fraîches de la scientifique. Les traces de sang dans la camionnette de Carter Damon correspondaient au groupe sanguin de Nicole Bernardin.

— Ils vont comparer avec l'analyse ADN, annonça Reynolds, mais je suis sûre qu'on en aura la confirmation.

— Il y a bien des fibres de moquette sur les chaussures de Damon, embraya Malcolm. Et même s'il y a plus d'empreintes dans ce véhicule que dans une salle d'aéroport, ils ont réussi à en isoler trois paires qui nous intéressent au plus haut point : celles de Damon, de Salena et de Petar.

Derrière eux, ils entendirent des voix hausser le ton et une porte claquer. Tous se retournèrent vers le bureau vitré du capitaine où Irons accablait de reproches l'inspecteur Hinesburg, dont le mascara coulait le long des joues.

— Y a du rififi dans « l'aquarium », commenta Feller.

— Vous n'avez pas encore vu le *Ledger* de ce matin ? s'étonna Reynolds. À la rubrique des actualités locales, il n'était question que du détenu mort dans sa cellule.

— Tous les journaux ne parlent que de ça, intervint Ochoa.

— Oui, mais Tam Svejda précise que, de source sûre, l'info sur l'identification de Salena Kaye grâce à la vidéo-surveillance aurait été donnée par l'un des enquêteurs.

— Et on sait qui est la source en question, n'est-ce pas ? commenta Feller. Le dernier survivant.

— Hé ! Quand on est prêt à tuer père et mère comme Wally pour passer à la télé, pourquoi ne pas essayer de s'en tirer en balançant tout sur le dos de Sharon Hinesburg ? renchérit Ochoa.

— Ou, en l'occurrence, en la balançant sous les roues du camion de gaz, ajouta Rook.

Heat se racla la gorge.

— Comme vous connaissez tous mon amour pour les commérages, on pourrait peut-être éviter de se disperser et se remettre au travail ?

Néanmoins, quand chacun fut reparti vers son bureau, elle ne put s'empêcher de jeter un regard au bureau vitré en nourrissant le secret espoir de voir Hinesburg, si ce n'est transférée, du moins suspendue pour un bon moment.

Rook la rejoignit.

— J'y vais. J'ai du travail. Des trucs personnels, mais rien de bien important.

— Menteur. Dis plutôt que tu vas mettre tout ça en forme pour ton prochain article.

— D'accord, avoua-t-il, puisque tu me forces la main, mon rédacteur en chef chez *First Press* m'a envoyé un e-mail pour me dire qu'ils se lançaient sur Internet et qu'ils pensaient que cette affaire ferait un article de fond idéal pour inaugurer le nouveau site du magazine.

— Et tu sais à quel point j'ai adoré ton dernier article.

— Je te promets que rien ne sera divulgué au sujet de tes prouesses sexuelles. Je m'en tiendrai aux faits, rien que les faits.

— Et je devrais te croire ?

— Dis-moi, tu préfères que je m'occupe de cet article ou de Tam Svejda ?

— Vas-y, prends ta plus belle plume, dit-elle sans hésiter.

— Tu ne le regretteras pas.

— Je regrette déjà.

— Tu déjeunes avec moi ce midi ?

Elle baissa les yeux.

— Non. J'ai quelque chose à faire à l'heure du déjeuner. Vas-y, ajouta-t-elle en le voyant sur le point de lui demander des explications. On se retrouve chez moi ce soir, après le boulot.

Arrivée à la porte, Nikki y colla l'oreille, mais n'entendit rien à l'intérieur. Elle frappa de légers coups pour s'assurer qu'il n'y avait personne et, ne recevant aucune réponse, elle se glissa discrètement à l'intérieur, puis referma derrière elle.

Prenant soin de ne pas déranger les piles de notes que l'inspecteur Raley avait soigneusement alignées sur le plan de travail devant l'écran, elle s'assit derrière la console du petit placard transformé en royaume par le souverain de tous les médias de surveillance. Heat sourit en apercevant la boîte vide de bouchées de poulet en forme de couronne qu'elle lui avait offerte, l'hiver précédent, pour avoir découvert les images de l'enlèvement d'un gigolo en pleine rue. Puis elle sortit une clé USB de sa poche, l'inséra dans le port adéquat et installa le casque sur sa tête.

Nikki ne comptait plus les fois où, en dix ans, elle avait écouté la bande audio du meurtre de sa mère. Vingt peut-être ? D'abord, elle en avait fait une rapide copie en enregistrant le répondeur téléphonique à l'aide d'un dictaphone avant que l'inspecteur Damon n'emporte la minicassette. Le son était de si mauvaise qualité qu'une fois devenue inspecteur, elle s'était autorisé l'accès à la salle des pièces à conviction pour en faire une copie numérisée.

Le document audio était nettement plus propre ; néanmoins, malgré toutes les fois où elle l'avait écouté, elle n'était jamais parvenue à identifier la voix étouffée du tueur qu'on percevait dans le fond.

Elle procédait toujours en secret parce qu'elle savait que cela pouvait paraître morbide pour qui ignorait qu'elle abordait la chose de manière purement clinique. Ce n'était pas de l'obsession. Elle cherchait des indices, non à revivre la scène. Du moins, c'est ce qu'elle se disait et elle en était persuadée. Ce qui l'intéressait, c'était ce qui se passait dans le fond, pas au premier plan. Elle détestait en particulier entendre sa propre voix et, chaque fois, sans exception, elle arrêtait l'enregistrement juste avant ses cris, à son arrivée dans l'appartement.

C'était trop dur.

Pour la première fois, elle savait toutefois que c'était la voix étouffée de Petar qu'elle entendait.

Dans toute affaire de meurtre, le tueur probable fait partie de l'entourage proche. Avant d'aller chercher plus loin, on élimine le mari, la femme, le concubin, les ex, les enfants, les frères et sœurs et les autres parents. Une fois son père hors de cause, ils avaient cherché des petits amis dans la vie de sa mère, mais pas dans celle de Nikki. De toute façon, qui dirigeait l'enquête si ce n'est Carter Damon, le complice de Petar payé pour faire de l'obstruction.

Nikki écouta encore et encore. Elle reconnut les menus propos échangés avec sa mère au sujet des épices, son coup d'œil dans le réfrigérateur, ses cris, puis la chute du téléphone. Un homme parlait entre ses dents. Elle marqua une pause et revint en arrière. Puis elle se repassa plusieurs fois cette portion.

À midi pile, Heat était au rendez-vous dans le cabinet tranquille du Dr Lon King, au douzième étage, dans York Avenue, pour la séance convenue. Elle raconta au psychologue qu'elle avait réécouté l'enregistrement et que, pour la première fois, elle avait entendu Petar.

— Et pourquoi consacrer autant d'énergie à cet enregistrement ?

— Pour voir si je n'étais pas dans le déni, j'imagine.

— C'est toujours une possibilité, en effet, mais je me demande si votre curiosité ne va pas plus loin.

— Et voilà, c'est justement ce que je déteste.

Il sourit.

— Comme tout le monde, au début. Peu m'importe

votre résilience, Nikki, reprit-il, vous avez du pain sur la planche, là.

— C'est pour cela que je vous ai appelé.

— Je suis sûr que non seulement cela vous fait revivre ce traumatisme et la perte que vous avez subie, mais aussi que cela suscite en vous un profond sentiment de colère et de trahison. Sans parler de la confusion que cela génère à l'égard de vos choix et de vos instincts. En tant qu'inspecteur, à propos du crime. Mais aussi en tant que femme, vis-à-vis des hommes.

Nikki se renfonça dans le canapé et posa la nuque sur le coussin. Tout en regardant fixement le blanc du plafond, elle tenta de faire disparaître par la volonté la confusion qui régnait dans son esprit, afin de retrouver l'ordre qui y prédominait encore la veille.

— C'est comme si on m'avait fait un croc-en-jambe. Pas juste dans cette affaire, mais dans ce que je croyais être ma vie. Ce que je croyais être l'amour. J'ai l'impression de ne plus trop savoir à quoi me fier.

— Or on sait que, pour vous, la confiance est fondamentale. La méfiance est, disons..., synonyme de chaos.

— Oui, dit-elle dans un souffle, sans la moindre énergie. C'est exactement ce que je ressens en ce moment. J'avais toujours pensé qu'une fois le meurtre de ma mère résolu, tout serait clair et net. Maintenant, j'ai juste l'impression que...

D'un doigt, elle mima un tourbillon.

— Je veux bien le croire. D'autant que vous avez été trahie dans votre intimité. Mais peut-être votre vie reposait-elle aussi tellement sur cette affaire que vous ne savez plus qui vous êtes maintenant que c'est terminé ?

Elle s'assit pour lui faire face.

— Non, ce qui me dérange, c'est que ça ne le soit pas, justement, et que je ne voudrais pas décevoir ma mère.

— Impossible. Elle est morte.

— Mais l'homme qui a ordonné son meurtre court toujours.

— Alors, vous ferez ce qu'il faut. Il n'y a qu'à voir votre conception de l'arrêt de travail pour le savoir.

Elle acquiesça de la tête, mais sans plaisanter.

— J'aimerais que vous essayiez de garder la tête froide malgré tout ce que cela représente. La méfiance se nourrit d'elle-même. C'est comme un virus. Cela vous empêchera de travailler, de vivre votre vie et de suivre votre instinct. Vous serez comme une biche prise dans les phares d'une voiture. À qui faites-vous le plus confiance, Nikki ?

— Rook.

— Vous pouvez en parler avec lui ?

Nikki haussa les épaules.

— Bien sûr.

— Ouvertement ?

Son hésitation lui apporta la réponse.

— D'après mon expérience, un flic peut rester calme sous la pression pendant un temps. Quand cela devient un mode de fonctionnement, cela a un prix. C'est du stoïcisme. Et c'est synonyme de solitude.

— Mais je ne suis plus seule maintenant. J'ai Rook.

— Vraiment ?

Sans attendre de réponse particulière, il laissa le lent tic-tac de l'horloge derrière elle remplir le silence avant de poursuivre.

— Avec un peu de chance, il y a toujours un moment ou un autre, dans la vie, où on doit décider de ce que l'on veut bien livrer de soi à l'autre. Au travail. En amitié. En amour. Avec Don, vous cantonniez vos échanges au plan physique, sans rien livrer ni révéler de vous. Cela fonctionnait parce que vous étiez sur un pied d'égalité. Ni l'un ni l'autre ne souhaitait aller plus loin. Ce n'est pas toujours le cas dans une relation. Parfois, l'un en attend davantage que l'autre. Mais, d'après ce que vous me racontez, vous en avez déjà fait l'expérience. Alors, à long terme, il faudra bien aborder le problème avec Rook. S'il souhaite plus d'intimité avec vous que vous n'êtes prête à lui en donner, il risque de se détourner de vous. Et le moment viendra où il vous en demandera davantage, pas forcément maintenant, mais un jour... Et vous accepterez de devenir plus vulnérable face à lui, ou pas. Quel que soit votre choix, vous en subirez les conséquences. J'espère que celui que vous ferez vous satisfera.

En sortant de sa séance, Nikki se retrouva sur le trottoir avec plus de questions que de solutions, mais une chose au moins lui rendit la vie plus souriante. Ce jour-là, le fameux camion jaune des gaufres Wafels & Dinges s'était garé, pour le déjeuner, dans une rue perpendiculaire à York Avenue. En attendant son tour dans la queue, elle hésita à porter son choix sur du salé ou du sucré avant de se décider pour une mixte : un mélange au bacon et au sirop d'érable qu'elle dégusta sur un banc, sous le téléphérique de Roosevelt Island. Quand elle eut terminé, Nikki resta assise un moment à regarder les cabines rouges passer au-dessus de sa tête. Voyant les passagers transportés de l'autre côté de l'East River, elle se prit à souhaiter voir ses soucis enfermés dans une capsule étanche et propulsés loin d'elle dans l'espace. Mais cela ne marchait pas. Ce qui fut confirmé par l'arrivée de l'agent Bart Callan, du département de la Sécurité intérieure, qui prit place à côté d'elle.

— Vous devriez essayer la De Throwdown, dit-il. Encore meilleure que les gaufres du chef qui passe à la télé.

— Vous ne connaissez donc pas l'e-mail, dans vos services ? Pourquoi ne pas m'inviter au restaurant la prochaine fois, au lieu de me tomber dessus comme ça ?

— Parce que vous répondriez peut-être ?

— Vous n'avez qu'à essayer, agent Callan. Comme je l'ai dit lors de notre dernière rencontre, inutile d'y aller par quatre chemins, je suis très coopérative par nature.

— Sauf quand vous êtes acculée.

— Comme tout le monde, non ?

— J'ai besoin de tout ce que Tyler Wynn et Petar Matic vous ont appris. Si vous pouviez me dire aussi ce qu'il y avait dans la boîte aux lettres morte, ce serait bien obligeant de votre part.

Heat détacha les yeux du remorqueur qui remontait lentement le fleuve, sous le pont de Queensboro, pour regarder son interlocuteur. En faisant abstraction de son ardeur militaire et de son exaspérant penchant pour les apparitions surprises, il avait l'air plutôt sympa. Puis le doute la reprit concernant ses instincts. Pouvait-elle lui accorder sa confiance ?

— Vous devez être en liaison directe avec le One Police Plaza, alors, appelez-les.

Il fit non de la tête.

— Ce ne serait pas judicieux. L'affaire est trop délicate, trop énorme. On ne pourra rien contenir, si on passe par la hiérarchie.

— Alors, pourquoi m'impliquer, moi ?

— Parce que vous l'êtes déjà. Et que vous savez tenir votre langue.

Il afficha un large sourire.

— Je m'en suis rendu compte, l'autre soir à l'entrepôt.

Elle lui retourna son sourire et il lui tendit la main. Sur le coup, Nikki crut qu'il voulait lui prendre la sienne, mais il s'empara des restes de son déjeuner et elle rougit de son erreur. Il jeta l'assiette et la fourchette dans la poubelle à côté de lui, puis se retourna sur le banc pour la regarder en face.

— Inspecteur Heat, je peux vous assurer une chose : notre enquête prend les dimensions d'une affaire d'État. Peut-être que, si je vous exposais la situation, vous seriez plus encline à partager vos informations avec nous.

— Je vous écoute.

— L'histoire est brève. Nicole Bernardin, ancienne agent de la CIA, nous a contactés il y a environ un mois et demi parce qu'elle était tombée sur des documents ultrasensibles concernant une affaire urgente dont elle voulait nous parler. Nous avons rigoureusement vérifié son parcours au sein de l'Agence ainsi que ses plus récents contacts avec Tyler Wynn, dans le cadre de ses nouvelles activités en tant que, disons, indépendant. Nous avons pris des arrangements pour qu'elle nous transmette ces renseignements, mais quelqu'un l'a tuée avant qu'elle ne nous ait indiqué où les trouver.

— Pour tout vous dire, j'ai trouvé la boîte aux lettres, mais je n'ai pas pu voir ce qu'elle y avait caché, déclara Heat.

— De quoi s'agissait-il ?

— D'une sacoche en cuir fermée par une fermeture éclair. Du genre qu'utilisent les commerçants pour aller déposer leur caisse à la banque.

Il plissa les yeux pour se représenter l'objet.

— Merci.

— Pour me remercier, vous pourriez peut-être répondre à ceci : si vous saviez que Tyler Wynn avait changé de camp, pourquoi ne pas l'avoir arrêté ? Surtout si ses manigances menaçaient la sécurité nationale ?

— Mais pour cette même raison, justement. Allez, Heat, vous savez ce que c'est que de tenir en laisse un suspect. On n'a jamais coffré Wynn parce qu'on ne voulait pas griller sa couverture avant qu'il ne nous ait permis de comprendre ce qu'il trafiquait.

— Et combien de personnes sont mortes pendant que vous teniez la laisse, agent Callan ?

Il voyait très bien où elle voulait en venir.

— Pour votre information, au moment de la mort de votre mère, les renseignements ignoraient totalement que Tyler Wynn avait décidé de faire cavalier seul. En fait, c'est justement son meurtre qui a déclenché cette enquête. J'étais au FBI à l'époque, et on m'avait désigné pour être le contact de votre mère.

Aussitôt, Nikki se tourna face à lui.

— En effet, je la connaissais, confirma-t-il. Un peu à la manière de Nicole Bernardin, votre mère nous avait joints parce qu'elle soupçonnait le développement, sur notre sol, d'une menace concernant la sécurité intérieure du pays. Nous lui avions remis deux cent mille dollars pour payer un informateur qui devait lui fournir les preuves et elle s'est fait assassiner le soir où elle les a obtenues.

Le temps de digérer la nouvelle, Nikki regarda le téléphérique passer au-dessus de sa tête. Si Callan disait la vérité, sa mère n'avait pas touché d'argent pour trahir son pays, finalement. Elle baissa le regard jusqu'à croiser le sien.

— Voilà toute l'histoire.

— Sauf que je ne sais toujours pas quel genre de complot elle avait percé à jour et dont, apparemment, vous cherchez à obtenir les tenants et les aboutissants depuis toutes ces années.

— Secret d'État.

— Comme c'est pratique ! Et pendant ce temps, Tyler Wynn court toujours. Au bout de votre laisse, j'oubliais, excusez-moi.

L'agent Callan ignora la salve. Se fermer à double tour était une habitude du métier ; rien ne semblait pouvoir l'ébranler.

— Beaucoup de gens ont dû vous poser la question, mais je vais vous le redemander en espérant que vous soyez franche avec moi. Avez-vous une idée de ce que cet informateur a pu remettre à votre mère ?

— Non.

— Et vous ne sauriez pas non plus où elle l'aurait caché ?

— Non. Où que ce soit, elle l'a très bien caché.

— Vous avez pourtant trouvé le colis de Nicole Bernardin.

— Je vous l'ai dit : je ne sais pas. Vous croyez que je n'ai pas retourné tout ça cent fois dans ma tête ?

Après avoir brièvement opiné du bonnet, il en vint au fait.

— J'aimerais votre coopération à ce sujet.

— Vous écoutez ce qu'on vous dit ? Vous l'avez.

— Je veux dire pour continuer.

— Je travaille pour les services de police.

— Et moi, pour les Américains.

— Vous n'avez qu'à appeler un Américain du QG, dans ce cas, et je serai tout à vous. Sinon, merci pour votre visite.

Elle était presque arrivée sur l'avenue, la main déjà levée pour héler un taxi, quand il revint à la charge en recourant à tous les moyens à sa disposition.

— Réfléchissez. Le fait qu'on puisse avoir accès à l'un de vos prisonniers et le tuer sous votre garde ne vous en dit-il pas assez long sur le sérieux de cette menace ?

— Je ne peux rien pour vous. Je n'ai tout bonnement rien à vous donner.

— Je pourrais vous aider à alpaguer Tyler Wynn.

Ou, songea Nikki, m'en empêcher si cela ne leur servait à rien.

— Merci pour le tuyau sur les gaufres, dit-elle en montant dans son taxi.

Ce soir-là, quand Heat rentra chez elle, Rook se leva de la table de la salle à manger, où il s'était installé avec son MacBook, pour l'accueillir avec un long baiser. Il l'enlaça de ses bras forts, et ils se pressèrent l'un contre l'autre sans bouger.

— Tu n'es pas en train de t'endormir au moins ? demanda-t-il au bout d'un moment.

— Debout ? Tu me prends pour un cheval ?

— Meuh non, rétorqua-t-il, ce qui la fit rire pour la première fois de la journée.

— T'es bête !

Elle rit de nouveau de sa bêtise. Si bienvenue. Puis, de la main qui épousait sa mâchoire, elle lui caressa la joue. Quand il lui demanda comment elle allait, elle lui dit la vérité. La journée avait été rude, et il lui tardait de prendre un bain chaud. Mais comme il proposait de préparer une caïpirinha, le bain fut remis à plus tard, et elle sortit des verres.

Ils s'installèrent sur le canapé, et elle lui raconta son entrevue avec Bart Callan.

— C'était donc ça, ton mystérieux rendez-vous pour le déjeuner !

Un instant, Nikki songea à lui parler de sa séance chez le psy, mais elle était trop fourbue pour mettre ce sujet sur le tapis. Et puis elle repensa aux propos de Lon King au sujet de ses réticences à se livrer…, sa version à lui du fameux mur.

— Non, j'étais chez mon psy, avoua-t-elle finalement.

— Ah ! ce n'est donc plus « le » psy, mais « mon » psy ? Voilà qui est nouveau.

— Laisse tomber, tu veux ?

Tout doux, songea-t-elle, tout doux. Mais il insista.

— C'est une bonne chose, je crois. C'est le moment ou jamais, Nikki. Rien que pour la casserole nommée Petar, si ce n'est celle de Don.

— En parlant de Don, dit-elle, sautant sur l'occasion pour changer de sujet de conversation. Je prends l'avion pour San Diego après-demain. Sa famille organise une cérémonie à la base navale.

— J'aimerais venir avec toi, si tu veux bien.

Nikki écarquilla les yeux.

— Tu ferais ça ?

Rook acquiesça. Elle se pencha vers lui pour embrasser son merveilleux sourire, et ils se blottirent l'un contre l'autre.

— En revanche, si on enterre Petar, je suis occupé, annonça-t-il après un silence qu'il jugea suffisant.

Le choc et le mauvais goût de la remarque la firent éclater de rire. Seul Rook l'impensable pouvait rendre drôle l'indicible. Puis son front s'assombrit. Il comprit pourquoi.

— Je sais que c'est déprimant, dit-il sans qu'elle eût besoin de dire quoi que ce soit. Tu résous une énorme affaire et voilà que ça débouche sur une nouvelle impasse. On finira par trouver ce qui se cache derrière tout ça. Un peu de patience, c'est tout.

— Mais imagine que Petar et Bart Callan aient tous les deux dit la vérité, et qu'il se trame un truc énorme qu'il faut absolument arrêter ?

— Pour l'instant, je ne sais pas où ça nous mène. Et d'après ce que t'a dit l'agent Callan, les fédéraux non plus. Manifestement, Tyler Wynn joue un rôle clé. Le tout, c'est de savoir pour qui il travaille maintenant. Qu'est-ce que disait mon ami Anatoli l'autre nuit, à Paris ? Qu'on vivait une ère nouvelle et que, quand des espions passaient à l'ennemi, ce n'était pas forcément en travaillant pour d'autres gouvernements, mais pour – comment appelait-il ça déjà ? – « d'autres entités ».

Elle se frotta le visage avec ses paumes.

— Pour l'instant, tout ça me dépasse.

— Nikki, ça va aller, affirma Rook en lui posant les mains sur les épaules.

Puis il la tourna vers lui.

— On ne te demande pas d'être une force d'intervention à toi toute seule. Tu as déjà fait du super boulot. Tu pourrais déjà planter le drapeau et crier victoire. Tu pourrais passer à autre chose, et personne ne t'en blâmerait. Quoi que tu décides, je te suis, ajouta-t-il.

Tout ce que cette phrase englobait réconfortait Nikki au plus profond d'elle-même.

— Merci, ça m'aide beaucoup, dit-elle avant de reposer sur la table basse son verre non terminé. Tu serais terriblement blessé si j'allais prendre ce bain et passais cette soirée seule à la maison ?

— Tu as envie de cocooner ?

— Carrément. J'en ai vraiment besoin.

— Pas de souci.

Rook remballa son ordinateur portable et rangea ses notes dans son sac à dos, puis ils s'embrassèrent.

— Réfléchis à tout ça sous ta couette, dit-il à la porte.

— D'accord.

— N'oublie pas que ça en valait la peine : au moins, tu sais que ta mère n'avait pas de liaison. Et qu'elle n'a pas trahi son pays. En fait, c'était un héros.

— Oui, mais tu sais ce que Scott Fitzgerald disait : « *Montrez-moi un héros...* »

— « *... et je vous écrirai une tragédie.* »

— Et puis, noble cause ou pas, je lui en veux de m'avoir caché cette double vie, dit-elle. Intellectuellement, j'aimerais lui pardonner, mais, au fond, ce n'est pas du tout ce que je ressens. Pas encore.

— Je comprends, dit Rook. Écoute, je ne suis pas psy,

mais, en attendant, tu pourrais essayer de te rapprocher d'elle, tu verras bien où ça te mène.

Baignant dans les vapeurs parfumées de lavande, Nikki se laissait aller à la douce chaleur de l'eau quand le morceau suivant démarra sur sa minichaîne : Mary J. Blige interprétait *No More Drama*. Au début, elle chanta en chœur, avant de s'arrêter pour mieux écouter les paroles. La reine du hip-hop soul invitait à se battre pour soi, à oublier les petits jeux pour ne plus avoir de peine, enfin. Nikki avait beau avoir écouté cette chanson maintes fois, à l'instar de l'enregistrement du meurtre de sa mère sur son répondeur, ce jour-là, elle entendait le message d'une oreille nouvelle. En particulier le couplet où il est dit : « *On sait comment l'histoire commence, jamais comment elle finira...* »

Assise en tailleur sur le canapé, une tasse de camomille chaude dans la main et les cheveux mouillés retombant sur les épaules de son peignoir en éponge, Nikki se replongea dans ses souvenirs. Il lui fallait relier l'histoire de Cynthia Heat à la sienne en essayant de ne pas s'accrocher aux défauts liés à la double vie de sa mère. Bien sûr, ses absences étaient pesantes parfois, et il arrivait à la petite Nikki d'avoir peur, mais, ce qui la frappait le plus, c'étaient les traits de caractère dont elle avait hérité et qu'elle mettait ponctuellement en pratique avec tant d'élégance dans sa propre vie : la circonspection, la discrétion, la distance. Si elle le voulait, cette histoire-là pouvait devenir éternelle. Certes, le psy l'avait avertie qu'il valait mieux accepter cette mort tragique, mais Nikki savait qu'elle porterait toujours en elle ce qu'avait été sa mère. Cynthia resterait à tout jamais dans son cœur.

Néanmoins, Nikki cherchait le début de l'histoire. Elle voulait se rattacher aux bonnes choses que lui avait transmises sa mère afin que cela l'emporte sur le reste. Ce qui se passerait d'ailleurs, si elle choisissait de ne plus en faire un drame.

Seule dans son salon au milieu de la nuit, Nikki Heat choisit donc de réfléchir aux qualités de sa mère et aux cadeaux qu'elle lui avait faits. À l'indépendance que lui avait apportée l'éducation qu'elle lui avait donnée. Son sens de l'émerveillement, son imagination, ses principes et son caractère, l'amour du travail, la vertu et le pouvoir de la passion. Dans la nouvelle histoire qu'elle entamait, le verre ne serait plus à moitié plein, mais rempli à ras bord. Le rire transcenderait tout, le pardon lui permettrait de guérir, et la musique enflammerait le plus froid des cœurs.

La musique.

Nikki regarda fixement le piano à l'autre bout de la pièce.

Sa mère, qui en jouait à merveille, avait partagé cet amour avec elle. Pourquoi son pouvoir s'était-il autant accru en silence ?

Au souvenir de ce que lui avait dit Rook en partant, son cœur se mit à battre fort dans sa poitrine. Il fallait qu'elle se rapproche à nouveau de sa mère. Cela lui faisait peur, mais, prenant son courage à deux mains, elle se leva quand même. En traversant le tapis pour rejoindre le demi-queue, elle sentit ses craintes se dissiper jusqu'à céder la place à une sorte d'enthousiasme réconfortant quand elle souleva le siège du banc pour sortir la partition rangée à l'intérieur.

Mozart pour les débutants. Cela faisait dix ans qu'elle ne l'avait pas ouverte ; plus longtemps encore qu'elle n'avait pas joué. Nikki était certaine de ne plus savoir. Elle avait dix-neuf ans la dernière fois qu'elle avait soulevé le couvercle du Steinway. Elle hésita, non par manque d'assurance, mais pour marquer la transition.

Quand elle découvrit le clavier avant de prendre place, les charnières grincèrent. Les doigts tremblants, comme avant chacun de ses récitals quand elle était enfant, elle ouvrit la partition à la première page, puis appuya sur les pédales pour en éprouver la sensation. Enfin, elle se mit à jouer.

Pour la première fois depuis dix ans, le son de cet instrument chéri emplit l'appartement sous les doigts d'une Nikki guidée par Cynthia. La musique crée une mémoire des sens, mais elle sollicite aussi la mémoire des muscles.

Nikki fit quelques fausses notes en entamant la *Sonate n° 15*, ce qui la fit sourire. Son jeu, hésitant au début, se fit lentement plus fluide et plus gracieux. Arrivée au bas de la feuille, cependant, elle eut du mal à tourner la page. Mais peut-être étaient-ce les larmes qui lui brouillaient la vue. Alors qu'elle allait reprendre après les avoir essuyées, quelque chose l'arrêta.

Les sourcils froncés, Nikki regarda la partition, perplexe. En se penchant vers le pupitre, elle remarqua entre les notes d'étranges marques faites au crayon, manifestement de la main de sa mère. Certes, Cynthia lui avait toujours dit que, pour Mozart, l'intervalle entre les notes était également de la musique, mais là, il ne s'agissait pas de notations de musique.

Quoi alors ?

Heat augmenta l'intensité de la lampe à côté d'elle pour étudier la partition à la lumière. À son avis, il devait s'agir d'une sorte de code.

Son corps se mit à se balancer légèrement sur le banc, et le sol lui parut trembler. Nikki crut à une nouvelle réplique, mais un regard autour d'elle lui suffit pour comprendre.

Rien dans la pièce n'avait bougé.

Remerciements

Dernièrement, j'étais invité à une table ronde sur le roman policier à la Bibliothèque municipale de New York, et, comme souvent, un aspirant romancier au premier rang a voulu m'interroger sur mes habitudes. Alors, j'ai eu droit aux questions habituelles. Suis-je plutôt du matin ou du soir pour écrire ? Plutôt stylo ou ordinateur ? Avec ou sans correcteur d'orthographe ? Comme à mon habitude, j'ai répondu que je n'avais aucune habitude. À dire vrai, quand, assis à mon bureau au petit matin, je remplis mon Montblanc, édition Hemingway (plume M), d'encre bleu vif Noodler, un bloc Levenger de trente feuilles à lignes vierges préparé sur mon lutrin, je me demande d'où peut bien sortir pareille question.

Si j'avais des habitudes, ce qui n'est pas ce que je dis, elles tiendraient probablement au fait qu'en m'y prenant bien – en restant relax pendant que je m'échine à pondre la bonne histoire que j'ai en tête, mais qui m'échappe, rebelle comme un cheval sauvage –, mes petits rituels seraient la seule chose sur laquelle j'aurais quelque maîtrise. Car écrire un roman policier, c'est un peu comme une virée à Atlantic City. On a beau connaître, on ne sait jamais ce qui peut arriver. Ce sont des jours sans sommeil passés à tout essayer, même des choses dont on n'aurait jamais soupçonné l'existence pour se retrouver, à la fin, en slip. Sans compter toutes les scènes de sexe qui restent le pur fruit de votre imagination.

La seule solution, pour Atlantic City comme pour le roman, c'est de ne pas s'aventurer seul. Voilà pourquoi je m'entoure de toute une petite bande à faire pâlir les gars de *Very Bad Trip*. Rien de tout cela ne serait possible sans l'inspecteur Kate Beckett, qui ne cesse de me prouver qu'une femme policier est la chance personnifiée et qui n'ignore pas elle-même l'effet que cela fait de se retrouver nez à nez avec un tigre du Bengale au réveil. Ses collègues du 12e commissariat, Javier Esposito et Kevin Ryan, qui savent ce que c'est que faire la bringue à Atlantic City, m'ont accepté parmi eux comme un frère. Un frère qu'ils n'hésitent pas à lâcher comme un pétard dans les toilettes, mais un frère quand même. Je dois aussi remercier le capitaine Victoria Gates pour avoir accepté de me garder alors qu'elle me tenait pour un vaurien d'adolescent retardé, ce que je suis, il faut bien l'avouer.

Malgré ses yeux au ciel, Lanie Parish a encore fait preuve d'une immense patience pour endurer mon humour noir, mes blagues potaches et toutes mes bêtises. Je me sens par ailleurs honoré d'avoir eu la chance de découvrir les talents de chanteuse de blues du bon docteur.

Ma mère Martha m'a appris le b. a.-ba pour m'attirer des ennuis, avec élégance, tandis que ma chère fille Alexis m'a montré que si quelqu'un devait se montrer adulte dans la famille, Dieu merci, ce n'était pas forcément moi.

Nathan, Stana, Seamus, Jon, Molly, Susan, Tamala et Penny donnent vie à leurs personnages avec toujours autant de cœur et d'énergie. Comment font-ils pour nous donner l'impression d'une telle facilité ?

À l'équipe du Clinton Building, aux studios Raleigh, qui me connaît mieux que je ne me connais moi-même, je tire mon chapeau et je salue du capuchon de mon Montblanc leur imagination, leur confiance et les bons petits plats de traiteur dont ils me gratifient.

Grâce à Terri Edda Miller, je n'ai jamais à me demander qui est à mes côtés ni à me soucier de ce qui se trame dans mon dos. Que chacune de nos collaborations demeure une aventure digne d'un safari pour nous tous.

Jennifer Allen, toujours là pour me rattraper quand je flanche, me fera toujours autant défaillir.

À Gretchen Young, mon éditrice… Un coup de dés, et nous voilà accrochés à la table, toujours aussi passionnés par le jeu, insensibles aux sirènes du buffet gratuit. Merci à Gretchen et à toute l'équipe d'Hyperion, notamment Allyson Rudolph. Je reste aussi éternellement reconnaissant à Melissa Harling-Walendy et à toute l'équipe de la chaîne ABC pour leur attention et leur soutien.

Merci à Sloan Harris, mon agent littéraire chez ICM. Après toutes ces années à bénéficier de sa confiance et de ses conseils bienveillants, je suis le plus heureux des auteurs.

Pour traîner avec moi à Las Vegas, partir en virée à Atlantic City ou rester autour du tapis vert d'un certain loft de Tribeca, un grand merci à Connelly, Lehane, Patterson, et, par l'esprit, à Cannell, qui m'aident à maintenir mon poker à niveau.

Mon ami le chef Alton Brown m'a appris à faire bouillir de l'eau tandis qu'Ellen Borakove de l'Institut médicolégal de New York m'a enseigné à respirer par la bouche pour tromper mes neurones. À eux deux, ils m'ont sauvé l'appétit.

Quant à Andrew, que dire pour en brosser un portrait fidèle ? De simple admirateur, je suis devenu son collègue et je suis fier aujourd'hui de compter parmi ses amis. Il nous bat tous par son talent. Et son courage. Voilà un homme qui n'a pas peur de doubler la mise. Et comme son complice Tom, j'imagine, c'est un homme qui prend les choses à cœur. Soucieux de son rôle. Qu'il remplit avec soin. Et de nos chers fans. Laissez tomber, les gars !

RC
New York, juin 2012

Du même auteur

Vague de chaleur

Dans la fournaise new-yorkaise, les esprits s'échauffent, les passions se déchaînent et une série de meurtres entraîne la police dans le monde opaque de l'immobilier, des paris, de l'argent douteux.

Mise à nu

La plus célèbre des chroniqueuses mondaines est retrouvée morte à son domicile. Assassinée. Nikki Heat est chargée de cette enquête qui s'annonce délicate... D'autant que Heat et Rook ne sont pas encore remis de leur rupture...

Froid d'enfer

Un prêtre est retrouvé assassiné dans un club fétichiste. Pour Nikki Heat, c'est le début de l'affaire la plus dangereuse de sa carrière. Elle se retrouve aux prises avec un baron de la drogue, un agent véreux de la CIA, et un mystérieux escadron de la mort…

« Richard Castle est un grand pro : il fait de mieux en mieux à chaque roman. Une grande réussite ! » (Michael Connelly)

ISBN : 978-2-35288-483-5 / 978-2-35288-715-7 / 978-2-35288-801-7

www.city-editions.com